I0642283

Naslov originala
Shehan Karunatilaka
The Seven Moons of Maali Almeida

Za izdavača
Tea Jovanović
Nenad Mladenović

Glavni i odgovorni urednik
Tea Jovanović

Lektura
Agencija Tekstogradnja

Korektura
Agencija TEA BOOKS

Prelom
Agencija TEA BOOKS

Dizajn korica
Piter Dajer

Izdavač
TEA BOOKS d.o.o.
Por. Spasića i Mašere 94
11134 Beograd
Tel. 069 4001965
info@teabooks.rs
www.teabooks.rs

ISBN 978-86-6142-124-2

ŠEHAN KARUNATILAKA

SEDAM MESECA MALIJA ALMEIDE

Sa engleskog preveo
Aleksandar Milajić

Zahvalnica

Adil Aziz, Aftab Aziz, Amrit Dajananda, Andi Šubert, Anita Pratap, A. R. L. Vidžesekera, Aroša Perera, Arun Velandave Prematileke, A. S. H. Smit, Čanaka de Silva, Čiki Sarkar, Čula Karunatilaka, Kormak Makarti, Dejvid Bleker, Daja Patirana, Dešan Tenekun, Direš Tevanajagam, Dija Kar, Daglas Adams, Erid Perera, Ernest Lej, Faiza Sultan Kan, Džordž Sonders, Hau Par Vila, Imal Desa, Džit Tajil, Džehan Mendis, Kurt Vonegat, Lakšman Nadaradža, *Ledig haus*, Mark Elingam, Marisa Jans, Meru Gokole, Majkl Mejler, Nandadeva Vidžesekera, Nataša Ginvala, Nareš Ratvate, Najdžel de Zilva, Pakjasoti Sarvanamutu, Petsi de Silva, Filips Hju, Pirs Eklston, Prasad Pereira, Radžan Hule, Radživ Bernard, Radžini Tiranagama, Ramija Čamali Džirasinge, Ravin Fernando, Ričard de Zojsa, Rohan Gunaratna, Rohita Perera, Rošan de Silva, Rasel Tenekun, Šanaka Amarasinge, Smriti Danijel, Stenli Grin, Stefan Andre Joakim, Stiv de la Zilva, Stiven Čempion, Sunita Tenekun, Trejsi Holsinger, Viktor Ajvan, Vilijam Magauen, www.existentialcomics.com, www.iam.lk, www.pinterest.com.

Naročito hvala Nataniji Janc, Erangi Tenekun, Lalit Karunatilaki, Kaniški Gupti, Manasi Subramanijam, Dejvidu Godvinu, Endruu Fidelu Fernandu, Govindu Daru, Vendi Holsinger, Džanu Ramešu de Šening i Mohamedu Hanifu.

Knjiga *Sedam meseca Malija Almeide* predstavlja plod mašte. Likovi u njoj su izmišljeni. Međutim, neki političari i javne ličnosti iz vremena kada se dešava radnja knjige (1990) pominju se pravim imenima.

Za Čulu,
Erangu
i Luku

Samo su dva boga vredna obožavanja.
Verovatnoća i elektricitet.

PRVI MESEC

Oprosti im, Oče,
Jer ja nikada neću.

Ričard de Sojsa
Veliki petak 1975

ODGOVORI

Budiš se sa odgovorom na pitanje koje svi postavljaju. Odgovor je: Da, i odgovor je: Isto kao ovde ali još gore. To je sve što ćeš ikada saznati. Stoga komotno možeš nastaviti da spavaš.

Srce ti po rođenju nije kucalo i zato su te držali u inkubatoru. Ali čak i kao fetus na suvom znao si šta je Buda hteo da utvrdi kad je seo podno svete smokve. Bolje je ne rađati se ponovo. Uopšte se ne zamarati time. Da si bar verovao predosećaju i pandrknuo u toj kutiji u koju su te turili. Ali nisi.

Odustao si od svake aktivnosti na koju su te naterali. Dve nedelje u šahovskoj sekciji, mesec dana u izviđačima, tri minuta ragbija. Iz škole si poneo mržnju prema timovima, sportovima i moronima koji se na to primaju. Odustao si od časova umetnosti, prodaje polisa osiguranja i master studija. Od svake igre koju te je mrzelo da igraš. Odbacio si svakoga ko te je ikada video golog. Napustio si svaki cilj za koji si se ikada borio. I učinio štošta što nikome ne smeš da ispričaš.

Da si imao posetnicu, evo šta bi na njoj pisalo:

MALI ALMEIDA
Fotograf. Kockar. Drolja.

Da si imao nadgrobni spomenik, na njemu bi pisalo:

MALINDA ALBERT KABALANA
1955–1990

Ali ti nemaš ni jedno ni drugo. A nemaš ni više žetona na ovom stolu. I sad znaš ono što drugi ne znaju. Imaš odgovore na sledeća pitanja. Ima li života posle smrti? Kako je na onom svetu?

USKORO ĆEŠ SE PROBUDITI

Počelo je još davno, pre više hiljada vekova, ali hajde da preskočimo sva ta juče i počnemo od prošlog utorka. Tog jutra se budiš mamuran i bez ijedne misli u glavi, kao i manje-više svakog dana. Budiš se u beskrajnoj čekaonici. Osvrćeš se unaokolo i shvataš da je to san, ali si za promenu toga svestan i možeš mirno čekati da se završi. Sve prođe, a naročito snovi.

Na sebi imaš safari jaknu i izbledele farmerke i ne možeš da se setiš kako si tu dospeo. Imaš jednu papuču, a oko vrata tri lančića i foto-aparat. Posredi je tvoj pouzdani *nikon 3ST*, mada mu je objektiv smrskan a kućište napuklo. Pogledaš kroz okular i vidiš samo blato. Vreme je da se probudiš, Mali momčino. Uštineš se i to te zaboli, više kao kratak ubod nego kao šupalj bol uvrede.

Znaš kako je kad ne veruješ sopstvenom umu. Onaj trip na LSD-u na Smouking rok cirkusu 1973, kad si tri sata grlio stablo plumerije u parku Viharamahadevi. Maratonska partija pokera od devedeset četiri sata, kad si odneo sedamnaest laka,[1] a onda izgubio petnaest. Tvoje prvo granatiranje u Mulaitivuu 1984, kad si se tiskao u bunkeru punom prestravljenih roditelja i dece koja vrište. Buđenje u bolnici kad si imao devetnaest godina, kad nisi mogao da se setiš lica svoje majke, niti koliko si ga se gnušao.

Stojiš u redu, vičeš na ženu u belom sariju iza plastičnog pulta. Ko bar jednom nije pobesneo na šaltersku službenicu? Ti svakako jesi. Većina Šrilančana nemo škrguće zubima, ali ti voliš da zanovetaš koliko te grlo nosi.

– Ne kažem da je vaša krivica. Ne kažem ni da je moja. Ali greške se dešavaju, zar ne? Pogotovo u vladinim ustanovama. Šta da se radi?

– Ovo nije vladina ustanova.

– Baš me briga, tetka. Samo kažem da ne mogu da budem ovde, treba ljudima da pokažem fotografije. U stabilnoj sam vezi.

– Nisam ti ja tetka.

Osvrćeš se unaokolo. Iza tebe red vijuga oko stubova i proteže se duž zidova. Vazduh je magličast iako se ne vidi da iko izdiše dim ili ugljen-dioksid. Sve podseća na parking bez automobila ili na pijacu na kojoj se ništa ne prodaje. Tavanica je visoka, oslanja se na betonske stubove razmeštene na nejednakim odstojanjima duž tog prostranstva. Na suprotnom kraju nalazi se nešto što izgleda kao velika vrata lifta kroz koja buljuci ljudskih prilika izviru i uviru.

---

[1] Jedan lak iznosi stotinu hiljada rupija. (Prim. prev.)

Čak i oni u blizini izgledaju kao da su im ivice blago razmazane, kao da im je koža posuta talkom, a oči im plamte u bojama neuobičajenim za ljude smeđe puti. Neki su u bolničkim uniformama; neki imaju osušenu krv na odeći; nekima nedostaju udovi. Svi viču na ženu u belom. Ona kao da razgovara sa svakim od vas u isto vreme. Možda svi postavljaju ista pitanja. Da si sklon klađenju (a jesi), prihvatio bi 5/8 da je ovo halucinacija, najverovatnije posledica Džekinih veselih bombona.

Žena otvara veliki delovodnik. Odmeri te od glave do pete, ali bez imalo zanimanja ili podsmeha. – Prvo moramo da potvrdimo podatke. Ime?

– Malinda Albert Kabalana.

– Jedan slog, molim.

– Mali.

– Znaš li ti šta je slog?

– Mal.

– Hvala. Veroispovest?

– Nijedna.

– Kakva glupost. Uzrok smrti?

– Ne sećam se.

– Koliko je vremena proteklo od trenutka smrti?

– Ne znam.

– Šteta.

Jato duša se pribija, vređaju i gnjave ženu u belom. Posmatraš bleda lica i upale oči na rascopanim glavama kako čkilje od besa, bola i zbunjenosti. Zenice su im u nijansama masnica i krasti. Izmešane smeđe, plave i zelene – i nijedne te ne primećuju. Živeo si u izbegličkim logorima, obilazio ulične pijace u podne i kunjao u pretrpanim kockarnicama. Valjanje čovečanstva nikada nije živopisno. Talas svetine te guta i odnosi te od šaltera.

Šrilančani ne umeju da čekaju u redu. Osim ako se red ne definiše kao amorfna kriva s više ulaznih tačaka. Izgleda da je ovde stecište onih koji imaju pitanja o svojoj smrti. Ima više pultova i ljutite stranke se tiskaju napred kako bi vređale one iza rešetaka. Onaj svet je kao poreska uprava u kojoj svako hoće svoj povraćaj.

Majka s malim detetom na ramenu gura te u stranu. Dete te gleda mrko kao da si mu smrskao omiljenu igračku. Majčina kosa je ulepljena krvlju, koje ima i po licu i haljini. „Gde je naš Madura? Šta mu se desilo? Bio je s nama na zadnjem sedištu. Ugledao je autobus pre vozača.“

„Koliko puta treba da vam kažem, gospođo? Vaš sin je još živ. *Don't worry, be happy.*"[2]

To je izgovorio čovek za susednim pultom, u beloj košulji i sa afro frizurom, pomalo nalik Mojsiju iz velike knjige. Glas mu tutnji kao okean, a oči su mu bledožute boje umućenih jaja. Još jednom ponavlja naziv najnesnosnije prošlogodišnje pesme i otvara delovodnik.

Snimaš još jednu sliku, što uvek radiš kad ne znaš šta bi drugo. Pokušavaš da uhvatiš taj parking haosa, ali vidiš samo pukotine na sočivu.

Odmah se vidi ko su službenici a ko stranke. Prvi nose delovodnike, stoje unaokolo i smeškaju se, dok drugi izgledaju izbezumljeno. Pođu nekud, pa zastanu i zagledaju se u prazno. Neki vrte glavom i jauču. Službenici nikoga ne gledaju otvoreno, a pogotovo ne duše koje savetuju.

Sada bi bio savršen trenutak da se probudiš i sve zaboraviš. Retko pamtiš snove, kakvi god bili, verovatnoća da će ti ovo ostati u sećanju manja je nego za kentu ili ful. Nećeš se sećati ničega odavde ništa više no što se sećaš kako si učio da hodaš. Uzeo si Džekine vesele bombone i ovo je samo tripozan san. Šta bi drugo moglo da bude?

Uto primećuješ nekoga naslonjenog na znak u uglu, odevenog u nešto što liči na crnu kesu za đubre, ko ne izgleda ni kao službenik ni kao stranka. Posmatra gomilu očima zelenim poput mačjih na svetlu farova. Zaustavlja pogled na tebi duže nego što bi trebalo. A onda ti klimne glavom ne prestajući da zuri.

Na tabli iznad prilike u crnom piše:

NE POSEĆUJTE GROBLJA

A pored je obaveštenje sa strelicom:

PREGLED UŠIJU JE NA 42. SPRATU →

Okrećeš se ženi za šalterom da još jednom pokušaš. – Ovo je greška. Ja ne jedem meso. Pušim svega pet cigareta dnevno. – Ona ti deluje poznato, možda isto koliko njoj tvoje laži. Guranje kao da prestaje na trenutak. Na trenutak se osećaš kao da si jedini tu.

– Nije nego! Već sam čula sve izgovore. Nikome se ne mili da ide, čak ni samoubicama. Misliš da sam ja htela da umrem? Moje ćerke su imale osam i deset godina kad su me ubili. Šta da se radi? Žalbe ne

---

[2] Engl.: „Ne beri brigu, budi srećan", veliki hit Bobija Makferina iz 1988. (Prim. prev.)

pomažu. Budi strpljiv i čekaj da dođeš na red. Oprosti ono što možeš. Nemamo dovoljno osoblja i tražimo volontere.

Zatim podiže pogled i povišenim glasom se obraća rulji.

– Svi imate sedam meseca.

– Šta je mesec? – pita devojka slomljenog vrata. Drži za ruku dečaka rascopane lobanje.

– Sedam meseca je sedam noći. Sedam zalazaka sunca. Više nego dovoljno vremena.

– Zar mesec nije trideset dana?

– Mesec je uvek na nebu, čak i kad ga ne vidiš. Zar stvarno misliš da je zastao u kruženju oko zemlje samo zato što je tebi zastao dah?

Ama baš ništa ti nije jasno. Stoga probaš drugačiji pristup. – Pogledajte kolika je gužva. Sigurno zbog onog pokolja na severu. Tigrovi[3] i vojska ubijaju civile. Indijski mirovnjaci započinju ratove.

Osvrćeš se i vidiš da te niko ne sluša. I dalje te ne primećuju, oči im se sjaje u plavozelenim nijansama. Pogledom tražiš onu priliku u crnom, ali nije više tamo. – Nije tako samo na severu. I ovde je isto. Vlada se bori protiv NOF-a[4] i tela se samo gomilaju. Sve mi je jasno. Sigurno ste zatrpani poslom ovih dana. Razumem vas.

– Ovih dana? – ljutito ponovi žena u belom i odmahne glavom. – Svakog sekunda pojavi se novi leš. Ponekad i dva. Jesi li išao na pregled ušiju?

– Moje uši su u redu. Ja sam fotograf. Svedok sam zločina koje niko drugi ne vidi. Potreban sam.

– Ona žena ima decu koju treba prehraniti. Onaj tamo ima bolnice koje nema ko da vodi. A šta ti radiš? Slikaš. Vrlo važno.

– Nisu to slike s letovanja. Zbog ovih fotografija padaće vlade. One mogu da zaustave ratove.

---

[3] Oslobodilački tigrovi Tamilskog Elama – najmasovnija od nekoliko tamilskih vojnih organizacija koje su se borile u građanskom ratu u Šri Lanki (1983–2009), s ciljem da se tamilska nacionalna manjina otcepi i na severoistoku oformi nezavisnu državu, tzv. Tamilski Elam (Elam je drevni tamilski naziv za Šri Lanku). Uzrok građanskog rata bili su teška diskriminacija i pogromi tamilskog stanovništva koje je šrilančanska vlada, pretežno sačinjena od Sinhaleza kao preovlađujuće etničke grupe u zemlji, sprovodila od proglašenja nezavisnosti 1948. (Prim. prev.)

[4] Narodni oslobodilački front – marksističko-lenjinistička komunistička partija i bivša vojna organizacija odgovorna za dva neuspela ustanka i mnoge štrajkove i terorističke napade s ciljem svrgavanja vlade, ali ne iz etničkih, nego iz političkih razloga. Budući da su njihovi napadi bili usmereni na državne institucije i civilno stanovništvo drugačijih ubeđenja, vlada je i protiv njih i njihovih pristalica sprovodila drastične odmazde u kojima su stradale desetine hiljada ljudi. (Prim. prev.)

Ona te podrugljivo gleda. Na lančiću oko vrata ima ank kakav je nekada nosio momak koji te je voleo više nego ti njega. Igra se njim dok gadljivo nabira nos.

Tek tad ti sine odakle je znaš. Njen osmeh kao s reklame za pastu za zube mogao se videti u svim novinama gotovo cele 1989. godine. Univerzitetska profesorka koju su tamilski ekstremisti pogubili zato što je pripadala tamilskoj umerenoj struji.

– Znam vas. Vi ste profesorka Rani Sridaran. Nisam vas prepoznao bez megafona. Vaši članci o tamilskim tigrovima bili su izuzetni. Ali bez pitanja ste koristili moje fotografije.

Ono što te najviše čini Šrilančaninom nije očevo prezime, niti svetilište u kojem klečiš, kao ni osmeh koji nalepiš preko lica da prikriješ svoje strahove. Bitno je koje Šrilančane poznaješ i koliko znaš o njihovim familijama. Ima bakica koje, ako im daš nečije prezime i školu u koju je išao, mogu tačno da ti kažu ko je i čiji je. Kretao si se u raznim krugovima, od kojih su se neki preklapali, a neki ostajali zatvoreni. Bio si uklet darom da nikada ne zaboravljaš ime, lice i redosled karata.

– Bilo mi je krivo kad su vam došli glave. Iskreno. Kad je to bilo? Osamdeset sedme? Znate, poznavao sam jednog tigra iz Mahatajinog krila. Tvrdio je da je organizovao vaše ubistvo.

Doktorka Rani podiže pogled s knjige i umorno ti se osmehne, a zatim slegne ramenima. Oči su joj mutnobele, kao da su ispunjene mlečnom kataraktom.

– Treba da ideš na pregled ušiju. Njihova svojstva su lična kao i otisci prstiju. Pregibi pokazuju prošle traume, ispupčenja otkrivaju grehove, hrskavica skriva krivicu. Sve ono što te sprečava da uđeš u Svetlost.

– Šta je Svetlost?

– Kraći odgovor bi glasio: ono što ti je potrebno da bude. A duži: nemam vremena da ti objašnjavam.

Pruža ti olu.[5] Kažu da su pre tri hiljade godina sedmorica mudraca na takvim listovima ispisali sudbine svih koji će ikada živeti. Pošto bi uglasti useci iskidali zrnastu teksturu, južnoazijski pisari su slovima dodali senzualne krivulje kako bi sprečili cepanje lista.

– Jesi li slikao 1983?

– Nego šta. Šta je ovo?

---

[5] Ola – osušeni palmov list koji se na jugu Indije i Šri Lanki vekovima koristio umesto papira. (Prim. prev.)

Na listu su iste reči ispisane na sva tri jezika. Vijugavi sinhaleški, uglasti tamilski i pisani engleski, i nigde nijednog procepa na vidiku.

UŠI _____
SMRT _____
GRESI _____
MESECI _____
OVERIO _____

– Idi na četrdeset drugi sprat da ti pregledaju uši, izbroje smrti, unesu šifre grehova i ubeleže mesece. I neka ti pomagač to overi. – Zatim zatvara knjigu, čime ti ujedno stavlja do znanja da je razgovor završen. Tvoje mesto na čelu reda zauzima muškarac u zavojima koji ne prestaje da kašlje.

Okrećeš se i posmatraš ljude iza sebe. Podižeš ruke kao da si prorok. Oduvek si voleo da se praviš važan, ne možeš to da porekneš. Večito najglasniji, osim onda kad nisi.

– Avetinje, vi uopšte ne postojite! Vi ste samo prikaze u mom usnulom mozgu. Uzeo sam Džekine vesele bombone. Ovo je halucinacija. Nema života posle smrti. Ako zažmurim, svi ćete iščileti kao prdež!

Obraćaju pažnju na tebe isto koliko i Regan na Maldive.[6] Ni nastradali u saobraćajnim nesrećama, ni žrtve otmica, ni starci u bolničkim haljecima, ni neprežaljena pokojna profesorka Rani Sridaran ne primećuju tvoj ispad.

Verovatnoća da ćeš pronaći biser u ostrigi iznosi 1:12.000. Verovatnoća da te udari grom iznosi 1:700.000. Verovatnoća da duša preživi smrt tela iznosi jedan prema ništa, jedan prema šipurak, jedan prema cvrc. Sigurno spavaš, bar u to si siguran. Uskoro ćeš se probuditi.

A onda ti na pamet padne nešto strašno. Strašnije od ovog divljeg ostrva, ove bezbožne planete, ovog umirućeg sunca i ove galaksije što uveliko hrče. Šta ako si zapravo sve dosad spavao? I šta ako počev od ovog trenutka ti, Malinda Almeida, fotograf, kockar i drolja, nikada više nećeš moći da sklopiš oči?

Pratiš klecavu povorku niz hodnik. Čovek hoda na slomljenim nogama, žena skriva izubijano lice. Mnogi izgledaju kao da su se

---

[6] Aluzija na neuspeli pokušaj državnog udara na Maldivima 1988, kada su Sjedinjene Američke Države odbile da pruže pomoć tadašnjem predsedniku Mamulu A. Gajumu, pravdajući se time što bi njihovi avioni mogli da dolete tek za dva-tri dana iz baze udaljene svega 1.000 km. Nakon što je puč ugušen zahvaljujući intervenciji indijske vojske, američki predsednik Ronald Regan čestitao je Indiji na „važnom doprinosu stabilnosti regiona“. (Prim. prev.)

uparadili za venčanje, tako pogrebnici oblače leševe. Ali ima i dosta onih u ritama i bunilu. Spuštaš pogled i vidiš šake koje nisu tvoje. Želiš da proveriš koje su ti boje oči i lice. Pitaš se ima li ogledala u liftovima. Ispostavlja se da jedva ima i zidova. Jedna za drugom, duše ulaze u prazno okno i poleću uvis kao mehurići u vodi.

Ovo je suludo. Čak ni *Cejlonska banka* nema četrdeset dva sprata.

– Šta je na ostalim spratovima? – pitaš bilo koga ko ima uši, bile pregledane ili ne.

– Sobe, hodnici, prozori, uobičajene stvari – odgovora jedan izrazito predusretljiv pomagač.

– Računovodstvo i finansije – kaže izlomljeni starac koji se oslanja na štap. – Ovakva raskoš sigurno košta.

– Sve je to isto – ječi mrtva žena s mrtvom bebom. – Svaki univerzum. Svaki život. Svuda je isto. Uvek ista priča.

Retko sanjaš bilo šta, a kamoli da imaš košmare. Polako lebdiš duž ivice okna, a onda te nešto gurne. Vrištiš kao lepotica u hororu dok te vetar nosi put nebesa. Trzneš se kad ugledaš onu priliku u crnom kako lebdi kraj tebe. Njena odora od crnih kesa za đubre lepeće na jakom vetru. Posmatra te dok se uzdižeš uz okno i klimne ti glavom u znak pozdrava.

Odlučuješ da postaviš još jedno pitanje: Šta je Svetlost? Ali sad dobijaš samo sleganje ramenima i uvrede. Neko prestravljeno dete dovikuje ti da si *ponaja*, što je uvreda koja objedinjuje homoseksualnost i impotenciju, a ti priznaješ krivicu samo za jednu od navedenih optužbi. Kad pitaš osoblje za Svetlost, svaki put dobijaš drugačiji odgovor. Neki kažu da je to raj, neki da je novi život, a neki da je ništavilo. Neki, kao dr Rani, kažu da to može biti bilo šta. Nijedna mogućnost ti ne zvuči privlačno, osim možda ove poslednje.

Na četrdeset drugom spratu nalazi se tabla sa samo jednom rečju.

ZATVORENO

Prilike klize kroz ogroman hodnik, ne primećuju zidove sve dok ne nalete na njih. Vidiš prijemni pult za kojim nema nikoga. I niz crvenih vrata koja se pokoravaju natpisu tako što su čvrsto zatvorena.

Na sredini foajea stoji ona prilika u crnom, ne primećuje besciljna tumarala što se sudaraju unaokolo. Zuri u tebe i daje ti znak da priđeš. Oči pomno prate tvoje napredovanje; sada svetlucaju žućkasto.

Svemir uveliko zeva dok se vraćaš na šalter dr Rani. Napolju vetrovi i šapati počinju da ispunjavaju noć. Oko tebe su jedino pultovi i zbrka.

Doktorka Rani te primeti i odmahne glavom. – Treba nam više pomagača. I manje žalbi. Svi daju sve od sebe.

Onda te pogleda. – Izuzev nekih.

Čekaš da dovrši misao, ali je po svoj prilici to već učinila. Izvlači megafon ispod stola. Sada je to profesorka Rani koju pamtiš, ona koja viče okupljenim studentima na univerzitetu, okružena televizijskim kamerama.

– Molim vas da ne lutate. Nemojte dolaziti ovamo ako niste išli na pregled ušiju. Četrdeset drugi sprat biće otvoren sutra. Onda se vratite. Upamtite da imate sedam meseci. Morate doseći Svetlost pre nego što poslednji izađe.

Na ivici si da ispustiš bujicu psovki, ali onda ponovo primetiš onu priliku obmotanu crnim kesama kako te poziva obema rukama. Oči joj trepere kao sveće, drži nešto što izgleda kao papuča koju si izgubio. Doktorka Rani se osvrne da vidi šta to gledaš, a onda joj se osmeh istopi.

– Izbacite onu spodobu odavde. Male, kud si pošao?

Dvojica u belom skaču preko svojih pultova i zaleću se ka prilici u crnom. Onaj sa afro frizurom što liči na Mojsija podiže ruke i počinje da urla na jeziku koji nikad u životu nisi čuo. Do njega je rmpalija u beloj odori, koji se zaleće ka tebi.

Nestaješ u svetini, provlačiš se između polomljenih ljudi s krvlju u dahu i polaziš ka prilici koja drži tvoju papuču.

Hrliš ka tom mrgodnom kosaču u kesi za đubre kao što si hrlio ka mnogim stvarima ka kojima nisi smeo. Ka kockarnicama, ratištima i lepim muškarcima. Čuješ kako se profesorka Rani dernja ali ne obaziraš se na nju isto kao što nisi ni na mamu onda kad je tata otišao.

Prilika ti se smejulji, kezi zube, iste žute boje kao oči.

– Gospodine, hajde da se sklonimo odavde. Ovo je birokratsko ispiranje mozga. Kao i u svakoj zgradi u ovoj ugnjetavačkoj državi.

Zakukuljena prilika staje ispred tebe. Iako joj je lice u senci, vidi se da je posredi momak, mlađi nego što si ti nekad bio. Jedno oko mu je žuto a drugo, reklo bi se, zeleno. Nisi siguran koje vesele bombone mogu da izazovu takvu halucinaciju. Glas mu zvuči muklo kao da ga boli grlo.

– Znam da se zoveš Mali, gospodine. Ne gubi vreme ovde. I molim te da se držiš podalje od Svetlosti.

Polaziš za njim u liftovsko okno, s tim što se ovoga puta spuštaš. Ljutiti falset profesorke Rani i baritonska rika Mojsija i Hi-mena pretvaraju se u daleku jeku.

– Čak i onaj svet smišljen je tako da zaglupljuje mase – kaže ti dečak. – Teraju te da zaboraviš svoj život i guraju te ka nekakvom svetlu. Sva buržoaska sredstva ugnjetavačkog režima. Govore ti da je nepravda deo nekog većeg plana. I tako te sprečavaju da se pobuniš protiv nje.

Kad stignete do prizemlja i izađete iz zgrade, vetar počinje da vas tuče sa svih strana. Napolju drveće stenje, gomile đubreta podriguju, a autobusi luče crni dim. Senke gamižu ulicama dok Kolombo u zoru okreće lice na drugu stranu.

– Gde si pronašao moju papuču?

– Na istom mestu gde sam ugledao tvoje telo. Treba li ti?

– Ne naročito.

– Ne mislim na papuču, nego na tvoj život.

– Znam.

Reči ti lako dolaze, iako nisi imao vremena da razmisliš o njima. Hoćeš li da vidiš svoje telo? Hoćeš li svoj stari život natrag? Ili je pravo pitanje ono kojim bi stvarno trebalo da se pozabaviš. Kako si, dođavola, dospeo tu?

Ničega se ne sećaš, ni bola, ni iznenađenja, ni poslednjeg daha, ni gde si ga udahnuo. Ali iako nemaš želju da ponovo budeš povređen, ili da bar još jednom udahneš vazduh, odlučuješ da pođeš za prilikom u crnom.

KUTIJA ISPOD KREVETA

Rodio si se pre nego što je Elvis snimio svoj prvi hit. I umro pre nego što je Fredi snimio svoj poslednji. U međuvremenu si napravio hiljade fotografija. Slikao si ministra vlade kako nadgleda dok divljaci '83. pale tamilske domove i kolju svakoga kog zateknu unutra. Imaš portrete nestalih novinara i iščezlih aktivista, zapušenih usta, vezanih i mrtvih u zarobljeništvu. Imaš mutne ali raspoznatljive snimke majora državne vojske, pukovnika tigrova i britanskog trgovca oružjem kako sede za istim stolom i dele bokal kokosove vode.

Imaš ubice glumca i lepotana Vidžaje i ostatke Upalijevog aviona zabeležene na filmu.[7] Sve te slike držiš u beloj kutiji za cipele sakrivenoj

---

[7] Vidžaja Kumaranatunga (1945–1988) – čuveni šrilančanski glumac i političar, ubijen po nalogu nekoliko visokih državnih funkcionera. Upali Vidževardene (1938–1983) – industrijski magnat, proglašen mrtvim nakon nestanka njegovog privatnog aviona. (Prim. prev.)

iza starih ploča Elvisa i Fredija, Kralja i Kraljice. Ispod kreveta koji majčina kuvarica deli sa očevim vozačem. Kad bi mogao, svaku bi umnožio u hiljadu primeraka i njima oblepio čitav Kolombo. Možda još možeš.

ĆASKANJE S MRTVIM ATEISTOM (1986)

Nagledao si se leševa, čak više no što je red, i oduvek si znao kuda su otišle duše. Na isto mesto gde ode plamen kad ga utrneš, gde reč ode kad je izgovoriš. Majka i ćerka zatrpane ciglama u Kilinočiju, deset studenata spaljenih na lomači od automobilskih guma u Malabeu, plantažer vezan sopstvenim crevima za drvo. Niko od njih nikuda nije otišao. Postojali su, a onda su prestali da postoje. Kao što ćemo svi prestati kad nam sveća dogori.

Vetar te podiže i svet počinje da proleće brzinom rikše, lica i obrisi promiču, neki manje uplašeni od drugih, većina ih ne dodiruje tlo stopalima. Imaš jedan odgovor za sve koji smatraju da je Kolombo prenaseljen: čekajte samo da vidite koliko u njemu ima duhova.

– Pratiš li onog stvora?

To te pita starac s kukom umesto nosa i klikerima umesto očiju, koji, reklo bi se, putuje istim vetrom. Glava mu nije na ramenima, gde se glave najradije nalaze. Drži je obema rukama ispred stomaka, kao loptu za ragbi.

– Ja ne bih, sinko. Osim ako ne želiš da ostaneš zaglavljen ovde.

Dok prolazite kraj glava drveća i obraza zgrada, priča ti da je više od hiljadu meseci proveo u Međuprostoru.

– Šta je Međuprostor? – pitaš ga.

Kaže ti da je bio nastavnik na Koledžu *Keri* i da je svakog dana putovao biciklom od Kotahene do Borele i natrag. Odeća mu je iscepana i isprskana krvlju.

– Jesi li stradao u saobraćajnoj nesreći? – pitaš ga.

– Nema potrebe da budeš neuljudan.

Objašnjava ti da svi duhovi nose odeću iz prethodnih života i da je i to bolje nego da su goli.

– Na prospektima na prijemnom pultu piše da si odeven u svoje grehove, svoje traume ili svoju krivicu. Jedno sam naučio tokom onih hiljadu meseci: ako ti nešto smrdi na laž, nemoj da ga progutaš.

Kaže da te zna s političkih skupova, a ti odgovaraš da nisi išao na političke skupove, na šta te on nazove lažovom. Kaže da si fotografisao njegov obezglavljeni leš, ali da u nazivu slike nisi naveo njegovo ime. I da su novine to nazvale političkim ubistvom, iako nije bilo. – Većina političkih ubistava nema nikakve veze s politikom – kaže.

Prilika s kapuljačom stoji na krovu i gleda vas kako ćaskate. Ne vidiš je kad skače u vetar, ali stalno imaš utisak da je nekoliko koraka ispred tebe.

– Ako pratiš onog tamo stvora, onda si prokleta budala.

Posmatraš krv na njegovoj košulji i nikako ne možeš da smisliš neku dovitljivu dosetku.

– Svašta će ti obećati, ali neće održati nijedno obećanje.

Zvuči kao svaki momak s kojim sam se ljubio, pomisliš, ali ne izgovoriš naglas.

– Meni je obećao da će uhvatiti mog ubicu. Moj ubica je upravo kupio kuću mojim novcem. To je druga priča.

Kad pogledaš Tamo Dole, vidiš ljude koji izgledaju kao mravi, kad bi mravi bili trapavi i neuljudni. Držiš se za vetar dok ti vazduh mrtvačkog Kolomba duva oko stopala.

Glava ti se smejulji s pregiba lakta.

– Jesi li bio vernik?

– Samo što se tiče gluposti.

– Kao što je raj?

– Ponekad.

– Ne verujem ti.

Sležeš ramenima.

– Kladim se da si mislio da onaj svet izgleda kao reklama za *Er Lanku*. Sa zlatnim plažama, kostimiranim slonovima i beračima čaja koji se cere ka foto-aparatu.

U pravu je što misli da si lažov:

a) nikada nisi bio vernik;

b) sećaš ga se.

Školski nastavnik koji se kandidovao za predsednika opštine, ali ga je njegov brat gangster ubio i umesto njega pobedio na izborima. Od lica mu nije ostalo bogzna šta u vreme kad si ga fotografisao, ali ipak si ga prepoznao.

– Jesi li verovao da na onom svetu teku med i mleko dok ti device puše? Ili da je sve sazdano od misterija, zagonetki i pitanja koja ne treba da postavljaš?

– Znaš li zašto budale žude za devicama? – Ponavljaš mu jednu od Di-Dijevih glupih teorija i zbrzaš do poente. – Zato što devica ne zna koliko si loš u krevetu.

Vazdušni kovitlaci nose te iznad zidova i autobuskih stanica. Svet ima razmazane ivice i boje na mestima gde uopšte ne bi trebalo da ih bude, a kud god da pogledaš, vidiš duhove. Ispred tebe neznanac u crnom nadleće površinu jezera Beira i sleće kao vrana na nadgrobni spomenik kraj ulaza u hram. Na njemu je prikazan slon koji juri kravu, koja juri pauna preko kruga vremena. Kese za đubre lepeću kao krila po betonskom reljefu. On stoji prekrštenih ruku i gleda pravo u tebe. Pravi neki pokret koji ne umeš da protumačiš.

Tvoj saputnik gleda kako ga gledaš. Stavlja glavu na ključnu kost. Neznanac s kapuljačom okreće ti leđa i sunovraćuje se ka obali jezera. Jantarne ljuspice izlazećeg sunca pretvaraju površinu u ogledalo. Povijene grane i poslovne zgrade posmatraju svoje odraze u namreškanoj vodi.

Starac uzdiše. – Ili si možda onaj svet zamišljao kao odaju za mučenje? Ili kao nešto tipa „civil uhvaćen između vladinih granata i tigrovskih bombi"? Ili možda kao „uhvaćen i pretučen štapovima samo zbog prezimena"? Pakao je svuda oko nas, i to sve u šesnaest.

Glava mu se okreće na ramenima kao periskop. – Ja sam, naravno, verovao da nema ničega. Da onaj svet uopšte ne postoji, da se zagrobni život ne odvija u sali sa šalterima. Zašto bi ičega moralo da bude? Zašto to ne bi moglo da bude ništa? Ništavilo ima više smisla nego raj, ili ponovno rađanje, ili uzastopno proživljavanje jednog te istog tužnog sranja. – Naginje glavu ka tebi. – Stvarno nisam očekivao ovakav rusvaj.

– Ko je onaj s kapuljačom?

– NOF-ovski komunistički šljam. I mrtav naklapa o revoluciji. Još jedan ubijeni ubica. Ne bi trebalo da razgovaraš s njim. Bolje idi i nađi svoju Svetlost i gubi se odavde dok još možeš. Trebalo je da i ja to uradim.

Mrtvi Ateista zuri u jezero Beira kao da razmišlja o zagrobnom životu i svemu što je propustio da uradi.

– Šta si radio hiljadu meseca?

– Išao sam u svako svetilište da gledam ljude kako se mole.

– Zašto?

– Sviđalo mi se što tako glupo izgledaju.

– To ne zvuči loše.

– Sedam meseca prođe brže nego što ti se čini – kaže on. – Ako prestaneš da pratiš onog stvora, onda će i on prestati da prati tebe. Budeš li ostao ovde, na kraju nećeš više imati šta da radiš.

Uzimaš foto-aparat i slikaš bezglavog tako da se u pozadini vide jezero i izlazeće sunce. Njegov glas isparava kao dobre namere. Osvrćeš se oko sebe, ali više ne vidiš ni njega ni onog s kapuljačom. Jedino što vidiš su tri tela na obali blatnjavog jezera.

JEZERO BEIRA

U utorak 4. decembra 1990, nekoliko minuta posle četiri izjutra, dva muškarca u saronzima bacaju četiri tela u jezero Beira. Nijednom od njih nije prvi put da to radi, niti da to radi pijan, niti da to radi u to doba.

Jezero tog dana smrdi kao da je neko moćno božanstvo čučnulo nad njega, ispraznilo creva i zaboravilo da pusti vodu. Napili su se ukradenog araka,[8] ne zato što su im živci popustili posle višegodišnjeg bacanja leševa, niti zato što ih muči savest, nego zato što bi im treznima udisanje tog smrada bilo kao da se inhaliraju nad pisoarom u javnom klozetu.

Prvo telo je zamotano u kese za đubre. Odeveno je u safari jaknu s pet velikih džepova i po opekom u svakom. Kreaciju ukusno dopunjavaju jedna papuča, tri lančića i foto-aparat oko vrata. Ona dvojica privezuju opeke za izubijan trup. Iako nisu ni mornari ni izviđači, veruju da se razumeju u čvorove.

Bacaju telo elegantno kao bacači kladiva, i ono pada uz pljusak, preletevši rastojanje ne veće od dečjeg skoka. Prva boca araka ubila im je gađenje, a druga motoričke sposobnosti. Čvorovi se razvezuju onog trenutka kad telo dođe u dodir s toplinom Beire i opeke tonu u crne vode jezera.

Isto pokušavaju i s preostalim leševima. Jedan tone, a drugi ostaje na površini. Ogromne kamene Bude iz hrama na vodi posmatraju plutajućeg pokojnika bez imalo zanimanja ili straha. Varani gmižu između leševa dok idu na jutarnje brčkanje. Barske ptice se prepiru oko toga koja će pojesti oči.

Jezero je nekada bilo triput veće i koristilo se za sakrivanje svakojakih grehova. Štošta se tu vekovima nagomilavalo otkako je portugalski trgovac Lopo de Brito skrenuo tok reke Kelani kako bi osujetio pljačkaške napade kralja Vidžajabahua. Ranije se protezalo kroz Panaduru i iza Kolomba i ulivalo se u jezero Bolgoda. Holanđani su ga se dočepali i uterali ga u kanale. Englezi su ga ukrali i pustili ga u promet. Leševi trgovaca, mornara, prostitutki, gangstera i nedužnih žrtava trule u njegovoj utrobi. I svake decenije podrigne i izbaci oblak kužnih isparenja koja prekriju čitavo Ostrvo robova.[9]

---

[8] Rakija dobijena fermentacijom kokosovih cvetova ili šećerne trske s pirinčem. (Prim. prev.)

[9] Predgrađe Kolomba, dobilo je naziv u vreme britanske kolonijalne vladavine zato što su tu nekada portugalski osvajači držali roblje iz Afrike. (Prim. prev.)

– Budalo jedna – podriguje Balal[10] Adžit. – Nisi zalepio izolirkom?

– Samo sam vezao. Rekao si da požurim. Kad da lepim izolirkom? – odgovara mu Kotu[11] Nihal.

– Kanap je spao lakše nego gaće tvoje mame.

– Šta si rekao?

– To što sam rekao. U onoj gvožđari u Navam Mavati prodaju molersku samolepljivu traku. Donde ti ne treba ni pet minuta.

– Još ne radi.

– Pa idi i otvori je.

– Ne mogu, jebote. Iskušenici se sad bude. Ne mogu sabajle da lemam sveštenike.

Balal Adžit skida majicu i gura je u sarong, sebi između nogu i duž guzne brazde. Ponovo podriguje. Začinjeni goveđi škembići napuštaju njegovu utrobu, a zatim i grlo. U ustima oseća ukus škembića mariniranih u starom araku.

– E pa zato, glupi Kotu, ti i ja sad moramo na plivanje.

I leš je postao goloprs, grudni koš mu se ulegao poput slomljenog kokosa. Trudiš se da ne gledaš izlomljene kosti, komadiće mesa u bradi i nedostajuće delove lica.

Ali ne možeš da se odupreš. Znaš te životinje. Rade u kazinu, plaćaju ih da pretuku one koji potuku kuću i naplate dugovanja od onih koje je kuća potukla. Nisi znao da rade i kao đubretari. „Kunu karaja“ je eufemizam za one koji se rešavaju tela za koja se ne može dobiti smrtovnica. Jeftinije je uzeti đubretara nego potkupljivog sudiju.

Za đubretarima vlada velika potražnja otkako je Šri Lanka 1987. godine potpisala mirovni sporazum sa Indijom. Vladine snage, istočni separatisti, južni anarhisti i severni mirovnjaci – svi su oni proizvođači obilnih količina leševa.

I Kotu Nihal i Balal Adžit dobili su nadimak u zatvoru *Velikada*, obojica zahvaljujući kulinarskoj veštini. Kotu Nihal je radio u kuhinji, gde se specijalizovao za sitno seckanje suvog hleba za kotu. Zahvaljujući tome što je mogao da nabavi raznorazna kuhinjska pomagala, postao je glavni trgovac oružjem u zatvoru. Stekao je ugled kad je najvećem zatvorskom siledžiji prislonio uz grlo oštrice dva noža za kotu. Balal Adžit je bio poznat po tome što je kuvao mačke (balale) i služio ih kao kari u zamenu za cigarete.

---

[10] Nadimak – Mačkar. (Prim. prev.)

[11] Nadimak – naziv jela od prženog sitno seckanog suvog hleba, povrća i komadića mesa. (Prim. prev.)

Stojiš na lešu kao da je surferska daska. Jesi li ikada surfovao za života? Reklo bi se da si odgovarajuće građen za to. Kakav si ti bio lepotan. Tuga živa. Počinješ da jecaš kako nisi ni kad je tata ostavio mamu, a onda se obuzdaš.

Možeš da razumeš Bezglavog Ateistu. Trideset četiri godine strastveno nisi verovao ni u šta. To nije najbolje objašnjenje za sveopšte rasulo, nego jedino iole uverljivo. Mislio si da si pametniji od ovaca koje hrle u hramove, džamije i crkve, a sad bi se reklo da su ovce ipak igrale na jaču kartu.

Tokom svog kratkog i beskorisnog postojanja ispitivao si dokaze i izvodio zaključke. Svi smo mi treptaji svetlosti između dva duga sna. Zaboravi bajke o bogovima, paklovima i prethodnim životima. Veruj u verovatnoću, u poštenje, u nameštanje već nameštenih karata, u igranje, dajući sve od sebe najduže što možeš. Naveli su te da poveruješ da je smrt slatki zaborav, a ispostavilo se da nije ni jedno ni drugo.

Jedini bog u kog si ikada verovao bio je trećerazredni jaka[12] po imenu Narada. U opisu njegovog posla bilo je da smišlja probleme za čovečanstvo. Ako omane, raspukne mu se glava. Bio je korisnik standardnog besmrtničkog paketa i neiscrpnih zaliha znanja. Doduše, ti podozrevaš da mu je glavni motiv bio održavanje lobanje u jednom komadu.

Nije zlo ono čega treba da se bojimo. Jeza treba da nas podilazi od moćnih stvorenja koja rade na svoju ruku.

Kako drugačije da se objasni ovo ludilo u svetu? Ako postoji nekakav nebeski otac, onda je sigurno sličan tvom: odsutan, lenj i verovatno zao. Za ateiste postoje jedino moralni izbori. Pomiri se s tim da smo sami i trudi se da stvoriš raj na zemlji. Ili se pomiri s tim da nas niko ne nadgleda i radi šta god ti padne na pamet. Ovo drugo je daleko lakše.

I sad si tu, gledaš dvojicu koji su 1983. palili tamilske domove kako pokušavaju da potope tvoj leš. Toliko o slatkom zaboravu i spavanju bez snova. Osuđen si da doveka ostaneš budan. Osuđen da gledaš ali nikad ne dodirneš, da svedočiš ali ne zabeležiš. Da budeš impotentni pešovan, *ponaja*, kako te je ono mrtvo dete maločas nazvalo ispred šaltera.

Prilika s kapuljačom izlazi iz senke. Lebdi na vetru i spušta se skrštenih nogu pored kamenih Budâ. Ne pomera usne dok govori, samo sedi u hladovini i usađuje ti reči u glavu. Glas zvuči kao zmija koja pročišćava grlo. – Primi moje saučešće, gospodine Mali. Sigurno je to bio težak udarac. Sad meditiraj nad sopstvenim telom.

---

[12] Demonsko biće iz sinhaleškog folklora. (Prim. prev.)

– Pomaže li to?

– Ne naročito.

Ko još nije pogledao svoju fotografiju i shvatio koliko je zapravo deblji i ružniji? Ogledala su varljiva kao i sećanja. Da se ne lažemo: bio si božanstven. Uredan, doteran, dobre kose i pristojne kože. A sad si strvina opružena na daskama, bez imalo daha ili boje. Iznad tebe kasapin mačaka podiže svoju sataru.

– Jesi li ti moj pomagač? – pitaš, ali ne dobijaš nikakav odgovor. Prilika u crnom je nestala i sad moraš da čekaš da ti se ponovo prikrade.

– Nisam, gospodine. Batali pomagače. Sve je to proseravanje. Oni moroni u belom nisu ništa drugo do birokrate i zatvorski čuvari. Pretvorili su Međuprostor u ludnicu. Jadno.

Svetska banka i holandska vlada jednom su dale donaciju za obnovu tih kanala. Veći deo novca završio je u dobro zašivenim džepovima. Odbacili su studiju opravdanosti i izradili novu, za izgradnju nepostojećih auto-puteva i nebodera. U Šri Lanki se gradnja poverava najjeftinijem ponuđaču ili se, što je najunosnije, od nje odustaje.

Kotu gura tvoje telo naniže, nada se da će tečnost prodreti kroz rupe u lobanji. Voda krsti mozak, ali leš i dalje pluta. Kotu psuje i pljuje. Balal pliva ka tvom lešu pažljivo držeći sataru iznad glave, kao žaba koja izigrava konobara. Satara je velika i smeđa, sigurno otupela od krvi hiljada mačaka.

Proučavao si te ljude, klonio si ih se na ulicama i u džunglama, znaš ko su i da se ne mogu prebrojati. I oni misle da ih niko ne vidi, nesvesni su da im pljuješ u kosu. Batinaši rade za šefa batinaša, koga policajci unajmljuju po nalogu specijalnih jedinica, koje finansira ministarstvo, koje odgovara Kabinetu, koji prebiva u kući koju je podigao Džej-Ar.[13]

Marksisti iz NOF-a su cele 1988. godine držali naciju za grlo, dok su narednu godinu obeležile oštre vladine protivmere. Ako si bio politički opredeljen, batinaši bi te pokupili i predali isledniku, a zatim, u zavisnosti od ishoda razgovora s njim, dželatu. Tom delatnošću se obično bave sadistički nastrojeni bivši vojnici, većina ih nosi crne kapuljače sa otvorima za oči, slično onima iz Kju-kluks-klana, ako se izuzme boja, naravno.

---

[13] Nadimak Džunijusa Ričarda Džajevardenea (1906–1996), premijera i predsednika Šri Lanke (1978–1989), čiju su politiku mnogi smatrali jednim od uzroka građanskog rata. (Prim. prev.)

Ako slediš uzvodno bilo koje govance, ono će te na kraju odvesti do nekog člana vlade. Profesorka Rani Sridaran sa Univerziteta u Džafni dala je čuvene prikaze ekosistema terorističke ćelije tigrova i vladinog odreda smrti. Oni okaljanih ruku ne mogu se povezati sa onima na visokim položajima, pa zato oni na visokim položajima mogu da okrive koga god odaberu. Vrla profesorka je bez dozvole upotrebila tvoje fotografije u svojoj knjizi. Ubili su je dok se biciklom vozila na predavanje. Verovatno više zato što je govorila protiv tigrova, nego zbog krađe tvojih fotografija.

Pored toga, primećuješ i neke druge, ozbiljnije stvari. Vidiš presečenu kičmenu moždinu na svom telu, kao i na susednom lešu, čije lice ne vidiš. Navikao si da vidiš krv, ali ovo je ipak previše za tebe.

Gledaš kako obezglavljuju drugi leš i lišavaju ga ruku i nogu. Balal seče dok Kotu poliva crevom prikačenim za slavinu kod hrama. Krv nestaje u crnilu Beire. Prilika s kapuljačom odvodi te u trenutku kad batinaš polazi ka tvom raspolućenom lešu. Skida kapuljaču i sad jasno vidiš lice. Mlad je i lepuškast uprkos ožiljcima i odranim krastama.

– Jesi li dobro, hamu?[14] – pita te.

– Baš i nisam – odgovaraš.

On smrknuto odmahuje glavom.

– Gospodin me se ne seća.

Gledaš masnice na njegovom vratu i opekotine na ramenima.

– Da li bi prestao da me nazivaš gospodinom?

Podseća te na prugu koja povezuje Dehivelu s Velavatom, podseća te na tuču na komunističkom mitingu u Venapuvi, na mračnu plažu u Negombu. Ne sećaš se njegove čokoladne kože, krhke građe i tankih usana, ne znaš kako se zove.

Ona dva bizgova se za to vreme svađaju zato što sunce već izlazi, što voda ne spira krv i što delovi tela ne tonu. Gledaš kako glavu koja je nekada bila tvoja stavljaju u najlon-kesu i bacaju je u jezero. Gledaš kako udove koji su nekada bili tvoje vlasništvo pakuju u kutije. Pitaš se zašto je, za razliku od Mrtvog Ateiste, tebi glava ostala na ramenima.

– Bio sam Sena Patirana. Bio sam glavni organizator NOF-a za Gampahu. Moje telo su bacili u ovo glibavo jezero pre mnogo meseci. Upoznali smo se.

Otklizavaš bliže mestu gde zamotavaju preostale delove tela. Udovi i glave u najlon-kesama, kao da ih spremaju za zamrzivač.

– Ne mogu da se...

---

[14] Nezvanični način obraćanja osobi iz višeg staleža; šefe, gazda. (Prim. prev.)

– Pokušao si da me poljubiš na mitingu u Venapuvi. Ne očekuj da se gospodin seća gospodina.

Gledaš kako delovi tela plutaju na ivici Beire, čuješ kako đubretari psuju i čekaš, sa sve manje nade, da ti se vrate sećanja.

SKRAĆENICE

Jednom si napravio puškicu za Endrua Makgauana, mladog američkog novinara koga su zbunjivale šrilančanske skraćenice. Iznova si je koristio mnogo puta za mnoge posetioce tokom mnogo godina.

Dragi Endi,
Nekome sa strane šrilančanska tragedija deluje zbunjujuće i nepopravljivo. Ne mora da bude ni jedno ni drugo. Ovo su ti glavni učesnici.

OTTE – Oslobodilački tigrovi Tamilskog Elama
* Hoće zasebnu tamilsku državu.
* Da bi to postigli, spremni su da kolju čak i tamilske civile i umerenjake.

NOF – Narodni oslobodilački front
* Hoće da zbace kapitalistički režim.
* Spremni su da ubijaju pripadnike radničke klase dok ih oslobađaju.

UNP – Ujedinjena nacionalna partija
* Poznata i kao Ujak-nećak partija.
* Na vlasti od kraja sedamdesetih, zakuvala dva rata.

SJ – Specijalne jedinice
* U službi Vlade, oteće i mučiće svakog za koga se sumnja da je pripadnik ili pomagač OTTE-a ili NOF-a.

Nacija je podeljena na rase, a rase se dele na grupacije koje se međusobno gložе. Ko god da je opozicija, prvo će zastupati multikulturalnost, a onda će u zamenu za moć nametnuti dominaciju sinhaleškog budizma.

Ti ovde nisi jedini stranac, Endi. Mnogi su zbunjeni isto koliko i ti.

IMS – Indijske mirovne snage
* Poslali su ih naši susedi da održavaju mir.
* Voljni su da zarad ostvarenja svoje misije spale čitava sela.

UN – Ujedinjene nacije
* Imaju štab u Kolombu.
* Dozlaboga su teški za saradnju.

IAK – Istražno-analitičko krilo
* Indijska tajna služba, ovde je zarad pravljenja sumnjivih dogovora.
* Najbolje je izbegavati ih.

CIA – Centralna obaveštajna agencija
* Sede na obalama ostrva Dijego Garsija s veoma jakim dvogledima u rukama.
* Je li to istina, Endi? Čik reci da nije.

Nije to toliko zamršeno, druže moj. Nemoj ni da pokušavaš da nađeš nekog dobrog momka, jer takvih ovde nema. Svi su sujetni i gramzivi i ne umeju ništa da završe bez mita ili tuče.
Situacija se zapetljala do neslućenih razmera i iz dana u dan je sve gore. Čuvaj se, Endi. Ovaj rat nije vredan gubljenja života. Nijedan nije toga vredan.
Malin

Ćaskanje s Mrtvim Revolucionarom (1989)

Veoma rano si shvatio da ti se sviđaju drugi dečaci. Kad ti je tata rekao da sve pedere treba vezati i silovati noževima, oborio si pogled na svoje papuče i nikada ga više nisi pogledao u oči.

Možda će doći vreme kada će homoseksualci moći da se ljube na ulici, da zajednički podignu kredit i umru jedan drugom na rukama. Ne za tvog života. Sve dok budeš živ, nalazićeš na mračnim mestima neznance koje nikada više nećeš videti. Ili ćeš se upuštati u tajne veze koje će se okončavati bez dovoljno vremena za patnju. Ili ćeš preduzeti nešto radikalno: naći ćeš devojku, živećeš s njom, a spavaćeš u gostinskoj sobi sa stanodavčevim sinom.

– Došao si na miting NOF-a. Pitao si me da ti poziram s transparentom. A onda si pokušao da me poljubiš. Nedelju dana kasnije nestali su prvu grupu mojih drugova. Mesec dana kasnije nestali su i mene.

Pojedinosti ti dolaze u vidu svraba i grčeva. U Šri Lanki je osamdesetih glagol „nestati" bio prelazan i označavao je nešto što vlada, anarhistički NOF-ovci, separatistički tigrovi ili indijski mirovnjaci mogu da ti urade u zavisnosti od toga iz kog si okruga i na koga im ličiš.

– Hajdemo za ovim pacovima. – Sena te vodi na krov belog kombija. Crne kese za đubre od kojih su mu sačinjeni kapuljača i plašt dobro su zalepljene, za razliku od onih koje mu obavijaju stvarni leš, čiji neki delovi sad plivaju u Beiri, a neki sede u kamionetu. Ne možeš sa sigurnošću da odrediš šta je napravilo one tragove na njegovim doručjima, ali možeš da pretpostaviš. Spuštaš pogled i vidiš da imaš samo jednu papuču, kožnu, uvezenu iz Madrasa i kupljenu u Džafni.

Beli *delika* kombi polazi. Na sedištima su Kotu i Balal, koji su se u međuvremenu oprali crevom i obukli majice bez rukava. U zadnjem delu su kutije mesa koje već počinje da se oseća. Šnicle, kotleti i sitnež koji su nekada bili deo tebe i još dvoje. Neki komadi izgledaju kao da su bili u zamrzivaču.

Vozi mlad vojnik, koji sedi pogrbljen nad volanom i mrmlja sebi u bradu.

– Neko mi nešto govori, ali to nisu ova dvojica, a nisam ni ja. Ko je to?

Na sebi ima uniformu redova, ali mu je lice zbunjeno kao u usplahirenog studenta. Ima protetičku nogu, koju drži na suvozačkom sedištu dok rukom grčevito steže ručicu menjača. Sena mu šapuće nešto na uvo, a onda se osvrne i osmehne ti se. – Ako mi pomogneš, mogu da te naučim kako da se šapuće živima – kaže, pa ponovo navlači kapuljaču i zavaljuje se.

– Mislio sam da ćeš mi reći kako sam umro – kažeš mu, iako još nisi siguran želiš li to da znaš. Momčić za volanom nervozno se osvrće oko sebe kao da čuje nešto što ti ne možeš. Cimne menjač, na šta se kombi dvaput trzne.

– Gospodina su pokupili u Klubu Umetničkog centra ili nekog sličnog mesta gde odlaze bogati pešovani. Gospodina su strpali u kombi i izudarali pajserom. Držali su ga okovanog u prostoriji punoj govana mrtvih ljudi.

Podiže šaku da ti pokaže krvave kraste na mestima gde su nekad bili nokti. – Možda si se probudio kad je čovek s maskom počeo da ti postavlja pitanja. „Jesi li NOF-ovac?" ili „Jesi li tigar?" Možda: „Jesi li iz neke strane NVO?" ili „Jesi li indijski špijun?" A onda sledi pitanje zašto si slikao i kome si prodao fotografije.

Vozač dovikuje putnicima:

– A ova dodatna tela, odakle su, a?

– Šoferče! Začepi gubicu i vozi. – Balal spušta pogled na mrlje na svojim rukama.

– Gospodine Balale, ne sviđa mi se ovaj odvratni posao.

– Hvala na obaveštenju. Ubaciću to u izveštaj. A sad vozi.

Kotu za to vreme lupka Balala po ramenu i tiho mu se obraća. Prstom češlja guste brčine dok govori. – Balale, druže, žaliću se šefu.

– Kom šefu?

– Velikom šefu.

– *Velikom* velikom šefu?

– I njemu ako treba. Ne plašim se. Stvarno je neprofesionalno što moramo ovako da radimo.

Sena sad lebdi ispred tebe i viče ti u lice. Podižeš polomljeni foto-aparat do oka i poravnavaš njegovo telo s drvećem koje promiče.

– Možda si želeo da im pljuneš u lice i prokuneš im decu. Ali ti si samo plakao, tresao se i preklinjao ih. *Možda* su ti zabili eksere pod nokte. *Možda* si im rekao ono što su želeli da čuju. *Možda* su te naterali da pušiš pištolj.

Oči su mu pune suza, ali on ih ne otire.

– I tebe su tako pokupili?

– Sve su nas tako pokupili. Dvadeset hiljada prošle godine. Pretežno nedužne budale. Ceo NOF nema toliko članova.

– Nisam bio član NOF-a.

– Ministar Siril Vidžeratne je rekao: „Dvanaest vaših za jednog našeg." Nije se šalio. Samo se preračunao, debil.

– Nestalo je dvadeset hiljada ljudi? Ti si se preračunao.

– Video sam tela.

– I ja sam. Pet hiljada uvrh glave.

– NOF je ubio manje od tri stotine ljudi. Da bi nas slomili, vlada je pobila više od dvadeset hiljada ljudi. Možda čak i dvaput više. To su ti činjenice, gospodine.

– Vlada je pobila više od dvadeset hiljada ljudi – kaže Šoferče, koji je načuo razgovor što mu se odvija iznad ušiju. – Zašto i dalje ubijaju? NOF je pukao. OTTE je ućutkan.

– Ćuti i vozi – kaže mu Balal.

– Ako postoji život posle smrti, svima će nam ovo biti plaćeno – kaže Šoferče.

– Budalo. Nema života posle smrti – kaže mu Kotu. – Ovo sranje je sve što imamo.

– Kuda idemo? – pita Šoferče.

– Skreni levo na onoj raskrsnici – kaže mu Balal. – I umukni.

– Nije to loša ideja. Da neko popuši pištolj – kaže Šoferče dok okreće volan.

– Pa, kakva su pravila, druže Patirana? – pitaš Senu s krova belog kombija.

– Nema pravila, gospodine. Isto kao ni Tamo Dole. Sâm ih stvaraš.

– Mislio sam na putovanje. Mogu li da idem svuda gde ima vetra?

– Ne baš, hamu. Možeš da putuješ svuda gde je tvoje telo bilo.

– I to je sve?

– Možeš da ideš i tamo gde se izgovori tvoje ime. Ali ne možeš da odlepršaš do Pariza ili na Maldive. Osim ako neko ne odnese tvoj leš tamo.

– Zašto baš na Maldive?

– Duhovi greškom misle da je tamo raj. U onim plićacima ima više duhova nego raža.

– Ali možeš da se voziš vetrovima?

– To ti je mrtvački javni prevoz, gospodine. Pokazaću ti.

Istog časa nestaje kroz krov kombija. Doziva te i ti se osvrćeš. Svanulo je i autobusi su puni kancelarijskog roblja i školaraca koji se obučavaju da to postanu. Za svako vozilo se drži poneko stvorenje nalik tebi. Pogledaš dole i vidiš po jednu utvaru na krovu svakog automobila.

– Dođi, gospodine Mali. Uskači.

Uštineš se, ali ne osećaš ništa. To može značiti da sanjaš. Ili pak da više nemaš telo. A možda znači i da komotno možeš da uroniš u metalni krov belog kombija u pokretu. I zato uranjaš. Osećaj je kao da skačeš u bazen, kad bi voda imala ukus rđe i kad ne bi bila mokra.

– Kako možemo da putujemo kombijem a da ne propadnemo kroz pod?

– Gospodin me nije slušao. Vezani smo za svoja tela. Možemo da se vozimo svakim vetrom koji prolazi tamo gde je bio naš leš.

– I to je sve?

– Ako pandrkneš u Kandani, pa te prevezu u Kaduganavu kako bi te sahranili, možeš da siđeš bilo gde duž tog puta.

– Da, ali ako nekoga izbodu u kuhinji u Kurunegali i zakopaju ga iza kuće, njemu su mogućnosti prilično ograničene, zar ne?

On te gura pozadi, tamo gde su meso i smrad. Zatim staje između Balala i Kotua i čeka. Uopšte nije nemoguće da si pokušao nešto s tim suvonjavim momkom. Tokom poslednje decenije muvao si sve što je mrdalo i još štošta što nije. To je jednom izjavio tvoj cimer Di-Di uz martini. Uvreda uvijena u šalu.

Kombi naleće na izbočinu na drumu nadomak Biskupskog koledža. Sena udahne nešto što nije vazduh i istovremeno odalami Balala i Kotua. Glave im od trzaja kombija polete i sudare se. Sena se nasmeje, a i ti s njim. Čak i mrtvaci uživaju u dobroj neslanoj šali.

– Koj' ti je kurac? – viče Kotu držeći se za teme.

– Izvini, šefe – ravnodušno odgovara Šoferče. – Samo kvržica na putu.

– More daću ja tebi kvržicu.

– Putevi su govno. Vreme je da ova vlada kupi prnje.

– Nikoga ne zanima tvoje mišljenje, Šoferče – kaže mu Kotu dok trlja čvorugu.

Pitaš Senu kako je to izveo, a on ti objašnjava da bestelesni duhovi imaju određene moći. Ali tek kad odlučiš.

Kad šta odlučiš, pitaš ga.

– Hoćeš li nam se pridružiti.

– Koji ste to „vi“?

– Ovakvi kao što smo ti i ja.

– Odeveni u kese za đubre?

– Rešeni da obezbede pravdu svima ubijenima. Da omoguće onima bez grobova da se osvete.

– Kako?

– Tako što ćemo uništiti ove mamlaze. I njihove šefove. I šefove njihovih šefova. Ološ koji nas je ubio. Sve ćemo ih dokusuriti, hamu. Gospodin mi ne veruje? To ti je prva greška.

– Eh, moj sinko. Pogrešio sam više puta nego što si se ti jebao.

– Moje telo je bilo u zamrzivaču s još sedamnaest drugih pre nego što su napokon našli vremena da me bace u ono jezero – kaže ti Sena dok se obmotava kesama.

Kombi se naglo zaustavlja i batinaši gunđaju. Izgleda da je Šoferče zaspao i nagazio kočnicu. Tek tad primećuješ linije na njegovom licu i senke što mu padaju na uši. Oči su mu pune očaja svojstvenog mnogima koji prevoze ljudsko meso kroz saobraćajnu gužvu Kolomba. Sena mu šapuće nešto na uvo i kombi ponovo kreće.

– Pomoći ću ti da nađeš ono što si izgubio – kaže.

Ako se izuzme trzaj obrva, nema drugih pokazatelja da je Šoferče to čuo.

– Oni koji su zgrešili biće kažnjeni. Oni o koje su se ogrešili biće utešeni.

– Može li on da te čuje?

– O, da.

– Možemo da govorimo živima?

– To se nauči.

Kombi izlazi iz gužve na kružnom toku u Mirihani i produžava ka fabričkim kompleksima u predgrađu.

– Kuda idemo, Seno?

– Zar te ne zanimaju preostala dva tela pozadi?

Gledaš muve koje kruže oko mesa u kesama u zadnjem delu kombija. Pitaš se da li se i one ponovo rađaju kao mi.

– Ko su oni?

– Uskoro ćeš saznati.

– Sad sam znatiželjan. Kuda idemo, druže Seno?

– Ne znam, šefe. Izgleda da bismo mogli da dobijemo grobove.

– Zar je ostalo dovoljno za ukop?

– To je samo meso, hamu. Najlepši deo tebe još je ovde.

Retko ko ti je govorio da si lep, iako si to bio. Razmišljaš o svom raskomadanom božanstvenom telu. Kako smo svi ružni kad se svedemo na meso. Kako je ružna ova divna zemlja, i kako si ti bio ružan svojoj majci, Džeki i Di-Diju.

PATLIDŽANI

Di-Di je tvrdio da je to nešto najružnije u univerzumu, na šta si mu ti odvratio da na svetu ima toliko grozota da ovo ne bi ušlo čak ni u prvih deset. U kutiji ispod kreveta bilo je pet koverata i u svakom se nalazila solidna količina grozota. Svaki je bio pun crno-belih fotografija i u uglu imao flomasterom naškrabanu oznaku jedne karte. Živeo si u sobi bez nameštaja i bacao sve u svom životu izuzev tih fotografija i kutija.

Di-Di je rekao da je video samo tri patlidžana u životu: tvoj, svoj i očev.

– Kakva čast – rekao si. – Ne izgledaju svi kao patlidžani. Većinom su kao dečji vratovi, neki su pečurkasti, a malobrojni kao bebeće pesnice.

– Ti si ih mnogo video, zar ne? – pitao te je Di-Di, na šta je u sobi postalo napetije nego u bornim kolima koja voze deca, kakvima si se jednom vozio do Kilinočija.

– Nekoliko – odvratio si. – Svi su bili prelepi.

– Kladim se da bi ti bilo šta poljubio – rekao je Di-Di. – Muvaš sve što mrda. I još štošta što ne mrda.

– Kad su patlidžani u pitanju, imaju običaj da se mrdnu kad najmanje to želiš.

Izložio si mu svoju veliku teoriju o penisu. Kako Azijci imaju najviše seksa uprkos tome što su njihovi najmanji. Kako je prosečan ud ujedno mišićav i mesnat, vlažan i suv, tvrd i mek, gladak i naboran. To je jedini deo tvog mesnatog odela koji može da menja oblik. Zamisli da ti nos poraste nekoliko centimetara svaki put kad slažeš. Ili da ti se mali nožni prst pretvori u palac.

– Koliko? – pita Di-Di brade naslonjene na tvoja kolena. Držao ti je noge dok si radio trbušnjake. – Dvadeset? Pedeset?

Jednom si pokušao da ih prebrojiš i odustao kad si zašao u trocifrene brojeve.

– Manje od deset? Nema šanse. Bar dvaput više. Znao sam. Više od toga? Više od dvadeset? To je odvratno.

– U čemu je problem? Pa svi mi volimo patlidžane.

– Ja volim samo tvoj.

Rekao si mu da obrezivanje po rođenju usađuje bes u podsvest i da muškarci zbog toga postaju nasilni.

– To je glupo i zatucano – odvratio je. – Ja sam obrezan, a ti nisi. Koji je od nas dvojice nasilniji?

– Hmm.

– Misliš da sam nasilan?

– Strastven si. – Spustio si teg iznad njegovog lepog vrata i gledao kako ga diže. – Zastrašujuće je kad se uzbudiš. Ne mogu ni da zamislim kakav si kad pobesniš.

On se široko smeši, teg povlađuje gravitaciji a prsa mu se pune krvlju.

– Nikada me nisi video uzbuđenog.

– Nije tačno.

– A tvoje teorije su budalaštine.

– A zašto onda Amerikanci, Jevreji i muslimani neprestano vode ratove? To je podsvesni bes zato što su u detinjstvu ostali bez kožice. Beba vrišti kad lupne glavom o nešto. A zamisli tu agoniju...

– To je nešto najgluplje što si ikada rekao. A izgovarao si stvarno teške gluposti.

– Pročitao sam to u izveštaju Svetske zdravstvene organizacije. Sve ratničke nacije su obrezane. Izrael, Liban, Iran, Irak, SAD, Kongo...

– Sovjeti, Nemci, Britanci, Kinezi? Isto obrezani?

– Nijedna teorija nije savršena.

– Aha.

Podrugljivo se osmehnuo i dao ti tegove.

– A Sinhalezi i Tamili? – pitao je. – Ni jedni ni drugi nisu obrezani.

Izvio je obrve i napeo jamice na obrazima. Di-Di je imao neprijatnu naviku da s vremena na vreme navede validan argument.

Posle toga ste se rvali i skotrljali se na pod. Onda te je Di-Di pitao za najmanji i najveći koji si ikada video, a ti si mu rekao da su to bili čestiti zemljoradnik u Vaniju i razbacani roker u Berlinu. Prećutao si da je zemljoradnik, obdaren kao konj, bio leš kad si ga video, i da te je gitarista pretukao u sporednoj uličici, uprkos tome što je bio obrezan i majušan, ili možda upravo zbog toga.

Objašnjavaš mu da je kita dokaz da muškarci nemaju slobodnu volju. Di-Di malo razmisli, pa prezrivo šmrkne: – To je najbedniji izgovor svih vremena.

– Mi ne kontrolišemo dotok krvi u kurac. To je kao da nam demoni šapuću na uvo i stavljaju nam oglav na oči.

– Možda tebi.

Te noći si uklonio jedan koverat iz kutije. Nisi mu bio dodelio nikakav naziv, ali da jesi, verovatno bi glasio *Patlidžan*. U njemu su se nalazile odabrane muške genitalije, slikane uz saglasnost njihovih vlasnika ili bez nje. Sačuvao si one najbolje i spakovao ih u koverat sa oznakom *Žandar*, a ostale si uništio. Di-Di je počeo da ti prekopava kutije s fotografijama, a taj prizor bi stvarno bio previše za njegove lepe okice.

U kutiji se nalazilo pet koverata, svaki nazvan po jednoj karti iz špila. *Kec* je označavao slike koje si prodao britanskoj ambasadi. U *Kralju* su bile slike koje je naručila sinhaleška vojska. *Dama* su bile fotografije koje je otkupila jedna tamilska NVO. Ali *Žandar* je bio samo za tebe.

Peti koverat se zvao *Čista desetka* i u njemu su bile Di-Dijeve fotografije, kao i najlepši prizori iz Šri Lanke.

– Ti si čista desetka – rekao si mu jednom. – Na skali od jedan do trinaest.

OBUČENI KASAPI

Ponovo kreću. Kotu pali još jedan *gold lif* i češe se po stomaku. U kombiju je sparno i smrdi na rđu, pepeljare i trulo meso.

– Znaš šta me opasno ljuti? – kaže mu Balal.

– Veliki šef? – nagađa Kotu.

– Tolika neprofesionalnost.

– Velikog šefa?

– Šta si se uhvatio za velikog šefa? Jel' ti šašolji muda?

– Ja sam mali čovek koji obavlja prljav posao – odgovara mu Kotu. – Kad bih mogao da nađem pravi posao, časa ne bih časio. Ali ko bi zaposlio lopova?

Kotu tužno gladi brkove dok Balal krcka prste. Balalove ruke su mišićave od višegodišnjeg seckanja. Kotuovi obrazi su otromboljeni od višedecenijskog žvakanja betela.

– I ja to sebi govorim – kaže Balal. – Nađi pravi posao. Ne može doveka ovako da se jurca. Odseci prste, polomi zube, razbucaj lice. Da ne mogu da ih identifikuju. Posle ih baci gde hoćeš.

– Ovo nije pravi posao – mrmlja Šoferče za sebe na prednjem sedištu.

– Rekao si da imaš plan – kaže Kotu lupkajući se po trbušini. – Zamrzivač na četvrtom spratu je pun-puncat. Ne možemo ovo tamo da odnesemo.

– A da ih rasparčamo i zakopamo negde?

– Koliko bi rupa ti da kopaš? Ne možeš sve da rešiš satarom.

– Ja sam obučeni kasapin. Ali ovo se plaća bolje nego rad na živinarskoj farmi.

Šoferče im dovikuje: – Gospodine Balale, gospodine Kotu. Mnogo sam umoran. Kad ćemo kući?

Đubretari se ne obaziru na njega.

– Jebiga, mi sve radimo kako treba – nastavlja Balal. – Zakoljemo, ocedimo, istranžiramo, zakopamo. Svaki put na drugom mestu.

– A zašto ne istovarimo đubre u džungli i bacimo šibicu?

– A u kojoj džunglu, mame ti? Onoj u zabavnom parku *Satutu Ujana*?

– Pa gde onda? U Beiri neće da potonu. U Dijavani ih voda izbaci na obalu. Plaža je pod stalnim nadzorom. Za paljenje vatre treba ti dozvola.

– Na Ostrvu vrana ima deponija.

– Tamo ima previše vrana.

– Jednom sam jeo vranu. – Šoferče se smeši usnama, ali ne i očima. – Ima ukus kao kozje meso.

– Tu je i šumski rezervat *Labugama*. Priča se da SJ i IMS tamo bacaju tela gde stignu – kaže Kotu.

– Ne možemo tek tako da zabasamo tamo. Sigurno nam treba nekakva dozvola – kaže Balal.

– Razgovaraću s velikim šefom – kaže Kotu. – Moramo poštovati zakon čak i kad je reč o ubistvima, zar ne?

– U redu, imam plan – kaže Balal dok kombi stoji zaglavljen u saobraćaju.

– Bolje bi ti bilo da je dobar – kaže Kotu.

– Nahranićemo njima moje mačke.

– A?

Balal se smeje, kreštavo i bez imalo radosti. Šoferče mrmlja sebi u bradu dok mu Sena sa suvozačkog sedišta šapuće na uvo. Drhturiš među kesama punim mesa i prinosiš foto-aparat očima.

– Šalim se, šalim se. Ali kod kuće imam čitav čopor mačaka. Jedna je ribarica[15] koju sam pronašao na ulici. Večito je gladna.

– Mačka ribarica? Stvarno? – kaže Kotu. – A ne močvarni krokodil? Ili panter iz zoološkog vrta?

Kotu se uopšte ne uzdržava, i Balal to primećuje.

– Zašto držiš mačke? – pita ga Šoferče, koji je u međuvremenu prestao da plače i nalegao na sirenu.

– To je dobar poslić sa strane. Prodajem ih Kinezima.

– Kineskoj ambasadi? Lažeš.

– Ne, pobogu. Kineskim restoranima u Grandpasu. Kinezi nikad ništa ne pitaju.

Smeju se kao veštice dok dodaju jedan drugom poslednju cigaretu.

– Balale, ti si pogana životinja. Šoferče, vozi nas natrag u hotel. Moraćemo nekako da nađemo mesta u onim zamrzivačima.

---

[15] Vrsta južnoazijske divlje mačke, u proseku dvaput veća od domaće. (Prim. prev.)

– Imamo li još nekoga da pokupimo danas? – Šoferče se ne smeška i ne mršti, kao da bi mu bilo koji odgovor bio potaman.

– Nemamo, mali. Hajde da malo odspavamo.

– Ja nikad ne spavam – kaže vozač i ugasi motor.

OSVETLI ZAPEĆKE UMA

Ne sećaš se kako si učio da hodaš i govoriš, niti kako su te učili da sereš u nošu. Ko to pamti? Ne sećaš se kako ti je bilo u materici, ni dok si izlazio iz nje, ni kasnije u inkubatoru. Ni gde si bio pre toga.

Pamćenje ti se vraća kroz sitne telesne neprijatnosti. Kroz kijanje, grčeve, žiganje i svrab. Što je čudno kad se ima u vidu da više nemaš telo, mada su možda hipnotizeri u pravu: možda bol i zadovoljstvo obitavaju jedino u našem umu. Sećanja ti se vraćaju u naglim udasima, grcajima i nekontrolisanim pokretima.

To se dešava kad god prineseš foto-aparat očima. Kroz zastakljenu špijunku na trenutak vidiš lica obasjana svetlošću, senke koje se protežu preko brdâ, prizore koje si slikao i objektive koje si slomio. Prisećaš se pojedinosti i prikupljaš deliće.

Preseče te oštar bol u trbuhu kad ugledaš Alberta Kabalanu i Lakšmi Almeidu kako se drže za ruke na plaži Pasikuda one večeri kad su slavili deseti rođendan svog sina. U vreme kad su još igrali badminton u mešovitim parovima. Nekoliko godina pre Bertijevog odlaska, nekoliko godina pre nego što će Laki početi da pije danju. On nesvestan bolesti koja je već u njemu, ona nesvesna postojanja tete Dalrin.

Škljocaš nemim *nikonom* i vidiš golog pretučenog muškarca i rulju koja mu se smeje dok prikuplja granje za lomaču. Ta slika je navela crnu gospođu debelih usana da te pozove. Pikova dama čijeg imena ne možeš da se setiš ma koliko stenjao i mrštio se.

Pritiskaš polomljeno dugme i vidiš neeksplodiranu jaknu bombaša-samoubice, čiji je vlasnik ubijen u „pokušaju da pobegne", slikanu uz svetlost sveće. Nije ti trebalo nikakvo svetlo da slikaš masovnu grobnicu u Surijakandi dok je izlazeće sunce zlatom kupalo pirinčana polja. Mrštiš se i zuriš u kosture koji se pružaju ka horizontu, mrtvu decu dokle ti pogled seže. Pre nego što su ih pogubili, učenike su naterali da napišu oproštajne samoubilačke poruke svojim porodicama. I to zato što su zadirkivali sina direktora škole, koji je poznavao nekog pukovnika SJ.

Ne sećaš se koliko si puta prevario Di-Dija, jedino da si samo jednom osetio krivicu. Ne sećaš se kako si glasao za Džej-Ara, kako si izgubio trinaest laka za tri minuta, niti kako si saopštio ocu ono što ga je slomilo. Ali znaš da si sve troje uradio.

Ne sećaš se Sene. Ni da si ga upoznao, ni odlaska na miting, ni pokušaja da ga poljubiš. Ne sećaš se svoje smrti. Ni kako si umro, ni ko je bio prisutan. A radije ne bi da saznaš zašto.

Možda su te pokupili zato što si previše dobro obavljao svoj posao, kao sve one novinare i aktiviste tokom poslednje decenije. Možda su te koknuli jer si uvredio nekoga čiji otac poznaje nekoga. Možda si sâm to uradio, nije da nisi i ranije pokušavao. Svaki scenario zvuči uverljivo.

Doduše, svaki kockar zna da je najveći ubica u ovom bezbožnom univerzumu nasumični ishod bacanja kocke. Najobičnija smrdljiva loša sreća. Ono što nam svima dođe glave.

Foto-aparat se puni blatom. Otresaš ga onako kako ne bi smeo i hvataš se za đinđuve koje ti vise oko vrata. Prinosiš *nikon* licu i vidiš da više nije smeđ. Vide se razbijeno staklo i razmazane boje. Vidiš mrtve posle granatiranja Kilinočija. Vidiš iskidanog psa, krvavog čoveka, majku s detetom. Slikaš sve to s vrha oronule zgrade, i dok posmatraš, u stomaku ti raste sve veća rupa, sve dok ne osetiš kako ti pritiska grlo. To ni u kom slučaju nije najpotresnija fotografija u tvojoj kutiji, ali je tebi iz nekog razloga najtužnija.

Prebacuješ se na zadnje što pamtiš. Kad si u kockarnici uložio sve što imaš na nešto crno.

NE POSEĆUJTE GROBLJA

– Ej! Kuda ćeš?

Kombi mili kroz gužvu duž groblja Borela. Batinaši-siledžije dremaju, a Šoferče pevuši za sebe. Tačnije, falšira noseću temu iz *Lambade*. Što znači da zvuči potpuno isto kao original.

– Imam posla – odgovara Sena – a i sve više imam utisak da gubim vreme s gospodinom.

– A šta je trebalo da radim?

Ne mili ti se da provedeš svojih sedam meseci u kombiju punom ljudskog mesa. Kese za đubre u zadnjem delu šuškaju na vetru.

– Niko ne može nikoga ni na šta da primora. U tome je muka.

Sena skače s krova rikše na bok autobusa, a odatle na ogradu groblja. Pitaš se da li bi mogao da skočiš s vozila koje se takoreći ne pomera. On ti dovikuje s pločnika: – Ako tebe nije briga zašto si umro, zašto bi mene bilo?

Čuješ nekakvo brundanje iza Balala i Kotua, koji hrču i balave, respektivno. Dve utvare se uzdižu iz vreća mesa. Odeća im je iscepana, oči su im prazne, obojica su ošišani na repove i poznati su ti, a znaš i odakle. Video si njihova tela na obali Beire, rasparčana na osmine, smeštena pored tvog i Seninog. Deluju kao mladići koje je neko prebio namrtvo. Oči im kolutaju u dupljama dok nezgrapno polaze ka tebi.

Đipaš kao balerina u troskoku i spuštaš se ispred kapije groblja, pored Sene koji se previja od smeha. Osvrćeš se i vidiš da te ona dva duha prate. Drekneš, na šta se Sena još više zaceni.

Oni lebde za tobom, izgledaju mrtvije od većine i ne progovaraju ni reč. Nemaju nokte, što je jasan pokazatelj. Isto kao i masnice na tabanima i pogled u stilu „upravo sam progutao sopstveni mozak“. Svojevremeno si imao prilike da vidiš nekolicinu sličnih kako vise naglavce s telefonskih stubova, peku se na suncu pored druma ili stoje zakucani za drveće. I svi su imali isti izraz kao ova dvojica. S tim što se ti leševi nisu mrdali.

– Ubogi nevoljnici. Grešnici – kaže Sena. – Obojica su bili studenti tehnike. Debeli je iz Moratuva, a onaj drugi iz Džafne. Pokupili su ih, mučili i ubili.

– Zbog čega?

– Večito pitanje. Zato što su bili Sinhalezi ili Tamili? Ili pak zato što su bili siromašni?

– Meci umeju da pronađu i one iz srednje klase – kažeš. – Novinar Ričard de Sojsa, aktivistkinja Rani Sridaran. Ja, kao što si već istakao. S tim što se ja ne sećam da su pucali u mene.

Ne sećaš se da su te izvukli iz kreveta kao Ričarda dok je njegova majka preklinjala da ga poštede. Ne sećaš se da si dobijao pretnje smrću od mladića koje si podučavao kao profesorka Rani.

– Ovi momci su nedužni. U tome je caka. Ako ništa drugo, ti i ja smo bar bili umešani.

– Ja ni u šta nisam bio umešan.

– Samo nastavi to da ponavljaš.

– Nisam bio NOF-ovac. Kako sam bio umešan? Nisam bio pripadnik OTTE-a.

Podižeš glas, ali zombi-inženjeri to kao da ne primećuju.

– Rekao si da si radio s Britancima?

– Jesam li?

Greškom pogubljenim inženjerima otima se preplašen uzdah i vidiš tamnu senku pre nego što shvatiš šta je pravi. Stvor je veliki i baulja na sve četiri, kao pas. Skače po krovovima automobila, ali uspevaš da razaznaš jedino masu sačinjenu od kose, zuba i očiju.

Međutim, plaši te ono što čuješ. Glasovi otvrdli od straha, zarobljeni u mesu, poput duša kojima više nema pomoći. Kakofonija kmečanja, poput obračuna u lošem sviranju sintisajzera. Kao da sintisajzeri mogu drugačije da se sviraju.

Stvor ima glavu bika na telu medveda i sve brže ti se približava. Ima ogrlicu od lobanja i brojna lica zatočena ispod kože. Ne možeš da odlepiš pogled od tih lica.

– Kreći se polako – kaže ti Sena. – Sad.

– Šta je to?

– Naraka. Biće iz pakla. Nešto gore od demona.

Sena te povlači na vetar. Čuješ režanje iza leđa. Širi se kroz prostor između tvojih ušiju. Zvuči kao kreštanje hiljadu falširajućih glasova. Stvor stoji na krovu kamiona u pokretu i posmatra te. Više je senka nego telo, i ispušta statički šum kao da se na starom televizoru puste svi kanali istovremeno, mrtve duše u njegovoj utrobi vrište u nesaglasnim frekvencijama. Pratiš Senin vetar što zviždi kroz groblje.

Groblje Borela je slikovita zbirka drveća, zmija i nadgrobnih spomenika. Mnogo puta si dolazio tu da se prošetaš u miru. Danas je tamo sve samo ne mirno. Groblje vrvi od bogalja, duhova i rogatih stvorenja, teško je znati koga smeš da gledaš a koga ne. Stoje na grobovima, lebde iznad ožalošćenih, tiskaju se na drveću i ogradi. Klate se kao aveti, oči su im svih mogućih nijansi, a ispucala koža ima primesu talka. Greškom ubijeni studenti tehnike oklevaju na kapiji. Sena se osvrne i prezrivo ih pogleda.

– Čega se plašite? Već ste mrtvi! Najgore je prošlo.

To je sinhaleški izraz koji često imaš priliku da čuješ, naročito u blizini ratnih područja. Čuo si ga od sanitetlija, vojnika, terorista i seljaka. Sve loše već se desilo. Ne može biti gore od ovog.

– Zar ne bi trebalo da izbegavamo groblja? – pitaš Senu dok polako lebdi niz stazu.

– Mahakali ne može da uđe ovamo – odgovara ti on.

– Ko?

– Ima mnogo imena – šapuće Sena. – Maruva, Maha Sona, Kalu Bala, Kuveni. Ja je znam kao Mahakali, dušožderku. To je najmoćniji stvor koji tumara ovim vetrovima. Božanstvo pred kojim demoni padaju na kolena. Nije skromni duh kao što smo ti i ja. Ali upamti jedno: ni viši ni niži demoni, ni oni koji njima upravljaju ne mogu da idu tamo gde nisu pozvani.

– Kako da saznam?

– Ko je koji demon?

– Kako sam umro.

– Mislio sam da te to ne zanima.

– Mislio sam da ti to znaš.

Sena čeprka svoj plašt od kese za đubre.

– Ja nisam tvoj pomagač, gospodine. Pomažem samo onima koji pomažu meni. Ako nećeš moju pomoć, mogu da odem.

– Zvučiš kao UN.

Jutarnje sunce dovršava svoj uspon. Ulica se puni automobilima i ljudima koji su pošli na ručak. Spuštaš pogled na svoju krvavu odeću. Ne bi se reklo da si umro u snu. OTTE je smaknuo profesorku Rani Sridaran, vlada je smaknula Ričarda de Sojsu, NOF je smaknuo filmskog zavodnika Vidžaju Kumaratungu. A ko je smaknuo tebe?

Drveće je istačkano očima a staza neprohodna od aveti. Trenutno su u toku tri sahrane, i svakoj prisustvuje i povorka duhova. Sena ti objašnjava da duhovi vole sahrane više nego što živi vole svadbe.

Moraš da se probijaš kroz vetar dok nadlećeš grobove pokojnih žitelja Kolomba. Ovde leže hrabri vojnici, pokošeni političari, novinari dugačkog jezika. Tražiš poznata lica, javne ličnosti kao što su profesorka Rani ili možda princ Vidžaja,[16] ali vidiš samo duhove koji su anonimni i zaboravljeni kao što su bili i za života. A negde među raznesenima, izgorelima i nestalima nalaziš se i ti, čiji uzrok smrti još nije utvrđen.

– Zašto duhovi mogu da budu ovde? – pitaš.

– Zato što su im tu tela.

– A šta je sa onima koji nemaju grob?

– Spusti pogled. Ne razgovaraj ni sa čim.

Žega nimalo ne smeta duhovima koji razuzdano igraju duž staze. Prolaze dve pogrebne povorke u kojima ima mnogo utvara i gladnih duhova, najalavijih od svih duhova, koje samo merkaju koga će da obrlate i pokradu.

Sena te odvodi u krematorijum, gde je manja gužva nego na stazama između grobova. Dvojica studenata tehnike stoje uza zid, pored

---

[16] Princ Vidžaja (543–505. p. n. e.) – prvi zabeleženi kralj Šri Lanke, iako nema arheloloških nalaza koji potvrđuju njegovo postojanje. (Prim. prev.)

bureta punog uglja. Sena gura ruke u bure, a zatim ih trlja jednu o drugu. Potom odlebdi do zida i počinje da ispisuje slova. Na kraju se ukaže šest imena ispisanih ugljenom. Studenti tehnike ga zadivljeno posmatraju.

ŠOFERČE
BALAL
KOTU
MASKA
MAJOR RADŽA
MINISTAR SIRIL

Pušta da mu kapuljača spadne s lica. Pogleda studente, pa tebe.

Ovo je odred smrti koji me je ubio pre nekoliko meseci. I vas dvojicu prošle nedelje. I gospodina Malija sinoć.

– Da li je to potvrdio neki pouzdan izvor?

– Nateraću ih da pate. Sve do poslednjeg. Hoćete li mi pomoći?

Studenti tehnike povijaju glavu, a Sena se smejulji.

– Kako ćeš ih naterati da pate?

– Imam plan.

Navikao si da te ljudi kojima ne veruješ nagovaraju da radiš nešto što ne želiš. Ali ne ovog puta.

– Izvini, druže Seno. Voleo bih da naučim kako se piše po zidovima. Ali moram da idem.

– Ne zovi me drugom, hamu Mali. Ti si samo salonski socijalista.

– Zašto me zoveš hamu? Ja ti nisam gazda.

– Od malih nogu nam utuvljuju u glavu da mediokritete oslovljavamo s „hamu" ili „gospodine". To je sastavni deo odrastanja u siromaštvu. Radio sam kao sluga. Prodavao sam povrće na ulici čak i nakon što sam završio školovanje. Jedini način da uđemo u neke delove ovog grada jeste da bogataše oslovljavamo s „gospodine".

Slušaš vetar i razmišljaš o svim stvarima koje nikad nisi razumeo.

– Moji prijatelji. Moja majka. Moram da ih vidim.

– Zašto?

– Da se izvinim Di-Diju. Da kažem Džeki za kutiju. Da kažem majci da za sve krivim oca.

– To je dirljivo, gospodine, ali imamo preča posla.

– Moram da ih vidim.

– Nisam te spasao da pričaš gluposti.

– Nisam ti tražio da me spaseš.

– Niko ništa ne traži. Niko ne traži da se rodi siromašan, niko ne traži da se razboli, niko ne traži da se rodi kao peder.

– Ja nisam peder – kažeš, kao što si rekao mnogo puta.

– Da li je hamu šenuo kad su ga bacili s krova? Ili se to desilo na nekoj narkomanskoj terevenci u Kolombu 7?

– Ja živim u Kolombu 2. Ko kaže da su me bacili s krova?

– Pogledaj svoje izlomljeno telo. Možda ti je i um napukao.

Spuštaš pogled i jedino primećuješ da ti nedostaje papuča. Sad si kao Pepeljuga, s tim što tvoje polusestre u Misuriju nisu toliko pokvarene kao ti.

– Svaki seljak zavidi onima u Kolombu 7. Trebalo mi je mnogo veselih bombona da preguram sve one žurke.

– Ne sećaš se da si se učlanio u NOF, zar ne?

– Ne sećam se kako sam umro. Ne sećam se odreda smrti. Ne sećam se da su me bacili s krova.

– Dakle, jedino te je zanimalo da fotografišeš siromašne, ali ne i da im pomažeš?

– U redu, u redu. Hoćeš li prestati da mi popuješ ako ti pomognem?

– Nego šta.

– A hoćeš li i ti pomoći meni?

– Što da ne?

Sve bolje ti ide vožnja vetrovima, iako i dalje ne umeš sebi to da objasniš. Kao da je gravitacija autobus u kom smeš da se voziš stojeći na stepeniku. Kao da zadržavaš dah dok dah drži tebe. Kao leteći ćilim, ali bez ćilima. Lebdiš kao pripita čestica. Ali koji vetar će te odneti do Di-Dija?

– Kad ti raskomadaju leš, svejedno je jesi li studentski ili kafićki marksista. Seoski ili salonski socijalista. Muve će kenjati po tebi, a crvi će te žvakati.

Senin plašt od kesa za đubre leprša za njim. Više liči na iskidani kišobran nego na natčoveka.

– Kuda idemo? – pitaš ga.

– Do kišnog drveta na kraju groblja.

– Zašto?

– Pomažem ti.

– Kako?

– Ja u malo šta verujem. Ali verujem u kišno drveće.

* * *

Kišno drvo pruža grane iznad neuredne trave i ispreturanog kamenja. Za svaku se kandžama drži poneko stvorenje. Pacovi, zmije i cibetke kriju se među nadgrobnim spomenicima. Mnogo je senki u kojima se može nestati, mada se ne vidi ko ih baca. Sena se penje na slobodnu granu, a ti za njim. – Šta ćemo ovde? – pitaš ga.

– Kišno drveće hvata vetrove. Kao što radio hvata frekvencije. Isto kao i sveta smokva, bengalski fikus i verovatno svako veliko drvo koje duva vetar.

– Mislio sam da vetar duva u drveće.

– Tvoj deda je učio da je zemlja ravna. Hoćeš li da budeš duh ili utvara?

– U čemu je razlika?

– Duh duva s vetrom. Utvara usmerava vetar.

– Šta radimo ovde?

– Ako umiriš um, možda ćeš čuti kako neko izgovara tvoje ime. Ako čuješ svoje ime, možeš tamo da odeš. Uradi to dok ti je leš svež, da tako kažem. Posle devedeset meseca niko više neće davati ni pišljiva boba za tvoju kolombosedmašku guzicu.

– Više mi se sviđalo kad si me oslovljavao s „gospodine".

Ljutito šmrčeš i počinješ da razgledaš zamišljene duhove oko vas. Svi nešto mrmljaju dok se klate napred-natrag. Teško je reći ko meditira, a ko je katatoničan.

– Umiri um i osluškuj – kaže ti Sena.

– Nisam meditirao još od sedamdesetih – kažeš.

– Meditacija je samo za one koji mogu da dišu.

– Šta treba da čujem?

– Svoje ime. Jesi li i njega zaboravio? Kad ime spomenu tvoje i mene samog je sram.[17]

– Gde si učio poeziju?

– Zar to što sam išao u državnu školu mora da znači da ne poznajem poeziju?

– Koliko bremena nose ta pleća?

– Slušaj!

Sunce počinje da se spušta i svetlost se poigrava. Pogrebne povorke se osipaju dok nove dolaze ka nekim drugim grobovima. Nepomično

---

[17] Iz pesme „Kad rastasmo se tada" Džordža Gordona Bajrona. (Prim. prev.)

sediš i upinješ se da čuješ pesmu u svojoj glavi. Ništa se ne čuje. Čak ni Elvis ili Fredi.

Drvo ima drugačiju teksturu kad god se osvrneš. Kora je drugačije nijanse kafene boje, lišće je isprskano zlatom, rastinje varira između prašumskog i močvarnog. Možda je posredi svetlost, ili tvoja mašta, ili ništa od navedenog.

Vreli vazduh ispunjava se jekom saobraćaja, zevanjem pasa i gmizanjem duhova. Čistiš se od misli i puštaš lica da ti priđu, lica koja prepoznaješ iako ne možeš da ih imenuješ. Među njima su krupan belac, muškarac s krunom, tamnoputa gospođa s rubinskicrvenim usnama i brkati dečak.

Lica se pretvaraju u karte. Kec karo, kralj tref, pikova dama i žandar herc trepere ti pred očima i onda počinješ da čuješ. Isprva je to šapat, pa zatim reč, pa mnogo reči, milioni. Šapati se prepliću jedni s drugima, neki stvaraju sklad, a neki smetnje.

A onda kao da mravi s mikrofonima gamižu preko strvine. A onda kao da nesnosna deca tandrču plastičnim kutijama punim šljunka. A onda kao da se portugalski, holandski i tamilski govore u isto vreme. Radio-talasi se zagušuju od psovki duhova. Svaki glas sikće u etar, vrišti na univerzum, urliče na nezauzetim frekvencijama.

I onda čuješ ime. Neko ga izgovori, pa ga ponovi, pa ga uzvikne.

– Zove se Malinda Almeida. Radi za britanski konzulat.

– Ne znamo nikakvog Lorenca Almeidu.

– Mislite li da je ovo šala? Malinda Almeida. Imam pismo od ministra Stenlija Darmendrana. Da li biste bili ljubazni da proverite?

Prepoznaješ taj glas, mnogo puta si ga čuo ljutitog. Osvrćeš se i vidiš da se drvo svelo na poteze četkom, impresionističku sliku u zelenim i zlatnim tonovima, bez ičega na šta bi se mogao usredsrediti. Do tebe sedi drug Sena Patirana i smeši ti se. Posprdno ti salutira dok isparavaš pred njegovim mrtvim očima.

DVADESET MAJKI

– Njegovo puno ime glasi Malinda Almeida Kabalana – kaže mladić brižljivo razbarušene kose. – Evo fotokopije lične karte. Možete li da proverite?

– Ovde piše Malinda Albert Kabalana – kaže pomoćnik načelnika policije. – Ne znaš kako ti se prijatelj zove?

– Da – kaže starica u uglu. – Berti je bilo očevo ime. Promenio ga je kad nas je njegov otac napustio.

– Koristićemo ime iz lične karte – kaže inspektor za stolom.

Poslednjih godinu dana policijske stanice u gradu opsedali su uplakani roditelji u potrazi za sinovima i ćerkama koji se nikada nisu vratili kući. Onim danima kad je gužva puštali su zabrinute i izbezumljene ljude da se tiskaju u loše provetrenim hodnicima i terali ih da naprave red koji se protezao sve do rešetke za bicikle.

Tri majke se znoje u hodniku, njihovi povici se više ne čuju. U kancelariji se lepotan naginje preko stola da inspektoru pokaže fotografiju. Mladić, njegova razbarušena kosa, dve žene i njihove drastično različite tašne uspeli su da uđu preko beskrajnog reda.

– Ja sam Dilan Darmendran. Moj otac je ministar Stenli Darmendran – kaže lepotan. – Ovo je Malindina majka. A ovo njegova devojka. Juče od ujutru nema ga.

Di-Di je govorio sinhaleški isto koliko i Mahagama Sekara[18] afrikans. A potpuno nesuvislo kad je usplahiren.

– Izvinite, ali ništa ne možemo da učinimo – kaže pomoćnik načelnika, koji stoji kraj vrata. – Morate nas razumeti. Ne možemo ga voditi kao nestalog sve dok ne protekne sedamdeset dva sata.

– Da li je uhapšen? – pita devojka u crvenoj haljini. – Možete li makar to da proverite?

Ima srebrne minđuše, crni ruž i tamnu maskaru koja joj curi niz obraz. Ogrće se jaknom kad promaja uđe u prostoriju iako su svi prozori zatvoreni. Ulećeš unutra i smeštaš se na prozorsku dasku.

– Možete li nam reći kako se zovete? – pita ih starica i spušta ruku na devojčino rame.

– Ja sam pomoćnik načelnika Rančagoda, a ovo je inspektor Kasim. On će pribeležiti vašu žalbu. Ali ne možemo da zavedemo prijavu dok ne prođu tri dana. Žao mi je.

Dilan Darmendran gleda jednu pa drugu. Jedna je u sedamdesetima, druga u dvadesetima, jedna se mršti, druga plače.

Inspektor Kasim je debeo i vrpolji se kao dežmekasto dete u uniformi. Rančagodino telo izgleda kao da je napravljeno od vešalica preko kojih je neko prebacio policijsku uniformu. Kasim im pruža obrazac i gleda ka ulazu, gde još majki nadire u hodnik u pratnji muškaraca u saronzima.

– Gospođo, molim vas da popunite ovo. Gospodine Darmendrane, kada ste poslednji put videli Malindu Alberta Kabalanu?

---

[18] Mahagama Sekara (1929–1976), šrilančanski pesnik, dramaturg, romanopisac, prevodilac i sineast. (Prim. prev.)

– Almeidu. Prošle nedelje je otišao u Džafnu. Juče me je zvao u kancelariju i rekao da se vratio u Kolombo – kaže Di-Di. – Rekao je da ima važne vesti i da će mi se javiti uveče.

Di-Di duboko udiše i igra se lančićem oko vrata. – Nije se javio.

– Možda je još odsutan.

– Torbe su mu u stanu. Mokar peškir u kupatilu. Zvao me je iz našeg stana. Rekao je da treba da se nađe s klijentima. I da će mi se posle javiti.

– S kakvim klijentima?

– Nije mi rekao.

– U Džafni je trenutno veoma opasno. Zašto je išao tamo?

– Poslom.

– Kakvim poslom?

– On je fotograf.

– Svadbeni?

– Novinski.

– Za koga?

– Radi za vojsku, za *Asošijeted pres* i još neke novinske agencije – kaže sitna devojka natapirane kose, jedina koja je slušala kad pričaš kako si proveo dan.

– Šrilančansku vojsku?

– To je bilo pre nekoliko godina. Ne radi više s njima.

– Onda je možda otišao na neki drugi zadatak za novine. – Pomoćnik načelnika Rančagoda više ne gleda šta se dešava u hodniku. Glava mu se klima kao da nije vezana za ramena.

– Uvek nam se javi kad ide van grada. I kad se vrati – kaže Di-Di. – Trebalo je da jutros dođe po Džeki. Ali od njega ni traga ni glasa.

– Radim na noćnom programu *Šrilančanske radio-televizijske korporacije* – kaže Džeki. – Mali uvek dođe po mene.

Inspektor Kasim diže pogled sa svojih nečitkih škrabotina. Okreće se ka starici. Ti je znaš kao majku.

– Gospođo, zašto ne biste svi lepo otišli kući da vidite da se nije vratio?

– Vi mislite da smo došli ovamo da se zavitlavamo? – odbrusi mu majka. – Juče me je pozvao telefonom. Mesecima nismo razgovarali. Hteo je da me odvede na ručak, što inače nikad ne radi. Nešto nije bilo u redu. Odmah sam to znala.

Šta? Ručak s majkom? Kad se to poslednji put desilo, Elvis je još bio u zgradi. Drmusaš foto-aparat u nadi da će osloboditi neko sećanje koje će svemu ovome dati smisao. Ali sočivo ostaje blatnjavo.

Inspektor Kasim i pomoćnik načelnika Rančagoda na to se zgledaju, što ne promiče nikome od prisutnih. A onda prvi klimne, a drugi odmahne glavom.

– Imate li svi lične karte?

Di-Di vadi svoju iz novčanika koji si mu poklonio za pretprošli rođendan. Majka, kojoj je veš-mašina pojela ličnu kartu, vadi iz kožne tašne kestenjasti šrilančanski pasoš. Džeki izvadi britanski plavi iz platnene torbe i maramicom briše oči.

Inspektor Kasim mrda usnama dok prepisuje podatke. Pomoćnik načelnika prilazi i gviri mu preko ramena.

– Žaklina Vairavanatan. Dvadeset pet godina. Tamilka – čita pomoćnik načelnika. – Lakšmi Almeida. Sedamdeset tri godine. Burgerka.[19] – Tu osmotri staricu. – Malinda Kabalana je sinhaleško ime, zar ne?

Starica podiže pogled sa obrasca. Progovara glasom hladnim koliko i njen pogled. – Otac mu je bio Sinhalez. Ja sam Burgerka. Mi smo Šrilančani. Postoji li neki problem?

– Nema problema, gospođo. Nema problema.

Rančagoda se od nelagode nasmeje toliko nespretno da to zvuči kao groktanje.

Iz čekaonice se čuje zapomaganje. Rančagoda odlazi da uteši uplakanu ženu. Čini to tako što vadi pendrek i kaže pozorniku da je skloni odatle.

– Jeste li zvali bolnice?

– Jesmo. I kockarnice – kaže Džeki.

– Ponovo je počeo da se kocka? – pita Di-Di.

– On je kockar? – pita inspektor Kasim.

Di-Di odgovara da nije, Džeki da jeste, a draga majčica samo odmahuje glavom i zuri u svoju tašnu.

– Dođite ponovo u četvrtak – kaže pomoćnik načelnika Rančagoda i klima glavom dok inspektor piskara nešto na papiru koji niko neće pročitati. – Dotle ne možemo ništa. Zatrpani smo slučajevima nestalih.

Pokazuje ka čekaonici, gde nečija majka viče na drugu majku. Džeki kuljaju suze kao onda u Nuvari kad je momak s kojim je očijukala počeo da te pesniči. – Di-Di, zašto ne pozoveš oca?

Di-Di prelazi prstom po izrezbarenom koštanom anku ispod Adamove jabučice, koji si mu ti poklonio, a učinio si to zbog krivice jer si se

---

[19] Malobrojna etnička zajednica u Šri Lanki, čine je potomci Portugalaca, Holanđana, Britanaca i ostalih evropskih nacija koje su naseljavale Cejlon. (Prim. prev.)

u njegovom krevetu povatao s momkom iz radnje *FudžiKodak*, što on nikada nije saznao. Ispod anka je drveni privezak u kom je tvoja krv.

– Di-Di. Pozovi svog jebenog oca – sikće Džeki, na šta inspektor i pomoćnik načelnika izvijaju obrve.

– Molim te da se smiriš – kaže Di-Di. – Teta Laki, jeste li gotovi s tim obrascem?

Tvoja majka sedi u uglu, zuri u četiri stranice teksta pretežno na sinhaleškom, jeziku koji joj nije maternji iako je čitav život provela u zemlji koja polaže isključivo pravo na njega. Odmahuje glavom. – Mogao bi biti bilo gde.

– Proverićemo na aerodromu i železničkim stanicama – kaže inspektor Kasim. – U Džafni je bilo nemira prošle nedelje. Možda je još tamo. Ili je spavao kod nekih prijatelja. Ima li još neke prijatelje? – Zatim pogleda Džeki. – Možda još neku devojku?

– Ne.

– Znate, ljudi imaju tajne. Svega smo se nagledali u ovom poslu.

– A da proverite da nije priveden u neku drugu stanicu? Sačekaćemo.

Di-Di ostaje učtiv i govori bez greške, ali ti vidiš kako mu lava ključa ispod očnih kapaka. Uvek se igra nakitom pre nego što prasne. Sad stiska onaj ank pod grlom kao da je ambalaža s mehurićima.

– Zadužićemo nekoga za to – kaže pomoćnik načelnika Rančagoda. – Svi su pretrpani poslom.

– Vidim – kaže Di-Di dok kroz prozor posmatra nekoliko policajaca kako piju čaj. Majke u čekaonici kunu Di-Dija i njegovo usko, prekoredno dupence. Džeki briše oči i uzvraća im ubilačke poglede.

– Već su ga privodili. Uvek su posredi bili nesporazumi. Možete li, molim vas, da proverite?

– Da li se bavi politikom?

Tvoja majka pogleda Di-Dija, a on Džeki. Ne znaju ništa o tvojim rabotama i zbog toga si zahvalan. – On je foto-reporter – kaže Laki Kabalana, devojačko Almeida, i vraća mu obrazac. – Snima fotografije za vesti.

– NOF?

– Nikada – odgovara ona.

Rančagodi treba deset minuta da zavede obrazac. Kasimu treba još deset da pronađe delovodni pečat. Di-Di zove oca iz govornice u čekaonici dok ga majke iz reda streljaju pogledom. Džeki i tvoja majka ih na smenu ubeđuju da Mali Almeida nikada nije imao nikakve veze ni sa jednom političkom ili terorističkom grupom.

– Rekoste da je radio za vojsku. Ko mu je bio pretpostavljeni?

Džeki odmahuje glavom posmatrajući Di-Dija. Policajci se zgledaju. Ne znaju da sediš između njih i psuješ im sve po spisku. Osećaš talas mučnine, slike ti preplavljuju vidno polje, prizori krvi i tela i mišićavih kaplara. Kad bi mogao da govoriš, rekao bi im da je odgovor kralj tref, major Radža Udugampola.

Kasim se vraća s pečatom i osmehom. Pokazuje na Di-Dijev privezak.

– Jesi li to dobio od Čika Vrane?

– Molim?

– Čika Vranar. Kark Mama iz Kotahene. Onaj što deli amajlije. Nema veze.

A onda Di-Di počinje da zasipa policajce najpoganijim mogućim uvredama na lošem sinhaleškom. – Pas spermom... jebe tvoju mater! Ima obojicu da vas tužim na sudu.

Više puta si imao priliku da prisustvuješ takvim provalama neočekivanog besa. Između psovki i uvreda on uspeva da izloži vrlo smislen niz zamerki, kao onda kad si tražio da odeš na tri meseca u Vani.[20] Džeki ga odvlači u čekaonicu i seda s njim među majke, koje se sve do jedne smejulje jer je bogati fićfirić izgubio živce.

U kancelariji bubnja tišina. Tvoja majka pogleda Rančagodu, a zatim Kasima.

– Pronaći ćete mog sina – kaže im.

– Gospođo – kaže Rančagoda dok zatvara fasciklu – znate već kako to ide, zar ne?

– Pokriću vaše troškove. Idite i pronađite mog sina.

Pregovaračke veštine tvoje majke nadoknađuju potpuno odsustvo saosećajnosti, razumevanja i pristojnosti. Ta bi se cenkala sa ubogim prodavcem voća sve dok joj ne dâ mango badava.

– Vojska i NOF hapse revolucionare širom zemlje. Policiju zovu jedino kad treba počistiti nered. Ako su u ovo umešane oružane snage, nama su vezane ruke. Nema nikakvih garancija, gospođo, pogotovo ako se vaš sin bavio politikom.

Tvoja majka se naginje napred dok se Rančagoda upinje da mu skelet ostane nepomičan. – I ne tražim garancije.

– Morate znati jedno, gospođo. Neka tela se nikad ne pronađu. Svakodnevno razgovaram sa po dvadeset-trideset majki kao što ste vi.

---

[20] Jedna od najsiromašnijih oblasti Šri Lanke, teško postradala u građanskim ratovima. (Prim. prev.)

– Onda ste sigurno bogati. Uzmite ovo. Dobićete još ako mi vratite sina.

– Bogati i siromašni su jednaki pred zakonom.

– Dobar vic.

Tvoja majka se smeška ne prestajući da pilji u njega, čeličila je odlučnost tokom dugogodišnjeg braka s narcisistom.

– Pronaći ćete mog sina. Ili ćemo se postarati da ostanete bez značke i uniforme. Nema potrebe da se povlačimo po sudovima. Jeste li razumeli?

Rančagoda izvija obrvu i odmahuje glavom. Kasim je tokom čitavih pregovora ćutao kao zaliven. Namešta opasač, gura stomak u pantalone i zuri u sveže pečatiran izveštaj.

– Gospođo, Policijska stanica Sinamon gardensa[21] ne prima mito. Mi ne obavljamo sitne posliće za političare. Čak ni za veličine kao što je Stenli Darmendran. Nemamo dvostruke aršine. Nisu svi policajci bitange, gospođo Kabalana.

– Ja sam gospođa Almeida. Možda sam Burgerka, ali imam dobre veze. Stenli Darmendran je član kabineta. Naložiće ministru pravde da porazgovara s vašim šefom.

– Gospođo. Ministar pravde je naš šef – kikoće se Rančagoda. – A šta je Darmendran? Ministar za omladinska pitanja?

– Mislio sam da je on za ženska pitanja – mrmlja Kasim.

Di-Di i Džeki besno upadaju u kancelariju i počinje žučna prepirka koju zbog nepovezanog sinhaleškog i vike ne uspevaš da pratiš. Još majki ulazi u čekaonicu pre nego što pozornici stignu da ih osujete obrascima, pitanjima i otkopčanim pendrecima. Majke prete da će napraviti rusvaj u prijemnoj kancelariji, pokazuju ka Di-Diju, Džeki i tvojoj majci i pitaju zašto oni nisu morali da čekaju u redu. Inspektor Kasim klimne glavom pomoćniku načelnika Rančagodi, na šta ovaj u znak odgovora prevrne očima.

– Rečeno nam je da čekamo sedamdeset dva sata – kaže Rančagoda.

– Ali kao ličnu uslugu ministru Stenliju otvorićemo istragu odmah – kaže Kasim. – Rekli ste da je sinoć imao sastanak s klijentom?

– Radio je za neku NVO koja se bavi ljudskim pravima. Nešto u vezi s 1983 – kaže Džeki, jedina u prostoriji koja više sluša no što govori.

– Meni nije to rekao – kaže Di-Di.

Džeki se okreće ka inspektoru. – Imao je razne klijente. Nije radio samo za vojsku i *Asošijeted pres. BBC, Rojters, Pravda.* Imao je i

---

[21] Otmena četvrt Kolomba. (Prim. prev.)

privatne klijente. Ali nije se mešao u politiku. Nije verovao u biranje strana.

– Svako je na nekoj strani, gospođice. Pogotovo u današnje vreme. Znate li neka imena ili brojeve telefona? Makar njegovog pretpostavljenog oficira?

Staješ iza nje i počinješ da joj šapatom ponavljaš „major Radža Udugampola" kao da joj usađuješ melodiju u mozak. Izgleda da melodija nije naročito zarazna.

– Ne znamo.

– Šta onda očekujete od nas? A šta je s njegovim kontaktima u *Pravdi*, Rojtersu i *Dinamini*?[22] Dajte nam nešto.

Džeki uzima vazduh i polako odgovara: – Sastanak s klijentima bio je u hotelu *Leo*.

Di-Di i Laki je iznenađeno gledaju.

– U onom kazinu? – pita Di-Di.

– Hotel *Leo* je stecište mutnih likova – kaže Kasim. – Zašto baš tamo?

– Ne znam. Sviđalo mu se tamo. – Džeki se mršti i okreće se ka Di-Diju. – Mislio si da je batalio kocku?

– Propuštate suštinu. – Tvoja majka ne mora da podiže glas da bi je svi slušali. – Moj sin je nestao i vi treba da ga nađete. Ne gubimo vreme.

Rančagoda ostaje kraj vrata, izvija vrat kao žirafa. Jednim okom prati metež u čekaonici, a drugim tekuće pregovore. Kasim se kotrlja natrag do svog stola kao panda i pregleda prijavu nestanka, čije je popunjavanje trajalo dva sata, sveže overenu.

– Biću iskren, gospođo Almeida. Ovo su teška vremena. Učinićemo koliko god možemo na ovom nivou. – Ustaje, a za njim i svi prisutni.

– Lično ćemo ovo istražiti – kaže Rančagoda. – Ostaćemo u kontaktu. Gospođo, možete ostaviti obrazac ovde, ako želite.

Lakšmi Almeida, devojačko Kabalana, samohrana majka Malija Almeide, spušta nekoliko novčanica na obrazac i gleda kako Rančagodina rasklimana lobanja poskakuje gore-dole dok Kasim okreće svoje dežmekasto lice na drugu stranu i odlazi.

Di-Di, Džeki i tvoja majka prolaze kroz onu rernu od čekaonice, pored majki kojima je jedino preostalo da se ulaguju stražarima i slomljenih očeva koji besno gledaju i sipaju psovke, s tim što se tvoji

---

[22] *Dinamina* – šrilančanski dnevnik na sinhaleškom jeziku. (Prim. prev.)

pretvaraju da ne primećuju ni jedne ni druge. Bes na njihovim licima i zbunjenost u pogledu podsećaju te na još jednu čekaonicu, onu iz koje si nedavno utekao.

Trebalo bi da pođeš za Di-Dijem, Džeki i majkom, da im kažeš ono što nisi mogao. Kaži im gde si sakrio fotografije. Kaži dvoma od njih troje da ih voliš, a trećem da ga ne voliš. To je ono što želiš da uradiš, ono što treba da uradiš. Ali ipak polaziš za policajcima.

Verovatnoća

Sećanja ti dolaze bolno. Bol ima mnogo nijansi. Ponekad ga prate znojenje, svrab i osip. Ponekad se javlja s mučninom i glavoboljom. Moguće je da se, slično onima koji i dalje osećaju amputirani ud, ti i dalje držiš privida svog trulećeg leša. Prvo se ispovraćaš, pa se zateturaš, a onda se setiš.

Džeki si upoznao pre pet godina u kazinu u hotelu *Leo*. Imala je dvadeset godina, tek izašla iz škole, i nemilice je gubila na bakari. Ti si se bio upravo vratio posle mučnog boravka u Vaniju, polulud od pokolja, deljenja kore hleba s mutnim likovima i čistog zla kud god da pogledaš, sa svojom obaveznom crvenom maramom. Prodao si fotografije Džoniju iz *Asošijeted presa* i unovčio dobrodošli ček na šestocifrenu svotu. Čak i u šrilančanskim rupijama, šest cifara je bolje nego pet.

Nadigrao si kuću u ajncu, slistio jastoga i zalio ga besplatnim džinom. Tipičan dan na poslu.

– Ne kladi se na nerešeno,[23] sestro – rekao si čudnoj devojci s rašćupanom kosom i crnom šminkom. Pogledala te je i prevrnula očima, što te je začudilo. Žene obično vole tvoje društvo, nesvesne da više voliš kurac nego pičku. Potkresana brada, ispeglana košulja i malo dezodoransa izdići će te iznad stada znojavih šrilančanskih hetero muškaraca.

– Upravo sam dobila dvadeset hiljada rupija – kaže ti ona.

Primetio si da je sama i da joj se niko ne nabacuje, a oboje je neobično za žene u kockarnicama u Kolombu.

– A verovatnoća da ponovo to dobiješ iznosi devet posto, s tim što ovde isplaćuju dobitke samo do sedam prema jedan, minus provizija. Što znači da ćeš, budeš li se sto puta držala te strategije, biti na gubitku čak i ako dobiješ.

– Sveznalica. Kakvo iznenađenje.

---

[23] U bakari postoje samo tri mogućnosti klađenja: na pobedu igrača, na pobedu delioca (tzv. bankara) i na nerešen ishod. (Prim. prev.)

Krupije te je mrko pogledao. Slegnuo si ramenima i premestio njene žetone na delioca. Napola ti se osmehnula a napola namrštila, ali pustila te je da upravljaš njenim ulogom.

– Platićeš mi ako izgubim.

– Srce, ako ne razmišljaš u brojevima, ovde će te živu pojesti. Čitav svemir se svodi na matematiku i verovatnoću.

– Dolazim ovamo da se opustim, a ne da se bavim proračunima – odvratila je.

Posle dobitka te je pustila da još jednom uložiš u njeno ime, pa još jednom.

– Nije zabavno kad neko drugi radi to umesto tebe.

– To uopšte nije tačno – rekao si.

Odveo si je do švedskog stola i onda ste jeli keks-tortu i pušili *gold lif* dok je omatorela diva pevala „Tarzan Boy" prateći se na *jamaha* klavijaturi. Džeki je s londonskim naglaskom pričala o tome koliko mrzi Šri Lanku, i to što živi s tetkom, i što radi na jutarnjem programu državne televizije. I kako je tetkin novi muž bez kucanja ušao u njenu sobu i prestravio je na mrtvo ime.

Tvoj otac, koji je otišao kad ti je bilo petnaest godina, platio je mnoge tvoje neuspele pokušaje da nađeš poziv koji ti odgovara. U dvadesetima si se jednog leta obučavao za računovođu, a preko zime si radio u osiguravajućem društvu. S gnušanjem si napustio oba posla, ali si saznao sve što ti je trebalo o osnovama igara na sreću. O odnosu ulaganja i dobiti. Rashoda i prihoda. O vezi između verovatnoće da se nešto desi i konačne cene.

Nikada se nisi kladio ako ne možeš da pobediš. Što nije isto što i „nisi na gubitku". Igrao si širom otvorenih očiju, sagledavajući okolnosti iz svakog ugla, svestan većine mogućnosti. Verovatnoća da dobiješ na lutriji iznosi jedan prema osam miliona. Verovatnoća da ćeš umreti u automobilu iznosi jedan prema četiri hiljade. A po gospodinu Kinsiju, verovatnoća da se rodiš kao homoseksualac iznosi jedan prema deset.

A kolika je verovatnoća da ćeš se roditi u ratom razorenoj vukojebini? Prilično velika, kad uzmeš u obzir da većina planete živi u nemaštini i da u zabeleženoj istoriji ne postoji nijedno mirnodopsko razdoblje.

Rekao si Džeki da prestane da se vezuje za domen „crveno ili crno", i da počne da razmišlja o verovatnoći. Kolika je verovatnoća da čovek koji sedi do tebe ima žandara, ili da delilac izvuče peticu, ili da su svi ubeđeni da imaš bolje karte od njih?

Napila se i zaspala za stolom za rulet. Izbacivači su ti namignuli kad si se ponudio da je smestiš u taksi. Nije mogla da izgovori svoju adresu, pa si je zato odveo kod sebe. Kad se probudila na tvom kauču, održao si joj predavanje o izlaženju bez pratnje i napijanju. Bila je previše obuzeta zurenjem u tvoje fotografije da bi te slušala.

– Mogao si da nastradaš zbog ovih slika – rekla je.

– Isto kao i zbog napijanja u kockarnicama – odvratio si.

Još mnogo puta si je noću dovodio kući. Dok je tvoja majka hrkala malo niže niz hodnik, vi ste pijuckali vino, slušali *Top of the Pops* na tvom tranzistoru i razgovarali o svemu i svačemu. Kolika je verovatnoća da se pokolj okonča, da nastradaš u eksploziji bombe, da te nadžive glasovi koje čuješ u glavi? Kolika je verovatnoća da žena prođe ulicom Kolomba a da je niko ne nazove sekom, srcem ili ribom? Kolika je verovatnoća da Kolombo dobije noćni klub koji bi se otvarao posle dva po ponoći?

Kad god si kući dovodio žene (obično pijane), što se dešavalo sa otprilike istom učestalošću kao slobodni i pošteni izbori, mahom su očekivale da ih miluješ i ljubiš, i vređale su se ako to ne učiniš. Ali ovoj to kao da nije smetalo.

– Imaš li devojku? – pitala te je podozrivo škiljeći ka tebi.

– Nijednu bitnu – rekao si.

– Nego buljuk nebitnih? – Čudno se nasmejala.

Bilo je u njoj nečeg bestidnog, čudnog. Nečeg iza šminke, frizure i preširoke haljine. Govorila je cijukavo kao dete, ali sa autoritetom tiranina.

– Ako hoćeš da ponovo dođem, nemoj više da me zoveš „curo", „sestro" i „srce".

– Imaš li momka?

– Čuvam se za prvu bračnu noć. I zato nemoj da ti padaju na pamet neke gluposti.

– To je u redu, što se mene tiče, curo.

Prvo si joj postao sadrug za kockanje, pa draga Saveta, pa partner za klabing. Objasnio si joj kako da izađe na kraj s ljigavcima na poslu i tetkama kod kuće, i šta da radi kad joj novi teča bez kucanja bane u sobu.

– Uvek budi vedra. Ali nemoj da trpiš sranja. I stavi rezu na ta vrata.

Ona je tebi zauzvrat skretala misli sa onog što si fotografisao na ratištu. Vodila te je na žurke u ambasadama i hotelima, koje su pravili njeni prijatelji iz Međunarodne škole, među kojima je bilo mnogo zbunjenih momaka savršenog tena. Nije ti zamerala kad se samo izgubiš, nije ti zamerala kad pričaš s momcima, mada se ljutila kad pričaš s devojkama. I nije joj smetalo što je nisi ni pipnuo.

Ponekad te je uveče terala da slušaš njenu muziku, pevače bez sluha koji mekeću u jednoličnom ritmu. Nalivala te je šardoneom i predlagala ti udarene poduhvate kao što su selidba u hipi koloniju u zalivu Arugam ili izlaganje svih fotografija koje si držao ispod kreveta. Njena je bila i genijalna zamisao da budete cimeri.

Lepota izučavanja verovatnoće ogleda se u znanju na koje se karte vredi kladiti. I znanju da se sumanute slučajnosti dešavaju svakodnevno kad niko ne gleda. Možeš ovog trenutka da promešaš karte i podeliš niz koji se nije pojavio nikada u istoriji čovečanstva. Po tvojoj proceni, imaš više šanse da pogineš u eksploziji bombe usred kosmopolitskog Kolomba, nego u zlokobnom mraku Džafne. Zato što si u ratnoj zoni bar znao odakle granate dolecu i ko ih baca.

Bilo je iznenađujuće malo sablazni što neudata dvadesetdvogodišnja devojka deli stan s dvojicom neženja u tridesetima. Njene tetke su jedva dočekale da se ratosiljaju bremena, a tvoju majku je, kao i obično, bilo apsolutno baš briga. Za Džekine roditelje u Londonu ona je delila stan s bratom od ujaka i njegovim drugom, pod budnim ujka Stenlijevim okom. Njeno društvo je mislilo da ste vas dvoje u vezi, a nijedno od vas nikada nije ni potvrdilo ni opovrgnulo te glasine. Kao par ste uvek imali i društvo i štit, zavisno od toga u koju prostoriju želite da uđete.

– Možda ti se neće dopasti moj brat od ujaka – rekla je. – Pravi je punišić.

– Je li zabavan?

– Nas dvoje ne razgovaramo – rekla je. – Ne moraš da pričaš s njim. On je advokat koji igra ragbi i izlazi s glupačicama. Plitak je i dosadan. Biće odličan političar.

Prvih mesec dana jedva da si ikada bio kod kuće. Slikao si zaplenjena skladišta oružja za majora Radžu Udugampolu, izveštavao o eksploziji bombe u Anuradapuri sa Endijem Makgauanom za *Njusvik* i pokušavao da prekineš gubitnički niz u kazinu *Pegaz*.

Brata od ujaka upoznao si tek drugog meseca, a i tad se to svelo na neobavezno ćaskanje. Sećao si ga se iz škole, mada on pojma nije imao ko si ti. A onda si počeo da primećuješ kako miriše kad se vrati s plivanja, ritam njegovog hoda, kako mu se šorts pripija uz bokove i kako te merka krajičkom oka. Sedeo si u dnevnoj sobi s pogledom na park Gol Fejs, posmatrao vrane i sanjario o stanodavčevom sinu.

Stan je pripadao Stenliju Darmendranu, ministru za omladinska pitanja, poslaniku za Kalkudu, jedinom Tamilu u kabinetu, koji je dugovao mnoge usluge. Njegov sin je, naravno, bio Dilan Darmendran, bivši plivač, atletičar i igrač ragbija, momčina iz Koledža *Sveti Josif*, i najveća ljubav tvog kratkog i tužnog života.

ĆASKANJE S MRTVOM ADVOKATICOM (1983)

Pokušavaš da pratiš policajce, ali vetar menja smer i odnosi te iznad drveća. Na svakom limenom krovu poneka mačka, mungos ili duh razvlače se duž žlebova. Kliziš preko Beire, prelećeš železničke šine i gubiš se kod autobuske stanice u Peti posle sudara s drugim vetrovima.

Na peronu autobuske stanice vidiš poznato lice. Žena u ružičastom sariju guste talasaste kose vezane u rep. Gledao si kako je živu spaljuju. Slikao si je, i *Njusvik* je otkupio tu fotografiju ali je nikada nije objavio. Nadaš se da te neće prepoznati.

Besno te gleda zakrvavljenim očima. Nagoreli sari lepi joj se za telo kao celofan. Koža joj je smežurana kao reš-pečena prasetina, jedino jelo koje je Di-Di spremao bolje od Kamale, kuvarice tvoje majke, pod čijim krevetom tvoje životno delo skuplja prašinu.

– Sve se prebrzo odigralo – bio je tvoj izgovor, i onih oko tebe. Niko toga dana, a ni kasnije, nije rekao: – Sigurno je bila terorista. – Zato što smo tada, 1983. godine, još morali da sve Tamile smatramo neprijateljima. To se ubrzo promenilo.

Bio si pošao da slikaš pank grupu *Coffin Nail* u njihovoj rezidenciji u Grin Patu. Tražili su tebe jer si imao pristojan foto-aparat, jedan od poklona koje ti je otac zbog griže savesti slao umesto ljubavi.

Bio je to isti *nikon 3ST* koji ti sada visi oko vrata, s tim što je tada radio. Nisi mogao da učiniš ništa osim da slikaš, i zbog toga si se osećao kao da ništa nisi učinio. Škljocao si dok su je odvlačili za kosu i polivali benzinom. I baš kad su zapalili šibicu *nikon* se zaglavio.

– Znam da si bio tamo – kaže ti ona. – Sećam se svakog lica. Ministar je bio tamo, gledao je iz automobila. Ti si bio tamo, slikao si me kao da sam na nekoj jebenoj svadbi.

– Kunem ti se da nisam bio deo rulje. Samo sam se zatekao tamo s foto-aparatom.

– Da si bio deo rulje, tobom bih nahranila Mahakali.

– Samo sam se zatekao na pogrešnom mestu s foto-aparatom.

– To ti je krilatica?

Oči su joj crvene i smeđe. Glas joj je crn.

– Žao mi je što ti se to dogodilo. Voleo bih da sam mogao to da sprečim.

– Hvala ti. To mi znači manje nego ništa.

Čula je da su žrtve bombaškog napada u Peti 1987. ušle u trag počiniocima i da ih sad drže u pećini nadomak grada. Čekaju da ih se okupi svih sto trinaestoro pa da počnu da dele pravdu. Ona je tu kako bi im pomogla da odaberu primerenu kaznu.

– Kad bi bombaši-samoubice znali da će završiti u istoj čekaonici sa svim svojim žrtvama – kaže utvara svojim gmizavim glasom – možda bi još jednom razmislili.

Zatim ti kaže da je bila advokatica s kancelarijom u Maradani, sve dok 21. jula 1983. nije svratila do autobuske stanice da kupi cigarete i tamo naletela na sinhalešku rulju s bakljama. – Oduvek sam znala da će mi pušenje doći glave – kaže pomirljivo.

Odevena je u sari, a na čelu ima bindi, što joj je možda bila najveća greška, pomisliš, ali ne izgovoriš.

Kaže ti da je lutala hiljadu meseci dok nije pronašla mir. I da mnogo žrtava nemira 1983. još jezdi Međuprostorom.

– Neki su ušli u Svetlost. Neki su postali demoni. U Svetlosti sve zaboraviš. Ne treba nikad da zaboravimo.

Koža joj na treperavoj mesečini izgleda kao zmijska. Ruke joj se uvijaju kao kobre, kosa joj se migolji kao zmijsko gnezdo, a opekotine na koži sjaje kao žeravice. Ponovo podižeš polomljeni foto-aparat i slikaš bez pitanja.

– Tada nam nije palo na pamet da se organizujemo. Bili smo previše zatečeni. Danas su svi mnogo bešnji. Naročito kad umru. Jesam li ti rekla da smeš da slikaš?

– Blato je ušlo u mehanizam. Sočivo je polomljeno.

– Pa što ga onda nosiš?

– Najbolje su one slike koje ne snimim – kažeš.

Kaže ti da je svih sto trinaest žrtava bombe na autobuskoj stanici u Peti 1987. odbilo da ode na pregled ušiju, ili da ih na prevaru namame u Svetlost. Hoće da vide kažnjavanje bombaša-samoubica i zahtevaju da razgovaraju sa onim ko je za to nadležan.

Po Mrtvoj Advokatici, pomagači su dobrovoljci. Duše koje su posetile Svetlost i odabrale da se vrate ovamo. Tvrde da su predstavnici nadležnih organa, mada ne mogu da se slože oko toga ko bi to mogao da bude.

– Šta imaju od toga?

– Ko zna? Čak i dobrotvori imaju neke svoje naume.

Utvara ti kaže da je nju spasao Naga, zmijski demon, i da joj je vratio kožu. – I dostojanstvo. I samopoštovanje – dodaje. – Veliki Naga mi je pomogao da odbacim bol i setim se šta sam bila. Ja nisam koža.

Odlučuješ da prećutiš da joj koža podseća na kožu baštenske zmije, ali ona počinje da sikće na tebe kao da ti čita misli.

– Kao da sam ranije bila neka lepotica.

– Zašto je loše to što ti Svetlost pomaže da zaboraviš?

– Vidim da su te već obrlatili.

– Malinda... Almeida...

Čuješ kako tvoje ime duva ulicama Pete i polaziš ka njemu. Osvrćeš se. Mrtva Advokatica u ružičastom sariju ne primećuje da si otišao. Penješ se na vrh drveta i osluškuješ, a onda ponovo čuješ.

Dole na autobuskoj stanici utvara u ružičastom podiže pogled i vidi da bežiš. Sikće i kezi zube na tebe.

– Vrati se ovamo, foto-reporteru.

Ne želiš tu da ostaneš. Stoga utišavaš um i osluškuješ vetrove. Neko spominje tvoje ime. I tebe samog ponovo je sram.

HOTEL LEO

– Nema ni Malinde, ni Kabalane, ni Alberta, ni Almeide.

Pomoćnik načelnika Rančagoda i inspektor Kasim uzeli su plavi *dacun* umesto patrolnih kola. Rančagoda pali motor i začuje se sinhaleška pesma koju ne znaš i ne možeš da pevušiš. Koristeći svoj od pirinča nabrekli trbuh kao sto, Kasim zapisuje sva tri tvoja imena u beležnicu.

– Jesi li proverio u svim policijskim stanicama? – pita.

– Šta ti misliš, da sam ja kompjuter? – odvraća Rančagoda. – Zvao sam pet najvećih.

Kasim zaokružuje četiri imena i posle svakog dopisuje znak pitanja. – Idemo u hotel.

– Sad?

– Uzeo si novac od majke.

– Pa šta?

– Mali Almeida je išao tamo da se nađe s nekim.

– Zar ne možemo to sutra – pita Rančagoda dok se *dacun* uliva u reku onih što se vraćaju s posla. Veče je, propustio si prvi zalazak sunca otkako si mrtav.

– Četiri kese đubreta otišle su sinoć u hotel *Leo* – kaže Kasim dok posmatra prepis izveštaja. – Na spisku su bile samo tri.

– Kad su ti spiskovi bili tačni?

– Ako uzmeš novac, moramo da istražimo.

– Dakle, u *Leu* je jedna kesa više. Nije prvi put.

– Hajde da vidimo.

– Umoran sam, šefe. Već tri meseca nisam imao nijedan slobodan dan.

– Tražićemo da nam plate prekovremeni rad.

– Stvarno?

– Samo da ućutiš.

– Možemo li da tražimo duplo?

– Ej! Pazi!

Auto se trzne u stranu kako bi izbegao zanošenje autobusa, Kasim psuje sebi u dlan. Ušli su na Ostrvo robova preko zadnje strane Beire. Ulice su uske i prekrivene smećem. U kutiji pod krevetom imaš fotografiju iste te ulice u svitanje, na kojoj se vide pas koji mokri i mačka koja jede vranu. Slao si je na mnoga takmičenja na kojima nisi pobedio.

Leo je u devetnaestom veku bio jeftino svratište za doseljene radnike. Zgrada je stradala u Drugom velikom evropskom ratu, posle čega ju je kupio biznismen po imenu Sabaratnam i prepravio je u bioskop, koji je 1965. godine otvorio premijer Dadli lično. Tamo se čuveni film *Moje pesme, moji snovi* davao devet meseci 1967, dok se ne toliko čuveni *Karta za Havaje* davao dva meseca 1989.

Sabaratnam je sedamdesetih bio u prijateljskim odnosima s vladajućom strankom, pa je zato iznajmio gornje spratove Ministarstvu pravde. Na osmom spratu su se obavljala unakrsna ispitivanja tokom čistke NOF-ovaca '71. i tamilske pobune '77. Pobesnela rulja nije imala pojma o tome kada je 1983. godine zapalila prizemlje. Vlasnik, srećni Tamil s dovoljno bogatstva da ga to zaštiti, ojađeno je sve to gledao iz bezbednosti hotela *Galadari*. Kad je stari Sabaratnam umro slomljenog srca, njegova porodica se odselila u Kanadu, a napuštenu zgradu su naselili duhovi.

Kazino *Pegaz* se 1988. uselio na šesti sprat. Okrečili su zidove, prekrili nagorele opeke i doneli nov nameštaj. U roku od godinu dana tu su bili i noćni klub i salon za masažu na petom spratu, i sobe za izdavanje na sedmom. Četvrti sprat je izdat kompaniji pod nazivom *Azijska međunarodna morska dobra*, koja je pakovala, zamrzavala i razvozila neprodatu morsku hranu sa zapadne obale u tri azijske zemlje. Najniža tri sprata postala su dom tržnog centra u koji niko nije ulazio.

Kako znaš sve to i koliko si novca tu izgubio – možda se toga nikada nećeš setiti. Kao ni razloga zašto ti se neprestano javlja lice žene koju ne poznaješ. Pikova dama. Žena tamne kože i još tamnijih očiju, s crvenim ružem i još crvenijim bindijem. Sedi naspram tebe, naručuje ti pivo, postavlja ti jedno te isto pitanje: – Reci mi, dečko, na čijoj si ti strani.

Slediš policajce dok kloparaju podovima prekrivenim parketom i kroz zarđala vrata. Treći sprat bazdi na nešto između kerozina i naftalina. Tu se nalaze fotokopirnice, agencije za zapošljavanje i krojački saloni. Ideš za policajcima dok razmetljivo prolaze hodnikom i zaustavljaju se ispred lokala s natpisom *Finansije Pegaz*.

Kasim se osvrće ka partneru. – Možeš li ti da razgovaraš sa ovim budalama?

– A šta fali tvojim ustima?

– Hoćeš li ti one prekovremene sate ili nećeš?

– U redu, ali da ti predaš zahtev. Dogovoreno?

– Nisam ja ovde da se s tobom dogovaram – kaže Kasim.

– Jesi li siguran? – odgovara mu Rančagoda.

– Moraćeš ovo sâm da radiš kad mi odobre premeštaj.

– Gde si tražio da te premeste?

– Negde gde nema leševa.

– A gde je to? Na Maldivima?

– Ne može svuda biti isto kao ovde.

– Leševa ima svuda, prijatelju. Misliš da će ti odobriti molbu?

– Samo što nisu.

Radnja ima isti logotip s krilatim konjem kao kockarnica tri sprata iznad. Policajci ulaze, a ti za njima. Iza pulta prekrivenog fasciklama sede dva oniža muškarca, koja bi više voleo da nisi prepoznao. Čim su ugledali policajce usta im se razvlače u kez, mada su im oči namrštene.

Rančagoda se naslanja na pult i s treskom spušta pred njih fotografiju koju mu je dala tvoja majka. Na njoj imaš crvenu maramu i lančiće oko vrata. Slikao te je Di-Di u Jali jednog predvečerja.

– Kotu, brate. Balal, druže. Jeste li videli ovog momka?

* * *

Začuđujuće za nekog s takvim hobijima, Balal ne može da podnese vonj mrtve ribe. *Azijska međunarodna morska dobra* poseduju četvrti sprat hotela *Leo* ali imaju jedino ključeve ulaznih vrata. Tu je sedište veleprodaje, gde se supermarketi i hotelski lanci cenkaju za zamrznuti morski svet. Muškarci u saronzima vuku portfiše po podu, što ima dejstva koliko i jasminov prut na razjarenog slona.

Iza su sobe sa zamrzivačima. *AMMD* ima ključeve, kao i ministarstvo koje je vlasnik zgrade. Balal i Kotu nervozno čavrljaju o utakmici u kriketu s Pakistanom koju niko nije gledao, niti mari kako se završila. Vode ih kroz lavirint čiji se zidovi osećaju na neoprana tela, miris koji ti nije nepoznat.

Držeći svetlosmeđe maramice preko nosa, policajci nadiru kroz sve uže hodnike zamazane crvenkastosmeđom sasušenom krvlju. Nisi znao da policajci imaju maramice u tonu sa uniformom. Uvek si imao maramicu, to je jedina lekcija koji su naučio za onih mesec dana u izviđačima.

– Gde ste ga našli? – pita Rančagoda.

– Pozadi – kaže Kotu. – Ne na uobičajenom mestu.

– A što nas niste pozvali?

– Gospodine, kad bismo zvali zbog svake dodatne kese đubreta, nabili bismo astronomski račun.

– Nije bio ni na jednom spisku? – pita Kasim.

– Ni na vašem, ni na spisku velikog šefa.

– Muka je s vama što imate previše šefova.

– Samo vaša stanica nam daje spisak, gospodine. A ostale nikad. Samo nam ostave đubre da počistimo.

– Dakle, poznato ti je njegovo lice?

– Nikad im ne gledam lice, šefe – kaže Kotu.

Na kraju hodnika su velika vrata sa ogromnim katancem. Osvetljenje je jako kao u bolnici. Na tavanici ima senki koje jedino ti možeš da vidiš. Čuješ šapat ali se ne usuđuješ da pogledaš uvis. Balal vadi ključeve i uvodi ih u sobu u kojoj se nalazi nekoliko zamrzivača. Tu se ne oseća vonj ribe, nego jakih hemikalija.

Na metalnim kolicima leže tri dugačka komada mesa. – Je li to jedan od tih? – pita Rančagoda kad je sklonio maramicu sa usta.

– Nije. Ovo je današnje đubre – kaže Balal.

Rančagoda ga mrko pogleda.

– Problem? Previše posla?

– Ne gospodine. Ma kakvi.

– Onda prestani da kenjkaš. Gde je Almeida?

Kotu pokazuje ka metalnom stolu, na kome je najlon-kesa s četiri paketa. Dva izgledaju kao udovi, a ostali kao komadi mesa. Balal počinje da se kikoće, a Kasim ga ućutka siktanjem.

Taj kraj su Sinhalezi zvali „Kompanja Vidija“, a Tamili „Komani Teru“, pri čemu oba imena znače „Kompanijina ulica“.[24] Britanci su ga nazvali „Ostrvo robova“. Svi ti nazivi zadržali su se do danas kao ne baš uvijen nagoveštaj toga kako su starosedeoci i kolonizatori videli jedni druge.

Iza hotela *Leo* nalazi se napuštena parcela koja čitavom komšiluku služi kao smetlište. U okolnim ulicama su trošne zgrade i sirotinjske straćare. Krovove naseljavaju zabrinute mačke i dokoni šišmiši.

– Telo je bilo ovde? – Kasim pokazuje udubljenje u kesama za đubre isprskanim nečim crvenim.

Kotu i Balal klimaju glavom.

– Mislili ste da ga je neko istovario?

– Gospodine, ova zgrada tome i služi – kaže Kotu.

– Nije vam palo na pamet da ima previše krvi?

– Nismo tako razmišljali, gospodine.

Kasim baterijskom lampom osvetljava zidove hotela. Izgledaju kao da se niz njih slivala crvenkastosmeđa boja.

– Niste primetili ove mrlje?

– Gospodine, kad dođemo po đubre, nemamo vremena da uživamo u pogledu.

– Samo nastavi tako da odgovaraš pa ćeš dobiti svoje – podvikne Rančagoda. – Od danas ćete predavati uredno popunjene izveštaje.

Balal i Kotu ćute. Kasim osvetljava lampom ostatak smetlišta. Noć je samo jedan od gadnih mirisa. Nalet povetarca natera ga da se strese.

Zatim se okreće ka Kotuu. – Bačen je s jednog od ovih balkona. Mi s tim nemamo ništa. Jasno?

Balal klima glavom, a Kotu se nakašljava i skreće pogled.

– A gde je ostatak tela?

Kotu pogleda Balala, koji pilji u svoje noge. – Nema ga više, gospodine.

---

[24] Misli se na Holandsku istočnoindijsku kompaniju osnovanu 1602. godine u cilju udruživanja sa istočnoindijskim kompanijama drugih evropskih zemalja zarad uspostavljanja trajnog monopola nad trgovinom sa Azijom. (Prim. prev.)

– Očekuješ da njegovoj majci dam ruku, nogu, rame i... ne znam šta sve ne? Kako da dokažemo da je to Almeida?

– Ako su ga privodili ranije – kaže Rančagoda – otisci će mu biti u dosijeu.

Kasim odmahuje glavom. – Ne verujem našoj službi za otiske ništa više nego tebi. Gde je glava?

– Bacili smo je u jezero.

– Neću to da čujem. Donesite mi glavu. Briga me ako morate da isušite čitavu jebenu Beiru. Treba nam noćas.

Kotu s telefona u kancelariji zove Šoferče i budi ga. Kasim se gega ka liftu.

– Šta da radimo, inspektore? – pita ga Rančagoda kad su se dovoljno udaljili da ih niko ne čuje.

– Bolje da i ovo staviš u prekovremeno, sinak.

Rančagoda stoji ispred lifta, ali ne ulazi.

Kasim ulazi i drži prst na dugmetu.

– Šta je bilo?

– Šefe. Prvo kažeš da ideš negde gde nema leševa, a sad hoćeš da ovo navedem kao prekovremene sate.

– Moramo da radimo svoj posao.

– Šta je naš posao?

– Da štitimo nedužne – kaže inspektor Kasim.

– Mislio sam da mi štitimo moćne.

– Moramo li sad da raspravljamo o tome? – Kasim sklanja prst s dugmeta i vrata se zatvaraju. On psuje i gura rame napred ne bi li zaustavio čeljusti lifta.

– Još nešto me zbunjuje.

– Ulazi u lift ovog trenutka!

– Da li mi ovo istražujemo ili zataškavamo?

Tek unutar hotela primećuješ senke i lica što se kriju u njima. Oči raznih boja, plave, smeđe, žute, zelene. Ne bi voleo da imaš posla s njima ništa više no što bi poželeo da ližeš košnicu, i zato gledaš svoja posla i odlaziš za policajcima.

Kotu se vraća u kancelariju na četvrtom spratu, gde se javlja na telefon i prima tri poruke o leševima koji su već na putu.

– Još šest kesa? Odakle?

Balal čeka da Šoferče stigne kako bi mu dao vrlo jasna uputstva.

Na spratu iznad njih policajci Kasim i Rančagoda ulaze u salon za masažu *Mango* i pokazuju im fotografiju. Na njoj si ti, slikao te je Di-Di u, što se kaže, neko srećnije vreme. Na sebi imaš svoju prepoznatljivu safari jaknu, a brada ti je kraća nego inače.

Devojke su u sarijima, izgledaju kao da su navikle da služe za pokazivanje. Poriču da su videle muškarca na slici. Policajci produžavaju hodnikom do karaoke kluba *Jazbina*. Tamo su samo čistači i muškarac u mini-suknji koji zaždi čim ugleda uniforme. Nema nikoga osim utvara koje za šankom piju kao bajagi pića i raspravljaju se o nečemu.

Policajce vode pozadi da porazgovaraju sa šefom, krupnim tipom po imenu Rohan Čang. Njegov prethodnik je bio ozloglašeni Kalu Danijel, koji trenutno robija zbog oružane pljačke. I Čang zarađuje za život pljačkajući, mada su njegova oružja špilovi karata i zaošijani točkovi za rulet. Sedi za stolom, naručuje sok za policajce i traži da dođu upravnik kazina, kontrolor i dva krupijea.

Čang izgleda kao Kinez na oca, a zvuči kao Sinhalez na majku. – Slušajte, ako već dolazite u moj kazino, nemojte da se pojavljujete u prokletim uniformama. Poznajem ministra. Ne možete tek tako da banete ovamo.

– Strašno nam je žao, gospodine Čang. Posredi je veoma hitan slučaj.

– Kakav hitan slučaj?

– Gospodin Mali. Kartaroš – kaže krupije koji ti je jednom odneo pet laka.

– Redovan gost? Rasipnik? Pijanac?

– Pušač. Ne razgovara. Igra karte. Ajnc, bakaru, ponekad poker – kaže kontrolor, koji ti je jednom naplatio kaznu jer si prosuo žetone.

– Prijavili su njegov nestanak – kaže Rančagoda.

Izvijaju se obrve, sleže se ramenima.

– Nestao je? – Krupije na kojeg se niko ne obazire češka se po bradi.

– Kad ste ga poslednji put videli?

– Sinoć, ako se ne varam – kaže kontrolor. – Osvojio je nekoliko laka. Svima je plaćao piće. Stalno je ponavljao da su pića besplatna, bila je to njegova pošalica. A onda je nestao.

– Nije nestao – kaže krupije. – Otišao je gore. Video sam ga kako pije s nekim strancem.

Ne prepoznaješ krupijea, niti se sećaš da si uradio to što kaže. Ili on laže, ili – što je još gore – govori istinu. Pogledaš u okular foto-aparata, ali vidiš samo blato.

– Stranac kog tipa?

– Belac. Mislim da je Nemac. Mada bi mogao biti i Englez.

BALKON

S balkona na petom spratu vide se sirotinjske udžerice i smetlište. Na samom kraju nalaze se šank i pet stolova s menijima za posluženje. Metalno zavojito stepenište uzdiže se do balkona na šestom spratu i spušta pored kazina do odmorišta na četvrtom.

Krupije vodi policajce kroz kuhinju kako ne bi paradirali kroz kockarnicu. Balkon ima žičanu mrežu od ograde do tavanice.

– Nekoliko gostiju je skočilo odavde. Zato smo sve ogradili.

– Zašto su skakali odavde?

– Jeste li ikada izgubili godišnju platu u jednoj ruci pokera?

– Moja godišnja plata bila bi jadan ulog – kaže Rančagoda.

– Gde su bili Almeida i taj belac?

– Sedeli su blizu ograde.

– I?

– Naručili su tri džina, tri votke, dva tonika i tri tanjira začinjenih gambora.

– Upamtio si to?

– Nije. Evo njihovog računa – kaže kontrolor i grubo uzima ružičasti papirić od razbacanog mladog šankera.

– To je mnogo gambora. Šta kontrolor radi na balkonu među stolovima za goste?

– Bio sam tu s klijentom, gospodine.

– Ko je to bio?

– Samo klijent.

– Jesi li prepoznao belca?

– Ne baš.

– Je li to ne?

– Meni su svi belci isti.

Kasim stoji na ivici balkona i posmatra smetlište. Prati prostiranje tragova krvi na zidu. Zatim podiže pogled ka balkonu na šestom spratu.

– A Almeidu si prepoznao.

– Gospodin Almeida je odavde.

– Dakle, poznavao si ga?

– Poznajem ljude koji vole kocku.

Evo čega se ti sećaš od preksinoć: a) došao si u kazino, b) pio si za šankom, c) jeo si, d) zezao si se sa šankerom. Evo čega se ne sećaš: a) da si bio s nekim belcem, b) da su te bacili preko ograde.

– A kad su otišli?

– Još su bili ovde kad smo moj klijent i ja otišli.

– Kad je to bilo?

– Oko jedanaest.

– Da li je tu bio još neko od osoblja?

– Samo šanker.

– Onaj tamo?

Kontrolor doziva mladića:

– Čaminda!

Momak nije neki lepotan. Građen je kao vo, a i lice mu je takvo. Nikad ga nisi pitao kako se zove, a posle prvih nekoliko susreta bilo bi nepristojno, pa si se zato zadovoljavao univerzalnim „dečko". Revnosno te je posluživao, prihvatao bogati bakšiš, puštao te da mu se pridružiš tokom puš-pauze na balkonu šestog sprata i nije prigovarao zbog onoga što radiš rukama. Policajce gleda pravo u oči, što je često svojstveno lažovima.

– Da, znam tog gospodina. Sinoć je došao ovde.

Dobra fora, pomisliš.[25]

– To je bilo oko jedanaest. Pušio je kad sam otišao na puš-pauzu.

Ha-ha, pomisliš.

– O čemu ste razgovarali?

– Ni o čemu. Rekao je da ide u San Francisko. Imao je veliki dobitak u kazinu.

– Da li ti je dao novac?

Vo se ukoči, pogled mu seva po baru ali te ne vidi, naravno, a zatim se pribere, nada se da niko to nije primetio, iako su svi primetili.

– Čaminda?

– Dugovao mi je nekoliko hiljada. Vratio je ceo dug.

– Za šta?

– Pozajmio je od mene kad mu je ponestalo žetona. Mnogi naši gosti to rade.

– Kada je trebalo da ide u San Francisko?

– Ej, Kasime! – Rančagoda je otkačio žičanu mrežu i gurnuo glavu napolje. – Dođi da vidiš ovo.

Videvši svoju mrežu tako razbucanu, kontrolor skida masku ljubaznosti.

– Čoveče! Ne diraj to!

Rančagoda gleda kroz mrežu, prati krvavi trag što se uzdiže ka nebesima.

---

[25] Na engleskom *came* znači „došao" ali i „svršio". (Prim. prev.)

Penje se uz požarno stepenište poput mačke, ne obazire se na prigovore osoblja kockarnice. Krupni Kasim se kratko predomišlja da li da pođe za njim, ali ipak odustane. Balkon je prašnjav i pun paučine, vrata su zaključana. Iznad je nebo, nema ničega osim stola i dveju stolica.

– Kuda vode ova vrata? – pita Kasim i pokazuje ka katancu.

Rančagoda se naginje preko ograde i proučava zid. Za razliku od svog bolje održavanog blizanca sprat niže, ovaj balkon nije zaštićen mrežom.

– Ovamo niko ne dolazi. – Kontrolor prelazi prstom po voki-tokiju dok netremice posmatra pomoćnika načelnika Rančagodu. Šanker Čaminda gleda u svoja stopala, svestan, kao i ti, da ta izjava nije sasvim istinita. Mnogi su se provlačili kroz mrežu i peli se požarnim stepeništem da se malo zabave u mraku.

– Ovo je nedavno očišćeno. Odavde je skočio. – Kasim se vraća u detektivski manir. – Ili ga je neko gurnuo.

– A gde je onda telo? – pita kontrolor.

– To je dobro pitanje – kaže Rančagoda.

Kontrolor je dotle uspevao da sačuva osmeh i strpljenje, ali oboje nestaju kad policajci zatraže da vide sedmi sprat.

– Tamo su samo sobe, gospodine.

– Ko odseda u njima?

– Gosti.

– Kurve?

– Gosti kazina. I njihovi gosti.

– Da li je Malinda Almeida odseo tu?

– Ne znam.

Pomoćnik načelnika Rančagoda pogleda krupijea, pa kontrolora. Smejulji se dok odlazi za inspektorom Kasimom ka liftu. A onda zavlada neprijatna tišina.

– Da li gosti često skaču s balkona?

– Niko ne ide na taj balkon, gospodine.

– To očigledno nije istina – kaže Kasim.

– Gospodine. Ranije je bilo samoubistava. Ali toga više nema. Otkako smo postavili mrežu i fiksirali prozore.

– Znate da hotel *Leo* ima i druge korisnike. Koji ne bi voleli da zgrada izbije na loš glas.

– Jasno, gospodine.

– Koliko dugo onaj šanker radi ovde?

– Svega nekoliko meseci. Dobar je radnik.

– Odvešćemo ga da porazgovaramo. Izgleda da je on poslednji video Almeidu.

Uprkos kontrolorovom negodovanju, policajci polaze uza stepenice.

– Gospodine, naši gosti plaćaju privatnost. Morate prvo da pitate šefa Rohana.

Policajci se ne obaziru na njega. Na ulazu u predvorje sedmog sprata stoji naoružani čuvar. Crna majica kratkih rukava napinje mu se preko napetih crnih prsa. Mrgodno pogleda kontrolora i klimne glavom policajcima.

– Kako mogu da vam pomognem, gospodo?

– Hoćemo da porazgovaramo s gostima.

Kasim stoji licem u lice sa izbacivačem i pokušava da ga uplaši svojim dežmekastim licem. Rančagoda pruža ruku i pritiska dugme zvona. Začuje se elektronska verzija šlagera iz pedesetih „Cherry Pink and Apple Blossom White“. Znaš taj prodorni zvuk, taj sprat, tog čuvara.

Čuje se otključavanje nekoliko brava, a onda se vrata otvaraju. Osećaš nalet bola na mestu gde bi trebalo da ti bude stomak. Čupa te iznutra kao da ti je neko stvorenje zarobljeno u grudnom košu.

– Da?

To je ona. Žena čije lice ti je poznato, ali ti njeno ime uporno ostaje navrh jezika. Ugljena koža, grimizne usne, crna dama.

– Izvinite, gospođo. Mi smo iz kriminalističke policije. Tražimo ovog čoveka. Jeste li ga videli?

Ona okleva, pogleda Rančagodu pa Kasima, pa između njih, pravo u mesto gde ti lebdiš.

– To je Malin. Šta se desilo?

Pogled joj ostaje tamo gde si ti, a ti piljiš u nju i upinješ se da se setiš. Kasim ispravlja ramena, a Rančagoda se nakašljava.

– Možemo li da razgovaramo unutra, gospođo?

Iza nje je hodnik sa uramljenom crno-belom fotografijom ljudi koji gore na lomači dok muškarci s toljagama igraju oko njih. Snimio ju je 1983. godine *nikonom 3ST* fotograf-amater po imenu Malinda Almeida Kabalana.

CENTAR ZA KANADSKO-NORVEŠKU POMOĆ TREĆEM SVETU

Na zidovima su fotografije koje prepoznaješ i slike koje ne prepoznaješ. Fotografije su pretežno iz 1983, snimljene bez pripreme, umešnosti i pristojnog objektiva. Na svima je prikazano nasilje. Slike su ekspresionistički pejzaži s pirinčanim poljima i seoskim kolibama, kupljeni od uličnih prodavaca po ceni skupe večere. Pretrpani su potezima četke, mrljama i drečavim bojama, u uglu se vidi nečitak potpis nekog nedovoljno plaćenog amatera.

Soba je uredna ako se izuzmu kutije, fascikle i šolje na stolu pored prozora. Žena nudi policajcima da sednu na tršćani kauč. Bio si u toj sobi. U to nema nimalo sumnje. Ali kako se ona zove? Javlja ti se slika lavića u filmu na koji te je otac vodio u *Savoj* pre nego što je otišao.

– Imate goste? – Inspektor Kasim se gega ka stolu.

– Moj brat od tetke ima poziv iz Toronta. Jeste li za čaj?

– Samo bih vodu, hvala – kaže Kasim dok se osvrće po prostoriji.

– Prijao bi mi običan čaj s đumbirom – kaže Rančagoda i seda kraj prozora ne hajući za kolegin mrgodan pogled.

– Svakako – kaže gospođa.

Bradati momčić koji izgleda više kao pisar nego kao posluga ulazi da primi porudžbinu.

– Vaše ime, gospođo?

– Šta se desilo?

– Vaše ime?

– Da li je Malin dobro?

– Molim vas da odgovorite na pitanje.

– Ja sam Elsa Matangi. Moj brat od tetke i ja radimo za CKNPTS. Ovo je naša kancelarija. Prikupljamo pomoć za žrtve rata. Imamo dobrotvornu ustanovu dole u tržnom centru.

– A šta je CKNPTS?

– Centar za kanadsko-norvešku pomoć Trećem svetu. Skraćeno: Centar.

– Centar. Hmm. Radite dokasno?

Kasim gleda kroz mutno prozorsko staklo preko udžerica Ostrva robova. Zatim spusti pogled na kutije na stolu.

– Izvinite, to su poverljiva dokumenta – kaže mu ona.

Kasim se ne obazire na nju, daje glavom znak kolegi. Onaj momčić se vraća s čajem i vodom i najednom te obuzima žeđ, osećaj koji si, kao i još štošta, zaboravio.

– Kada ste poslednji put videli Malindu Almeidu?

– Juče. Povremeno ga angažujemo. Došao je po ček.

– Za kakve poslove?

– Koristimo njegove fotografije za biltene.

– Jesu li ovo njegove fotografije? – pita Kasim i pokazuje na kutiju na stolu.

– Neke jesu.

– Čime se tačno bavite?

– Podstičemo malu privredu, obezbeđujemo obrazovanje i savetovališta za siromašne. Pomažemo siročadi na severu i istoku. Prikupljamo priloge, obaveštavamo javnost, štitimo civile.

– A to finansiraju Tamili? – pita Rančagoda.

– To finansiraju ljudi koji žele da pomognu onima koji pate.

– Šta se dešava?

To pita neko iz prostorije naspram kuhinje. Pojavljuje se debeo tamnoput muškarac gustih brkova, kakve ima i vrhovni tigar.

– Ovo je moj brat od tetke. Raspituju se o Malinu.

– Kaži im da on ne radi za nas.

Na sestru od tetke liči koliko i beli medved na pauna. Ona je koščata, on gojazan. Ona ima lice, on njušku. Njen naglasak je severnoameričko pevuckanje, a njegov kreketanje madraskog Tamila.

Kasim se okreće ka njemu.

– A vi ste?

– Kugaradža. Direktor Centra. Sarađujem s vladama Kanade i Norveške. Poznajem komandanta policije. A kako su vaša cenjena imena?

– Ja sam inspektor Kasim, a ovo je pomoćnik načelnika Rančagoda.

– Malinda je juče dao otkaz. Uzeo je ček i otišao. Možda troši honorar dole u kockarnici.

– Zašto je dao otkaz?

– To pitajte njega.

– Pitamo vas.

– Rekao mu je da su mu dojadili ovakvi zadaci.

– Prijavljen je njegov nestanak.

Elsa podiže ruku do usana i zuri u pod. Kugaradža seda na ivicu praznog kauča.

– Je li uhapšen?

– Ne, koliko nam je poznato. Poslednji put je viđen kad je pošao ovamo na sastanak.

– Ne s nama.

– Rekli ste da ste ga videli juče.

Kugaradža pogleda Elsu, koja i dalje zuri u prazno i odmahuje glavom. Pogled joj je zamagljen.

– On nam prodaje fotografije. Na njima se vidi kako ljudi umiru u ratnoj zoni. Mi ih koristimo za svoj posao.

Kasim drži letak s majkama koje drže slike nestalih sinova. Svaka na ivici ima oznaku ©MA. – Za posao ili propagandu?

– Nije propaganda ako se govori istina – kaže Kugaradža.

Obuzima te neprijatan osećaj da u isto vreme kijaš i toneš. Tečnost iz nosa nije sluzava kao šlajm, nego metalnog ukusa kao krv. „Kugaradža“ mu nije pravo ime i on vrlo dobro zna zašto si dao otkaz.

– Da li je Malin Almeida imao neprijatelje? – pita Rančagoda.

– Ne znamo ništa o njegovom privatnom životu – kaže Elsa.

– Šta je još fotografisao za vas?

– Prizore s ratišta. Spaljene domove, mrtvu decu. Znate već, uobičajene stvari.

– A šta vi radite s tim slikama?

– Koristimo ih kako bismo zaustavili rat.

– I uspeva li vam?

– Jednog dana hoće.

– Da li se Almeida bavio ucenjivanjem?

– Kao što je rekla moja sestra od tetke, ne znamo ga privatno – odgovara Kugaradža i otpija gutljaj vode iz čaše Else Matangi. – Jeste li pronašli telo?

– Nismo rekli da je mrtav.

– Ko vas plaća? Vojska ili SJ?

– A ko plaća vas, gospodine Matangi? Indija ili OTTE?

– Pripazite na ton – kaže Elsa.

– Mi samo radimo svoj posao, gospođo. Ništa drugo – kaže inspektor Kasim. – Možemo li da pogledamo fotografije?

Elsa otvara fasciklu punu brošura na različitim evropskim jezicima. Na njima su fotografije iz Vavunije, Batija i Trinka. Mrtva deca poređana na prostirkama. Ugljenisani ostaci seoske kuće. Žene vezane krpama za stubove. Preživeli posle vazdušnog napada zarobljeni u logorima, zure u foto-aparat. Osećaš mučninu. Vetar se kovitla ka tavanici kao da se duhovi iz zgrade uzdižu na krov.

– Da li vaša organizacija sarađuje sa OTTE-om?

– To pitanje bi me uvredilo, inspektore Rančagoda, da ga ne slušam iz dana u dan – kaže Elsa. – Podršku dobijamo od Američkog fonda za mir i kanadske i norveške vlade. Mi pripadamo umerenoj struji. Većina Tamila ne umire od želje da jurca džunglom s puškom u ruci.

– Da li je Almeida imao prijatelje iz inostranstva? Možda nekog sredovečnog belca?

– Imao je mnogo prijatelja. Mladih i starih, iz inostranstva i odavde – kaže Kuga. – Pričate o njemu kao da je mrtav.

– Kakva su vremena, kad neko nestane, obično tako završi – kaže Rančagoda.

– Svi smo toga svesni – kaže Kugaradža.

– Javićemo vam ako ga budemo videli – kaže Elsa i ustaje.

– Stvarno?

– Naravno – odgovara ona i otvara vrata.

– Mogu li da uzmem nekoliko brošura – pita Kasim i već ih grabi.

– Uzmite ih i idite – kaže Kugaradža.

Spolja dopire kucanje na prozor koje jedino ti možeš da čuješ. Sobom proleti talas hladnog vazduha kao da je klima-uređaj na zidu podrignuo. Policajci odlaze, a brat od tetke i sestra od tetke nemo se zgledaju iza njihovih leđa. Čuješ šapat i osećaš kako se senke spuštaju ka tebi. Već se navikavaš na to. Na mrmorenje u vazduhu koje jedino mrtvi mogu da osete.

Napolju prilika s kapuljačom i žena u belom kuckaju na prozor i mršte ti se. Lebde u nivou sedmog sprata i prepiru se. Voleo bi da ih ne znaš, ali ne možeš da ih ne primetiš. Mrgodni kosač u kesama za đubre i dobra vila u sariju. Onako prozirni, kao i svi duhovi, upiru prst u tebe, a onda jedno u drugo. Svađaju se, a predmet svađe si po svoj prilici ti.

Sinhalezi ubijaju Sinhaleze

Policajci se spuštaju liftom u tržni centar. Odlaze do prostorija dobrotvorne ustanove CKNPTS i utvrđuju da je zatvorena velikim katancem. Staklena vrata su izlepljena plakatima na kojima se traže odeća, namirnice i novčani prilozi. Na jednom je prikazana glumica iz popularne serije kako u naručju drži izbeglo dete sa severa.

– Rančagoda, ti otkucaj izveštaje, a ja ću ih zavesti.

– Kao da nemam pametnijeg posla.

– Napisaćeš dva izveštaja.

– Kakva?

– U jednom napiši da Almeida, poznat i kao Kabalana, nije službeno uhapšen niti priveden na ispitivanje. I da se najverovatnije krije zbog kockarskih dugova. U drugom napiši da imamo troje sumnjivih. Jedan je šanker Čaminda Samarakun, koji ga je poslednji video živog. Drugih dvoje su njegovi poslodavci Elsa Matangi i Kugaradža. – Kasim namerno izgovara njihova prezimena s pogrešnim naglaskom, amerikanizujući prvo, a bolivudizujući drugo.

Podiže one letke.

– Ako se telo pojavi, podnećemo drugi izveštaj. A ako se ne pojavi, iskoristićemo prvi.

– Nemam vremena ni za jedan izveštaj, a ti hoćeš dva?

– Tako sam ti rekao, zar ne? Upiši to u prekovremene sate.

– Trebalo je da uzmemo više novca od njegove majke. Ovo nije vredno našeg vremena.

– A šta ako bude pitala gde je telo?

– Pošalji je na uobičajenu pipirevku – kaže Rančagoda.

– Smučilo mi se da to radim. Šta da joj kažemo?

– Istinu. Da telo njenog sina nije nađeno.

– Tražiće da vratimo novac.

– Ili će platiti još.

– A onda?

– Poslaćemo Balala i Kotua da nađu nešto.

– Ta dvojica ne bi umela da nađu ni gde im se završava kita.

– Šta misliš o onim Tamilima? – pita ga Rančagoda.

– Mislim da nisu oni. Ako su ga ubili, zašto bi to uradili u svojoj kancelariji? Kakvi god bili, Tamili nisu glupi.

Stižu na parking, gde ih čeka poznata ženska prilika ogrnuta ljubičastim šalom i sa odgovarajućim kišobranom u ruci.

– Gde vam je službeni auto? – pita ih Elsa Matangi.

– Kako ste sišli toliko brzo? – pita je Rančagoda.

– Neki brzo govore, neki sporo hodaju. A neki koriste službeni lift.

– Kako možemo da vam pomognemo?

– Ja vama pomažem.

– Je li?

– Malin je mnogo pričao. Pretežno o stvarima koje se nisu dogodile. I o kutiji punoj fotografija koju drži ispod kreveta. Rekao je da bi njima mogao da obori vladu. Ako mi pomognete da ih nađem, podeliću ih s vama.

– Veoma velikodušno. Ali već je kasno i bliži nam se kraj smene.

– Odlično. Onda ste slobodni.

– Zašto nam to niste rekli gore?

– Kuga ne voli policiju. Ali vi delujete kao ljudi od zanata.

– Da li vam je gospodin Kuga rođak ili muž?

– Rođak... Moj muž je u Torontu.

– Naravno. Šta je na tim fotografijama?

– Nešto što bi zanimalo vaše šefove. Nešto što bi bili spremni da otkupe od vas. A i mi vam rado plaćamo za uložen trud.

Ona stavlja koverat na vetrobransko staklo plavog *dacuna*.

Rančagoda otvara suvozačeva vrata. Kasim deluje iznervirano.

– Kasno je, gospođo. Šta god da je posredi, hajde da se time pozabavimo ujutru.

Rančagoda uzima koverat i zaviruje unutra.

– Ovo ne pokriva naš prekovremeni rad.

– Možda će vam pomoći da rešite slučaj.

– Možda bi vam bilo pametnije da se držite severa i istoka. A nama prepustite da rešavamo zločine u Kolombu.

– Ako mi date garanciju, odvešću vas do kutije. Vi sami procenite koliko vredi.

Ona otvara zadnja vrata i ulazi u auto. Rančagoda spušta koverat na komandnu tablu. Kasim se grbi kao lenjivac, što i jeste. Rančagoda seda na suvozačko mesto i okreće se pozadi.

– Poslednji put vas pitam: šta je u kutiji?

– Malin nam je rekao da je na jednom kovertu oznaka *Dama*. Samo to me zanima.

– To nema nikakve veze s nama.

– Tamo ima i fotografija iz Batikaloe.

Rančagoda se češe po potiljku i spušta pogled na menjač.

– Ni istok nema nikakve veze s nama.

– Policijska stanica u Batikaloi. Pre tri meseca – kaže ona.

– Onaj pokolj?

– Šest hiljada vaše braće pogubila su...

– Vaša braća – kaže Rančagoda i izvija obrvu.

– Ako svaki Sinhalez bude mislio da je svaki Tamil pripadnik OTTE-a, ovaj rat se nikada neće završiti. Tigrovi ne poštuju sinhalešku policiju. Videla sam te fotografije. Nisu našli za shodno čak ni da navuku maske. A koliko ih je uhapšeno zbog tog zločina?

Kasim pali motor.

– Kažete da je Malinda Almeida slikao pokolj policajaca u Batikaloi? Bio je tamo.

– On ima dar da se zatekne na pogrešnom mestu – kaže Elsa gledajući kroz prozor. – Zašto stojimo?

– Ne večeras, gospođo – kaže Kasim, šetajući pogledom po komandnoj tabli. – Dođite sutra u osam ujutru u Policijsku stanicu Sinamon gardens. Mi ćemo obaviti formalnosti.

Naravno, ona greši. Kad imaš foto-aparat, ne postoji pogrešno mesto. Elsa proverava ruž u retrovizoru i hvata Rančagodin pogled. – Mislite da niko ne zna šta se dešava na četvrtom spratu hotela *Leo*?

– Tamo su prostorije *Azijskih međunarodnih morskih dobara*. Šta se tamo dešava, gospođo? Kažite nam.

– Ne tiče me se. Svako lovi svoju ribu.

Pali cigaretu iako nije otvorila prozor. Posredi je *gold lif* iz crvene paklice iz onog boksa koji si ukrao u Batikaloi. One nedelje kad si pomoću teleobjektiva slikao policijsku stanicu sa uzvišenja iza auto-puta. Zanimljivo je i nimalo zanimljivo u isto vreme šta je tvoj mozak odabrao da sačuva.

– Tela mrtvih NOF-ovaca nisu naš problem, inspektore – kaže Elsa. – Šta nas briga ako Sinhalezi ubijaju Sinhaleze.

– Mislio sam da brinete zbog stradanja nedužnih – kaže Rančagoda.

– Prvo moramo da se pobrinemo za svoje.

– To je pomalo rasistički.

– Samo kad je posredi vladina politika.

– A kad OTTE-ovska paščad pobije TUOF-ovske[26] pacove? Kad udari Tamil na Tamila? To je u redu?

– Bar muslimani ne ubijaju muslimane – kaže Kasim.

Njih dvoje ga pogledaju.

– Mislim, u Šri Lanki – pojašnjava on.

– Samo im dajte malo vremena – kaže Elsa. – Jednog dana će Malajci ubijati Mavare. A Burgeri će klati Četije.[27] U ovoj zemlji ništa više ne može da me iznenadi.

– Malinda Almeida je bio marksista? NOF-ovac? – pita Rančagoda.

– Fotografije u toj kutiji reći će vam sve što treba da znate.

– Lakše ćemo dobiti nalog ako je bio NOF-ovac.

– U redu. Mislim da je bio na nekoliko mitinga.

– Dobro je znati.

– Dakle, u osam. Šta ćemo onda?

– Gde se nalazi?

– U Gol Fejs kortu,[28] ako se ne varam. Koliko vam treba da dobijete nalog?

Držiš se za krov automobila, misli te probadaju kao zaražene igle. Vetar oko tebe zagađen je sećanjima kojima ne veruješ. Svež talas bola počinje od nožnih prstiju i putuje ka očnim jabučicama. Trudiš se da

---

[26] Tamilski ujedinjeni oslobodilački front – socijalistička partija, umerenijih i konzervativnijih shvatanja od OTTE-a, koja se zalagala za sticanje nezavisnosti nenasilnim putem. (Prim. prev.)

[27] Elitna kasta u Šri Lanki koja od 2001. ima status zasebne etničke grupe. (Prim. prev.)

[28] Luksuzno stambeno naselje u Kolombu. (Prim. prev.)

ne pogledaš u foto-aparat. Automobil ubrzava i odlazi bez tebe. Žuriš za plavim *dacunom*, ali ti stopala ne dotiču asfalt. Pokušavaš da poletiš, ali ne možeš više ni da se makneš.

Gospođa u belom sariju i prilika u kesama za đubre stoje kraj tebe i vrte glavom. Završili su svađu, ali je nejasno ko je na kraju pobedio. Kapuljača spada i ukazuje se blentavo Senino lice. Koža mu je sada podlivena krvlju isto kao i oči. – Male. Ne moraš da razgovaraš sa ovom ženom. Ona ti neće pomoći.

– Profesorka Rani Sridharan – kažeš. – Drago mi je što vas ponovo vidim.

Žena u belom sariju gura palac u delovodnik, namešta naočare i osmehuje ti se. – Možeš me zvati Rani. Dobila sam zaduženje da ti pomognem – kaže. – Imaš sedam meseca. A već si protraćio jedan.

DRUGI MESEC

Svakome će se sve dogoditi pre ili kasnije ako bude dovoljno vremena.

Džordž Bernard Šo

ĆASKANJE S MRTVOM PROFESORKOM (1989)

Odnose te na krov hotela *Leo*. Odatle se vidi smrdljivi grad u kome dela prolaze nekažnjeno, a duhovi neopaženo. Senke klize preko azbesta, a ne pripadaju sve mačkama, šišmišima, bubašvabama ili pacovima. Imaju li životinje onaj svet? Ili je njihova kazna da se ponovo rode kao ljudi?

Vetar sa istoka donosi miris kiše na drveću i rose na cveću u hramovima. Povetarac nakratko priguši smrad pre nego što produži ka moru, noseći sa sobom miomirise Kolomba.

– Onaj Sena samo potvrđuje da imaš amneziju. Veoma česta pojava. Svi izbrišu sopstvenu smrt. Isto kao i rođenje. Oba sećanja se na kraju vrate. Dobar pregled ušiju dovešće sve na svoje mesto. – Profesorka Rani nosi bledožuti sari i džemper. Kosa joj podrhtava u punđi. Dok govori, gleda nešto u delovodniku, a onda te osmotri kroz naočare s više zanimanja nego ranije za pultom. – Strašno mi je žao. Ovaj poslednji mesec bio je baš pretrpan. Promene sistema, mnogo sastanaka, znaš već. Elem. Mnogo je bolje ovako, licem u lice. Šta ti misliš?

Prisećaš se svih slika te žene koje si viđao preko celih novina uz ušećerene hvalospeve mladoj majci dvoje dece i posvećenom predavaču, pokošenoj u naponu snage. Bila je fotogeničnija od većine nastradalih tamilskih umerenjaka.

– Profesorka Rani, sećaš li se da si me pokrala? Bez pitanja si koristila moje fotografije u svojim tekstovima. Trebalo je da te tužim.

– Pobogu, dete. Dosta više. Ostavi se toga, hoćeš li? Proživela sam sedamdeset četiri života. U svakome je bilo tragedije, farse i grešaka. Isto kao i u svačijima. I u tvojima, takođe.

Aktivisti su, kao i političari, veoma vešti u umetnosti izbegavanja optužbi.

– U knjizi *Anatomija odreda smrti* iskoristila si tri moje fotografije. Vidžajine ubice, prebijanje Rohane Vidževire i spaljivanje žene u sariju osamdeset treće. Bez dozvole, bez zahvalnice. A obaška plaćanje honorara.

– Ja nisam moj prethodni život. Kao što nisi ni ti.

– Hteo da sam da dođem u Džafnu i lično te smaknem. Ali poslali su me u Kilinoči. A tebe su... hm...

– Ucmekali. Da, gospodine Male. Imamo novi ubrzani sistem. Samo tri koraka. Prvi je meditacija nad svojim kostima, što si očigledno obavio. Potom ideš na pregled ušiju. A onda na kupanje u Reci rađanja. Sve u roku od sedam meseci.

– Tvoja knjiga je bila zabranjena u Šri Lanki. Znači li to da su te badava ubili?

– Ništa nije badava, sinko. Veruj mi na reč.

– Jesi li videla lice svog ubice? Misliš li da ga grize savest?

– Ovo je Međuprostor. Nije ovo mesto za gluvarenje unaokolo i razmišljanje o beskorisnim pitanjima.

– Tigar koji je tvrdio da je organizovao tvoje ubistvo bio je pripadnik Mahatijinog krila. Slikao sam ga u Kilinočiju. Možda se samo pravio važan. Na obema stranama bilo je mnogo hvalisavaca.

Vrla profesorka ignoriše mamac i proverava svoje papire. – Pregled ušiju pokazaće jesi li spreman za Svetlost. Reka rođenja pokazuje tvoju prošlost. Hoćemo li?

– Žališ li što nisi napisala više knjiga? Ili manje?

– Tamo Dole nikada ništa nije dovoljno.

– Zašto ti je toliko stalo da odem u Svetlost?

– Pomažemo duhovima koji su se zaglavili u poslednjem životu. Međuprostor je pretrpan.

– Pa?

– Ovde je postalo opasno. A ti ništa ne možeš da promeniš. Tvoj život se završio. Svako ko ti govori drugačije samo te vuče za nos.

Sena stoji na ivici krova, pretvara se da ne prisluškuje. Kapuljača mu podseća na kobru, a plašt mu lepeće kao vranina krila. Iz daljine, po takvoj mesečini, više se ne može odrediti da li mu je odeća napravljena od kesa za đubre ili ljudske kože.

– A kad ću da upoznam Boga?

– Čujem da si upoznao Mahakali.

– Zar Bog ne može da zaustavi zlo? Ili možda neće?

– Daj, čoveče. Odrasti.

– Otac mi je platio studije u Berlinu. On nije verovao u Boga. Niti u Univerzitet u Peradeniji.

– Mahakali se hrani izgubljenim dušama. Nagojila se u poslednje vreme.

– Ko plaća bele sarije?

– Ako ostaneš u Međuprostoru, postaćeš demon, ili gladni duh, ili utvara, ili rob jednog od njih.

– Predaju li na Peradeniji problem trolejbusa?

– Ti mi nisi jedini slučaj.

– Ako ubistvo jednog čoveka može da spase stotinu drugih, treba li da naoštrimo mačetu?

– Sinko. Misliš li da svaka od trilion bakterija koje žive i umiru na tvom lešu treba da te upozna i pita te koja je njena svrha?

– Zbunjuješ me.

– Ovo je Međuprostor. Nije ovo mesto za tebe.

– Hoću da ceo svet vidi ono što sam video.

– To je ego. Sve je to privid.

Na drugom kraju krova nekoliko samoubica tocilja se po ivici poput dece koja padaju s tricikla. Devojka s kravatom zbunjeno gleda dok prilazi rubu i skače. Žena s kosom vezanom u kike dolazi sledeća i izvodi nešto slično Fozberi flopu,[29] za koji nikad ne bih pomislio da je moguć u sariju. Pogrbljena prilika koja izgleda kao da se salamurila u okeanu još od doba kralja Buvenekabahua III[30] zatetura se ka ivici i strmoglavi se.

Sve se to odvija polako, nemo i dostojanstveno. Još prilika prilazi ivici krova i gleda u ponor dubok sedam spratova poput galiota koji se spremaju za hod po dasci.

– Samoubice vole visoke zgrade. Ne plašiš se drugih duhova? – pita te. – Ja sam bila prestravljena kad sam stigla ovamo.

– Izgleda da me ne primećuju.

– Zato što te stvarno ne primećuju. Da nastavimo?

– Slušaj. Ne želim da se vratim tamo. Ne želim da se ponovo rodim. Ne želim da budem nešto drugo. Mogu li da ne budem ništa?

– Ne možeš ostati ovde.

Sena lebdi nad ivicom krova i šapuće nešto samoubicama dok zure u ponor. Plašt i kapuljača mu izgledaju kraljevski. Izgleda kao da drži govor, mada se ne može odrediti da li ga iko sluša. Kad si maštao o raju, mislio si da će te dočekati Elvis ili Oskar Vajld. A ne mrtva profesorka s delovodnikom. Ili ubijeni marksista u pelerini.

– Kad bi mogla da sabereš sve dobre i sve loše stvari na svetu, da li bi tvoja računica pokazala da je sve u ravnoteži?

---

[29] Tehnika skoka uvis nazvana po atletičaru Diku Fozberiju (1947–2023). (Prim. prev.)

[30] Vladar iz XIV veka. (Prim. prev.)

Ona prekršta ruke i klima glavom.

– Sve se na kraju uravnoteži.

– Gde je dokaz?

– Nemam vremena za ovo, dečko. A nemaš ni ti.

Zatvara knjigu i osvrće se ka mrtvim samoubicama koji pokušavaju da se ponovo ubiju. Prestaje da izigrava turističkog vodiča. Podešavaš foto-aparat i slikaš njenu siluetu kako drži knjigu, sa samoubicama u pozadini.

– Bila sam opsednuta pravdom, zaštitom bespomoćnih, svojim studentima, tamilskim pretnjama. Nisam gledala kako mi ćerke odrastaju. Proćerdala sam brak. I sve to zbog čega?

– Zašto se toliko zalažeš za Svetlost?

– U Međuprostoru je krkljanac. To zagađuje misli onima koji su Tamo Dole. Previše utvara jurca unaokolo i šapuće loše stvari u pogrešne uši.

– Dakle, kad bi svi otišli u Svetlost, tigrovi bi prestali da se bore, a vlada da otima ljude. U to hoćeš da me ubediš?

– Međuprostor je pun stvorenja koja se hrane očajem.

– Dakle, ako se Međuprostor isprazni, bogati će prestati da kradu, a siromašni da gladuju?

– Ostani ovde, postani jedan od njih. Možda je to već počelo.

– Moram da upozorim prijatelje. Ko god da me je ubio, ukrašće moje fotografije. Moram da vidim ko je to.

– Nikoga nije briga, sinko. Ama baš nikoga. Imaš šest meseca da to uradiš. Hoćemo li?

– Koji to mi?

– Moramo da ti pregledamo uši. Samo to.

– Ne moramo mi ništa. Nikada više.

– Gospođo profesorka, mislim da je bilo dosta. – Sena je ponovo navukao kapuljaču, a oko vrata sad ima crveno-belu maramu. Naslanja glavu tamo gde bi bilo tvoje rame.

Streseš se, a profesorka Rani prasne. – Dogovorili smo se da ćeš ćutati.

– Stalno pokušava da nas ućutka. Tipična intelektualka iz srednje klase.

– Ne možeš mu ništa sedam meseca. Ni ti, ni tvoj šef.

– Ja nemam šefa. Ja sam Sena Patirana, NOF-ov organizator za okrug Gampaha. A ovo je Mali Almeida. Vrhunski fotograf par ekselans. Punjač svih guzica južno od Džafne. Čovek koga je odred smrti bacio s krova. Hamu Mali. Molim te da ne ideš na pregled ušiju. Jer će ti onda ona reka izbrisati um.

Profesorka Rani polazi ka njemu kao učiteljica s prutom. Iza nje dvojica u belim odorama izlaze iz mraka. Sprintuju u vazduhu. Jedan je čika Afro, sećaš ga se, to je onaj što je skočio preko pulta, onaj što te podseća na Mojsija. Bradat, s krunom od trnja i očima koje samo još jedna uvreda deli od rascepljivanja nečijeg mora. Drugi je visok i mišićav kao Hi-men iz crtanog filma, kad bi Hi-men bio rođen u Avisaveli.

Hvataju Senu i obaraju ga na pod. Profesorka Rani lebdi nad njim i odmahuje glavom. Sena je besno gleda odozdo.

– Rekla si šta si imala da kažeš. Sad sam ja na redu.

LOŠI SAMARIĆANI

Dok kutije spavaju pod krevetima a zlikovci sanjaju o onome što će ukrasti, u interesu fer-pleja i demokratije odlučeno je da se Seni dozvoli da govori. On spremno poprima držanje govornika na mitingu NOF-a, sleće na ogradu krova i počinje polako da korača. Samoubice se zbijaju u senkama i slušaju ga kao sledbenici.

– Dame i gospodo, drugarice i drugovi, dragi saputnici. Sećam se svog zadnjeg rođenja. Sećam se svoje zadnje smrti. Nisam morao da idem na šalter kako bih dobio broj i da bi me neki pomagač kljukao glupostima o Svetlosti. Sve mi se sâmo vratilo.

Čuje se žamor među samoubicama. Profesorka Rani te gleda i ne prestaje da odmahuje glavom. Piskara nešto u svom delovodniku.

– U Međuprostoru sam već dvesta pedeset meseci. Nema boljeg mesta. Nisam osvojio bogate roditelje na rođendanskoj lutriji. Odrastao sam u kamenolomu u Velavaji. Radio sam kao sluga u Gampahi. Kad sam bio Tamo Dole, rekli su mi da je siromaštvo moja karma, moj krst, moja boljka. Moja krivica. Pristupio sam NOF-u ne zato što je to bilo moderno nego zato što je bilo nužno. Poznavao sam i siromaštvo i sirotinju. Znao sam šta su muke i šta je bol.

Hoda duž okupljene publike i zaustavlja se kraj tebe, a onda čučne i utiša glas gotovo do šapata.

– Ako je Svetlost raj, kao što ova vajna profanka tvrdi, i ako je Međuprostor čistilište koje vrvi od izgubljenih, šta je onda Tamo Dole?

– Pakao! – uzvikuje neko iz mase.

Sena se kikoće. – Svakoj duši je dozvoljeno da sedam meseci luta po Međuprostoru. Da se seti prethodnih života. I da onda sve zaboravi. Oni žele da zaboraviš. Jer ako zaboraviš, ništa se neće promeniti.

– Svet se neće popraviti sâm od sebe. Osveta je tvoje pravo. Ne slušaj loše samarićane. Zahtevaj pravdu za sebe. Sistem te je izneverio. Karma te je izneverila. Bog te je izneverio. Kako na zemlji tako i ovde gore.

Mrmljanje samoubica pojačava se za nekoliko decibela. Prestali su da se bacaju s krova. Profesorka Rani prezrivo šmrče dok lebdi s Mojsijem i Hi-menom.

– To su laži – viče. – Osveta nije pravda. Osveta te čini manjim. Jedino ti karma dodeljuje ono što je tvoje. Ali moraš biti strpljiv. To je jedino što moraš.

Sena krivi lice i počinje da pljuje reči. – Tipična režimska birokratija. Uzmi broj i čekaj sve dok ne zaboraviš zašto si došao.

Mojsije se uspravlja do svoje pune patuljaste visine. – Svinjo, pokaži malo poštovanja.

– Mnogi od vas su ubijeni. Mnoge su naveli da se sami ubiju – kaže Sena. – Možda je lakše zaboraviti. Ali zaborav ništa ne ispravlja. Greške se moraju pamtiti. Ili će vaše ubice nastaviti da slobodno haraju. A vi nećete pronaći mir.

Ovog puta ti bol zahvata jednjak, guši te dok se prisećaš svega što si pokušavao da zaboraviš. Koliko si bio uplašen kad si pošao na prvi zadatak za vojsku, koliko si bio povređen kad je otac otišao i koliko razočaran kad si se posle predoziranja probudio u bolnici. Koliko biste dvadesetdevetogodišnji ti, jedanaestogodišnji ti i sedamnaestogodišnji ti mrzeli jedan drugog. I koliko ih mrtav ti prezireš svu trojicu.

Sena otire znoj s vrata crveno-belom kariranom maramom kakve nose naftni šeici, terorističke grupe i hipici. Dolebdi do tebe i ščepa te za uši. – Isti odred smrti koji je ubio mene ubio je i tebe, Mali. Njih šestorica su odgovorni za naša ubistva. I ako mi pomogneš, nateraću ih da pate.

– Nije nego! – javlja se profesorka Rani. – Isti si kao tvoje vođe. Obične bitange. Prodajete maglu i lažne nade – kaže profesorka Rani. – Ti si mrtav! Ne možeš nikoga naterati da pati!

– Nedužni imaju pravo da se osvete za svoju smrt.

– Osveta nije pravo. Ovom ostrvu ne treba više leševa. Ponašaš se kao dete.

– Moćnici prolaze nekažnjeno za ubistvo. A svi bogovi na nebesima okreću glavu na drugu stranu. To će se sada promeniti. Mi ćemo to promeniti.

– Kako? Nemaš ruku da uhvatiš nož. Živi te ne vide i ne čuju. Kako ćeš bilo kome da se osvetiš?

– Mogu da šapućem.

Žamor se pronosi kroz masu.

– A mogu i sve vas to da naučim.

– To je crna magija. Tako ćete svi završiti kao robovi – viče profesorka Rani. – Kao onaj tvoj Vranar. On je Mahakalin rob.

– Koga briga koje je boje magija, ako radi? – kaže Sena gledajući pravo u tebe.

– Čuješ li to, Mal? – Dobra profesorka zvuči ljutito. – Koga briga? Je li tako?

– Magija nije ni zla ni dobra. Ni crna ni bela. Ona je kao univerzum, kao svaki odsutni bog. Moćna i potpuno ravnodušna.

Samoubice lupaju po krovovima dok unesrećeni aplaudiraju. Sena je pronašao svoju publiku i uprkos pretećim pogledima kojima te strelja profesorka Rani, ti odlećeš da im se pridružiš. I upravo tad Mahakali odluči da upadne na žurku.

BORU[31] ČINJENICE

Senka poprima oblik zveri. Ima glavu medveda i telo krupne žene. Kosa joj je od zmija, a oči potpuno crne, bez beonjača. Kezi zube i kreće ka gomili dok pomagači u belom uzmiču. Stvor reži i ispunjava krov izmaglicom. Osećaš hladnoću od koje ti se povraća. Pomagači dižu ruke od samoubica i uzimaju toljage.

Stvor nosi ogrlicu od lobanja i pojas od odsečenih prstiju, ali nije to ono što ti privlači pažnju, nego stomak, go i otromboljen preko pojasa od mesa. Na njemu su urezana ljudska lica, iza kojih zatočene duše vrište da ih neko pusti napolje.

Podiže ruku i ispušta urlik, zvuk hiljadu urlika, zvuk životinja koje proždiru svoje mladunce, zvuk svemira koji je dobio šut u prepone.

A onda izmaglica nestaje, a s njom i onaj stvor i horda samoubica. Postoji li zbirna imenica za samoubice? Predoziranje samoubicama? Harakiri samoubica?

Profesorka Rani se dernja na svoju posadu u belom. – Je li to bio on?

Mojsije pogleda Hi-mena, koji pogleda Senu, koji pogleda tebe. – Je li to bila *ona*?

Pomagači se osvrću unaokolo, traže samoubice koje više nisu tu.

– To je bila Mahakali – kaže Sena. – Trebalo bi da se svi zabrinete.

Sena crta veliki pravougaonik na zidu koji gleda ka gradu. Koristi isti komad uglja kojim je ranije ispisao ona imena. Zatim ga ispunjava

---

[31] Sinh.: laž, izmišljotina, lažan, izmišljen. (Prim. prev.)

brojevima i slovima, upisujući ih bez određenog reda. Sve izgleda kao neka samorešavajuća ukrštenica.

– Radiš li za nju? – pita ga profesorka Rani.

– Ja radim protiv Svetlosti. Protiv zaboravljanja. Nikad ne smemo da zaboravimo. Moramo pomoći zaboravljenima. Moramo uništiti laži i boru.

Slova na zidu počinju da formiraju reči, koje zatim ustupaju mesto rečenicama.

BORU ČINJENICA BR. **1**: OVA ZEMLJA PRIPADA NJENIM GRAĐANIMA.

BORU ČINJENICA BR. **2**: SVI GRAĐANI SU JEDNAKI PRED ZAKONOM.

Senin rukopis je mešavina sinhaleškog, tamilskog i predškolskog engleskog. Podseća te na table s nazivima ulica u Džafni pre nego što su ih ljutiti aktivisti zamazali katranom.

BORU ČINJENICA BR. **3**: VLADA NE OTIMA CIVILE.

BORU ČINJENICA BR. **4**: PREDSEDNIK NEĆE PREGOVARATI S TERORISTIMA.

– Sad je dosta, gospodine Seno. – Profesorka Rani lebdi nad tobom kao anđeo s delovodnikom. Onda se stušti ka Seni ne bi li mu otela ugalj, ali on je vešto izbegne i na zidu se pojavi nova stavka.

BORU ČINJENICA BR. **5**: OVA ZEMLJA NE PRIPADA NI VEDAMA[32] KOJI SU PRVI BILI OVDE, NI TAMILIMA, MUSLIMANIMA I BURGERIMA KOJI SU OVDE BILI VEKOVIMA. PRIPADA ISKLJUČIVO SINHALEZIMA, KOJI SU JE NAPUNILI LJUDIMA, I NJIHOVIM SVEŠTENICIMA KOJI SU NAPISALI DEBELE KNJIGE O TOME.

Nisi siguran kako ti polazi za rukom da čitaš i razumeš nešto što piše na tri jezika, ali uspevaš. Sena zabacuje glavu i smeje se.

– Gospodine Mali. Salonski aktivisto. Fotografe svih strana. Pažljivo pročitaj ovo. Tamo Dole niko i ne pokušava da razotkrije ove laži, niti da ispravi ove nepravde. Ali mi možemo.

– U redu, sad je dosta.

Profesorka Rani zatvara knjigu i odlebdi do njega. Mojsije i Himen hvataju Senu i odvlače ga do ivice na kojoj je stajala Mahakali. On

---

[32] Starosedeoci Šri Lanke. (Prim. prev.)

ne prestaje da se smeje, i ma koliko taj smeh bio izveštačen, u njemu se ipak čuje prizvuk prkosa.

– Pusti gospodina Malindu da sam odluči – kaže profesorka Rani. – Ali pre toga moramo da obavimo pregled ušiju.

Osvrće se oko sebe, ali tebe nema nigde na vidiku.

GOL FEJS KORT

Nemaš nameru da pratiš stvorenje s medveđom glavom. Samo hoćeš da stigneš do onog kišnog drveta na raskrsnici. Dok svi blenu u Senin glupi spisak, skačeš na struju koju je stvorenje napravilo za sobom i sunovraćuješ se ka svetlima saobraćaja.

Tek u zoru uspevaš da iščistiš lobanju od misli i sprečiš sećanja da ti nadiru u glavu. Svet je bučan, a glasovi se provlače između grana. *Verujem u kišno drveće*, kažeš u sebi. Kako vreme prolazi, šapati se umnožavaju. Lebdiš iznad drveta i vidiš sebe sklopljenih očiju.

Na sebi imaš crvenu maramu, safari jaknu, jednu papuču i oko vrata tri lančića i foto-aparat. Odižeš se malo više i vidiš sebe kako gledaš sebe, s tim što si u sarongu i majici kratkih rukava i imaš plikove po rukama. Vidiš četiri tela kako se peku na prašini Džafne. Pas, čovek, žena i dete. Oči su im otvorene i svi dišu. Zure u tebe i postavljaju ti isto pitanje, a ti se praviš da ih ne razumeš. Prinosiš foto-aparat licu i gledaš kako se tela mrve i pretvaraju u pesak.

Čuješ svađu u daljini. Dernjanje profesorke Rani pomešano sa Seninim smehom. Trudiš se da ne obraćaš pažnju na njih i osluškuješ šta ti vetar nosi. Kad ime spomenu tvoje i mene samog je sram.

– Glavni stanar: Dilan Darmendran. Vlasnik stana: Stenli Darmendran. Podstanari: Malinda Almeida i Žaklina Vairavantan.

Pratiš povetarac i ubrzo počinješ da se približavaš plavom *dacunu* koji mili Duplikejšn roudom ka parku Gol Fejs.

Onda si na crnom sedištu pored Else Matangi. Napred Rančagoda pevuši uz radio dok Kasim popunjava nalog za pretres.

– Znate li gde se tačno nalazi, gospođo?

– Rekao je da je ispod njegovog kreveta. Možda se šalio. Mislio je da je duhovit.

– Ne možemo da gubimo vreme na šale – kaže Kasim zureći oborenim očima u drum. Devet je ujutru i oni izgledaju onoliko odmorno koliko se ti osećaš. Za taj dan su najavili policijski čas i čitav Kolombo nagrnuo je u prodavnice za slučaj da bude nestašica šećera.

Nisi se šalio. Iako nisi očekivao da će tvoje neobavezno čavrljanje biti zapisano u nalogu za pretres. Pitaš se može li duh da izazove kvar automobila. Možda je to uzrok svih saobraćajnih nesreća. Dokoni duhovi uspavljuju vozače, cepaju im gume i seku kočnice.

– Molitva bogu je kao da pitaš auto zašto je morao da se pokvari – izjavio je tvoj otac u jednoj svađi s tvojom majkom. – Mnogi od nas poginuće u udesima – rekao je – a svaka budala veruje da će se to desiti nekom drugom. – Te prepirke završavale su se kao monolozi, a dešavale su se svake nedelje, neposredno pre nego što će te majka odvući u crkvu.

– Pa, kakav je plan? – pita Rančagoda.

– Kažite im da možda u kući ima tragova u vezi s Malindinim nestankom. Ako hoćete, mogu ja da razgovaram s njima. U stvari, hajde da tako uradimo – kaže Elsa dok posmatra ulicu zakrčenu autobusima. Pogled joj prelazi sa zgradâ na kokosove palme, a s njih na patrole duž Gol rouda.

– Radim ovo jedino zato što ima veze s tekućim slučajem – kaže Kasim. – Ionako samo čekam premeštaj.

– Od čega god ćete mirno spavati, inspektore – kaže mu Elsa dok prolaze pored palate *Plumerija*, dobro utvrđene premijerove rezidencije.

– A šta ćete reći, ko ste?

– Njegova poslodavka – kaže Elsa. – Uvek treba govoriti istinu, ako je ikako moguće.

– Znate šta? – kaže Kasim. – Mislim da ću ja ipak ostati u autu.

Voze se oko kružnog toka Gol Fejs, gde ste se ti i Di-Di jednom ljubili u 3.33 posle ponoći. Stižu na parking gde si ga jednom izbacio iz njegovog sopstvenog stana. Penju se stepeništem na kom te je matora Malajka s drugog sprata jednom izgrdila što pušiš. Ulaze u hodnik širok kao Duplikejšn roud, kojim si mnogo puta uvodio nepoželjne goste kad nikog nije bilo kod kuće.

Rančagoda lupa na vrata i zvoni dok Elsa vežba osmeh. Otvara im mala Džeki u kimonu. Na trenutak se zbuni, a onda se pretvara da je otvaranje vrata policiji nešto što radi svakog jutra.

– Šta se desilo?

– Dobro jutro, gospođice. Možemo li da uđemo?

Džeki se ne pomera.

– Jeste li ga našli?

– Još nismo – kaže Elsa i razvlači usne u osmeh. – Treba nam vaša pomoć.

– Ko ste vi?

– Inspektorka Matangi – kaže Elsa. – Možemo li da popričamo?

Džeki ne vidi da Rančagoda prevrće očima. Prolaze kroz predsoblje puno knjiga koje ste ti i Di-Di poklanjali jedan drugom posle zaboravljenih rođendana. Nijedan nije čitao knjige koje je dobio, nego samo one koje je kupio onom drugom.

– Ovaj, izvinite. Nisam znala da u Šri Lanki ima žena inspektora. Niti Tamila – kaže Džeki. Njeni zlosrećni samoglasnici u stilu „odrasla sam u Južnom Londonu" još su izraženiji kad se unervozi.

Lepo je doći kući, kako si poslednje tri godine zvao taj stan. Di-Dijev otac Stenli renovirao ga je za svog jedinca kao nagradu što je položio pravosudni ispit u Londonu i mito da bi radio u njegovoj advokatskoj kancelariji u Mutvalu. Nije imao ništa protiv kad ste se ti i Džeki uselili, ili bar ne u početku. Svako je imao svoju sobu, a ostale ste pustili da nagađaju ko šta deli s kim.

Stenli nije pao u fras kad je Di-Di okrečio zidove ljubičasto i počeo da pravi žurke za društvo iz Umetničkog centra. Nije se odrekao Di-Dija kad je ovaj došao kući s pirsinzima u oba uveta. Počeo je da mu naplaćuje stanarinu tek kad je sin napustio tatinu firmu kako bi besplatno zastupao organizaciju *Ert Voč Lanka*.

Džeki ih uvodi u dnevnu sobu, ali svi ostaju da stoje.

– Tačno je, nema mnogo žena inspektora u Kolombu. A vi ste gospođica...

– Žaklina Vairavanatan – kaže Rančagoda i otvara novu stranicu u Kasimovoj beležnici. – Koliko ste dugo vi i Almeida u vezi?

– Mi nismo u vezi – kaže Džeki.

– Ali vaš rođak je rekao...

– Moj rođak nema pojma – kaže Džeki.

– Znate li gde je Malijeva kutija s fotografijama? – pita je Elsa.

– S kojim fotografijama? – pita Džeki.

– Pomenuo je da je drži ispod kreveta.

– Onda je sigurno ispod njegovog kreveta. On snima fotografije. I čuva kutije. I ponekad spava u krevetu. Šta zapravo hoćete?

– Možemo li da pogledamo?

– Ne razumem.

Rančagoda odlazi do prozora i gleda požutelu travu u parku Gol Fejs i okean koji štrpka deliće obale.

– Gospođice Džeki, imamo nalog za pretres ovog stana.

– Jeste li proverili da li ga je neko priveo? Ako ne policija, možda vojska.

– Gde je Malijeva soba?

Džeki ćuti, pa joj Elsa sa osmehom prepreči put kako bi pomoćnik načelnika mogao da prođe. Džeki je odgurne pokretom koji je naučila na času džudoa, pokretu koji je jednom isprobala na tebi naoružana suzavcem. Zatim odlazi za Rančagodom u pogrešnu sobu. Elsa trlja mišicu i psuje.

Ti kradom odlaziš u kuhinju i puštaš mirise da se kovitlaju kroz tebe. Beli luk i kardamom lebde u vazduhu, što znači da je Kamala dolazila da spremi hranu za nedelju dana i da je napravila birjani i turski pilav po Di-Dijevom ukusu. To radi svakog četvrtka, što znači da si dva dana mrtav.

U Di-Dijevoj sobi zatiču gomilu znojnica, teniskih reketa, patika i kutija sa znakom *Ert Voč Lanke*. Taj miomiris svlačionice sprečavao te je da prečesto noćiš tu. Policajac otvara kutije i nalazi fascikle sa spisima o divljim deponijama, zagađenim rekama i neplanskom krčenju šuma.

– Jesu li ovo te fotografije? – pita pomoćnik načelnika Rančagoda.

Elsa se pridružuje potrazi. Uzima izveštaje o istrebljenju leoparda u Jali i zakopavanju otpada u Kelaniji.

– Ovo nije njegova soba – kaže. Produžavaju hodnikom do Džekine pećine tinejdžerskog jada. Nezvanim gostima ne smetaju posteri *Bauhausa* i *The Cure*. Policajci razmiču zavese dok se Elsa spušta na kolena da zaviri ispod kreveta. Preovlađujući mirisi u sobi su *šanel 5* i tuga.

– Mogu li da vidim taj nalog? – pita Džeki. – Molim vas da ne dirate moje stvari.

Ne obaziru se na nju i produžavaju kroz zajedničko kupatilo do petougaone sobe u kojoj si ti spavao. Za razliku od prethodnih, ova je nameštena oskudno i sumorno. Francuski krevet, radni sto s lampom, regal pun foto-aparata i tri uramljene fotografije na zidu. Jedna je *Glad u Somaliji* Džejmsa Nahtveja, druga je iz ciklusa Anrija Kartije-Bresona o poslednjim danima Pekinga, a treća je pokolj policajaca u Batikaloi, delo tvoje malenkosti.

Rančagodi se otima uzdah, a Elsa klima glavom. Na slici je desetak policajaca koji kleče kao da je petak u džamiji. Slika je malo krajcovana u *FudžiKodakovoj* radnji u Timbiragasjaji, tako da se ne vide ivice prozora kroz koji si zumirao. Ali zato nisi odsekao vrh cevi puške AK-47 u gornjem desnom uglu, iako sa uzvišenja s kog si slikao nisi mogao da uhvatiš i osobu koja je drži.

Na regalu su dva uramljena rendgenska snimka. Na jednom su tvoja plućna krila kad si imao onu saobraćajkuf, a na drugom tvoji umnjaci, skriveni u vilici poput ledenih bregova. Fotografisao si rendgenske snimke, pojačao kontrast i uramio ih za umetnički projekat koji, razume se, nikada nisi dovršio.

U regalu su i plišani medved i veliki izbor safari jakni, havajskih košulja i lančića. Ispod medveda je adresar koji niko ne traži. Nadaš se da će tako i ostati.

Voleo si da oko vrata nosiš sve što nije kravata. Otac ti je uvek govorio da staviš kravatu kad ideš na razgovor. *Hoćeš da kao ti svakog dana stavljam sebi omču oko vrata*, pitao si ga, ali samo u sebi.

Na vratima vise lančići, kožne pertle i gajtani. Tvoj rezervni nakit. Znak za mir, krst, jin i jang, om. Nedostaju zlatni pančajuda,[33] kapsule cijanida koje si ukrao mrtvim pripadnicima tigrova i drveni ank s Di-Dijevom krvlju, uspomena na smešne zavete koje ste dali u Jali u vreme kad je svaki dan bio kao praznik. Obojica ste ih nosili oko vrata, a tvoj vrat je sada slomljen. Neko ti je slomio vrat? Ko? Ko je to rekao?

Osvrćeš se da proveriš da ti možda Sena ili neki od njegovih učenika ne šapuće nešto na uvo. Ali tu su samo vetar i tvoja pusta soba.

Preovlađuju mirisi hemikalija i sredstava za čišćenje. Jesi li sedeo tu kao hipi-student i pripremao LSD, hašiš i anarhiju? Teško. Mešao si razvijač, prekidač i fiksir, odnosio balone u ostavu koju si preuredio u mračnu komoru a da to nisi prijavio čika Stenliju. Da su se udostojili da pogledaju tamo, pronašli bi rolne negativa iz poslednjih šest godina, uredno razvrstane i spakovane u plastične kutije. Ali trenutno su prezauzeti gvirenjem ispod tvog bračnog kreveta.

Evo poštene procene tvojih veština. Kockanje 2–; posredovanje 3+; tucanje 4–; fotografija 5+. Bio si lakrdijaš i folirant, ali si umeo da kadriraš. Znao si kako da potapaš fotografske papire u hemikalije i da izmuzeš svetlost iz zamračenih soba. Umeo si da izvedeš da jednobojno zatreperi a da sepija zaiskri. Mogao si da daš dubinu plitkom, teksturu ravnom i značenje banalnom.

Sve što ti je trebalo u paleti bile su crna, bela i siva – boja te nikada nije zanimala. Počeo si slikajući zalaske sunca i slonove, a završio s prikrivenim homićima i iskasapljenim vojnicima.

– Rekao je da se u kutiji ispod kreveta nalaze njegove najopasnije fotografije. I da ih objavimo ako mu se nešto desi. – Elsa se osvrće po sobi da vidi hoće li je iko uhvatiti u laži.

---

[33] Prikaz pet božanskih Višnuovih oružja (disk, školjka, topuz, mač i luk). (Prim. prev.)

– Dakle, poznavali ste ga? – pita je Džeki.

– Radio je za mene.

– Kao detektiv?

– U neku ruku.

– Mislila sam da je radio za neku NVO.

– Služio je mnoge gospodare, draga moja. – Elsa joj stavlja ruku na rame, a Džeki je odmah otrese. Ona ne voli da je iko dodiruje bez dozvole, pa čak ni muškarci u koje je bila zaljubljena. To ima nekakve veze s njenim očuhom i načinom na koji ju je grlio kad je bila tinejdžerka.

Di-Di i Džeki su imali urođen dar za gomilanje beskorisnih stvari. Pretrpavali su svoje sobe, svoje živote i svoje misli. Uvek su bili nepoverljivi prema tvom minimalizmu i tome što si stalno bacao ono što ti ne treba. Bili su ubeđeni da imaš neku tajnu odaju u koju trpaš sve one stvari o kojima im nikada nisi pričao. I nisu mnogo pogrešili. S tim što je ta odaja bila veličine kutije.

– Jeste li sigurni da je rekao da je kutija ispod *njegovog* kreveta? – pita Rančagoda.

– Šta. Dođavola. Radite. Ovde?

Taj glas mesecima nisi čuo u stanu. Stenli Darmendran je poznat po tome što, ne samo u govorima u vladi nego i u pridikama sinu, previše koristi dramske pauze.

– Molim vas da se nosite u pičku materinu iz moje sobe.

S druge strane, Di-Dijev piskutav uznemiren glas mogao se često čuti unutar tih zidova, a nije toliko poznat po pauzama koliko po prekomernoj upotrebi psovki.

– Rekli su da imaju nalog za pretres – kaže Džeki dok uzmiče ka vratima. Ne liči na nju da napusti poprište drame.

– Da ga vidim – urla Stenli. Di-Di je u trenerci, kosa mu je mokra. To znači da ga je tata odveo u akva-klub *Vidra* na ranojutarnju pridiku. Obojica su visoki i sebe smatraju sportistima.

– Budite ljubazni i izađite iz Malijeve sobe. Hvala lepo.

Elsa i policajci odlaze u dnevnu sobu, ne prestajući da i dalje očima vrše nezakonit pretres. Rančagoda vadi nalog dok se Di-Di i Džeki došaptavaju u ćošku.

– Ovo. Nije. Overio. Sudija – kaže Stenli s naglaskom koji je početkom pedesetih pokupio u Kembridžu.

– Gospodine, mi istražujemo nestanak gospodina Almeide. Postoje fotografije koje bi mogle ukazati na to gde se on nalazi.

Di-Di i Džeki prestaju da šapuću i mrko gledaju Elsu.

– A ko ste vi, gospođo?

– Jedina Tamilka inspektor u Šri Lanki – kaže Džeki.

– Radim za Centar, gospodine. Centar za kanadsko-norvešku pomoć Trećem svetu. Verujemo da je Malinda pobegao iz zemlje i odneo neke fotografije koje su naše vlasništvo.

– Njegov pasoš je u fioci koju ste upravo pregledali – kaže Džeki. – Silni ste mi vi inspektori.

– Verujemo da je koristio te fotografije za ucenjivanje – kaže Rančagoda dok proučava uramljenu fotografiju azijskog ljuskavca snimljenog u Jali. Elsa ga gleda i odmahuje glavom.

Stenli smireno ističe šta sve jedan nalog za pretres mora da ima, a što ovaj koji on drži nema. Pomoćnik načelnika klima glavom kao da je do tih propusta došlo omaškom. Elsa pokušava da se umeša, ali su čika Stenlijeve pauze neprobojne.

– Budite ljubazni. I idite odavde. Ovog trenutka – kaže Stenli dok poravnava kosu i kravatu. – Vratite se. S propisno overenim nalogom. Ili se ne vraćajte. Uopšte. Dilane, isprati ih. Dilane? Džeki?

Spolja se čuje rika motora i škripa guma na Gol Fejs roudu. Po zvuku znaš da je to Džekin *micubiši lanser*, a tačno znaš i kuda su se njih dvoje zaputili, i nadaš se da će brzo stići tamo.

Kroz vazduh se probija povetarac koji nosi Elsin parfem. Posredi je mešavina lavande i talka, koja izaziva snažne grčeve i ubode bola u onom što je ostalo od tebe. Miris je prijatan, ali od njega ti se povraća. I podseća te na čoveka koji je živeo od lova na naciste.

Vizental

– Jesi li ikada čuo za Simona Vizentala? – bilo je prvo što te je Elsa pitala. Bilo je to u Klubu Umetničkog centra, gde te je zaskočila dok si se pretvarao da slušaš *Coffin Nail* kako sviraju *Talking Heads*. Zapravo si se spremao da startuješ momka s francuskim naglaskom, a ona ti je kvarila nastup.

– Preživeo je Aušvic i proveo tri decenije loveći naciste samo na osnovu njihovih fotografija.

Elsa je u to vreme imala kratku kosu, ali je i tada koristila rubinskicrven ruž.

– Znam ko je Simon Viznetal, ne znam ko si ti, došao sam ovamo da slušam bend.

Platila je tvoje piće i naručila ti još jedno, a ti si se pretvarao da ne primećuješ. – Došao si ovamo jer ti je u tri kockarnice zabranjen pristup i jer si se zacopao u onog bogatog klinca tamo. Uzgred, on nije homić. Čak i ti to znaš.

Nisi doživljavao ni „peder", ni „homić", ni „pešovan" kao uvrede jer nisi bio ništa od navedenog. Bio si samo zgodan muškarac koji voli lepe momke. Ništa manje i ništa više od toga, i to se nikoga drugog nije ticalo. Nemo si odmerio njen blejzer i izveštačen osmeh i otpio gutljaj pića koje ti je platila.

– Moji poslodavci će podmiriti tvoje dugove u *Baliju*, *Pegazu* i *Zvezdanoj prašini* ako nam prodaš svoje fotografije.

Izveo si je na balkon na kome su se muškarci i žene grlili i ljubili, ali ne jedni s drugima. Seo si u mrak i pustio je da priča.

– Čuli smo da imaš snimke pogroma '83.

– Tako to zovu?

– Više volim tako, nego „nemiri". A svi se uzvrpolje kad pomeneš „genocid", pogotovo Sinhalezi.

– Posle 1983. prestao sam da se izjašnjavam kao Sinhalez – rekao si, mada se ni pre nisi tako izjašnjavao. Sedamdesetih si od kolompskih hipika dobio još ponešto osim lošeg esida. Verovao si da smo svi Šrilančani, Kuvenina[34] deca, Vidžajina kopilad. I u mir u svetu.

– Ovo si ti slikao, zar ne?

Njusvik nikada nije objavio fotografiju žene u sariju koju polivaju benzinom. A ta je bila napravljena na mat papiru sa originalnog negativa. Postojala su samo dva primerka, od kojih je jedan u tvojoj kutiji, a drugi u Nju Delhiju.

– Za koga radiš?

– Za Centar za kanadsko-norvešku pomoć Trećem svetu. Skraćeno: Centar.

– Šta je to?

– Imamo sredstva i pravni tim. Istražujemo ubistva 1983. – Tvoj smeh privlači pažnju gejeva i lezbejki koji se žvalave u mraku.

– Čuli smo da imaš neobjavljene fotografije.

– Kad već pričamo o Vizentalu – rekao si – u kazinu sam prošlog meseca upoznao dvojicu Izraelaca.

– Imaš li još fotografija iz 1983?

– Rekli su da su filmski producenti. Ali onda se jedan napio i počeo da se hvali da su trgovci vojnom opremom. I da su prodali teško naoružanje nekim opakim likovima.

---

[34] Kraljica Šri Lanke iz drevnih vedskih legendi. (Prim. prev.)

Nije se zbunila, osmeh joj se nije istopio, samo je otpila gutljaj oranžade i nastavila da govori.

– Znam ko su Jael i Menahem. Snimaju očajne akcione filmove i prodaju vladi trećerazredno oružje.

– U tome je muka s trgovcima oružjem. Snimaju loše filmove.

– Gospodine Almeida. Imaš li fotografije pokolja Tamila '83?

– Radiš li za ljude koji kupuju trećerazredno oružje od pripadnika izabranog naroda?

– Mi nismo OTTE. Iako su nam ciljevi donekle srodni.

– Sad već zvučiš kao političar.

– To što se desilo 1983. bilo je grozno. Osam hiljada domova, pet hiljada radnji, sto pedeset hiljada beskućnika, bez zvaničnih izveštaja o broju žrtava. Vlada ništa nije priznala, niti se izvinila zbog toga. Tvoje fotografije bi pomogle da se to promeni. Reci mi, dečko, na čijoj si ti strani.

Duboko si udahnuo kao da se spremaš da zadaš udarac, a onda si joj rekao za kutiju. Prvi put je prestala da se osmehuje. Samo je izvila obrve i nije te prekidala.

U početku je bilo zabavno. Tada se sve svodilo na tebe i Elsu. Odneo si negative u radnju *FudžiKodak*, gde ti je momak štreberskog izgleda po imenu Viran pomogao da napraviš fotografije iz 1983, da neke uveličaš, a neke poboljšaš. Viran je bio vešt fotograf i stidljiv ljubavnik. U svojoj kući u Kelaniji imao je bolju opremu nego u radnji. Tamo je privatno radio za tebe, ponekad i s tobom, ali nikad sa Elsom.

– Kako ćete, pobogu, da identifikujete ova lica?

– Postoji baza svih fotografija za ličnu kartu. A i kompjuter koji može da prepozna slike. Skeniraćemo ove uveličane fotografije na kompjuteru i uporediti ih s bazom.

Elsa je dodavala cimet sve dok kafa nije poprimila boju njene kože.

– Imate takvu tehnologiju?

– Naravno da nemamo, budalo. Možda za pedeset godina – kaže ona i smejulji se. – Ali u Veli i Bambi imamo kontakte koji mogu da imenuju ljude na slikama.

Dala ti je ček sa oznakom CKNPTS i dodala da je zainteresovana za bilo kakve fotografije na kojima se vidi tamilska patnja. Putovao si po severu s vojskom, a potom i po istoku s novinarima iz *Rojtersa*. Vratio si se sa obiljem fotografija koje su ispunjavale njene uslove.

Sa Elsom si se ponovo čuo početkom '88. Pozvala te je u hotel *Leo*, s tim što sad nije bila sama. Kugaradža je sedeo na kauču. Bio je zgodan i krupan, baš tipa kakav si voleo, mada si ti štošta voleo.

Soba u hotelu *Leo* bila je oblepljena tvojim fotografijama iz 1983, na kojima su sva lica bila prelepljena samolepljivim ceduljama.

Sinhalezi u saronzima igraju ispred zapaljene radnje (4 lica).
Golog tamilskog dečaka šutiraju namrtvo (3 lica).
Uniformisani policajci gledaju kako izvlače Tamilke iz autobusa (6 lica).

Kuga ti se predstavio kao Elsin brat od tetke, ali zbog načina na koji se provukao kraj nje kako bi seo posumnjao si da su prisniji od toga.

Dao ti je spisak adresa i pitao te možeš li kradom da slikaš stanare.

– Ušli smo u trag sedmorici odgovornih za pogrom 1983. Treba da potvrdimo njihov identitet.

– A onda?

– Onda ih možemo krivično goniti.

Nasmejao si se, na šta ti se Kuga usrdno osmehnuo.

– Jesam li rekao nešto smešno?

– Niko neće ni pipnuti taj slučaj. Hoće li ih Centar tužiti?

– Postoji više načina deljenja pravde.

– Mislio sam da nemate veze sa OTTE-om.

Elsa spušta ruku na rođakovo koleno i ovaj zaćuti.

– Mali. Evo ti ček za slike iz Vanija. A evo ti i avans za sledeće zadatke.

Pogledao si čekove i setio se kad ti je otac rekao da fotografi ne zarađuju mnogo osim ako slikaju venčanja, i kako bi kao diplomirani sociolog mogao – u najboljem slučaju – da nađeš posao u nastavi. – Radi jedno i radi to kako treba – rekao je čovek kome u to „jedno" nije spadalo da bude otac.

– Ima još zadataka?

– Idi na ove adrese i kaži da vlada radi popis stanovništva. Slikaj ih. Ponudi im besplatne fotografije za isprave. Sinhalezi će uzeti i tamilske novine ako su badava.

– Zar to nije prevara?

– Na čijoj si ti strani, dečko?

– Na onoj koja hoće da zaustavi ovo besmisleno ubijanje Šrilančana.

– To je lepo. Mi želimo da ova čudovišta pate. I postaraćemo se da tako i bude.

– Kako?

Kugaradža je uzeo jednu od fotografija koje si snimio u Vaniju. Išao si tamo za svoj groš i zato si mogao da prodaš slike onome ko ponudi najviše. Centar je dobio one koje vojska i *Asošijeted pres* nisu hteli.

– Znaš li ko je ovaj čovek?

Slikao si ga u bazi tigrova dok si se pretvarao da čistiš objektiv. Bilo je to kad si vodio nesnosnog *Rojtersovog* reportera da snimi OTTE-ov logor za obuku.

– Pukovnik Gopalasvarmi – kažeš.

– Poznat i kao Mahatija. Šta znaš o njemu?

– On upravlja jedinom bazom tigrova u kojoj je dozvoljeno slikanje. A pride je desna ruka njihovog vrhovnog komandanta.

– Priča se da kuje zaveru protiv njega.

– Ja ne slušam glasine. Samo ih širim.

– Ti si neki šaljivdžija. – Kugaradža je prebacio težinu napred, na šta si se ti zavalio i prekrstio ruke. Pogledao te je kao da će i sâm izvaliti neku šalu. Ili tvoju glavu iz ramena. Bez pitanja si zapalio cigaretu jer te je taj grubijan plašio i uzbuđivao u jednakoj meri.

– Na čijoj si ti strani, dečko?

Elsa Matangi sledi tvoj primer i pali *benson* nagonski kao Pavlovljev kucov.

– Na strani onog ko me plaća.

Kažu ti da Centar vodi sirotište u Vavuniji i bolnicu u Medavačiji, i da je vojska odbila da ih obezbeđuje. Da je pukovnik Gopalasvarmi nadležan za Severno-centralnu provinciju i da bi mogao da im pruži zaštitu.

– Želimo da nam ugovoriš sastanak s pukovnikom.

– Ne poznajem ga.

– Poznaješ ga dovoljno da dovodiš foto-reportere u njegov logor.

– Taj logor služi samo za pokazivanje. Kao holivudska scenografija. Pukovnik ne razgovara s nepoznatima.

– Mi nismo nepoznati.

– Zar za Centar nije rizično da sarađuje sa OTTE-om?

– Većina naših poduhvata odvija se na severu ili istoku. Tamo OTTE vodi glavnu reč. Znaš to.

Ko zna da li zbog veličine iznosa na čeku, ili zbog veličine pića koju ti je Kuga nasuo, ili zbog debljine podlaktice koja ti je dodala čašu, ili zbog grubosti dlana koji ti je očešao leđa, ali postao si zagrejaniji za druženje i razgovor.

Bili su uzbuđeni zbog poduhvata, ali si ti bio zabrinut.

– Stvarno mislite da možete privesti pravdi rulju od nekoliko hiljada ljudi?

Kuga ti je namignuo, što se moglo protumačiti i kao izraz bratske ljubavi i kao naznaka da su mu misli pornografske koliko i tvoje.

– Kad imaš posla s ruljom, ma kolika bila, prvo udari na vođu.

– Ta izjava znači da si ili ozbiljan ili glup.

– Ne mogu svi da budu šaljivdžije – rekla je Elsa.

Razgovarali su o takozvanom Mahatijinom krilu i uticaju koji bi cepanje OTTE-a moglo imati na tamilski živalj. Elsa se vajkala jer je OTTE postao fašistička organizacija koja guši glasove ostalih Tamila. Na to se Kuga brecnuo na nju.

– Ujedinjeni tamilski glas je pusta želja. To neće spasti Tamile. Ali snažan glas hoće.

– Profesorka Rani Sridaran imala je snažan glas – kaže Elsa – pa su je ućutkali.

– Na čijoj si ti strani, Kuga?

Kad si spustio ruku na njegovo rame tako te je pogledao da si je odmah povukao. Za tebe nema više namigivanja, gospodine Mali.

– Tvoja majka je pola Burgerka a pola Tamilka, zar ne? – rekao je. – Ti si mešanac kao ja. Ali na ispravama ti piše „Kabalana“. Zato zahvali ocu. Sinhaleško prezime bilo je nešto najbolje što je mogao da ti dâ.

Poželeo si da mu uvređeno odbrusiš da on ne poznaje ni tebe ni tvog oca. Ali razume se da je bio u pravu. Ostavio ti je to i prezir prema novcu i svakome ko se njime razbacuje.

– Većina kolompskih socijalista ne voli sirotinju. Oni samo mrze bogataše – imao je običaj da kaže tvoj tata, kao da je njegov veličanstveni um sâm iznedrio tu misao.

– Učestvovaću u tom vašem poduhvatu – rekao si. – Zato što me plaćate. I zato što sam bio tamo. I zato što vlada mora da odgovori na mnoga pitanja.

– Povedi računa, dečko – kaže ti Elsa. – Zbog takvih reči možeš završiti u automobilskoj gumi.[35]

– I zato ne mogu da špijuniram pukovnika za vas.

– Ne tražimo da ga špijuniraš. Samo nam ugovori sastanak.

– Da li je zapaljena guma gora od tigrovskog zatvora?

---

[35] Čest metod pogubljenja političkih neistomišljenika u Šri Lanki, a zasnivao se na tome da se na žrtvu natakne automobilska guma i da se zatim zapali. (Prim. prev.)

Zbijao si šale o smrti kad si mislio da je mala verovatnoća da će te zadesiti, kao i svi mi, sve dok nas ne zadesi.

Uzeo si čekove i sišao u kazino da ih zameniš za žetone, koje si onda izgubio na pokeru, pa odmah potom povratio na bakari. Otišao si do pruge, ali tamo nije bilo nikoga zanimljivog za maženje. Dok si zurio u kamenje ispod šina, u taj slabašni bedem koji sprečava prirodu da proždere obalu, setio si se šta ti je Kuga rekao na rastanku.

– Nadam se da nikom nisi rekao za Centar.

– Ne pričam mnogo.

– Odlično. Ova zemlja je puna onih koji mnogo pričaju. I malo rade.

– Nikome nisam rekao.

– Dobro. Ne treba nam publicitet da bismo učinili ono što je ispravno.

Kuga ti je pružio ruku. Kad si je uhvatio, privukao te je bliže i zgnječio ti prste. Namrštio si se dok te je tako držao i gledao kako se migoljiš.

– Niko ne želi da završi u automobilskoj gumi, zar ne?

Još jednom ti je namignuo pre nego što te je pustio.

DOME ČEMERNI DOME

Kuća u Bambalapitiji nekada je pripadala majci tvog oca, koja ju je ostavila njegovoj sestri, a posle razvoda ju je dobila njegova prva žena. Ti, sin njegove prve žene, odrastao si tu među plumerijama, dremljivim psima i zaraćenim roditeljima. Svađe su se odvijale u kuhinji, na tremu i balkonu. Stižeš tamo na prijateljskom vetru i vidiš da se ovoga puta svađa prenela sve do ulice.

Džekin *lanser* se parkira na krivini tri kuće niže kako bi prvo izdaleka osmotrili šta se dešava. Tvoja majka stoji na kapiji sa Stenlijem Darmendranom i sikće na policajce i Elsu. U automobilu se za to vreme odvija drugačija rasprava.

– Možda u kutiji nema ničega, možda je posredi samo još jedna Malijeva usrana šala.

– Ti i tvoja glupa prečica – kaže Džeki.

Di-Di stiska pesnicu i počinje da pucketa prste. To znači da mu se puši. Pre devet meseci opkladio si se s njim da neće izdržati godinu dana, a Di-Di više mrzi da gubi nego što voli cigarete ili tebe. Sećanja se ovoga puta vraćaju bezbolno.

Dilan Darmendran je bio u svakom sportskom timu u školi. Ti si mrzeo ragbi isto koliko si mrzeo i kriket, ali ti nije smetalo da gledaš njega. Bio je kapiten vaterpolo tima *Svetog Josifa*, a ti primeran učenik koji je popodneva provodio upijajući njegovo glazirano telo i nameštajući svoju belu uniformu.

Kad ste se ponovo sreli deset godina posle mature nije više imao onakvo telo, ali je i dalje imao isti osmeh i istu tamnu put, i shvatao jednako sporo kao nekada. Još je bio čista desetka na skali od jedan do trinaest. Pojma nije imao da si nekada davno žudeo za njim. Nije te prepoznao kad si se uselio u stan njegovog oca s njegovom rođakom Džeki, i nije mnogo pričao s tobom.

Sve se to malo-pomalo menjalo tokom šest strpljivih meseci. Dotle si već počeo da odlaziš u njegovu sobu u gluvo doba noći, i uvek je govorio da je to poslednji put, a završavali ste kujući planove za zajednička putovanja. Kad ste počeli da izlazite zajedno bili ste stari školski drugovi i niko ništa nije znao, mada su možda svi znali sve. Ubeđen je da si u nekoj tamnici i da će, ako preko kontakata iz *Ert Voč Lanke* podnese zahtev na pravom mestu, moći da te oslobodi. Ti dragi mali idiote.

– Da li je rekao da ide nekud?

– Ništa mi nije rekao.

– Meni je rekao da će biti u Umetničkom centru ili u hotelu *Leo*. Imao je nešto da mi kaže. Rekao je da će pozvati da potvrdi dogovor. Kao i obično, nije pozvao.

– Kockao se svakog dana – kaže Džeki i okreće glavu ka rođaku da mu uputi pogled od jednakih količina sažaljenja i podsmeha.

– Misliš da je mrtav? – Di-Diju puca glas. Uvek ti je masirao ramena i tabane kad se vratiš s puta, a ti si mu pričao o strahotama koje si video.

Iskoristio je prvu pauzu da ti kaže kako mu je neki američki koledž ponudio stipendiju za proučavanje ugrožavanja životne sredine u zemljama Trećeg sveta ili nečeg sličnog. Pitao si ga šta najveći svetski zagađivač može da ga nauči o ovom raju na zemlji. A onda ste se raspravljali o zločinima i grehovima SAD kako se ne biste raspravljali o selidbi onamo.

– Mali je tvrdio da je jedini fotograf koji radi i za vojsku, i za stranu štampu, i za tigrove – kaže Džeki. – Možda se samo hvalio, kao i obično.

Posle rasprava s Di-Dijem, ona je izvodila tvoja izmasirana stopala u grad i podnosila ti izveštaj o tome čiji muž spava s čijom ženom, i pričala ti o šiparicama koje je iskvarila u pozorišnim grupama i pank pesmama koje je ubacivala u program na radiju.

Posle nekoliko piva počinjao si da se žališ na Di-Dija, a onda bi ti ona dala jednu od onih svojih veselih bombona, pa biste počeli da se smejete kô lud na brašno, tako da nije bilo prilike za priče o onome što si video na ratištu. I o tome zašto si bez prebijene pare iako si upravo naplatio honorar. Ili o tebi i njoj i da li si joj bio veran i da li to išta znači.

– Šta imamo od čekanja u autu? – kaže Di-Di i prelazi savršenom šakom preko čela.

– A šta bismo imali od toga što bismo izašli, genije? Videli bi nas.

– Ti znaš gde je kutija?

– Isto kao i ti. Rekao nam je na onom afterpartiju, kad je zapao u jedno od svojih dramatičnih raspoloženja. Sećaš se.

– Mali je stalno izmišljao neka sranja i posle govorio: „Ha-ha, što si naivan!“, kao da je napravio veliki štos.

– Da, znam. A onda se nadrnda ako se ne smeješ.

– Kao onda kad je rekao da su ga unajmili kao plaćenog ubicu, pa se nadurio jer mu nisi poverovala.

– Ili da je spasao bunker pun dece. Ili da je u džungli video crnog pantera.

– Ili da ispod kreveta ima kutiju punu slika koje će uzdrmati svet. Di-Di okleva. – A jesi li sigurna da je ovde?

– Rekao mi je da ju je premestio. Čim su oteli Ričarda de Sojsu. I da je sad ispod Kamalinog kreveta.

Ona gasi motor i onda pogrbljeno izlaze i počinju da se šunjaju Loris lejnom. Primećuješ da su se oboje ugojili. On je pastuv s kravljim stomakom, a ona paunica s prasećim butinama. Priželjkuješ da tvoja amnezija odluči da zaboraviš sve one rasprave oko San Franciska, i vreme koje ste straćili zapodevajući ih i inateći se.

– Nosim se mišlju da dam otkaz u *Ert Voč Lanki*. Možda ću nastaviti studije. Poslao sam prijave nekim fakultetima.

Tu pesmu je pevao jednom mesečno. Obično kad mu ne posvećuješ dovoljno pažnje. Obično kad se pakuješ za odlazak na put i nemaš vremena za igrokaze.

– Ako te uhapse jer si slikao miting NOF-a, neću u to da mešam oca.

Mogao si da mu odbrusiš da ode i poliže ocu levo jajce, ali to bi se završilo dovoljno velikom svađom da zbog nje propustiš autobus. Mogao si da mu kažeš da je miting NOF-a bio prošle nedelje, a da sad ideš u Trinkomali da slikaš pokolj celog sela. I da su male šanse da te uhapse, ali zato veoma velike da te otmu tigrovi.

Umesto svega toga rekao si mu da ga voliš najviše na svetu i da ćete razgovarati o tome kad se vratiš. To bi ga obično ućutkalo.

Gledaš kako pastuv i paunica nestaju iza drveta manga. Povetarac duva pravo na tebe i letiš poput prašine ka kapiji s koje se čuju povišeni glasovi.

– To je naša svojina, platili smo – kaže Elsa Matangi s rukom na boku i cigaretom u ustima. Jedino se ona smeši.

– Postoji nešto. Što se zove zakon – kaže Stenli dok joj preti prstom. – Pozvao sam ministra pravde. Pa njemu pokažite taj nalog.

– Koga briga, Stenli? Pusti ih, neka traže. Nemamo šta da krijemo – kaže tvoja majka. Po tome koliko joj se trese ruka znaš da je na trećoj šolji. Kad je tvoj otac otišao, počela je da sipa piće u svoj čajnik. Prvo konjak, pa viski, i na kraju džin. Kamala je uvek bocu *gordonsa* zvala „gospođin lek".

– Nije stvar u tome, Laki. Oni nemaju zakonskog osnova.

Majka posmatra pomoćnika načelnika Rančagodu, koji stoji kraj kapije. Reklo bi se da je njemu manje neprijatno nego Kasimu, koji sedi u autu i zuri sebi u krilo. – Rekli ste da ćete naći mog sina. Jeste li ga našli? Šta ovo treba da znači?

– Da bismo ga našli, gospođo, treba nam vaša pomoć. U toj kutiji su tragovi – kaže Rančagoda. – Kočite nam istragu.

– Mislite da se moj sin krije ovde?

Iznutra se čuje tresak. Svi zaćute. A onda se tvoja majka popne na trem i počne da doziva.

– Kamala? Omate?

Kuvarica se još nije vratila s pijace, a njen ljubavnik grabulja vrt, nesvestan da se išta dešava. I Kamala i Omat su Tamili koji su promenili imena kako bi našli posao u Kolombu, a onda su ih zadržali posle nemira 1983.

Kuća u Bambi bila je dovoljno velika da u njoj odraste sedmoro braće i sestara i ostari troje slugu, ali se pokazala premalom za majku, oca i tebe. Sa osnovom otvorenog tipa, kakve se više ne prave, s dvorištem punim saksijskog bilja koje se nakvasi kad pada kiša, s dva trema puna trščanih stolica i zadnjim vrtom u kome kenjaju majčini psi.

Majka i Stenli ulaze na glavna vrata, a Elsa i Rančagoda odmah za njima. Baštovan Omat utrčava kroz bočna vrata u salon u koji niko ne ulazi osim kad dođu gosti. Iza kuhinje dopire prepucavanje lopova dok majčini psi mirno spavaju. Lebdiš kroz sobe u kojima si vikao i durio se, i izlaziš u zadnje dvorište.

Pored garaže i zadnje kapije nalazi se soba koju vozač tvoje majke deli s kuvaricom tvoje majke. Na ulazu je kartonska kutija, ili bar ono što je nekada bila kartonska kutija. Iako već dvanaest meseci stoji tu, niko se njome nije bavio, a svakako ne u takvoj žurbi.

U kutiji su stare longplejke izbegle pred Džekinim kasetama i Di-Dijevim kompakt-diskovima. Tu je i kutija za cipele u kojoj je pet koverata. Posle svakog putovanja dodavao si nove fotografije u koverte u kutiji za cipele i ponovo je sakrivao ispod ploča.

Možda su žišci i zmije ispod kreveta razvili apetit za karton, ili se možda nakon poslednjeg monsuna uvukla vlaga. Dno kutije propalo je kao indijsko-šrilančanski mirovni sporazim 1987. Sada je to samo gomila papira i gramofonskih ploča, i u njoj jedna bela kutija za cipele.

Obična i avionska pisma s tvojim imenom i ovom adresom. Raznorazne ljubavne poruke koje su se mogle iskoristiti za ucenjivanje da si imao takve namere, stari računi za vodu, uglavnom plaćeni, i pismo od tvog oca. I još ploča: *Isus Hrist superstar*, *ABBA*, Džim Rivs, Elvisov *Harum Skarum*, *Queen* i muzika iz filma *Fleš Gordon* – nijednu nisi bogzna koliko slušao i sad su sve rasute po crvenom teracu.

A tu su i Di-DI i Džeki: kleče i pretražuju đubre kao deca koja traže odlutale klikere. Ona preskače pisma i ploče i odmah spasava kutiju za cipele.

– Dilane! Šta to radite? – viče njegov otac dok tvoja majka prilazi i podiže svoje stare ploče *Dvanaest božićnih pesama* Džentlmena Džima i *Who's Sorry Now?* Koni Fransis. Iza njih Elsa mrmlja nešto pomoćniku načelnika, nakon čega Rančagoda polazi ka Džeki, koja grli onu kutiju i uzmiče.

– Ovo pripada Maliju. Rekao mi je da je čuvam. – Džeki se trudi da ne spusti pogled.

– Pa zašto onda hoćeš da je odneseš? – pita je Elsa dok prilazi gomili.

– Zato što je Malijeva, a ne tvoja.

– Svi se smirite. Uđimo u kuću. – Stenli prilazi Di-Diju i zagrli ga preko ramena. – Omate, molim vas da raščistite ovo.

Najradije bi odalamio Stenlija u ćelavu, debelu lobanju, imaš taj poriv još otkako si ga prvi put video kako govori u vladi onim svojim izveštačenim kembričkim naglaskom. Prema tebi je uvek bio izuzetno ljubazan, ali je, kao i svaki Englez, ljubaznost umeo da koristi kao oružje. Šalje Rančagodu da sačeka napolju, a Elsa ulazi za ostalima u salon u kome niko nikada ne sedi.

Tvoja majka bi inače svima ponudila cejlonski čaj ili neki od *elefant haus* sokova. Ali sad očigledno nije raspoložena da izigrava dobru domaćicu. U ruci drži pismo od tvog oca, jedino koje si otvorio. Ne želiš da ga pročita, ali ne znaš kako da je sprečiš.

Di-Di i Džeki spuštaju kutiju za cipele na stočić i svi počinju da kruže oko nje kao oko muzejskog eksponata u vitrini. Kutija je bela, a na poklopcu su crnim flomasterom ispisani nazivi karata iz kente: kec karo, kralj tref, dama pik, žandar i desetka herc.

– Šta god da se nalazi u toj kutiji, pripada Centru! – viče Elsa i pokazuje na kutiju u kojoj je nekada bio par smeđih papuča iz Madrasa.

Džeki je uzima sa stola i skida poklopac. Lebdiš iznad njih, gledaš koverte u kutiji, svaki obeležen po jednom kartom. Slike preplavljuju prostor iza očiju koje nemaš. Sećanja na fotografije za koje se ne sećaš da si ih snimio i prizore koje ne možeš da izbrišeš. Ne želiš da uzmeš foto-aparat koji ti visi oko vrata jer se pribojavaš šta bi mogao da ti otkrije.

– Ne. Otvaraj. Ništa – kaže Stenli D. – To nije vaše vlasništvo.

– Nije tačno, gospodine – kaže Elsa. – Mali mi je rekao da su naše fotografije u kutiji za cipele ispod kreveta. To je ta kutija, to je taj krevet. Moj brat od tetke otkupio je te fotografije od njega. Platila sam i negative. To je naše.

– A ko je zvao ovo strašilo? – pita Stenli i pokazuje na Rančagodu, koji je upravo ušao u prostoriju.

– Gospodine, moj pretpostavljeni je ministar pravde Siril Vidžeratne – kaže Rančagoda i isteže svoje krakato telo do pune visine.

– O, je li tako? – kaže Di-Dijev otac. – Pa hajde onda da ga pozovem, pa neka on presudi.

Pomoćnik načelnika Rančagoda ne reaguje na njegov blef. Elsin osmeh nestaje i ona počinje da odmahuje glavom.

– A kutija će u međuvremenu biti kod mene – kaže Stenli.

Džeki izvija obrve i upućuje mu isti pogled koji je imala kad je rekla svojoj tetki da je glupa profuknjača. I kad si je ubeđivao da se izvini šefu i zamoli ga da je vrati na posao. I kad ti je rekla da zna šta ti i Di-Di radite i da se nje to ne tiče sve dok ne zakačite sidu.

Zatim pogleda i Elsu, pa otvori kutiju, istrese pet koverata na stočić i izmeša kentu.

Afterparti

O kutiji ispod kreveta pričao si im na jednom afterpartiju za društvo iz Umetničkog centra. Rekao si to Di-Diju, Džeki i čikici po imenu Klaranta de Mel. Sve troje su tada bili mrtvi-pijani i nisi očekivao da će išta zapamtiti.

Di-Di je mrzeo afterpartije, kad su se pepeljare punile, pića prosipala, a tvoje fotografije završavale u kutiji. Kad decibeli prevrše meru, nadureno se odvlačio u svoju sobu i pesnicama udarao zidove.

– Jelda da nećeš više da nam dovlačiš ove morone u kuću?

– Džeki to traži.

Afterpartiji su se odvijali na terasi koja gleda na park Gol Fejs i balkonu iznad parkinga hotela *Tadž*. Dnevna soba je bila kolosalna i s dovoljno mekanih površina za parkiranje pijanih guzica bitnih gradskih faca. Sena je bio u pravu. Mali Almeida nije samo išao na žurke Kolomba 7, on ih je pravio.

Stan se nalazio tačno na sredini između tri noćna kluba – *2000*, *Poglavlje* i *Blu* – tako da su svi s kojima je Džeki igrala na kraju završavali kod vas. Gosti su se izležavali na jastucima i gostili se espresom iz Di-Dijevog automata za kafu, muzikom s Di-Dijevog ogromnog kasetofona i pićem ukradenim od Di-Dijevog oca. Dok je Di-Di ležao u Di-Dijevom krevetu i prebirao Di-Dijeve misli.

Dojučerašnji maturanti Međunarodne škole sedeli su unaokolo, nalivali se votkom i žalili se što će morati da upravljaju roditeljskim kompanijama. Glumačka ekipa je duvala travu, žalila se na glumačku ekipu i muvala se s drugim članovima glumačke ekipe. Stranci su zurili s balkona u obrise kokosovih palmi naspram okeana i nedrili hvalospeve o lepotama Šri Lanke.

Stvarno je tako bilo. Kad povetarac dune preko balkona i dim i smeh ispune vazduh, bilo je lako zaboraviti da se samo kratku vožnju autobusom odatle odvija užasan rat. Tu su zvezde i svetla prestonice pevali u žutim i zelenim odsjajima. Ulice su bile puste, okean je mazno preo. A Kolombo se obavijao sigurnosnim pokrovom koji nismo zasluživali.

Te noći ste napravili afterparti posle izbora za *Mis zaposlena devojka 1989*. Tvoj prijatelj Klaranta de Mel, kustos u Galeriji *Lajonel Vent*, bio je član žirija, pa je počastio svoje omiljene probisvete besplatnim kartama, mada nisu svi umeli to da cene.

– Jedino u Lanki imaš izbore za mis i borbe cvrčaka dok zemlja gori – rekla je Džeki nalivajući Stenlijevu votku gostima u našoj dnevnoj sobi.

Na balkonu su se ljubili devojka koja je nasledila kafić i momak kog su odgajali da vodi banku, oboje tek navršili dvadesetu. U kuhinji se trgovac čajem raspravljao o politici s radijskim di-džejem. Na jastucima su neznanci dodavali jedni drugima džointe dok su se u avanu za mlevenje ljutih papričica drobile tablete.

Dežmekasta žena u kaftanu i bucmasti momak s perjanom boom sručili su se pored tebe i Džeki. Posolili su vam pića čarobnim praškom, a Klaranti su se obraćali kao da je kralj.

– Čika Klaro, izgledaš fabulozno kao uvek – rekao mu je momak i naklonio se kao batler. – Izuzetan govor.

– Hmm – promumlala je žena merkajući Džekinu zadignutu suknju.

– Ti si mi poznata odnekud. – Čika Klaranta je bio druželjubiv kad je umoran. A ta parada lutaka u bikinijima i poslovnim kostimima sigurno je bila nesnosno dosadna. Tim pre što je Klaranta bio dvostruko veći homoseksualac od tebe i desetostruko prikriveniji.

– Ja sam Radika Fernando – predstavila se žena. – Čitam vesti na *Rupavahiniju*.[36] Ovo je moj verenik Buveneka.

– Ti si sin onog ministra Sirila Vidžeratnea, zar ne?

Momak s boom je pocrveneo. – Sinovac. Mene politika ne zanima.

Pogledao te je kao da traži dozvolu da se osmehne. Čarobna prašina zgrudvala ti se u grlu i izazvala grcaj koji je imao ukus kakav bi očekivao od otrova. Klimnuo si glavom.

– Pogledajte ovaj mehurić. Terevenka posle izbora za mis dok naši vojnici ginu. – Radika Fernando je svratila da održi govor i učinila je to glasom kojim čita vesti.

– Mehurićima ništa ne fali, dušo – rekao joj je Buveneka i nazdravio čašom šampanjca. – Šta drugo da radimo tokom policijskog sata u Kolombu?

Radika se upustila u monolog koji nisi mogao da pratiš. Počeo je kritikom Klarantinog govora, kojim je ovaj predskazao svetlu budućnost šrilančanskim zaposlenim devojkama.

– Teško je zamisliti svetlu budućnost kad u ovoj zemlji ima više od četiri hiljade silovanja svake godine. Često su počinioci članovi porodice.

Klaranta se zavalio, što je obično radio kad hoće da izbegne sukob. Džeki se nagnula napred.

– A šta ti radiš osim što čitaš o tome na televiziji? – pitala ju je.

Radika crveni kao da je očekivala udarac. – Ja sam folirant kao i ti, lutko. Holivud nam je svima kolonizovao glavu. Rokenrol nam je isprao mozak. Ljudi koji tamo ginu zapravo nisu naši ljudi, zar ne? Kako se zoveš, lepotice?

Tek tad si shvatio da je Radika razvaljena, a kad su Buvenekine oči počele da se umnožavaju bilo ti je jasno da ni ti nisi ništa bolji. Žamor

---

[36] Šrilančanska državna televizija. (Prim. prev.)

i kretanje u sobi počeli su da se razmazuju i udaljavaju. Jedna nota je pobegla iz gramfona i ostala da visi u vazduhu, mada je bilo nejasno da li ju je istisnuo Elvis, Fredi ili Šejkin Stivens. Zavalio si se i počeo da gladiš Džekinu kosu dok je saopštavala spikerki svoje ime.

Radika i Buvenka su izveli vodviljsku duetsku tačku. Ona je ravnodušno verglala govore dok je on izvikivao revolucionarne parole.

Trućala je o tome kako zlo ne zna da je zlo, kao što ludaci ne znaju da su ludi. Da Amerika ne misli da je ugušila previše demokratskih sistema i pobila previše nevinih ljudi. Ne treba da ih puštamo da kolju kao najgori tirani i bacaju bombe na decu. Da nema ničega izuzetnog u zemlji izgrađenoj na genocidu i leđima robova.

– I ja sam tako razmišljala kad sam bila gimnazijalka – rekla ti je Džeki. – Koga bi više voleo na vlasti? Sovjete ili Japance?

– Da sam odrastao slušajući ruski metal i gledajući Kurosavine filmove, možda mi to ne bi zvučalo besmisleno.

– Ruski metal zvuči dobro – rekla je i osmehnula se.

– Napalm je potekao s Harvarda. Atomska bomba s Prinstona. A hidrogenska iz projekta „Menhetn“.

– Mislite li da tigrovi znaju da su zli? – pitao si, ali ti niko nije odgovorio.

– A naša vlada? – promrmljao je Buveneka Vidžeratne, sinovac ministra pravde.

A onda je muzika nabrekla i Radika se ljubila s Džeki dok te je Buveneka lizao. Najednom ste se obreli u Džekinoj sobi i svetla su bleštala, a zvuk je bio turoban i nemelodičan, i Džeki je počela da moli nekoga da prestane.

– Izvinite, mi nismo takvi. Mislim da smo uzeli previše.

Radika joj je masirala vrat dok te je Buveneka držao za ruku. Ne možeš da veruješ da si se upravo ljubio sa Sataninim sinovcem.

– Dušo, svi smo se odvalili – rekla je Radika.

– Vas dvoje ste vereni? – pitao si.

– Ja sam njegova maska. A on moj paravan. – Radika je prestala da masira i ponovo je legla na Džekin krevet. – Ako to dosad nije bilo očigledno.

– Imamo grupu koja se sastaje jednom mesečno – rekao je Buveneka. – Trebalo bi da dođete.

– Mi nismo takvi – odvratila je Džeki.

– A kakvi ste? – pitala ju je Radika, iscrtavajući nožnim palcem šare duž Džekine kičme.

Džeki se osvrnula ka tebi, a ti si pogledao tablu za prizivanje duhova pored Džekinih kaseta.

– Jeste li raspoloženi za jednu seansu? – pitao si ih.

Klaranta de Mel ulazi u sobu s jednom od kandidatkinja za Mis zaposlena devojka, čiji je odgovor na pitanje ko joj je omiljeni pisac glasio „Inid Blajton".

– Neko je rekao seansa?

Pokušaj je bio osuđen na propast. Svi su se kikotali, uprkos svećama i Kalarantinom podražavanju Olivijeovog Hamleta. Radika Fernando je pokušala spikerskim glasom. Pozvala je duhove kraljice Anule,[37] madam Blavacki i onog para koji se četrdesetih obesio u Gol Fejs kortu. Ali nijedan duh nije ugasio naše sveće.

Kad je Džeki već krenula da upali svetlo, oglasio se Buveneka Vidžeratne.

– Prizivam izgubljene revolucionare. Rani Sridaran. Vidžaja Kumaratunge. Ričard de Sojsa. Sena Patirana...

Nalet vetra iz pravca Gol Fejsa pogasio je sve sveće. Svi su ciknuli, Džeki je upalila svetlo, na šta su se svi nasmejali, a onda je zavladao muk. Ubrzo su počeli da se razilaze. Kad su se rastajali na vratima, Džeki je uprla prstom u spikerku i ministrovog sinovca ogrnutog boom od perja i rekla: – Hajde da nikad više ovo ne uradimo.

Pre nego što je Buveneka otišao, pitao si ga: – Koga si poslednjeg pomenuo pre nego što se upalilo svetlo?

– Senu Patiranu, sina našeg vozača. Bio je student i komunist koji se pridružio NOF-u. Jedan od prvih kog su oteli stričevi odredi smrti. Nikada neću zaboraviti šta mi je naš vozač rekao kad je dao otkaz.

Buveneka je zagladio kosu, poravnao košulju i gurnuo perjanu bou u tašnu svoje maske.

– Dečko – rekao je – ti si jedini iz tvoje kopilanske porodice koga neću proklinjati. Čak ni Vranar ne može doveka da štiti tvog strica.

Na kraju se afterparti sveo na tebe, tvoje cimere i Klarantu de Mela.

– Ko je Vranar? – pita Džeki.

– Ma najobičnija praznoverica, ćiribu-ćiriba proseravanje. Vranar iz Kotahene prodaje amajlije koje štite ministre kao što je Siril

---

[37] Prva vladarka Šri Lanke (47–42. p. n. e.) i prva zabeležena državnica u Aziji. (Prim. prev.)

Vidžeratne. Navodno je zato ministar pravde preživeo toliko atentata. Ljudi će poverovati u sve osim u istinu.

Uz poslednje piće za tu noć kazao si im za kutiju s fotografijama i svoju odluku da je prebaciš u majčinu kuću. Džeki je već kunjala, Di-Di je jedva držao oči otvorene, ali te je Klaranta pažljivo saslušao i obećao ti: – Ako ikada odeš u izgnanstvo, izložiću tvoje fotografije.

On je držao kafić u Umetničkom centru, radio kao kustos u Galeriji *Lajonel Vent*, bio homoseksualni deda četvoro unučadi i majstor poricanja. Rekao je da će, ako mu Džeki i Di-Di budu doneli fotografije, on da ih okači u galeriji i drži sve dok ne dođu da ih skinu. A onda ste se sve četvoro uhvatili za ruke kao superheroji, nazdravili ukradenom votkom i ubrzo sve zaboravili.

PRVI KOVERAT

Kutija je slaba, napravljena od papira koji želi da bude karton kad poraste. U njoj je pet koverata. Nekada su u njoj bile kožne papuče, koje ti je otac poklonio kad si završio kurs računovodstva. Nikada nisi ni obuo te madraske papuče, dao si ih nekom momku s kojim si se povatao u klozetu *Liberti Plaze* kad je pao mrak.

Džeki ređa koverte po stolu kao onaj razmetljivi krupije kog su otpustili iz *Pegaza* jer je delio odozdo. Izlaže ih okupljenima, potpuno ih je opčinila pogledom. Džeki je umela da bude žestoka kad hoće, što se takoreći nikad nije dešavalo.

– Džeki, daj da ih prvo ja pogledam. – Stenli olabavljuje kravatu uz drhtavi stakato.

– To su naši poverljivi projekti – kaže Elsa i ustaje s fotelje.

Džeki se ne obazire na nju. Otvara koverat sa oznakom *Dama* i zuri u svaku fotografiju kao da joj je pijavica na dlanu. Dodaje ih Stenliju, koji odmahuje glavom dok gleda jednu po jednu, ali ipak ne može da skrene pogled. Fotografije se prenose kao trač od majke, preko Di-Dija i Else natrag u koverat. Prepoznaješ svaku, napravio si ih u privremenom čika Klarantinom studiju.

U početku su to samo crno-bele slike svetine, snimljene iz rikše u pokretu, zamućenog pogleda i nesigurnih prstiju. Potom slede stvari u plamenu: radnje, automobili, putokazi koji se završavaju suglasnicima. A onda ljudi.

Žena u ružičastom sariju koju polivaju benzinom. Goli dečak okružen razigranim đavolima. Zapaljena kuća u Velavateu, s licima priljubljenim uz prozore. Te su bile objavljene i mnogima su poznate.

Zatim slede one koje su bile previše grozne za međunarodnu publiku. Dečaka i majku prebijaju toljagama, beba sa slomljenom rukom, momak koji zabija sekiru starcu u bok.

Tvoja majka zgroženo baca poslednju. Ustaje i naliva još čaja iz svog čajnika, a zatim otpija veliki gutljaj.

Na redu su fotografije licâ, od kojih si mnoge uveličao u svojoj mračnoj komori u ostavi u Gol Fejs kortu. Krupni planovi muškaraca koji drže pendreke, neidentifikovanih zveri naoružanih benzinom i glasačkim prijavama, neidentifikovanih zatucanih budala koje su lovile strance i palile ih. Neidentifikovanih sve do sada. Razigrani đavo, muškarac s toljagom, momak s kantom benzina, zver sa smeđom satarom.

Da su inspektori Kasim i Rančagoda tu, prepoznali bi poslednju fotografiju. Obučeni kasapin u širokoj košulji zamahuje satarom otupelom od krvi kokošaka, svinja, ulovljenih umerenjaka i hiljada mačaka. Ali oni se u tom trenutku raspravljaju u autu. Kasim navaljuje da pođu, dok Rančagoda predlaže da ukradu kutiju. Kasim kaže da nikada nije pristao da sarađuje sa odredima smrti i dodaje da bi najradije digao ruke od svega.

Ne primećuju da im se približava *padžero* pun muškaraca koji nisu ni vojska ni policija. A čak i da jesu, ne bi videli demona koji se vozi na krovu.

– Mi gradimo slučajeve protiv počinilaca zločina 1983 – kaže Elsa. – Izdvojili smo lica iz gomile, i tim licima pridružili imena. Možemo da uđemo u trag ubicama.

– Kako to da nikad nisam čuo za taj vaš Centar? Ni za taj projekat? – pita Stenli dok skida naočare kako bi pomno proučio fotografije. Posmatra onu na kojoj se vidi lomača od tela, snimljena nedaleko od mesta gde su ih uhvatili.

– Niste čuli za Centar jer nismo otvoreni za javnost. Mi nismo političari. – Elsa namršteno posmatra koverat sa oznakom *Dama* u Džekinim rukama kao vrana koja merka bačeni sendvič.

Tvoja majka drži jedini koverat u sobi u kome nema fotografija. Pismo tvog odsutnog oca koje nije uspela da uništi kao mnoga prethodna.

– Mali nam je rekao za kutiju – kaže Džeki. – Nije pominjao da treba bilo kome da je damo.

– Zadržite prokletu kutiju. Samo nam dajte naš koverat. – Elsa baca opušak kroz prozor.

Di-Di škilji u sliku vojnika Indijskih mirovnih snaga ispred neke bolnice. – Ovo je bilo prošle godine. Kad je Mali otišao u Džafnu. Zvao me je da pođem s njim – dodaje gledajući oca.

Sećaš se te rasprave. Izbila je oko toga što uvek vodiš računa o kondomima. Pitao te je da li spavaš s drugima kad otputuješ negde, i ti si ga zato pozvao da pođe s tobom u Džafnu. Rekao si mu da vodiš tamo nekog američkog novinara po imenu Endru Makgauan. Nisi mu rekao da si prihvatio porudžbinu gospođe s crvenim ružem i njenog zgodnog brata od tetke.

– Radiš li one stvari sa Endruom Makgauanom? – pitao te je Di-Di kao da mu je svejedno.

– Ni sa kim ne radim ono što radim s tobom – rekao si, što tehnički nije bila laž, budući da ni sa kim drugim nisi planirao ništa više posle seksa.

– Indijske mirovne snage izvršile su dva masakra civila prošle godine. Jedan je bio u bolnici. Malinda je bio u Džafni po našem nalogu kad se to desilo. Platili smo mu te slike. Možete li da nam ih vratite?

Di-Di nabire nos i suvo se nakašljava. Pruža fotografiju Džeki, koja se zgroženo namršti. Na slici su bolnički kreveti s naslaganim telima lekara i medicinskih sestara, koje su Indijske mirovne snage kaznile zato što su se starali o ranjenim pripadnicima OTTE-a. Stenli joj viri preko ramena i mrmlja.

– Ti đavoli iz inostranstva. – Onda pogleda Elsu. – Koje su ovamo pozvale naše budale.

– U tome se slažemo – kaže ona.

– Da li isto tako. Naručujete i fotografije. Na kojima se vide. Zločini OTTE-a?

– Kao tamilska organizacija, vezani smo određenim ograničenjima – odgovara ona. – Sigurno ste toga svesni, gospodine.

– A sad ste iz neke tamilske organizacije? – pita je Džeki. – Niste više inspektorka?

Gledaš preostala četiri koverta na stolu. Sećaš se samo dveju činjenica u vezi s njihovim sadržajem. Da Di-Di ne sme da otvori onaj sa oznakom *Žandar herc*. I da postoji solidna verovatnoća da je u jednom od tih koverata slika tvog ubice.

Di-Di uzima od Džeki onaj sa oznakom *Dama* i počinje da gura u njega slike sa stola.

– Šta to radiš? – oštro ga pita Elsa i otima mu prazan koverat, a Di-Di ostaje u nedoumici oko toga kako da pred ocem izađe na kraj sa ženom. Baca slike natrag na sto, a Elsa se odmah ustremi na njih.

Džeki, koja ne robuje toliko normama ponašanja, odlučno dolazi preko sobe. Jednom je ošamarila izbacivača u *Mestu po mojoj meri* kad ju je uhvatio za zadnjicu. Sad grize usnu isto kao te noći, i Elsa ustukne. Prisećaš se da Džeki zna džudo, a da Elsa u tašni nosi nož. Stoje tako, s fotografijama između sebe, i pilje jedna u drugu kao kauboji iz špageti vesterna.

U tom trenutku se spolja začuje prasak. Elsa staje uz vrata dok se tremom širi haos, koji se zatim prenosi i u hodnik, isti onaj hodnik u kom si se posvađao s majkom zbog pisama od oca, koja je uništila a da ti ih nije pokazala.

Sedam kršnih momaka, svi u crnom i belom, utrčava kroz otvorena vrata. Majčina šolja pada na tepih, ali ostaje cela. Stenli ustaje.

– Šta. Koji. Kurac.

Muškarci koji nisu ni vojska ni policija postavljaju se pored svih vrata i prozora. Zatim ulazi starac u narodnoj nošnji. Kad bi mogao da ga pljuneš, da se ispovraćaš po njemu, da mu se posereš u usta, platio bi koliko god da košta i prodao to malo što ti je ostalo od duše. To je ministar pravde, veleogavni Siril Vidžeratne, vladina uzdanica, čovek odgovoran za korupciju pravosuđa, odrede smrti i pokretanje pogroma 1983. Šesto ime na Seninom spisku.

Stenli Darmendran ga dočekuje pognute glave, kao pravi tamilska gnjida, što i jeste. Dvojica u crnom naređuju Džeki i Di-Diju da ustanu s kauča kako bi ministar mogao tu da spusti svoju debelu zadnjicu. Nijedno nije oduševljeno. Sećaš se kako je Di-Di, kad je pisao službeni dopis predsednikovom kabinetu, odbio da ga počne s „Vaša ekselencijo". – Šta ima ekselentno u tome što se pravio mutav tokom jula '83? – pitao je retorički. Pismo je počeo s „Poštovani gospodine" i nije dobio sredstva za svoj projekat reciklaže u Malabeu.

Dođi u Džafnu, rekao si mu. Videćeš da se ova zemlja suočava sa ozbiljnijim problemima nego što je gubitak prirodnog staništa azijskog ljuskara. Ne pali me slikanje leševa, odvratio je. Da vidiš šta se dešava tvom narodu, ne bi se toliko brinuo zbog smrdljivih jezera, odbrusio si. Nemoj da budeš prodana duša kao tvoj otac, rekao si, i time podigao ulog i počistio sto. Ako se to što si naterao momka koji te voli da ode u suzama može smatrati pobedom.

– Šta je ovo? Izložba fotografija, a?

Siril uzima koverat od Else i spušta pogled na sto. Naginje se napred kao sudija u kriketu i razgleda izmešane fotografije. Ti lebdiš iznad njega, više kao komarac nego kao anđeo. Kažu da su komarci pobili polovinu svih koji su ikada živeli. Mnogo više nego što su anđeli spasli.

Primećuješ brujanje u vazduhu, ono brundanje u najnižim frekvencijama koje čuju samo oni koji umire um i isprazne uši od šapata. To bi moglo biti ječanje zemlje ili vriska hiljadâ. Dotle nisi primećivao taj zvuk, i sad više ne možeš da ga ne čuješ. A onda primećuješ stvora koji čuči iza ministra.

Fotografije na stolu otkrivaju pokolj i haos, uglavnom po naređenju vlade Sirila Vidžeratnea, čiji je čika Stenli pion.

– Darmendrane. Kakve su ovo gluposti?

– Školski drug mog sina – kaže Stenli. – Darovit fotograf. Pametan momak iz veoma dobre porodice. Stari josifovci. Nestao je, i svi smo se zabrinuli zbog toga.

O, Stene, nisam znao da ti je stalo.

– Ovim se bave stari josifovci? – pita Siril i podiže sliku kuće u plamenu.

– To su nemiri '83, gospodine – kaže Di-Di, stežući drveni ank oko vrata.

– Aha – kaže ministar. – Kad se probudio usnuli lav.

– Gospodine. Ova gospođa i oni policajci napolju upali su u stan mog sina. Bez naloga, bez odobrenja. Moj sin ne zaslužuje takvo maltretiranje.

Ministar kao da ne čuje ni reč. Zuri u Elsu kao da je video duha. Iako pravi duh čuči iza njega. Po obliku podseća na velikog majmuna koji rukama štiti Sirilova ramena. Oči iznad ministrovih ušiju menjaju se od uglja do žeravice i ti znaš da te vide.

On gleda fotografiju u njenoj ruci – sliku čoveka koji iz *benca* gleda rulju. Čoveka koji nosi njegovo mlađe lice. Elsa prikuplja štos crno-belih fotografija, a on pruža ruku i klimanjem joj daje znak da mu ih preda. Ona odmahuje glavom.

– Izvinite, gospodine, ali ove slike su poverljive.

On podiže pogled i posmatra je dovoljno dugo da tvoja majka nalije sebi još jednu šolju. Vidiš kako ga ona gleda i osećaš bol tamo gde ti je nekad bila glava. Ovoga puta bol nije praćen sećanjem. A onda pratiš njegov pogled do uveličanog dela iste one fotografije. Muškarac u *bencu* ima naočare za sunce i šarenu košulju, i mada je slika zamućena zbog uveličavanja, prepoznaješ ko je to. To je lice koje ministar vidi u ogledalu kad god nađe za shodno da ga pogleda.

Zatim klimne glavom jednom telohranitelju, koji ščepa Elsu za ramena i oduzme joj fotografije. Daje ih ministru dok ona trlja ključnu kost. To joj je druga modrica tog dana. Ministar razgleda fotografije, a ti bi voleo da mu zaviriš preko ramena, ali ne možeš od senke koja čuči iza Sirila Vidžeratnea. Ministar Siril odmahuje glavom i stavlja fotografije u džep sakoa.

– Jeste li vi autor?

– Gospodine, te slike su poverljive – ponavlja Elsa kao da neko ko komanduje odredima smrti drži do privatnosti.

– To je očigledno, draga moja. Ko ih je slikao?

– Zove se Malinda Almeida. Bezazlen dečko – muca Stenli.

– Meni ne deluje bezazleno – kaže ministar.

– Ne, gospodine – kaže Elsa. – Uopšte nije bezazlen.

– Pričajte to nekom drugom. Ovaj fotograf mora da se privede na informativni razgovor – kaže Siril. – Gde je on?

– Nema ga od juče – kaže Stenli. – Plašimo se da je otet, gospodine.

– Pa, Darmendrane? Znaš koga treba da zoveš. Ja nisam tvoja sekretarica.

– Specijalne jedinice odgovaraju jedino vama, gospodine.

– A vi ste majka? – pita ministar Lakšmi Almeidu, koja je posle četiri šolje prešla u nemi režim rada.

– Molim vas da nađete mog sina. Išla sam u školu s vašom sestrom, gospodine. Pitajte je za Lakšmi Almeidu s hora. Setiće me se – kaže ona.

– Bridžetovka, a? Ja sam veliki prijatelj svih časnih sestara. – Zatim zastaje da razmisli o sledećoj rečenici.

– Sestre iz *Svete Bridžet* su veoma slobodoumne. Znate li da smete jednom da ih poljubite? – Onda zastane i zapreti prstom. – Ali nemojte da vam pređe u naviku.

Zakikoće se, a momci u uniformama nasmeju se s njim. Čak i Stenli iscedi osmejak. Tvojoj majci to nije smešno.

– Moj sin se ne bavi politikom.

Ona, kao i obično, pojma nema ni o čemu.

– Bezazlen je? A zašto onda slika grozote? – pita Siril sa osmehom od kog je zaziralo hiljadu pripravnika. – Hvala što si me pozvao, Darmendrane. Ovo je veoma ozbiljno.

Stenli pokazuje na Elsu. – Gospodine. Iako nema nalog, ova žena je dovela policiju u moj stan. Ipak sam ja član kabineta, a to je maltretiranje.

Zanimljivo je kako Stenlijeve pauze iščeznu kad kleči pred moćnima. Čak i Di-Di, onako nesvestan stvarnosti, vidi da se planovi njegovog tate osipaju. Vraća koverte u kutiju misleći da niko nije primetio, iako ga svi gledaju.

– Darmendrane, imam posla preko glave. Sad ratujemo na dva fronta. Moramo da držimo NOF pod kontrolom i da izbacimo Indijce. I policija i vojska i specijalne jedinice dolaze kod mene, pitaju me smeju li da zaobiđu pravila. A šta ja mogu? Ne mogu ni zbog koga da zaobilazim pravila.

Džeki uzima kutiju i polazi ka zadnjim vratima, ne primećujući specijalca koji ide ka njoj.

A onda tvoja majka brizne u plač kako nikada nije, ne otkako si se rodio, ne pred tobom.

– Ministre. Je li moj sin kod njih? Vaša sestra Surangani učila ga je da peva. Pitajte je, sigurno se seća.

Ako teta Sarangani može da se seti dečaka bez sluha koji je odustao posle četiri časa kod nje 1966, iz ovih stopa ćeš odmarširati u Svetlost. Voliš nemoguće opklade. Kao onda kad si rekao Di-Diju da ćeš poći s njim u San Frančisko ako Dukakis pobedi Buša.

– Gospođo, nema ga manje od dva dana. Možda uopšte nije nestao. Siguran sam da će se pojaviti. A kad se to desi, voleo bih da porazgovaram s njim. – Ministar Siril se zatim okreće ka Džeki. – Izvini, srce, a kud si ti pošla?

Krupni momak u crnom preprečuje joj put i oduzima joj kutiju. Ona ga gurne, a on je ščepa za mišicu. Ona se namršti od bola, a on je pusti.

– Možemo li da dobijemo koverat sa oznakom *Dama*? – pita Elsa.

– A posle ćete tražiti i sever i istok! – smeje se ministar Siril. Zatim ozbiljno pogleda Stenlija i Elsu. – Moraću da ocenim važnost ovih dokaza. Mogu li temeljno da ih pregledam, Darmendrane? Na svoju odgovornost, pre nego što dam preporuku.

– Daj, jebote – mrmlja Di-Di.

– Umukni, Dilane. Da li je to neophodno, gospodine?

– Moram da se upoznam s činjenicama pre nego što izdam nalog. Vašeg momka možemo naći jedino ako imamo pristup svim činjenicama. Recite onim policajcima napolju da hoću da razgovaram s njima.

– Dakle, uzećete Malijeve stvari bez naloga za pretres kako biste utvrdili treba li vam nalog za pretres – prezrivo kaže Džeki.

Potrebno je sedam siledžija da zapakuju jednu kutiju.

Elsa odlazi do mesta gde stoje policajci, beskorisni koliko i pešački prelaz na Gol roudu. Šapuće nešto Rančagodi u oštrim i kratkim rečenicama dok Kasim tone u suvozačko sedište i pokriva lice. Ona mu traži da joj vrati novac, a Rančagoda uleće u auto u trenutku kad ministar napušta tvoj nekadašnji dom čemerni dom. On se pretvara da je ne čuje.

Najveći siledžija iznosi belu kutiju za cipele u kojoj je tvoje životno delo. Gledaš kako senovita zver u stopu prati Njegovu ekselenciju velegrozomornog Primitivca. Izgleda kao da mu se dugačke ruke klate s tela sumo rvača. Šiljato lice i zakrvavljene oči gledaju pravo u tebe.

Di-Di besno gleda oca. Tvoja majka odnosi šolje za čaj, a Džeki zuri u prazno istim pogledom koji ti je uputila kad ti je prve večeri rekla da je spremna a ti odvratio da nisi. Priželjkuješ bol dok se uzdižeš ka tavanici. Zato što znaš da komotno možeš da se pozdraviš s kutijom.

A to znači da moraš više da se upinješ kako bi se setio. Iako sećanja izazivaju bol koji radije ne bi da trpiš, postoji jedno koje bi voleo da prizoveš. Iako bi to trebalo da bude kako si umro ili ko te je ubio, nije nijedno od njih. Voleo bi da se setiš gde si sakrio negative. Jedino znaš da je posredi neko očigledno mesto, i da je blizu.

ĆASKANJE S MRTVIM TELOHRANITELJEM (1959)

Senka te gleda i smeši ti se dok se snagatori pakuju u dva *padžera*. Čuči na haubi ministrovog *benca* i poziva te da priđeš. Očekuješ da se hauba ulegne od težine, ali ona kao da ništa ne primećuje.

– Dođi. Vozi se sa mnom.

– Ima ko da me vozi – dovikuješ.

Lebdiš na tremu na kom je tvoja majka čitala novine i žalila se na tvog oca. U kući poznati glasovi vode besmislenu raspravu o tebi i onome što si radio. Nemaš želje da ih prisluškuješ koliko ni da se vratiš među žive.

Stvor na ministrovom autu ima kestenjaste oči, oštre zube i dugačke nokte. Odeven je u belu košulju i crne pantalone, standardnu uniformu konobara, telohranitelja, batinaša i bitangi. – Jesu li ono bile tvoje slike? Uspeo sam da zavirim. Svaka čast. Super, super.

– Kakav si ti andrak?

– Ja sam ministrova senka. Ministar iz senke. Ha, ha. Hajde, dođi. Ionako nemaš pametnija posla.

Pa, to je argument koji ne možeš da pobiješ. A i ne bi ti bilo prvi put da deliš prevoz s neprijatnim društvom. Kao onda kad si u Kilinočiju ušao u autobus s tigrovima u civilu pa te umalo nije ubila vojska.

Stižeš na krov automobila baš u trenutku kad polazi. Primećuješ da je stvorova odeća rasparena. Košulja je kitnjasta, a pantalone izgledaju kao da ih je šio slepac. Bosonog je, stopala su mu rutava, a nožni nokti štrče iz dlaka poput kandži.

– Slike su ti odvratne.

Kao i tvoje lice, pomisliš. Povorka prolazi pored kontrolnog punkta gde automobili čekaju proveru. Niko ne zaustavlja dva *padžera* i *benc*.

– Onda bi možda trebalo da ljudi prestanu da rade grozne stvari.

– Ova zemlja je prokleta. U to nema sumnje – kaže stvor. Oči mu menjaju boju, od grimiza do slonovače, od mahagonija do skerleta.

– Kako si postao demon?

Spreman si da u slučaju bilo kakvog naglog pokreta skočiš na struju vazduha iza automobila. Ali ta masa se pruža po haubi i senovitim očima osmatra nebo. Izgleda da se kretanje ne kotira visoko u njegovim namerama.

– Ko kaže da sam postao bilo šta? Možda sam oduvek bio.

– Šta si bio pre?

– Možda sam bio vođa kao ovaj ovde. – Pokazuje ka čoveku na zadnjem sedištu automobila, koji drži ruku na tvojoj kutiji za cipele. – Možda sam bio magnat koji je posedovao fabrike pune ljudi.

– Ali nisi.

– Bio sam telohranitelj. Mada nikada nisam primio metak umesto nekog. Nažalost.

– Želeo si da primiš metak?

– Moj poslednji posao bio je zaštita Solomona Dijasa.

– Koga?

– Svorda.[38]

Na to se čestito nasmeješ prvi put otkako je počelo ovo prokleto zamešateljstvo.

– Fin čovek.

– Slobodno opleti. Nema šta nisam čuo. Firer *Samo Sinhale*. Otac svih sranja.

– Nazivali su ga i gorim imenima.

– Da je poživeo, poništio bi akt i zalagao se za multikulturalnost. U duši je bio federalista.

---

[38] Solomon Vest Ridžvej Dijas Bandaranajke (1899–1959) – premijer Cejlona (današnje Šri Lanke, 1956–1959). Mnogi ga smatraju odgovornim za raskol između Sinhaleza i Tamila zato što je, između ostalog, zvaničnim aktom o jeziku iz 1956. godine, poznatim i pod nazivom „Samo Sinhala", proglasio sinhaleški jedinim službenim jezikom u zemlji. Zbog inicijala S. W. R. D. dobio je nadimak Svord (engl.: *sward* – mač). (Prim. prev.)

– Ubio ga je budistički monah, Sinhalez, zver koju je pokušavao da ukroti, zato što nije bio dovoljno zatucan – kažeš. Svord je bio jedino oko čega ste se ti i tvoj pokojni otac slagali.

– Koliko dugo si mrtav? – pita te demon.

– Navodno jedan mesec. Kakav je bio Solomon?

– Nije on bio kriv. Imao je dobre namere. Ova zemlja je prokleta.

– To sam već čuo. Zašto tako misliš?

– Slikao si sve one fotografije i to me pitaš?

– I to što kažeš.

– Cejlon je bio prelepo ostrvo pre nego što se napunio divljacima.

– Tačno. Neke zemlje uvoze divljake. A mi svoje uzgajamo.

– Znaš li da su ljudi živeli ovde još mnogo pre Sinhaleza?

– Narod Kuveni?

– Njih niko nije smatrao ljudima. Zovemo ih đavolima i zmijama.

– Jesu li jake i Nage bili pre ili posle Ravane?[39]

– Koga briga?

– Pa, ko su bili starosedeoci Šri Lanke?

– Sigurno nisu Vidžaja i njegovi gusari.

Ako je verovati *Mahavamsi*,[40] sinhaleška rasa je potekla iz otmice, silovanja, oceubistva i incesta. To nije bajka, nego priča o našem postanju onako kako je zabeležena u najstarijoj hronici ostrva, hronici koju su koristili za stvaranje zakona smišljenih da potisnu sve što nije sinhaleško, budističko, muško i bogato.

Jednom davno, na severu Indije, princeza sretne lava. Lav otme princezu i siluje je. Princeza rodi devojčicu i dečaka. Dečak odraste, ubije lava-oca, postane kralj, oženi se sestrom. Ona rodi dečaka, koji postane problematičan, pa ga proteraju zajedno s još sedam stotina slugu, i on se na kraju iskrca na obalama Cejlona.

Princ Vidžaja počeo je našu istoriju tako što je sa svojom bandom ćelavih siledžija pobio starosedelački narod Naga i zaveo njihovu kraljicu, mada možda ne tim redosledom. Ako je ta priča o poreklu tačna, ne treba da nas čudi rusvaj u kom se nalazimo. Nakon što ju je surovi princ obeščastio i izdao, kraljica Kuveni, vladarka plemena Naga, proklela je celu zemlju pre nego što se ubila i prepustila svoju decu šumi.

---

[39] Nage – pripadnici drevnog plemena koje je po predanju nastanjivalo Šri Lanku i Južnu Indiju. Ravana – mnogoglavi demon, glavni negativac u hinduističkom spevu *Ramajana*, ali po drugim izvorima pravedni i dobri kralj ostrva Lanka. (Prim. prev.)

[40] Drevna istorijska hronika Šri Lanke iz petog veka. (Prim. prev.)

Kletva se održala nekoliko milenijuma, i ove 1990. još ne pokazuje znake jenjavanja.

– Naši preci su doslovno demonizovani – kaže stvor. – Čuo sam da je Mahakali Kuvenin potomak. Neki kažu da je ona zapravo Kuveni.

Usko grlo na Gol roudu. Počinje kiša ali nijedan od vas dvojice se ne kvasi. Posmatraš ljude kako trče s kišobranima i tiskaju se ispod nadstrešnica. Hodaju jedino oni koji više ne dišu.

– Što više gledam, to sam ubeđeniji – kaže stvor. – Istorija se odvija tako što ljudi s brodovima i oružjem zbrišu s lica zemlje one koji se nisu setili da ih prvi izmisle. Svaka civilizacija počinje genocidom. To je pravilo univerzuma. Nepromenljivi zakon džungle, čak i ove beton-ske. Vidiš to u kretanju zvezda i u plesu svakog atoma. Bogati će uvek porobljavati siromašne. Jaki će lomiti slabe.

Polako se pomera uz haubu i sad je dovoljno blizu da te odalami. *Benc* prolazi pored prodavnice rukotvorina sa šrilančanskom zasta-vom na krovu.

– Oduvek sam imao problem s tom zastavom – kažeš dok merkaš njegove iždžigljale nokte.

Stvor pogleda kroz prozor ministra, koji je zaspao s tvojom ku-tijom u krilu. Saobraćaj se ponovo ubrzava, a ministrov demon ti se smeši.

– Misliš na zastavu s moćnim lavom?

– Kada smo ovde imali proklete lavove? Ili tigrove?

– Slonovi bi imali više smisla.

– Ili ljuskari.

Većina zastava ima pruge raznih boja, ne nužno iz iste palete: vo-doravne, uspravne, ponekad dijagonalne, ponekad sva tri tipa, poput Junion Džeka,[41] koji je vladao svima nama. Neke imaju prijateljske simbole, kao što su javorovi listovi, polumeseci, točkovi koji se vrte ili sunca sa afro frizurama. U vremena varvarskija od ovih kuće su nosile znamenja s vukovima, lavovima, slonovima, aždajama, jednorozima. Tek koliko da pokažu kakve zveri mogu da postanu ako se kačiš s nji-ma. Danas se životinjsko carstvo retko viđa na zastavama. Uglavnom su to ptice, dostojanstvene i nenasilne, ako se izuzme meksički orao koji kida zmiju.

– Pogledaj samo našu zastavu. Kakva papazjanija. Svega ima. Vodoravne linije, uspravne linije, primarne boje, sekundarne boje,

---

[41] Žargonski naziv britanske zastave. (Prim. prev.)

životinjski simboli, biljni simboli, oružje. Žuta, kestenjasta, zelena i narandžasta. Lišće svete smokve, mač, zver. Kao voćna salata.

– Jesi li video elamsku zastavu? Nije ništa bolja.

Lav drži kratki mač okrenut ka narandžastoj i zelenoj vertikali koje predstavljaju Dravide[42] i muhamedance, što znači da se manjinama drži nož pod grlom. Kao odgovor na to, separatistička zastava Tamilskog Elama ima tigra koji gviri između pušaka. Kao da kažu: Pratimo vašeg lava s mačem i dižemo ulog na tigra s dva bajoneta.

Obe zastave imaju beštiju, loš raspored elemenata i boju krvi. Elamska paradajz-crvenu nijansu sveže rane, a šrilančanska kestenjastu nijansu nezaraslog ožiljka.

Nema dokaza da je ijedna od tih zveri ikada hodila ovim zemljama, ali svejedno su na zastavama, vitlaju oružjem i plivaju u krvi. Kao da potvrđuju da je Šri Lanka potekla iz zverstava i krvoprolića.

Dok *benc* prolazi pored luke, obojica škiljite ka horizontu, daleko iza ukotvljenih brodova. Sanjariš o dalekim bogovima i starim suncima. O odsutnim očevima i nastranoj deci.

– Znaš li zašto mislim da je Šri Lanka prokleta?

– Sad si rekao. Zbog Kuveni.

– Nije samo zbog nje. Rođeni smo 1948. Veruješ li u nakat?

Svaki muzičar i sportista koji iole nešto znaju reći će vam da je sve u izboru pravog trenutka. Osim u demone i prokletstva, Šrilančani veruju i u nakat, predodređenost trenutaka, čime se feng-šui proširuje na protok vremena. Ako se za sinhalešku i tamilsku Novu godinu okreneš ka zapadu i upališ svetiljku u 6.48 ujutru, čeka te radost; a ako se okreneš ka severu i učiniš isto to u 7.03 ujutru, biće smak sveta.

– Ne verujem u nakat.

– Kako ti zvuči 1948? Povoljno ili sumnjivo?

– Šapućeš li ministru?

– Kad zatreba.

– Da li je teško to naučiti?

– Ništa nije teško uz dobrog učitelja.

– Moram na groblje. Zato ću ovde sići.

– Šta ćeš na groblju? Na čiju ćeš sahranu? Star si tek jedan mesec.

– Moj učitelj Sena mogao bi biti tamo. On zna kako se šapuće.

– Svaki nazoviučitelj koji se smuca po groblju tražiće ti više od školarine.

---

[42] Etnolingvistička grupa južnoazijskih naroda u koju spadaju i Tamili. (Prim. prev.)

– Šta to znači?

Auto skreće s Bulers lejna ka sedištu ministarstva pravde.

– I Filipini su nastali '48. I oni su kao mi – nasmejani, bezbrižni i opaki kad hoće.

– Jesi li stvarno bio Svordov telohranitelj?

– On je bio moćan čovek. Ali ne toliko moćan kao što će Siril biti. Postaraću se za to.

– Ima li svaki ministar svog demona?

– Samo oni najbolji.

Pokušavaš da slikaš demona koji se vozi na *bencu*, ali kroz okular vidiš samo blato.

– Najbolji? Svord je bio đubre. A Siril je još gori. Čuvaš ološ.

Zver zamahne da te udari, ali ti se već hvataš za električni stub kraj kolovoza.

Kandža sune napred i uspe da ti dokači jedan lančić. Prebacuješ se sa električnog voda na stablo manga.

– Povedi računa šta pričaš. Znaš li koje su države nastale 1948?

Benc zastaje u saobraćaju, ali ima vetrova sa svih strana. – Ako je ova zemlja prokleta, onda je takva zbog ljudi kao što su Vidžeratne i Solomon Dijas. I zbog onih koji ih štite – dovikuješ mu, ohrabren odstojanjem koje vas deli.

Stvor izvikuje imena pet država. A onda *benc* nestaje s gargojlom na haubi. – Držaću te na oku – zaurla, i više ge ne vidiš. Ali onih pet imena još ti odjekuje u ušima. – Burma. Izrael. Severna Koreja. Apartheid u Južnoj Africi. Šri Lanka. Svi nastali 1948.

Nije važno da li Mali Almeida veruje u nakat ili ne. Zato što bi se reklo da svemir gotovo sigurno veruje.

UŠI

Benc nestaje u saobraćaju i ti više ne možeš da se pomeraš. Okružuju te nevidljivi zidovi, a svi vetrovi su uminuli. Osećaš se kao da si u kutiji od neprobojnog stakla, kao da te drže neke ruke koje ne vidiš.

Uprkos vremenu koje si proveo u bunkerima i uskim krevetima, i skrivanju celog života, nikada nisi bio klaustrofobičan. Ali kao i svako razborito čeljade, živo ili mrtvo, voleo bi da imaš mogućnost da otrčiš, naročito kad postoji štošta od čega bi pobegao.

Tako nepokretan i bez mogućnosti izbora, postaješ nevoljni zatočenik prilika u belim odorama. Mojsija s leve strane i Hi-mena s desne.

Oni gledaju pravo preda se, ne osmehuju se. Ispred vas je profesorka Rani u belom sariju, s delovodnikom u ruci, namrštena kao učiteljica.

– Tvoji pomagači će te pratiti. Neće te povrediti ukoliko se budeš lepo ponašao.

– Zašto su anđelima potrebne siledžije? – pitaš najumilnije što umeš.

– Ko kaže da smo mi anđeli? – odgovara profesorka. – Ti izbegavaš svetlost zato što se plašiš sopstvenih grehova.

– Zašto primoravate duše da uđu u Svetlost? Zar ne bi trebalo da sami biramo kuda ćemo?

– Ko ti je rekao te gluposti?

– Drug Sena.

– Ideš tamo kuda ti govore glasovi u glavi – kaže ona. – Ali glasovi koje čuješ u glavi nisu uvek ti.

Pomagači te vode od Ostrva robova do Matakulije, kroz nešto što izgleda kao napuštena železnička stanica, sve do mesta s kog si jednom pobegao. – Jaoj. Ne ponovo ovde. Molim vas.

– Neće dugo trajati.

Kroz crvena vrata ulaziš u beskrajan hodnik. Gužva je kao i kad si se prvi put tu probudio, i sve funkcioniše isto. Pomagači u belom sprovode neuravnotežene, unakažene i bolesne kroz izukrštane redove do šaltera. Profesorka Rani šalje Hi-mena i Mojsija među njih, a ona ostaje da lebdi s tobom na rubu haosa.

– Hoćemo li prvo na pregled ušiju?

Gledaš sveže umrle duše u različitim stadijumima tuge kako se sudaraju kao čestice. Neki drhture, neki se opiru, neki se grčevito drže za jedno veliko ništa.

– Ko je nadležan za ovo? Ko je šef?

Profesorka Rani odmahuje glavom.

– Da preformulišem. Zar nema glavnog?

– Ja sam samo pomagač, Male. Činimo koliko možemo. Možda je postojao nekakav tvorac. Možda je ispovraćao svet kao onaj afrički bog Mbombo. Ili ga je ručno pravio šest dana i sedmog legao da odspava kao onaj u *Bibliji*.

– Pa pred koga onda idem? Pred Jehovu ili Zevsa?

– Treba da poznajemo Tvorčevu dušu. A ne da se raspravljamo oko Njenog imena.

– Znam odlično ime za boga. Bilo Ko.

– Nemoj da mi dođeš sedmog meseca i moliš me da te pustim. Prestala sam da primam stranke kojima gori pod noktima.

– Svi treba da se mole Bilo Kome. Tako se niko neće uvrediti. „Dragi Bilo Ko, pazi na moju porodicu. I daj nam novac, a ne bol. S ljubavlju, ja.“

– Tvoje šale postaju mi dosadne.

– Ovo je bilo nešto najozbiljnije što sam ikada izgovorio.

Ona ti drži predavanje o ušima. Kaže da se u njihovim svojstvima krije istina o svemu što si ikada bio. Kako hrskavica, koža i meso stvaraju oblike i senke koji su jedinstveniji od otisaka prstiju. U njima su fosili prošlih života i zaboravljenih grehova. One su ključ koji se krije na vidnom mestu, kao što s ključevima obično i biva.

– Činjenica da ne možemo videti sopstvene uši predstavlja siguran znak Tvorčevog genija – kaže profesorka.

– Ili znak da nas sve mrzi – kažeš ti.

Profesorka Rani odmahuje glavom. Objašnjava ti da su uši karmički otisak i da je tvoj „mesnati ogrtač“ pun tragova prethodnih života. Oblik lobanje, odnosi dužina nožnih prstiju, šare na koži, nagibi zuba, poskakivanje u hodu. Postoje razlozi zašto čak i najprosečniji izrađivači amajlija koriste kosu, nokte, zube ili krv u svojim vradžbinama. Vuku te ka liftovskom oknu. Mojsije gura svoju toljagu u vetar. Hi--men te gleda kao da te izaziva da potrčiš. Vetar je dosegao orkansku snagu i urliče kao zver saterana u ugao. – Ako hoćeš odgovore – viče ti profesorka Rani – da bi našao „Bilo Koga“ ko stoji iza svega, prvo pronađi „bilo koga“ između svojih ušiju.

Uzdižeš se kroz okno, okolo su duhovi koji lebde na razne strane. Prolaze spratovi. Da si ih brojao, stigao bi do četrdeset drugog.

– Teško je upoznati božje lice kad ne znaš ni svoje – kaže ti ona.

Danas četrdeset drugi sprat radi, ili šta se već dešava iza niza crvenih vrata.

Svi duhovi izgledaju osveženo, to im se vidi po očima, gipkom hodu i pratnji u belom. Tvoje troje čuvara klimaju glavom kolegama dok te odvode ka jednim crvenim vratima. U ruci držiš ola list s brižljivo navedenim stavkama. Prepoznaješ ga, ali ne znaš odakle se tu obreo.

Prostorija izgleda kao pušionica opijuma, ali bez dima. Tela leže opružena poleđuške, a muškarci i žene goli do pasa, velikih stomaka i ljubičastih očiju, čuče iznad svakog i zagledaju mu uši.

Kažu ti da legneš dok seoska opajdara i neko ko liči na seosku pijanduru prilaze da ti zavire u uši. Koža im je ljubičaste boje mangostina, a dah im miriše na voće.

– Živeo je trideset devet života – kaže nimfa.

– Tako je – kaže pijanac.

Pijanac ti gleda u levo uvo, a nimfa u desno. Domunđavaju se dok upisuju nešto u knjigu od ola listova.

– Ubijen. Nasilno. Iznenada.

– Nepotpuno voleo.

– Krao. I bio pokraden.

Nimfa i pijanac se zgledaju, a zatim pogledaju tebe.

– Ubio?

– Ajoj – kaže profesorka Rani i prisloni šaku uz obraz.

– Serete – stigneš da kažeš pre nego što počnu da te guraju kroz hodnik zajedno s drugim leševima, od kojih većini oči menjaju nijansu dok ih posmatraš. Pri svakom zaustavljanju par ruku uzima tvoj ola list i upisuje nešto. Pipaju te raznorazne utvare, neke u smokinzima, neke u saronzima, a poneka samo bogato okićena zlatom. Sve imaju ljubičaste oči i stomake.

– Prete su gladni duhovi – kaže profesorka Rani. – A i stručnjaci za čitanje ušiju.

– I kažu da sam ubio nekog. Mali problem. Nisam.

– Jesi li siguran?

A onda ulaziš u sobu u kojoj nema ničega osim tebe i ogledala, i prvo ne vidiš nikakav odraz, a onda ugledaš svoje oči na različitim licima, svoje lice na različitim glavama i svoju glavu na različitim telima. Svaka prilika se menja kad je malo bolje pogledaš. Nos se izdužuje, pa se skraćuje. Lice ti postaje zversko, pa prelepo. Kosa ti je dugačka, pa nestane. Oči ti se menjaju od zelenih do smeđih.

Ali uši ti se ne menjaju.

Na kraju prepoznaješ osobu u ogledalu. Ima crvenu maramu, safari jaknu, jednu papuču i đinđuve oko vrata – upletene lančiće, drveni ank s Di-Dijevom krvlju, pančajudu i medaljon koji krije kapsule. Izbliza ti sve to liči na omču. Foto-aparat ti visi kao kamen oko vrata. Uzimaš ga i gledaš u polomljeno sočivo.

Vidiš psa, starca i ženu s bebom u naručju. Svi mirno spavaju, i taj prizor kao da te snažno udara u stomak. Oči te po treći put peckaju od suza. Podižeš pogled i vidiš da ti je ola list sad ispisan. Rukopis je lep i uredan, mada neobično birokratski.

Smrti – 39
Uši – blokirane

Gresi – mnogi
Meseci – 5

U dnu lista vidi se pečat. Pet belih, delimično preklopljenih krugova. Toliko meseca ti je ostalo.

Nalaziš se na recepciji četrdeset drugog sprata, Hi-men i Mojsije su nestali. Sigurno su otišli da odvuku još nekog bezvrednog grešnika u Svetlost. Tu ste samo ti, vrla profesorka, žamor i sećanja što leže na rubovima tvojih misli, na periferiji vida, navrh jezika. Zapljuskuju prozore tvog uma, ali ostaju skrivena u oluji.

Profesorka Rani ti opet drži lekciju, s tim što je ovoga puta blaža.

– Tvoja duša nije mlada, proživeo si trideset devet života. Imaš krivicu, imaš tugu, imaš neplaćene dugove. Misle da je tvoja smrt bila ubistvo, a ne nesreća ili samoubistvo.

– Kako oni to znaju?

– Možda si izazvao nečiju smrt. Meni ne izgledaš kao ubica. Doduše, isto se može reći i za momke koji su mene ubili.

Stoji glave nagnute u stranu i čeka da vidi kako ćeš reagovati.

Ćutiš. Ako i postoji odgovor, ne možeš da ga se setiš. Mozak ti luči sećanja, ali to nisu ona koja tražiš. Prisećaš se fotografija i gde si sklonio negative. To ništa ne znači profesorki Rani, ali će značiti nekom drugom.

– Odužio sam sve dugove.

– Jesi li?

– Izuzev fotografija. Treba ih obelodaniti. A imam još pet meseca. Dovoljno vremena.

– Kažu da ti je pamćenje blokirano.

Spuštaš pogled na ola list. Zar sve to stvarno piše u tim crticama i krivuljama?

Sećaš se da ti je Džeki jednom pričala o nekom mestu u Kotaheni gde se nalazi horoskopi svih koji su ikada živeli. Prošla je kroz astrološku fazu nedelju dana posle kockarske faze i nekoliko meseci posle dramske faze.

Evo kako ide mit: pre tri hiljade godina sedam indijskih astrologa ispisalo je na ogromnom broju palminih listova biografije svih koji će se tek roditi. Prodavali su ih po ceni trube platna u Peti.

Ako im daš ime i datum rođenja, dopreme tvoj list iz pećine u Indiji i astrolog u uštirkanoj košulji rastumači ti ga na licu mesta. Na osnovu tih rezbarija na paliju, sanskritu i tamilskom, govorio je devojkama kada će se udati, a služavkama kada će napustiti ove obale. Govorio je starcima da im je ostalo još mnogo godina, a kljastima da bi jednoga dana mogli prohodati. Ali zanimljivo je što nikada nikome nije rekao kada će umreti.

Sećaš se da si rekao Džeki da bi sedmorici mudraca trebali milioni godina da ispišu biografije 5,3 milijardi duša. Da bi za potrošni materijal trebalo poseći celu šumu Sinharadža. I da bi se to na kraju pokazalo kao besmislen poduhvat.

Sve priče su reciklirane i nijedna nije poštena. Neko dobije sreću, a neko jad. Neko se rodi u domu punom knjiga, neko odraste u močvarnom ratištu. I na kraju sve postane prah. Sve priče se završavaju nestankom u crnilu.

Glas profesorke Rani probija se kroz tvoje tmurne misli. – Kažu da si oštećen. I da ne bi trebalo da se zadržavaš u Međuprostoru.

– Slušaj, tetka, stvarno poštujem to.

– Nisam ti ja tetka. Ostaneš li ovde, ugrabiće te.

– Ko?

– Tvoj drug Sena radi za Mahakali. Iskorišćava te kao što ona iskorišćava njega. Međuprostor je pun utvara i demona koji crpu snagu iz tvog očaja. Nemoj da im ga poklanjaš. To nikome ne pomaže.

– Sena će mi pomoći da šapućem živima. Možeš li ti to da mi omogućiš?

Posmatraš profesorku Rani i mišićave anđele. Gledaš ka pultu, ali tamo ne vidiš Seninu priliku, i zbog toga si zahvalan. Omirišeš vazduh i znaš da Mahakali nije daleko.

– Moram da se vidim sa Senom.

– Jesi li lud? – odgovara profesorka Rani.

– Svugde svako radi za neku Mahakali. Šta me briga.

– Ti si budala. Samo gubim vreme s tobom.

Profesorka zaćuti kad se naljuti, isto kao Džeki nekad. Za razliku od tvog oca. I za razliku od tvog oca, ona zna kad je svađa gotova.

– Demon ne može da te proždere ako ga sâm ne pozoveš. Ili bar ne pre nego što se navrši sedam meseci. A tebi je ostalo svega pet.

Strogo te osmatra, ali vidiš da uprkos svemu i dalje želi da ti pomogne. A prema takvima si se obično najgore ophodio.

– Vratiću se pre isteka vremena. Sto posto.

– To sam imala običaj da kažem mužu i ćerkama. Sto posto. Uvek nakon što obećam nešto što ne mogu da uradim.

Zatim bez osvrtanja odlebdi do slobodnog pulta. Putem usmeri staricu ka liftu i dečaka ka crvenim vratima, nijednom se ne osvrnuvši. Ona nije videla ono što si ti video, niti je uradila ono što si ti uradio. I ne shvata da zaziraš od ulaska u Svetlost ne zato što se plašiš zaborava, nego onoga što bi moglo da uđe tamo s tobom.

MITSKO BIĆE

Čekaš pogodan vetar koji će te odneti do groblja kako bi mogao da ponudiš Seni bilo koju valutu koju traži u zamenu za moć šapata. Dok čekaš, posmatraš duše koje lebde ka peronima autobuske stanice Maradana. Sad umeš da prepoznaš gladne duhove po ljubičastoj koži i stomaku, demone po crvenim očima i kandžama, a obične duhove po izgubljenom pogledu.

– Čuvaj se onih s crnim očima. Takvi će ti pomrsiti konce, brate moj.

Spuštaš pogled i vidiš leoparda. To nije eufemizam za naoružane ljude koji kriju svoje nasilje iza imena krvoločnih mačaka. To je prava životinja. Krzno mu je išarano prugama od posekotina, a oči su mu potpuno bele.

– Izvini, ne razumem.

– Naravno da ne razumeš.

– Nisam znao da postoje i životinjski duhovi.

– Treba li onda da nestanem, samo da bih udovoljio tvom neznanju?

– Nisam hteo da te uvredim.

– A ipak si to učinio – kaže leopard dok se penje na zid. Zatim nestaje u uličici koja vodi ka kanalima Pančikavate.

Zašto ne bi postojali i životinjski duhovi? Zašto bi samo ljudi imali dušu? Znači li to da svakom insektu koga si ikada zgazio sleduje sedam meseci za tumaranje, nakon čega dobija povraćaj na šalteru? Nije ni čudo što pomagači deluju iznureno.

Hvataš vetar i odozgo gledaš duše na krovovima koje bulje u mesec. Razmišljaš o svim stvorovima koje si video Tamo Dole i u Međuprostoru. Dok prolaziš pored bilborda s pokojnim političarem, pitaš se zašto neki ljudi dobiju bilborde, a neki čak ni grobove. U svem tom ludilu postoji samo jedna zver u čije postojanje sumnjaš. A pritom ne misliš na Boga, poznatog i kao Bilo Ko. Misliš na ono najnemogućije od svih mitskih bića – iskrenog političara.

Čuo si priče o samo jednom takvom. O gospodinu koji se politikom nije bavio ni iz gramzivosti ni zarad zarade. Don Vidžeratne Džozef Majkl Bandara, rođen u Kegalu 1902, obućarev sin koji je dobio stipendiju za Cejlonski pravni fakultet 1919. Posle višegodišnjeg zastupanja radnika s plantaža postao je poslanik Komunističke partije i nastavio da se ubija od posla sve do smrti. Radio je za ugnjetene i zaboravljene, zalagao se za tamilske radnike, muslimanske trgovce, burgerske vozače i četijevske velikodostojnike. Podigao je dve biblioteke u Kegalskom okrugu, naučio čitavo pokolenje dece da čitaju engleski i izbacio sve reketaše iz gradske skupštine. Nikada nije uzeo mito, nikada nije jurio žene, nikada opsovao čak ni kad popije. Da, razume se da je pio. Čak i mitska bića ožedne.

Don Vidžeratne Džozef Majkl Bandara umro je 1967. od moždanog udara izazvanog Čerčilovim cigarama koje je prosto jeo i tužbom zbog koje noćima nije spavao. A tužili su ga lokalni sindikati, isti oni nezahvalnici za koje je radio osamnaest sati dnevno. Njegov najmlađi sin, Don Vidžeratne Buveneka Siril Bandara ušao je u vladu 1977, s tim što je dobro upamtio očev masterklas o tome kako biti neuspešan.

Pogled na svet Sirila Bandare obojilo je to što je tri godine svake nedelje vozio oca do privrednog suda. Bandaru Starijeg su tužili za nameštanje tendera, a tužila ga je ista kompanija za proizvodnju drvne građe čije je uslove rada istraživao. Bandara Mlađi je gledao kako sud usisava njegovo nasledstvo i sere na ugled njegovog oca, što je verovatno bio razlog za to što se na svojim prvim izborima za poslanika Kalutare kandidovao kao Siril Vidžeratne.

Sirila nisu uhvatili kad je nameštao građevinske tendere. Koristio je izgovor kojem pribegavaju svi oženjeni muškarci. Ako te već optuže za zločin, onda možeš i da ga počiniš.

To su stvorenja kakva te plaše i u ovoj, i u svakoj drugoj priči. Osmuđeni demon koji širi glasine i tumore, demon Riri koji čupa bebe iz materice, Mohini, đavolja ptica, desetoglavi Ravana, Mahakali.

A tu su i pijani vozač autobusa, komarac koji prenosi denga groznicu, manijakalni monah, poludeli vojnik, maskirani mučitelj, ministrov sin. Ljudi koji nisu ni vojska ni policija. Ljudi koji na posao idu u narodnoj nošnji.

Siril Vidžeratne je umeo da umiri mirotvorce kao što je Radžapaksa, da nadmudri ideologe kao što je Džej-Ar, da doskoči populistima kao što je Premadasa, da zadivi strane zvaničnike svojim izveštačenim naglaskom i namagarči budale koje su glasale za njega tako što se pretvarao da je sin svog mitskog oca. A da ste ga pitali kako je preživeo pet atentata (tri NOF-ova i dva OTTE-ova), sigurno ne bi ni pomislio: Imao sam mrtvog Svordovog telohranitelja da mi čuva ovu srećnu zadnjicu.

Pomislio bi: Još sam živ zahvaljujući Vranaru.

VRANAROVA PEĆINA

Špijuniraš Senu na parkingu groblja. On zuri u toranj krematorijuma dok deli lišće sveže spaljenim duhovima. Široko ti se smeši i poziva te da dođeš.

– Dobar dan, gospodine. Drago mi je što te vidim. Mislio sam da su te pomagači zauvek odveli.

– Nisi mi rekao da ti je otac bio vozač porodice Vidžeratne.

– Gospodin nije pitao.

– Jesi li poznavao Buveneku Vidžeratnea?

– Tata me nikad nije vodio na posao. A i zašto bi? Znao je da mislim da je seljak.

– Tvoj otac je tvrdio da je prokleo celu porodicu Vidžeratne.

– Kletve jednog vozača ne znače ama baš ništa. Jesi li hteo nešto od mene?

– Ako bih hteo da šapućem živima, da li bi to bilo moguće? – pitaš ga.

– Sve se može postići, šefe – kaže on dok vadi kružne zelene stvari iz torbice od kese za đubre. – Ali moraš da budeš posvećen. A u tebi ne vidim posvećenost, gospodine. Samo kažem.

Primećuješ da Sena daje listove samo onim duhovima koji imaju žute ili zelene oči, samo onima koji izgledaju ojađeno ili zbunjeno. Kao i svaki zagovornik vere, mudro je izabrao da vreba one slabe.

Na groblju vlada potpuni mir. Pacovi, zmije i mačke ribarice kriju se među nadgrobnim spomenicima. Bengalski fikus uzdiže se iznad kržljave trave i razbacanog kamenja. Ima mnogo senki u kojima se može nestati, mada ih ne baca niko od prisutnih.

– Pretpostavljam da je susret s pomagačima prošao dobro – podrugljivo kaže Sena. Ima neprijatnu naviku da isturi jezik između zuba kad god pokuša da se našali. Nešto je drugačije na njemu. Zubi kao da su mu izraženiji, usne punije, oči iskolačenije, kosa razbarušenija, osmeh izveštačeniji. Govori isto svakoj ubogoj utvari na koju naiđe. – Mi te primećujemo. Možemo naterati tvoje ubice da ispaštaju

– šapuće dok gura novi list u smežuranu ruku. – Pravda će ti doneti spokoj. Tvoje ubice će te moliti za milost.

– Koliko si ih regrutovao? – pitaš ga.

– Imam ona dva inženjera – kaže. – I oko sedmoro koji će nam se možda pridružiti. Niko ne treba da bude sâm u ovom Međuprostoru. Zajedno smo jači.

– A ipak smo svi sami. Moram da stupim u kontakt s prijateljicom.

– Zašto?

– Kako bih joj pomogao da spase moje negative.

– Zašto?

– Zato što će u suprotnom sve ono što sam video nestati. Kao suze na kiši. – Reči iz prvog filma koji si gledao s Di-Dijem, koji je on prehrkao dok si ga ti držao za ruku i plakao za Rutgerom Hauerom.

– Hamu je pesnik?

– Mogu li da se pojavim pred Džeki i obratim joj se?

– Ajoj. De polako, gospodine. Da je to toliko lako, svi bi videli duhove.

– Dakle, duhovi ne mogu da se obraćaju ljudima?

– Samo u horor filmovima. Ali zato možeš da utičeš na raspoloženje i šapućeš misli.

Sena daje preostale listove zveri sačinjenoj od odsečenih udova. To je žrtva bombe, koja pljuje ka tebi. Dosta si ih video tokom svog kratkog bitisanja među mrtvima.

– Pa, šta da radim?

– Gospodine Malinda Almeida. Čini mi se da je vreme da upoznaš Vranara.

Podno mosta, ispod čeličnog stepeništa, grotla skrivenog od pogleda, nalazi se urbana pećina. Moraš da se sagneš kako bi prošao kroz vrata zaklonjena uličnom trafo-stanicom s natpisom: *Opasno! Visok napon!*

Sena te gura kroz potamneli metal, protiskuje kroz beton i vuče preko drveta. Kakav je osećaj kad prolaziš kroz zid? Kao da hodaš kroz bazen koji miriše na prašinu i nimalo te ne kvasi.

U pećini se oseća promaja s raznih strana. Na zidovima i tavanici primećuješ ventilacione otvore koji propuštaju sunčevu svetlost i izduvne gasove.

Unutra nije, kao što bi se očekivalo, gradska skupština za bubašvabe ili javni klozet za šišmiše, nego svećama obasjan oltar za svakog boga iz svake svete knjige. Plastificirani posteri s pločnika Maradane, pričvršćeni selotejpom i ekserima. Isus, Buda i Ošo. Šiva, Ganeš i Sai Baba. Marli, Kali i Brus Li. Krst, polumesec, tibetanska izreka preko lica dalaj-lame, budistički koan naškaraban na sinhaleškom na pikseliranom listu svete smokve.

Na sredini pećine je debeli čovek u majici kratkih rukava. Kosa mu je očešljana, a brada ima narandžastu nijansu kane. Naočare su mu toliko debele da mu oči izgledaju kao klikeri. Sedi za stolom prekrivenim listovima betela, cvećem, pepelom tamjana i kovanicama od jedne rupije. Sklopljenih očiju mrmlja na izmišljenom jeziku.

Iznad njega vise kavezi napravljeni od drveta i žice, bez vrata, u nekima su gnezda, u nekima papagaji, u nekima vrapci, a u većini vrane. Ulecu kroz rešetke, ključaju zrna mungo pasulja u činiji i ne kenjaju unaokolo.

Ispred debeljka je žena u sariju, s mnogo šminke i nedovoljno dezodoransa. Stiska kestenjastu torbu dok pilji u njega. Sena lebdi iznad stola, a ti se osvrćeš oko sebe i tek tad shvataš da tu ima i drugih. Preklapajuce senke šćućurene u uglovima posmatraju zbivanje na sredini prostorije i mrko odmeravaju vas dvojicu.

Na prvi pogled izgleda da muškarac vodi prevarantsku kockarnicu (kao da postoje drugačije), pošto ona stavlja novčanicu od sto rupija na list betela posle svake njegove rečenice, slično pijanom biznismenu koji se ulaguje striptizeti. Približavaš se i hvataš deliće razgovora. Ona ga pita za oca, a on joj servira fraze, posle čega ona stavlja još novca, a on servira još fraza.

– Poručuje vam da vas voli, da je ponosan na vas i da vas uvek čuva. Ona otire oči. – Da li je pomenuo nakit?

Tek tada primećuješ pogrbljenog starca koji debeljku šapuće na uvo. Utvara se obrne oko sebe i pljune na sto.

– Ta gramziva prasica ne može biti moja ćerka.

– Gospodine Pijatilaka. Vaša ćerka traži svoje nasledstvo – kaže čika Vranar, dok mu očni kapci podrhtavaju iza stakala u odglumljenom stanju transa.

– Kaži joj da sam ga dao nekoj ribi koju sam karao '73. Kad je njena nezahvalna majka prestala da me dodiruje.

Čika Vranar se zatvorenih očiju obraća ćerki. – Otac vam poručuje da vas mnogo voli. I da je nakit najverovatnije ukraden.

– Ko ga je ukrao?

– Gospodine Pijatilaka, kažite mi gde se sad nalazi?

Debeli skida naočare i počinje da klima i uvija glavom kao pevač soula. Tek onda mu primećuješ oči. Bele su, ali ne kao u pomagača. Zenica je sivkasta, s crnom tačkom u sredini. Slepo zuri preda se i vidi nešto što nije tu.

Starac narogušeno podiže glavu. Ćerka stavlja još novca na betelov list.

– Lopovsko govno. Pazi da ti ne kažem. – Rekavši to, starac se okreće i ljutito odlazi u mrak.

– Vaš otac mora da se odmori. Previše je potresen jer vas je video.

Ćerka klima glavom i zatvara tašnu. – Možete li sledeći put da ga pitate za nakit?

– Pokušaću – kaže čika Vranar.

Smeši joj se i ne ustaje kad ona ustane. Čeka dok ne čuje njene potpetice kako lupkaju stepeništem, a onda se okreće ka tebi.

– Ko je to, dođavola! – sikće. – Ko te šalje?

Nisi siguran da li se to odnosilo na Senu ili tebe. Sivkaste zenice mu kolutaju u očnim dupljama bez nekog jasnog pravca.

– Je li to onaj NOF-ovac? Jesi li to ti, Seno Patirana?

– Jesam, velečasni.

– Ne zovi me tako, govno jedno. Kakvog si to stvora doveo ovamo?

U senkama se čuje kikotanje, pa nisi siguran treba li da odbrusiš ili da pobegneš.

– Hteo bi moć šapata.

– Daj, jebote, nemoj da dolaziš ovamo kad radim!

– Izvini, velečasni.

– Koliko već dolaziš ovamo, Seno Patirana?

– Oko trideset pet meseca.

– I ko sme da me zove „velečasni“?

– Samo tvoji sledbenici, vele...

– A šta rade moji sledbenici?

– Posećuju te svaka tri meseca.

– Tako je. Obećao si mi vojsku. Gde je?

– Pustio sam aber. Ispuniću obećanje.

– A doveo si mi samo ovog? Ko je ovaj? Još jedan NOF-ovac?

– Ubili su ga jer je slikao ratne prizore. Mora da razgovara sa svojom devojkom.

Još podsmeha u senkama. Razaznaješ obličja koja su previše nesrazmerna da bi bila ljudska.

– Tvoje cenjeno ime?

– Malinda Almeida.

– Almeida, deluješ zabrinuto. A mene je baš briga. Baš me briga i za tebe, i u šta veruješ, i šta si uradio. Mene zanima jedino trgovina. Ako mi pomogneš, pomoći ću i ja tebi. I to je sve. Jasno?

Klimaš glavom i jedna prilika izranja iz senke. To je dečak bez jedne ruke. Seda za sto s listom papira i počinje da hrani vrpce leblebijama. Nisi siguran da li je on od krvi i mesa ili je duh, pošto ti ne deluje ni kao jedno ni kao drugo.

– Čika Vranar ništa ne vidi bez naočara – objasnio ti je Sena kad ste dolazili. – Neki kažu da je izgubio vid u eksploziji bombe '88, neki da je posredi bila nagazna mina, a neki da je ujed zmije. Jedini on sme da se šali u svojoj pećini. Nemoj da se nadmudruješ s njim.

– Kad skine naočare, sve mu se zamagli i više ne vidi ptice koje hrani, sirotinju za koju pravi oltare i mušterije koje vara. Ali može da vidi duhove, može da ih čuje, kao i oni njega.

Priča o Dživdžanu takođe ima mnogo autora. Ruku je izgubio na pruzi, ili u eksploziji bombe '88, ili je za to kriv nasilni ujak. Sedi za stolom i preostalom rukom drži olovku. U ćoškovima vidiš grube lutke napravljene od kokosovog lišća, činiju punu uglja i kutiju ukrašenu rezbarijama.

– Prvo moramo da prizovemo ovamo tvoju devojku – kaže čika Vranar.

– Putem crne magije? – pitaš. – Vradžbinama?

– Ne, budalo. Napisaćemo joj dopisnicu.

Sena je otišao u mrak da razgovara s nekim kog ne vidiš. Rekao ti je da dečak ne progovara, i da bi bilo izuzetno nepristojno ako mu se obratiš pred čika Vranarom.

– Kako ti se zove prijateljica?

– Žaklina Vairavanatan.

– Adresa?

– Gol Fejs kort 4/11.

– Zakazaću joj za sutra. Jesi li siguran da će doći?

– Nadam se.

– To nije dovoljno. – S dva prsta zahvata nekakvu mast iz blistave mesingane činijice i razmazuje je po dopisnici. – Dečko, hoćeš li da isporučiš ovo? A, da. Ona mora da donese nešto što ti je pripadalo. Nešto blisko tvom srcu. Kaži mi šta je to i gde se može naći.

Zamisliš se na trenutak i pred očima počinju da ti prolećku karte. Kečevi, kraljevi, dame i mrtvi psi. Kažeš mu. Dečak odlazi kroz bočna vrata, s tim što za razliku od većine mušterija ne mora da se sagne.

– Malinda. Evo kako to ide. Ja imam dar i prokletstvo. Živim u zamagljenom svetu, ali sve vidim. Najbogatiji, najmoćniji, svi traže moju pomoć. Zato što sam skroman. Zato što sam briljantan.

Senke koje čuče iza njega šapuću mu nešto na uvo. On klima i odmahuje glavom.

– Ne smeš ništa da me pitaš. Kazaćeš mi šta hoćeš i ja ću ti to, koliko je u mojoj moći, obezbediti. Ako hoćeš da razgovaraš sa živima, mogu ti pomoći. Ako hoćeš nekoga da blagosloviš, i to se može završiti. Ako hoćeš da kuneš, to je već skuplje. Ali dugovaćeš mi usluge. I dug ćeš vratiti. Da li je to jasno?

Senke se zbijaju oko njegovih ušiju, a Sena stoji u uglu i pantomimom ti pokazuje da mu se pokloniš. To ti ne pada na pamet.

– Mogu ti dati moć da šapućeš živima na uvo. Mogu ti čak dati i moć da zaposedneš žive. Ali moraš da mi pomogneš. Jesi li voljan?

Sležeš ramena, a Sena prilazi.

– Da, velečasni. Voljni smo.

– Dovedi mi vojsku koju si mi obećao. Ili ćuti. Hoću da mi ova budala sama to kaže.

– Neću ti se pokloniti – kažeš.

– A zašto si onda na kolenima? – pita on.

Zapanjeno shvataš da, ni prvi ni poslednji put u istoriji i mitologiji, slabovid čovek govori istinu.

KNJIGE IZ RIMSKO-HOLANDSKOG PRAVA

Džeki na povratku s posla zatiče Dživdžana kako je čeka ispred lifta. Mamurna je odradila ranojutarnju smenu na poslu. Po načinu na koji se vuče uvek znaš da li je pila ili se kockala. Dečak prilazi preko foajea i predaje joj dopisnicu. Lepljiva je na dodir i miriše na lavandu i tigrovu travu.

– Šta je ovo?

Dečak pokazuje na svoja usta i nemo ih otvara i zatvara. Pokazuje adresu u dnu, koju Džeki čita dok joj se ti naslanjaš na rame i šapućeš joj na uvo. Uvo joj je dežmekasto, sve u krivinama. Pitaš se kakvi se sve životi kriju u tim hrskavičavim prevojima.

Gospođica Džeki Vajranatan
Almejda želi da razgovara s tobom.
Kaže da poneseš adresar. U regalu. Pod medvedom.

Dođi sutra ujutru na raskrsnicu Kotahena.
Dečak će te voditi.

Ko bi osim Džeki odgovorio na tako sumnjiv poziv? Jednom je došla u Kazino *Pegaz* s majčinom kreditnom karticom a da ni reč nije rekla o pridici koju je saslušala u međunarodnom pozivu. Jednom ti je dala svoju poslednju veselu bombonu kad si joj pričao o spaljenim ostacima deteta koje si video u Akaripatuu.

– Zašto i dalje radiš to? – pitala te je. – Da li je zarada toliko dobra?

– Nije. Ja sam.

– Dobro.

– Ni u čemu nisam bio dobar. Ali znam kako da se približim i slikam ono što hoću. Nisam vrhunski fotograf. Ali uvek stignem na pravo mesto. Na čijoj god se strani ono nalazilo.

Nosio si je pijanu i izvlačio je iz taksija. Štitio si je od mnogih nepoželjnih momaka. Plaćala je tvoj deo kirije kad si na putu. Lagala je Di-Dija kad te uhvati kockarska groznica.

Uvodila te je u klubove u Kolombu 3, salone u Kolombu 4, kockarnice u Kolombu 5 i na žurke u Kolombu 7. Mesta za koja bi Sena platio da samo progviri. Uživao si u tabletama koje je dobijala na recept i rastvarala u džinu. Uživao si u rešavanju njenih drama na poslu i sličnih problema, uprkos tome što nikada nisi imao stalan posao, a ni ujaka na kog bi mogao da se pozoveš.

Nisi se uvredio kad ti je predložila da se obratiš njenom psihijatru, koji ju je snabdevao veselim bombonama, i da s njim porazgovaraš o svojim košmarima.

– O kojim košmarima?

– O onima koje imaš svake noći.

– Ja nikad ne sanjam – kažeš.

– Ne. Ne zvuče kao snovi.

– Otkud znaš za to? Jesi li ulazila u moju sobu?

Dodirivanje je postalo problem. Počelo je držanjem za ruke i masažom ramena, a onda se jedne večeri ruka našla među tvojim preponama, a zatim su ti prsti prošli kroz kosu, ali od svega toga osećao si se kao da te klovn golica. Kad je prislonila usne uz tvoje, stresao si se i oteo ti se kikot. Posle toga je između vas postalo čudno.

– Pretpostavljam da si ti taj dečak – kaže ona dečaku.

On klima glavom i otvara šaku kao da broji na prste.

– Jesi li jeo? Malu pan?[43]

On odmahuje glavom.

Ona vadi iz kestenjaste tašne dve zemičke s ribom, nepojedenu užinu koju uvek vrati kući.

– Uzmi. Jedi. Ne brini, ja sam ti prijatelj.

Dživdžan zuri u nju dok grize zemičku.

– Idemo sutra tamo?

On klima glavom, mrvice su mu se nahvatale po obrazima.

– Ujutru?

On klima glavom dok uživa u gozbi, upućuje joj nagoveštaj osmeha.

– Doći ćeš ovamo?

On patrljkom pokazuje reči *Raskrsnica Kotahena*, koje je pre nekoliko sati sâm ispisao na istoj toj dopisnici. Džeki klima glavom i ulazi u stari lift.

Nikada se nije raspravljala s tobom, nikada nije izigravala primadonu, niti pravila scene kao Di-Di. Samo bi rekla „U redu", i potom ćutala neko vreme. Ali oči bi joj postale staklaste i uputila bi ti onaj poluosmeh po kom si znao da je besna.

Rekla je „u redu" kad si joj kazao da ne možeš da se upoznaš s njenim roditeljima, kad si joj kazao da ideš u klub *Plavi slon*[44] bez nje i kad si joj rekao da ćeš preći u slobodnu sobu. U istu sobu u koju ona sad ulazi i počinje da pretražuje regal. Vidi uramljene rendgenske snimke, paradu jakni i košulja, i lančiće s cijanidom.

Jakne i košulje su jesenjih boja, odabrane tako da se stope s džunglom i ističu u gradu. Na rendgenskim snimcima su tvoja usta i grudi, snimljeni su posle saobraćajne nesreće u koju ste bili umešani ti, jedan stariji gospodin i nepromišljeno pušenje u toku vožnje. Pokušao si da ih pretvoriš u onaj umetnički projekat od kog si odustao. A kapsule si uzeo s tela mrtvih tigrova koja si u Kilinočiju slikao za vojsku.

Uočava i plišanog medu kojeg ti je otac doneo iz Kolomba zajedno s polno prenosivom bolešću, koju je za rastanak poklonio tvojoj majci. Bolest se zvala očajanje. Otac ti je umro u bolnici u Misuriju, dok si ti bio zaglavljen na aerodromu *La Gvardija*, na putu da ga posetiš na samrtnoj postelji. Mudre reči za rastanak uputio ti je preko telefona.

– Ne krivi majku. Ona je dobra žena. Nismo bili jedno za drugo. Nikad nemoj da budeš s nekim ko se ne smeje tvojim šalama. Zašto si sad tu? Nikada mi nisi odgovorio ni na jedno pismo.

---

[43] Tradicionalno šrilančansko jelo, zemička nadevena ribom i povrćem. (Prim. prev.)

[44] Luksuzni noćni klub u hotelu *Hilton* u Kolombu. (Prim. prev.)

Rekao ti je da ti je pisao za svaki rođendan, da ti se izvinjavao i davao ti savete. I da prosto ne veruje da nikada nisi video ta pisma.

– A šta ako tvoje šale nisu smešne? – pitao si ga.

– Da li se još baviš fotografijom – pitao te je.

– Slikam ratišta.

– Mislio sam da završavaš master iz ekonomije.

– To je bilo pre deset godina.

– Tako besmislen rat. Tamili sada hoće pola ostrva. Ne znam zašto gubiš vreme na to.

– Da li ti je bolje?

– Umirem. I to ti moj savet. Radi sve što poželiš, jer na kraju svi umremo.

– A šta si ti radio?

Bio si na aerodromu u inostranstvu, kuvao si se od vrućine dok si slušao kako čovek kojeg si za sve krivio ipak dobija poslednju reč. Neće moći, oče. Ne ovog puta. Stisnuo si slušalicu i ubacio još tri novčića u prorez, zamišljajući da je to džekpot automat u *Pegazu*.

– Molim?

Povukao si polugu i pustio je.

– Tvoja generacija je sjebala ovu zemlju. A onda ste se razbežali.

– Ti držiš meni predavanje o odustajanju?

Čuo si kratak uzdah s druge strane, i malo si sačekao pre nego što si izgovorio reči koje si celog života smišljao u tinejdžerskim sobama.

– Nisi uradio ništa. Niti ćeš ikada uraditi. Ja sam slikao prizore koji će nas sve nadživeti. Jedino dobro što si ikad uradio bilo je to što si me začeo.

Kad si napokon stigao u Misuri, saznao si da ti je otac umro od srčanog udara dok je razgovarao s tobom. Teta Dalrin ti je zapovedila da se ni slučajno ne pojaviš na sahrani. Tvoje dve polusestre nisu došle ni da se pozdrave s tobom na vratima. I Dženi i Trejsi Kabalana odbijale su tvoje pozive.

Džeki uzima plišanog medu, ugleda tvoj adresar i kaže: – U redu. – Kupio si ga u knjižari *KVG* i nadživeo je sve knjige na tvojoj polici. Ona se mršti imenima koja ne prepoznaje, a onda ugleda simbol koji prepoznaje: oznaku pikove dame i broj telefona hotela *Leo*.

– U redu – kaže i odnosi ga u svoju sobu. Usput primeti crvenu maramu koja visi na vratima tvoje sobe. Na njoj je mnogo mrlja, i kad bi te Džeki slušala, rekao bi joj koje su od blata, koje od benzina, a koje od krvi.

U njenoj sobi su navučene zavese i prigušeno svetlo, a neka bedna britanska grupa unjka u pozadini. Zid pored njenog ogledala prekriven je fotografijama od kojih si mnoge ti slikao, a prikazuju Neodoljivu trojku, kako ste sebe zvali kad se ne gložite. Di-Di, Džeki i Mali na odmoru u Jali, Kandiju i Beču, ili kako piju u Klubu Umetničkog centra.

Imena u adresaru nažvrljana su olovkama raznih boja u raznim fazama tvojih mnogobrojnih života. U njemu su tetke, rodbina, ljubavnici, vodoinstalateri, kockari, lopovi i nekoliko veoma važnih muškaraca i žena. Neka imena zvuče poznato, neka ne izazivaju nikakve asocijacije, i to su ona od kojih zazireš. Džeki će prepoznati tek nekoliko, ali to je neće iznenaditi, niti uznemiriti. Za razliku od Di-Dija, ona se pomirila s time da nije nadležna za tvoj život, tvoje vreme i tvoja osećanja.

Dok prelistava stranice od Alstona Koha do Zaruka Zavahira, otkriva još oznaka za karte upisanih uz brojeve bez imena. U pitanju su isti simboli kao na kovertama, ista kenta do keca. Spušta adresar u krilo i zagleda se u prazno. Da li se pita jesi li živ i da li se kriješ? Ili se priseća onih popodneva ispunjenih veselim bombonama, ajncom i muzikom s gramofona dok se nije pokvario. I onih večeri kad ste puštali Šejkina Stivensa, Elvisa Prislija i Fredija Merkjurija i niste se dodirivali.

Ponovo otvara adresar i nalazi stranicu na kojoj je pored broja upisanog crvenom hemijskom olovkom oznaka keca karo. Drži ga otvorenog dok ide ka telefonu.

Dan jednog duha donekle podseća na dan ratnog fotografa. Dugi periodi dosade ispresecani kratkim naletima straha. Ma koliko ti sati posle smrti bili nabijeni akcijom, veći deo vremena proveo si posmatrajući druge kako zure u nešto. Ljudi mnogo zure, neprestano puštaju vetrove i stvarno prečesto diraju svoje genitalije.

Gotovo svi misle da su sami i u tome, kao i obično, greše. U najmanju ruku ima stotinu insekata na pljuc od tebe i po nekoliko triliona bakterija na svemu što dotakneš. I da, neki od tih stvorova te posmatraju.

Uvek će biti nečega što lebdi ili samo prolazi, mada većinu toga što lebdi ili samo prolazi ti zanimaš koliko tebe kišne gliste. U prostoriji u kojoj si sada tumara bar pet duhova. Možda ti jedan čita preko ramena.

Gledaš Džeki dok sedi pored telefona. Gricka sopstvenu kosu, tu ružnu naviku stekla je za kockarskim stolom. Izvlačila je pramenove iza uveta, stavljala ih među zube i grickala kad god se dvoumi da li da uloži ili odustane.

Nije trebalo da otvori adresar i zove one brojeve. Trebalo je da se usredsredi na to kako da dođe do negativa, jer bi u suprotnom mogla da završi kao ti.

Šapućeš joj na uvo, stojiš ispred nje i urlaš. Čak pokušavaš i da joj pevaš Šejkina Stivensa. A onda se na prozoru pojavljuje glava, zajapurena i grozničava, četiri sprata iznad zemlje.

Sena je podbuo kao Elvis u Las Vegasu, kao da su ga ose izujedale po licu. Nos mu je spljošten kao u Havajca, kovrdže su mu kao u Afrikanca, iako mu se po rečniku i dalje vidi da je iz Gampahe.

– Alo, pizdo, dođi. Imamo posla.

Sena te vodi kroz Petu ka severu, a vetrovi duvaju blago i prestaju bez upozorenja.

– Gadna noć – kaže ti. – Previše je utvara u vazduhu.

Ne preteruje. U Dematagodi[45] zubate utvare zure u saobraćajnu gužvu i čekaju trotočkaše koje će da satru. Gladni duhovi se vrzmaju oko kanti za otpatke po kojima prekopavaju prosjaci, i kradu ukus i kvare hranu.

Sena ti ne govori kuda idete. Umesto toga ti drži predavanje iz ekonomije.

– Ovde valuta nisu ni rupije, ni rublje, ni menice, ni kokosi, nego varam.[46] Što više varama dobiješ, to si korisniji. I sebi i drugima.

Objašnjava ti da se varam obično dobija tako što ti se ljudi mole, što ti donose cveće i pale sveće, mirišljave štapiće i smrdljive praškove. Demoni kao što su Bahirava, Mahasona, Kadavara i Crni Princ crpu svoju moć iz korpi trulog voća koje im pod noge spuštaju oni što kleče.

– Jasno mi je. Ali mi nismo bogovi. Nemamo oltare. Kako ništarije kao što smo mi dobijaju varam?

Ne odgovara ti na pitanje, nego sleće na obalu kanala i polazi stazom popločanom slomljenim opekama, koja vodi ka sirotinjskom

---

[45] Deo Kolomba, poznat i kao Kolombo 9. (Prim. prev.)
[46] Blagoslov, preimućstvo. (Prim. prev.)

naselju. Staza vijuga kroz naplavljeno đubre sve do kamenog stola podno mangovog drveta.

Po Seninim rečima, čika Vranar ima pastvu sačinjenu od siromašnih, neutešnih i unakaženih. Ulični živalj, stanovnici udžerica i prosjaci koji se okupljaju oko tog trošnog oltara. Posredi su oronuli luk koji se uzdiže iz ostataka barake, kameni sto i mnogo figura bogova i demonskih maski. Iako su okruženi uvelim cvećem, Buda, Ganeš i Mahasona nisu glavna atrakcija.

Na sredini oltara stoji slika demona, naslikana grubo, stripovski, u tibetanskom stilu koji se ne viđa tako često u našoj grani budizma. Prepoznaješ crne oči, zube i kosu od zmija. Pogled ti klizi sa ogrlice od lobanja, preko pojasa od prstiju, do lica zarobljenih u mesu.

– Mole se Mahakali – sikćeš, na šta te Sena mrko pogleda.

Čika Vranar je naredio Dživdžanu da na oltar stavi raznorazne predmete, od kojih svaki predstavlja dušu koja traži njegov savet. Oni koji pomognu Čika Vrani dobijaju mnogo molitvi i time prikupljaju dovoljno varama da steknu određene sposobnosti.

– Dobro je imati moć na svojoj strani.

– Govoriš kao pravi boljševik.

– Ako hoćeš da razgovaraš s prijateljicom, ovo ti je najlakši način.

Dečak te ne vidi; on nema Čika Vranin dar ili prokletstvo. Ali zato oseća vetrove koje donosiš. Primetio si da se naježi i strese kad god si u blizini. Posmatraš ga dok stavlja različite predmete na oltar – delove odeće, knjige sa upisanim imenima, zube zamotane u kosu.

– Treba mu neki lični predmet. Moj otac je doneo moju školsku uniformu čak iz Gampahe.

– Šta je Dživdžanu?

– Idi pa ga pitaj.

Dečak izgleda uzbuđeno. Zapalio je punu šaku mirišljavih štapića i vitla dimom i pepelom po vazduhu poput čarobnjaka koji uči da koristi čarobni štapić.

– Nađi gospodina Pijatilaku – govori dok šiba mirišljavim štapićem kroz vazduh. – Idi i saznaj gde krije zlato.

Ne vidi te, iako gleda pravo u tebe. Zatim udara štapićem po vazduhu i istočni vetar dolazi do tebe. Obara te s boka.

– Pazi sad – kaže Sena. – Tvoj prvi zadatak počinje ovde.

Duh ranije poznat kao gospodin Pijatilaka nije zadivljujuća pojava. Posredi je proćelav čovek koji misli da ima kosu, grbavac isturenih zuba koji misli da uredno potkresani brkovi zasenjuju sve njegove nedostatke. Zbog toga raskošna kuća koju pohodi samo izaziva još veće divljenje.

Nalazi se nedaleko od groblja Borela i ukrašena je faunom iz čitave Šri Lanke izuzev iz Kolomba 8. Glavna zgrada je projektovana kao starovremski bogataški dom, a u vrtu ima mesta za još jednu zgradu i garažu punu starih automobila. Punačka žena iz Vranarove pećine, i dalje s previše šminke i premalo dezodoransa, govori mladiću velikih bicepsa da izvadi jastuke i pogleda ispod sedišta nečega što liči na *jaguar* iz šezdesetih.

Gospodin Pijatilaka gleda ih i ljutito i zadovoljno u isto vreme. Kad podigne pogled i vidi Senu kako lebdi pored zelenog *morisa majnora*, sve njegovo zadovoljstvo ishlapi.

– A sad mi čika Vranar šalje pičkice, je li? Baš lepo. Budite ljubazni pa se tornjajte s mog poseda.

Mladić je sada ispod forda iz sedamdesetih i počinje da udara u metalnu šasiju.

– Samo udri, mamlaze. Baš me briga. Ionako si već dosadio toj radodajki od ćerke. Baš da vidim kako će prodati te automobile kad ih ti unakaziš, budalo nijedna.

Gospodin Pijatilaka odlebdi iz garaže u nabujali vrt. – Kao da bih sakrio svoje blago u automobilima! – kaže podrugljivo. – Oni su nasleđe koje se do mene prenosilo još od dedinog dede. Možda će ih moji unuci biti dostojni jednoga dana.

U dnu vrta nalazi se zgrada u kojoj postoji samo jedna soba. Premala je da bi se nazvala kućicom, a prevelika za šupu. Starac seda na balkon i smejulji se. – Gubite vreme, budale. Da pogađam. Vranar vam je obećao varam ako me prokažete. Izigraće vas!

– Gospodine, vi od tog nakita nemate ništa. Zašto ga onda čuvate?

Ulećeš u prostoriju koja izgleda kao advokatska kancelarija. Dva zida su prekrivena policama punim pravnih knjiga. Na preostala dva su uramljene fotografije diploma, sertifikata i slika gospodina Pijatilake s ćerkama.

– Znate, ja sam jedini iz svoje porodice koji je studirao. Sva moja braća lelemude u Polonaruvi.

– Jesu li ovo vaše knjige?

– Moj otac je bio advokat, a ja biznismen. Ali razumem se u pravo. I znam kako varam funkcioniše.

Sena nestaje u kredencima i šifonjerima. Uranja u pod i uzleće do tavanice na neskriveno zadovoljstvo prethodnog korisnika kancelarije.

– Ništa nećete naći. Moja ćerka je već poslala jednog svog momka tamo gore. Deca treba da steknu svoje nasledstvo. Trebalo bi da to postane zakon.

Sena ti pucketanjem prstiju daje znak da prioneš na posao, ali po domaćinovom držanju čini ti se da zlato nećete tu naći. Čuješ kako se ćerka dernja na svog momka u garaži. Čuješ momka kako prilazi automobilu s francuskim ključem i očas posla mu prepolovi vrednost.

– Vratite se Vranaru. Ovde nemate šta da vidite – kaže Pijatilaka dok s ljubavlju posmatra svoje pravne knjige. – Advokati su gadovi. Zato se nikada nisam bavio tim poslom. Ali zakoni nam trebaju. Zato što izmišljene religije nisu dovoljne.

– Još jedan ateista – primetiš, pa gurneš glavu u pravne knjige.

Izgleda da na onom svetu nema privatnosti. Knjige mirišu na vlagu i buđ i izlaziš kašljući ne našavši izdubljenu sredinu punu nakita. Posredi su tomovi istog naslova. *Komentari na rimsko-holandsko pravo* Simona van Leuvena iz 1652. godine. Šri Lanka se držala rimsko-holandskog prava još dugo nakon što su ga i Rimljani i Holanđani batalili.

– Nisam bio religiozan, ali sam bio vernik – kaže on. – A onda sam dobio rak. Čitao sam svete knjige, išao kod svetih ljudi i molio se na svetim mestima. Niko me nije slušao.

– Ljudi se u ratnim zonama mole svakodnevno – kažeš. – Vojnici, civili, čak i novinari. I niko ih ne sluša.

– Trebaju nam te pravne knjige jer religija uopšte ne zabranjuje silovanje. Jesi li znao to? Zapovesti predviđaju kaznu ako nedeljom uzalud prizivaš ime božje, ali nigde ne piše „Ne siluj".

– Nemoguće – kažeš.

– Poklonici hinduizma pominju bramačarju[47] i vernost, ali ne i silovanje. U budističkoj *kimisu mičičarji*[48] nigde se ne pominje silovanje. Ostali zabranjuju šunku, kožicu na kurcu i kockanje. Ali ne i silovanje.

– Zakone pišu muškarci – kažeš. – Kojima ne smeta ako se nekom drugom desi nešto loše. – Prisećaš se Di-Dija i sebičnih stavova koje je stekao na studijama u Londonu. I razloga mnogih vaših svađa.

– Ljudi oduvek pate – tvrdio je Di-Di. – Možeš zakonodavstvom da se boriš protiv toga, da to smanjiš na makronivou, ali nikada nećeš moći to da iskoreniš. U najboljem slučaju možeš da se nadaš da se ništa loše neće desiti onima koje poznaješ.

---

[47] Ind.: celibat. (Prim. prev.)

[48] Iskvaren izgovor naziva trećeg načela budističke etike (*Kamesu-micchacara*), koje se odnosi na seksualne odnose. (Prim. prev.)

– Ne treba sebi da čestitamo što smo se rodili pod srećnom zvezdom.

– Ne – odvratio je – ali možemo uživati u tome.

– A loše stvari neka se dešavaju drugima – promrmljao si. – Govoriš kao torijevski republikanac.

Sena je pretražio kancelariju, garažu i kuću i vratio se praznih šaka. – Dođi, Mali. Sigurno ga je zakopao negde u vrtu.

– Moja razvratna ćerka dovela je čoveka s detektorom metala! – smeje se gospodin Pijatilaka. – To je bilo zabavno. Ali ne toliko zabavno kao kad gledam vas, dve pičkice, kako ronite po mom blatu.

Gledaš tomove rimsko-holandskog prava i podmuklog starca koji se naslađuje zlobom. Pitaš se da li je tvoj otac zaglavljen u misurijskom Međuprostoru i da li ikada pomisli na tebe.

– Ne trudi se, Seno. Nećeš pronaći nikakav nakit.

– Tako je. Vratite se i poručite Vranaru da prestane da mi pelješi ćerku.

– Nema nikakvog nakita.

– Lepo sam vam rekao! Dao sam ga švalerki 1973.

– Ako ti kažem gde je njegovo blago, hoće li mi Vranar dati moć šapata?

– Razume se, hamu Mali. Sigurno.

Sena te zbunjeno gleda, a iz očiju gospodina Pijatilake nestaje sjaj.

– Mislim da je vreme da idete.

– Pravne knjige. Ovo su prva izdanja stara trista godina, a ima četrdeset devet tomova. Vrede više od svih automobila u garaži zajedno.

Pijatilaka vrisne i zaleti se na tebe. Sena te povuče u stranu, a ljutiti advokatov sin sudari se s policom i podigne vetar koji zalupi vrata. Od istog vetra tom 49, koji se već klatio na polici bušnoj od termita, padne na tom 32. Tom 32 preturi tomove od 32 do 38, koji se sruče na najnižu policu, a ona pukne od udarca i tomovi od 1 do 23 obruše se na pod poput delova zgrade tokom vazdušnog napada.

Pijatilakina ćerka i njen trenutni lepotan utrčavaju i zatiču čudne mirise, mahnite vetrove i gomilu pravnih knjiga na podu.

TREĆI MESEC

Zaboravljaš ono što želiš da pamtiš,
A pamtiš ono što bi najradije zaboravio.

Kormak Makarti, *Put*

GLAS

– I šta sad? Krićemo se na drvetu od onog ludaka Pijatilake?

– Strpljenja, hamu. Sedimo na ovom drvetu i čekamo da nas čika Vranar pozove. Samo polako.

Penješ se na višu granu kišnog drveta. Grane su mu gipke, lišće kao da je oživelo na vetru, kao da ti prsti grebu lice; cvetovi su boje otvorenih rana, kože iskidane šrapnelima.

Sena blebeće o veštinama kojima čika Vranar može da te nauči. – Gospodine, možeš da upravljaš insektima, da se pojavljuješ u snovima, možeš čak i da zaposedneš žive.

Posmatraš ljude koji se šetaju u parku. Svakodnevni običan svet koji te ne vidi. Više od polovine njih ima ponekog duha koji im čuči na leđima ili trčkara pored njih i šapuće im nešto na uvo.

Uvek si mislio da onaj glas u tvojoj glavi pripada nekom drugom. Pričao ti je priču o tvom životu kao da se sve već desilo. Sveznajući pripovedač koji dodaje nasnimljenu naraciju tvom danu. Trener koji ti govori da prestaneš da tuguješ i savetuje ti da radiš nešto u čemu si dobar. A to obuhvata: pobeđivanje u ajncu, zavođenje mladih seljobera i fotografisanje strašnih mesta.

Taj glas odveo te je pet puta u ratnu zonu, svaki put za drugog poslodavca. Taj glas vodio te je ka kockarnicama, uličicama, čudnim momcima i mračnim džunglama. I dalje ti sve to nije jasno. Ako si na leđima imao duha koji ti je govorio šta da radiš, kako si to mogao da znaš? A čak i ako je tako, kako si mogao da razlikuješ taj glas od bilo kog drugog šapata?

Čuješ kako neko izgovara tvoje ime, a zatim i Senino. To je čika Vranar, zvuči onoliko ljutito koliko se ti osećaš. Ponovo se prepuštaš osećanju koje ti je sad već postalo poznato i nimalo neprijatno. Vraćaš se u pećinu punu ptica, voća i uredno poređanih sveća koje pevaju plamenom.

Lebdiš kraj kružnog prozora preprečenog šipkom, vidiš oltar za mnogo božanstava, od kojih najveće ima ogrlicu od lobanja i tehnički nije božanstvo, mada to nije bio ni Buda. Oko oltara pogrbljeno mile porodice beskućnika, poznatijih u tom kraju kao prosjaci. Tu su žena koja pravi roti[49] južno od kanala, prodavac lozova u invalidskim kolicima i obućar koji izgleda dovoljno pametan ili dovoljno glup da bi mogao da vodi uglednu kompaniju da je rođen u Kolombu 7.

– Napokon! – uzvikuje čika Vranar dok mu nevideće oči šetaju po sobi i zaustavljaju se na ispustu na kome ste se vas dvojica šćućurili. – Dobro ste se pokazali kod Pijatilake. Nadam se da ćete tako i nastaviti. – Zatim kine u crvenu maramicu i izduva sline iz nosa.

– Kad ću naučiti da šapućem? – dovikuješ mu. – Moram s nekim da razgovaram.

– Puzi pre nego što naučiš da skačeš, gospodine Mali.

Sena spušta kapuljaču i smeši se. – Izvini, velečasni. Mi smo ovde samo da služimo.

– Je li tako, gospodine Seno? I ja služim, ali samo one koji su toga dostojni. Priđi, gospodine Mali. Tvoj posetilac je tu.

Primećuješ da dečak sedi na hoklici kraj vrata, s tri prsta na zdravoj ruci češe uvo. Primećuješ da prazna fotelja za gosta nije više prazna. Jer u njoj sad sedi tvoja najbolja prijateljica i nikada ljubavnica Džeki Vairavanatan.

ADRESAR

Na jednu ruku je naslonila bradu, a druga joj je u platnenoj torbi. Znaš da njom drži suzavac u spreju, jednu od dvanaest boca iz paketa koji joj je poslala rođaka iz Detroita, prestravljena što neudata devojka u dvadesetima može da hoda sama podmuklim ulicama Kolomba.

Pitaš se o čemu razmišlja dok osmatra pomera li se šta u pećini. Razume se da se štošta tu pomera, ali ona to ne može da vidi.

Džeki poskoči kad vetar koji si uneo ugasi sveću.

– On je tu, gospođice. Jeste li doneli nešto što je njegovo?

– Odakle vam moja adresa?

Vranar kija u maramicu sa znakom oma. Izduvava slinu u znak unutrašnjeg i spoljašnjeg beskraja. Zatim se nakašlje. – Izvinite, gospođice. Vaš prijatelj je preminuo. I sad mi se obraća.

– Prijaviću vas policiji – kaže Džeki. – Jeste li čuli?

– Kažite joj da izračuna verovatnoću – kažeš.

– A?

– Verovatnoća. Pitajte je kolika je verovatnoća.

---

[49] Tanke lepinje. (Prim. prev.)

– Kakva verovatnoća? Izvinite, gospođice, danas sam prehlađen. Ne čujem baš najbolje.

Džeki diže glavu s dlana i izvija očupane obrve. – Šta ste rekli?

– Pitajte je kolika je verovatnoća da neko zna za adresar pod medom.

– Verovatnoća za adresu čega?

– Recite joj da je verovatnoća jedan prema 23.955. Manja nego za kentu do keca. Kažite joj da se ceo svemir svodi na matematiku i verovatnoću. Da nismo ništa do slučajni ishod sopstvenog rođenja.

Čika Vranar ponavlja to od reči do reči, i kad završi, u Džekinim besciljnim očima vide se suze.

– Da li znate gde je on?

– Ovde je, gospođice. Kaže vam da zaboravite kutiju ispod kreveta.

– Nema je više. Uzeli su je.

– On to zna. Kaže vam da ne brinete. I da pronađete negative.

Dok je gledaš, počinješ da plačeš iako nemaš ni oči, ni suze, ni bilo šta čime bi jecao. A plakanje je nešto što radiš onoliko često koliko imaš seks s devojkama. Nisi plakao kad si gazio po leševima kako bi slikao povlačenje tigrova, niti kad si gledao kako osmogodišnjak drži mrtvu sestricu u naručju, niti kad si čuo da ti je otac umro dok si ti bio zaglavljen na carini.

– Treba mi nešto njegovo. Mogu li da dobijem adresar?

– Ne.

Džeki izvlači ruku iz tašne, ali u njoj nije suzavac nego isflekana crvena marama. Briše njom suze, udiše tvoj miris i spušta je na sto. Mozak ti preplavljuju prizori, previše brojni i groteskni da se opišu. Kao da ti pred očima proleće život nekoga drugog, nekoga ko je živeo okružen leševima i krvlju.

Počinješ da vičeš, na šta čika Vranar pokriva uši i ponovo počinje da kašlje.

– Smiri se, inače nećemo ništa postići. Gospođice, on traži da predate adresar.

– Zašto?

– Pominje mi nekakvog kralja. Kralj servisa? I neku kraljicu. Ili tako nešto.

Čika Vranar nastavlja da kija i izduvava nos dok ti urlaš na njega.

– Kaže da su negativi kod kralja servisa i kraljice. Seno, jesi li tu? Reci mu da ne čujem kad se dernja.

Ponavljaš mu staloženo, ali i dalje te ne razume.

– Izvinite, gospođice. Ne osećam se dobro. Pominje ploče nečeg negativnog. O kralju, kraljici i Di-Diju i još nečemu. Hoće da mi date adresar. To će mu obezbediti varam.

– Ne mogu da vam dam više ništa njegovo – kaže Džeki. – Ako je mrtav, gde je telo?

Čika Vranar dodiruje maramu i pruža je dečaku.

– Stavi ovo na oltar, dečko. Nije mi dobro, gospođice. Dođite sledeće nedelje, pa ćemo uraditi ovo kako treba. Primite moje saučešće. Ne zaboravite da date prilog. Za sirotinju.

Dečak uzme maramu i zakorači ka Džeki. Krevelji se pokušavajući da nemo izgovori reč. Polako otvara i zatvara usta. Ta néma reč mogla bi biti bilo šta, ali podozrevaš da je možda posredi „prijatelj“. Ona ustaje, stavlja pramen kose u usta i počinje da ga gricka, a zatim se saginje i izlazi. Odnosi adresar i stranice sa oznakama karata, i ne čuje kako urlaš za njom da ostavi to.

– Šta je on?

Di-Di se upravo vratio s badmintona u akva-klubu *Vidra* i miriše onako kako zamišljaš da mirišu vidre.

– Ne znam, čoveče. Astrolog ili tako nešto.

Di-Di seda na stočić na koji si imao običaj da digneš noge pa je zbog toga vikao na tebe. Otac mu je nekada bio ambasador u nekoj arapskoj državi, gde se podizanje nogu smatralo znakom nepoštovanja. Di-Diju je usadio određene karakterne crte. Kao što su nesposobnost da se izvini i spremnost da se usprotivi.

– A ne vrač? Ili čarobnjak. Ili džedaj.

– Jesi li završio?

– Obijam sudove pokušavajući da vratim Malijeve fotografije. A ti ideš kod vidovnjaka?

– Šta ćeš u sudovima? Mislila sam da su ministar Siril i tvoj otac na prst u dupe.

– Policajci kažu da je ta kutija dokaz. Pravnik Sirila Vidžeratnea traži šest nedelja da prouče njen sadržaj. Šest nedelja!

Ona vadi adresar iz gomile stvari u tašni. Gleda Di-Dija i čeka da joj on uzvrati pogled, što on nikada neće učiniti. Mali Dilan nikada nije voleo da gleda ljude u oči, što je znak autizma, mada Di-Di nije kišni čovek.

– Misliš da je mrtav?

– Nemoj to da govoriš – kaže on. – Da je mrtav, znao bih to.

– Kako?

– Znao bih.

– A znaš li i da li ga muče?

– Ne mogu da razmišljam o tome.

– Zašto?

– Zato što se razmišljanjem ništa neće rešiti. Niti odlaskom kod astrologa.

– Govorio je stvari koje bi jedino Mali rekao.

– Šta, na primer?

Di-Di uvek trlja nos kad krije nešto. Bio je najgori igrač pokera kojeg si ikad video, a video si neke zaista loše. Sad prestaje da trlja i prolazi lepim prstima kroz znojavu kosu.

Ona spušta adresar – onaj koji si kupio u knjižari *KVG* – njemu u krilo.

Di-Di ga otvara i prepoznaje nekoliko imena. Stranica sa oznakom *Žandar herc* puna je brojeva i nadimaka. On se mršti dok ih čita – Bajron, Hadson, Džordž, Linkoln, Brando – i sumnja na najgore.

– Vranar mi je rekao da je to bilo sakriveno u njegovom regalu. Ispod plišanog mede. Kako je mogao to da zna?

– Mali je svima sve pričao. Možda se izlanuo i o tome.

– Slepom astrologu koji živi u pećini?

– Družio se s raznim likovima. Ko je taj tip?

– Kaže da pomaže političarima, igračima kriketa i marketinškim agencijama.

– Na koji način?

– Amajlije i horoskopi. Kletve. Urokljive oči. Kaže da razgovara s duhovima. Svesna sam koliko glupo ovo zvuči.

– Zvuči jadno.

– Tetka mi je govorila da ne nosim kratke suknje jer bi neko mogao da me urekne ili tako nešto. Da me zamađija.

– I jesu li te zamađijali?

– On prodaje priveske kao taj što ga nosiš oko vrata.

Za razliku od tebe, Di-Di nosi samo jedan privezak svaki put. Malu drvenu cevčicu sa ugraviranim tekstom na sanskritu. Bila je u kompletu od dve, koje su oko vrata nosili njegovi roditelji sve dok mu rak nije odneo majku pre pet godina. Čika Stenli je oba priveska dao Di-Diju i rekao mu da jedan dâ devojci kojom će se oženiti. Rekao je i da je najbolje kad se namaže mešavinom krvi muškarca i žene. Di-Di je smatrao da je to odvratno i dao ti je jedan privezak kad ste bili u Jali. A onda je okrečio svoju sobu ljubičasto. Tada je čika Stenli prestao da navraća i počeo da vam naplaćuje stanarinu. Svom sinu nije naplaćivao sve dok Di-Di nije otišao iz njegove advokatske firme.

– Kako je izgledao taj Vranar?

– Kao onaj sveštenik iz *Kung fua*[50] što kaže „skakavac".

Zakikoćeš se iako te niko ne čuje. Di-Di nikada nije gledao ni normalne televizijske kanale, a kamoli budističke vesterne. Iznajmljivao je jedino video-kasete s dokumentarcima i mjuziklima. Prvi film koji ste gledali zajedno bio je *Blejd raner* u bioskopu *Sloboda*, i on je prespavao veći deo. Jedina emisija koju ste gledali zajedno bila je *Sudnica* Jorkširske televizije.

– Nikada nisam gledao *Kung fu*.

– Mnogo kija i živi u garaži punoj kaveza za ptice. Rekao mi je da je Mali mrtav.

– A gde je to?

– U Kotaheni.

– S kim si otišla tamo?

– S njegovim slugom.

Di-Di ćuti i zateže kravatu.

– Misliš da nemam posla preko glave? Tri dana nisam spavao. Ne mogu da te tražim po pećinama u prokletoj Kotaheni. Znaš li ti koliko ima slučajeva otmica u ovoj zemlji?

Džeki uzima imenik od Di-Dija. – U adresaru ima pet brojeva sa oznakama karata.

– Stvarno?

– Jedan je tvoj.

– Šta?

– Tvoj, naš, broj telefona u stanu. Samo naš broj i desetka herc.

– A koji su ostali?

Obeležila je stranice tako što ih je presavila onako kako ti nikad ne radiš. Otvara jednu po jednu i pokazuje mu tvoje crvene i crne oznake.

– Dama pik je broj kancelarije sedišta Centra u hotelu *Leo*, tamo gde radi ona Elsa Matangi.

– Zvala si?

– Pozvala sam sve označene brojeve. Pitala me je da li imamo negative.

– Imamo li ih?

---

[50] Televizijska serija iz sedamdesetih. (Prim. prev.)

– Hm. Negativno.

Di-Di uočava gomilu stvari na kauču. Razlog zašto ga je rasejani um naveo da sedne na stočić na koji niko ne sme da digne noge. To su ostaci kutije pod tvojim krevetom. Pocepani karton i neželjene ploče. Pevači Elvis, Šejkin Stivens i Fredi Merkjuri, koje je on proterao iz tvoje kuće kad su kasete zamenile longplejke, a *a-ha*, *Bronski Beat* i *Pet Shop Boys* zamenili rokenrol.

– Zašto si donela ovo?

– Zato što je bilo njegovo – kaže Džeki. – A i volim Šejkina Stivensa.

Di-Di kritički odmerava svoje nokte pre nego što će početi da ih grize.

– Mali mi je pominjao poslove za *Asošijeted pres*. I nekog Engleza. Džoija ili Džerija.

– Džonija. Džoni Gilhuli. On je sigurno kec.

Blagoslovena bila, Džeki. Ti si jedina slušala.

Džeki odlazi do trelefona i okreće broj *Asošijeted presa*. Neko se javlja posle prvog zvona.

– Halo.

– Mogu li da razgovaram s Džonijem Gilhulijem?

– Ovde Džoni.

Ona pogleda Di-Dija i digne obrve.

– Zovem u vezi s Malijem Almeidom.

– Da?

– Nestao je.

Prikradaš se Džeki i slušaš glas koji veoma dobro poznaješ.

– Koliko vam duguje?

Džeki posmatra Di-Dija, koji uzima dve ploče s gomile na kauču. Jedna je majčin primerak *Dvanaest božićnih pesama* Džima Rivsa, a druga tvoj primerak *Give Me Your Heart Tonight* Šejkina Stivensa.

– Mnogo.

Di-Di je namršteno pogleda.

– Ako je manje od dvadeset hiljada, ja ću vam to vratiti.

– Ja sam njegova devojka – kaže Džeki. – Možemo li da se vidimo?

S druge strane čuje se smeh.

– Mali ima devojku? Kako da ne.

– Gospodine Džoni, postoji kutija puna njegovih fotografija.

Muk.

– Imate li vi tu kutiju?

– Da, imamo je.

Džeki laže kao profesionalac, zato što je učila od najboljeg.
– Možete li doći u britanski konzulat?

KEC KARO

Di-Di i Džeki se raspravljaju celim putem donde. Svađa je beskrajno dosadna, prepucavanje između ljubomornih rođaka koje si mnogo puta slušao. Slično onim besmislenim debatama oko toga kome pripada koja nacija, kojih se bogova treba pribojavati i treba li sirotinju pomagati ili ismevati. S tim što si ovoga puta predmet rasprave ti.

– Šta je rekao o *Asošijeted presu*? – pita Džeki.

– Da su platili na vreme, ali da nikada ništa nisu objavili – kaže Di-Di. – Da li ti je rekao da je pristupio NOF-u?

– Ne verujem u to. Mali je bio snob, zaboravi ta komunjarska sranja. Svisoka je gledao seljake, isto kao i ti i ujka Stenli.

Govno malo, pomisliš.

– A ti si kao žena iz naroda – kaže Di-Di.

Po ko zna koji put poželiš da možeš da ga zagrliš.

– Zašto je *Asošijeted pres* u Britanskom visokom komesarijatu?

Džeki ulazi na parking vozeći unazad, s jednim prstom na volanu a drugim uperenim u Di-Dijevo lice. Dok se odvozi do mesta u uglu, grdi ga kako tebe nikada nije grdila.

– Trebalo je da razgovaraš s njim – kaže. – Tebe je slušao.

– On nikoga nije slušao.

– Tebe je slušao – ponavlja Džeki.

– Upravo si rekla da si mu bila devojka.

– Ne, Di-Di – kaže ona. – To si bio ti.

Di-Di zamahne rukom, ali Džeki ni da trepne. Mnogo puta te je udario. Šamari posle kojih trag ostaje na licu nekoliko minuta. Neke si čak i zaslužio. Ali Stenlijev sin nikada ne bi udario žensko.

– Sve je u redu. Niko ne zna. Osim mene.

Di-Di spušta ruku i zuri u retrovizor.

Prvog meseca jedva da si progovarao, mada si posmatrao. Kako se vuče preko kuhinje u sarongu i majici, sa šoljom kafe u ruci, izbegavajući tvoj pogled. Ustajao je rano i radio dokasno. Ti si ustajao posle podne i dan ti je počinjao kad padne mrak. Suton posle večere bio je jedino doba kad su vam se rasporedi preklapali.

Drugog meseca si počeo da ga pitaš kakav mu je bio dan i da mu pričaš o svom. Mislio si da advokati retko govore o svom poslu pošto je njihov posao složen i poverljiv. Utvrdio si da je tako uglavnom zato što je pretežno dosadan i retko, ako ikada, nalik *Sudnici*, koja se tri puta nedeljno davala na *ITN*-u.[51] Doduše, kad ti je Dilan Darmendran pričao o zabrani krčenja šuma zarad pravljenja mesta za fabrike, pretvarao si se da te to strašno zanima.

Trećeg meseca si počeo da piješ crni čaj za trpezarijskim stolom i da mu pričaš da će rat eskalirati, da niko neće moći da porazi tigrove, da će Indija možda napasti i da su američke kompanije za iskop fosfata i britanski trgovci oružjem primećeni u ratnoj zoni, a on je počeo da nosi bokserice i da se duže zadržava posle večere.

Četvrtog meseca je Džeki prestala da radi u noćnom programu, tako da ste sve troje sedeli za stolom i ponekad pili još ponešto osim čaja ili kafe. Rekla je Di-Diju da je oduvek mislila da je on dosadan, ali da je pogrešila. On je njoj rekao da je oduvek mislio da je ona udarena i da je bio u pravu. Onda je pitao da li se Džeki i ti zabavljate, na šta te je ona pogledala, a ti si pocrveneo i rekao da ste najbolji prijatelji.

Petog meseca ste počeli zajedno da putujete. Prvo u Gol, pa onda u Kandi, pa u Jalu. Počeli ste zajedno da iznajmljujete filmove iz video-kluba. Dok je Džeki gledala dobitnike Oskara kao što su *Vod*, *Poslednji kineski car* i *Kišni čovek*, ti i Di-Di ste proždirali VHS snimke *Sokolovog grebena* i *Sudnice*. Džeki je tog meseca došla u tvoju sobu i pitala te može li da ostane, a ti si joj rekao da ne može.

A onda, šestog meseca, otišao si u njegovu sobu, seo na njegov krevet i milovao ga po kosi dok se on pretvarao da spava. Ponovio si to i sledeće noći, s tim što si mu tada milovao kožu. A kad si naredne noći počeo da ga masiraš, otvorio je oči i rekao ti da ne može to da radi jer je pogrešno i jer bi njegovi pobesneli. I to je, još neko vreme, bilo sve.

Sledeći uputstvo, izbegavaju redove što zavijaju oko uglova Visokog komesarijata, gde oluci bacaju senku na one koji traže britansku vizu. Iseljenici puni nade stoje u hladu i uvežbavaju svoje poluistine. Džeki i Di-Di prate putokaz na kome piše *Bioskopska sala* i kroz staklena vrata ulaze u povetarac klima-uređaja.

U prostoriji su ogroman televizor i fotografije čuvenih Britanaca, od kojih nijedna nije tvoje delo. Nikada nisi bio u toj sobi, ne

---

[51] *ITN* – Nezavisna televizijska mreža. (Prim. prev.)

prepoznaješ te kauče i svež vazduh. Ne možeš isto reći i za krupnog muškarca koji sedi za pisaćim stolom.

– Ti si mu, dakle, ženica? – uzvikne i zakikoće se.

– Nisam – kaže Džeki, iako je gledao Di-Dija.

– Pa, lepo – kaže Džoni dok očima guta zgodnog mladića. – Mali je mnogo pričao o ovom lepotanu. – Zatim očeše pogledom namrgođenu devojku. – O tebi ne toliko.

Džoni im poslužuje čaj s đumbirom i mlečom. Onako kako je tebe naučio da ga spremaš.

– Vas nikada nije pomenuo – kaže Di-Di, kafopija s neizrecivim gnušanjem prema cejlonskom glavnom izvoznom artiklu. – Koliko dugo ga poznajete?

– Dovoljno dugo – kaže Džoni dok naliva čaj kao da je pivo.

– Radi za vas?

– Ne baš. Ali ne bih se brinuo, sinak. I pre se dešavalo da samo nestane. Pojaviće se. Uvek se pojavi.

– Uvek nam je govorio kad nekud ide – kaže Di-Di, a oči mu blistaju. – A ovoga puta ni reči. Ni izvinjenja.

– Ako očekuješ izvinjenje od Malija Almeide, sit ćeš se načekati. Pretpostavljam da nemate kutiju.

– U kolima je – kaže Džeki.

– Ja sam čuo drugačije.

– Šta ste čuli?

– Da ju je uzeo onaj vaš ministar pravde. Tako su mi bar rekli.

– Ko vam je to rekao?

– Tu kutiju nećete više videti. Znate li gde su negativi?

Di-Di zuri u rub Džonijevog rukava, odmah iznad lakta. Dok sipa čaj, rukav se diže i ukazuje se kec karo istetoviran crvenom bojom na njegovoj ružičastoj koži.

– U kutiji je bilo pet koverata. Na jednom je bio kec karo.

– Ovu tetovažu imam još od Ugande. Šta hoćeš da kažeš?

– U jednom kovertu su fotografije koje je slikao za vas.

– Nije slikao za nas. Samo je radio kao posrednik.

– Zašto baš kec karo? – pita ga Džeki.

– Uvek je dobro imati keca u rukavu. A i bio sam mlad i lud. Baš kao ti.

– A zašto je onda Mali baš tako označio koverat?

– Zašto je nosio onu glupu maramu? Ko zna zašto je Mali bilo šta radio.

– Govorio je da je fikser kao fizikalac koji zna engleski – kaže Di-Di i prebacuje se u pravnički registar. Što znači da je promenio naglasak i preuzeo očeve pauze. – Mali je voleo da preteruje. Sigurno to znate. Obavljao je posao i unovčavao čekove. Jeste li zvali još nekog?

Muk. Džeki trlja čelo, a Di-Di se igra ankom na lančiću.

– Sigurno nisam bio jedina karta u toj kutiji.

– Odakle poznajete Malija? – pita ga Di-Di.

– Upoznao sam ga na žurki. A ti?

– Na kojoj žurki?

– Mislim da znaš na kojoj.

– Ne znam – kaže Di-Di, iako zna.

– Dakle, vi nemate predstavu šta je u kovertu sa oznakom *Kec karo*? – pita Džeki i otpija gutljaj iz šolje. Zaslađeni čaj je poslužen u servisu od najfinijeg porcelana, koji je verovatno neki njegov zemljak ukrao tokom opijumskih ratova.

– Svuda je nosio foto-aparat, tako da može biti bilo šta. Možda slike s nekog skupa. Često imamo prijeme u Komesarijatu. Tvoj otac, Stenli, bio je na jednom.

– Zašto ih je krio ispod kreveta?

– Svi mi imamo nešto što krijemo ispod kreveta, lepi. Mali više od ostalih. Ja se ne bih brinuo da sam na tvom mestu. Raspitaću se. Siguran sam da je dobro. Da li je tvoj tata za federalizam ili za predlog podele na dve države?

– Ne razumem vezu između vas i njega. Jeste li mu bili prijatelj?

– Muškarci kao što smo mi su saveznici. Znaš to.

– Ja ne idem na takve žurke.

– Trebalo bi da ideš.

Džeki ustaje i počinje da razgleda zid. Prolazi pored portreta lorda Mauntbatena, ser Olivera Gunetilekea, kraljice Elizabete, ser Ričarda Atenboroua i britanskog visokog komesara. Pored ogromnog televizora nalazi se šank s mnogo boca pića, preko koga Džeki prelazi prstom. U nastavku je sto zatrpan papirima i računima.

– Jesi li za neko jače piće?

Ona odmahuje glavom dok posmatra račune i čita papire na vrhu.

Džoni žurno prilazi, skuplja papire i gura ih u fioku, sve vreme se smešeći kao da nema šta da krije.

– Izvinjavam se zbog nereda.

Džeki se vraća u fotelju i počinje da gricka kosu. Di-Di otpija gutljaj čaja i krivi lice. Tvoj dečko se gnuša meda gotovo isto onoliko koliko prezire čaj.

– Da li vi radite za Komesarijat ili *Asošijeted pres*?

– Za ovo prvo. Robert Sadvort radi za *Asošijeted pres*. Njemu su potrebni posrednici. Ja sam ga povezao s Malijem. To je sve. *AP, Rojters, BBC*, pa čak i *Pravda* – svi pre ili kasnije završe ovde. Kad me pitaju poznajem li nekoga ko može da im sredi intervju s tigrovima, uvek im preporučim Malija.

– Koliko dugo mu nabacujete takve poslove?

– Nekoliko godina. Ja samo ugovaram sastanke.

– Jeste li se kockali s njim?

– Ne idem u kockarnice. Nisam bio još od vremena Entebea. Ja kockanje izjednačavam sa... time da je neko seronja.

– A sa čime izjednačavate tetoviranu kartu? – pita ga Džeki.

Di-Di se ubacuje pre nego što Džoni stigne da odgovori. – Poslednji put je viđen kako razgovara sa sredovečnim Evropljaninom u *Pegazu*.

– Jesam li ja jedini belac u gradu? Ne budi glup. Endi Makgauan iz *Njusvika* često koristi njegove usluge. Kaže da je on jedini posrednik koga obe strane poštuju.

– Zato što govori sva tri jezika?

– Možda. Možda zbog crvene marame.

Di-Di skuplja oči, a Džeki ih širi. Ne znaju svi za marame koje je Crveni krst delio izveštačima, medicinskom osoblju i ostalima koji se nisu borili na terenu. Ali otkako su istim tim maramama vezali taoce tokom opsade imanja *Dolar*, i crvene marame, i medicinsko osoblje, i izveštači izgubili su se iz ratne zone. Postali su retki kao mirovne snage UN. Ali ti si nastavio da nosiš svoju, a meci i smrt su nastavili da te izbegavaju.

– Slušajte, pozvaću vas ako nešto čujem. Ali siguran sam da će se pojaviti.

Najbolje kod *nikona 3ST*, koji ti je otac poslao iz Misurija, bilo je to što je nečujan kad se škljoca. Na tim usranim posredničkim zadacima snimio si više slika nego kad su te slali negde kao fotografa.

– Kad ste ga poslednji put videli?

– Pre nekoliko nedelja. Na nekom novinarskom okupljanju. Rekao je da završava s ratnom zonom. Pomislio sam da je to dobro.

Džoni bi mogao da igra poker. Ume da laže očima, nosem, zubima.

– Šta znate o Centru?

– Čuo sam za njih. Mislim da su nekakva organizacija za prikupljanje pomoći. Što može štošta da znači.

– Dakle, znate ko su?

– Ne. Možda skupljaju sredstva za političke grupe. Ili nabavljaju oružje za militantne. Ili možda stvarno pomažu nedužnima. Danas je teško znati ko je ko. Zna li tvoj tata Stenli da jurcaš unaokolo i igraš se inspektora Kolomba?

– Zašto ste ponudili da isplatite Malijeve dugove?

– Ne bi bilo prvi put. *AP* mu plaća preko mene. Još imam neke zaostale isplate.

– Zašto preko vas?

– Pružamo administrativne usluge međunarodnim medijima. To omogućava novinarima da zaštite svoje izvore a da ipak ostave trag na papiru.

– Znate li šta je u onih pet koverata?

– Ne zanima me. Mogu da nagađam. U toku su dva rata. Što znači da se fotografiše mnogo ružnih stvari. Mali se verovatno pritajio. Savetujem vam da učinite isto.

Dva postarija gospodina ulaze bez kucanja. Jedan deluje pijano, a drugi mahnito. Džoni Gilhuli istog časa ustaje. – Hajde, Džoni, uskoro počinje meč – kaže pijani. – Izvini što upadamo – kaže mahniti dok odvlači drugog napolje.

– Moraćemo da prekinemo, narode – kaže Džoni. – Verujte mi, sigurno je negde na zadatku. Javiću vam ako nešto čujem.

Tokom vožnje kući, Džeki zuri kroz prozor u vrane i barikade.

– Na onom stolu je bio vaučer za piće. Među papirima koje je sklonio.

– Šta je to?

– To dobiješ uz žetone. Papirić na osnovu koga sledećih sat vremena piješ džabe. Stoga ima datum i vreme.

– Nije mi se dopao onaj tip. Što uljudniji Englez, to veći lažov.

– I ko još ima tetovažu s kartom na mišici?

– Nego, šta je s tim vaučerom?

– Izdat je u kazinu *Pegaz*, u ponedeljak u 11.22 uveče. Čudno za nekoga ko smatra da je kocka za seronje.

CRVENA MARAMA

Džoni se hvalisao da je crvena marama njegova zamisao. Na jednom koktelu u ambasadi pomenuo je to Gerti Miler iz Crvenog krsta, a ona je, u skladu sa stereotipnom delotvornošću svojih zemljaka, u roku od mesec dana imala na raspolaganju nekoliko kutija crvenih marama. Trebalo je da to bude ekvivalent beloj zastavi za one koji ne učestvuju u sukobu, zona bez paljbe na bojnom polju, amajlija koja odbija praćke i strele poput mitskog henaradže tajlaje.[52] Izgleda da je svima promaklo da je to crvena marama, a da su oni što vitlaju oružjem u ratnoj zoni bikovi.

Sviđalo ti se kako ti se slaže uz safari jaknu i lančiće, mada je to bilo pre nego što su NOF-ovci počeli da primenjuju modne savete Crvenih Kmera.[53]

– Bila je to dobra ideja – rekao je Džoni, dugo nakon što se pokazala lošom. – Šteta što ovi tvoji tutubani nisu umeli da je cene.

– Zašto živiš ovde već dvadeset godina ako toliko prezireš ovdašnji živalj? – pitao si ga jednom.

– Znaš šta se kaže za zemlju slepih?

– Zvučiš kao tvoji kolonijalni dedovi.

– Živeo sam u Njukaslu na Tajnu dvadeset pet godina – odvratio je Džoni. – Prezirem i tamošnji živalj. Ništa lično, lepi. Svi ljudi su ološ.

– Belac je došao, prodao ono što mu nije pripadalo, obogatio se i uhvatio maglu.

– Dokle više? Dokle će pevati tu pesmu?[54] – otpevao je Džoni bez imalo sluha.

Džoni i ti nikada niste imali ništa više od poslovnog odnosa, iako ste, moraš priznati, taj razgovor vodili dok si sedeo u gaćama u njegovom džakuziju. Obojicu su vas milovali mišićavi tamnoputi mladići. Ratne i Duminda imali su oko dvadeset pet godina i pretvarali su se da rade kao zidari na Džonijevoj vili na jezeru Bolgoda. Na njegovom velikom televizoru je iz nekog razloga išao meč u kriketu.

– Moramo li da gledamo ovo sranje?

Džoni je bio ataše za kulturu u Britanskom visokom komesarijatu, ali je imao prste u mnogim kašama, a u tom trenutku je tri bio nagurao u Dumindina otvorena usta. U Šri Lanki je bio duže od jedne decenije, i za to vreme je podigao mnogo veličanstvenih kuća. Trenutno je bio zaokupljen svojim mladim naložnikom, ali je našao vremena da ti odgovori na pitanje. – Izvini, lepi moj, ali ako ne voliš kriket, ne možeš da prdiš u mojoj kadi.

---

[52] U doslovnom prevodu: *sečivo napravljeno od groma* – mač iz šrilančanske mitologije. (Prim. prev.)

[53] Obeležje Crvenih Kmera bio je karirani crveno-beli šal sličan arapskoj marami. (Prim. prev.)

[54] Parafraza stiha iz pesme „Sunday, Bloody Sunday" grupe *U2*. (Prim. prev.)

Žvalavio si se s Di-Dijevim šefom, bio si u kres-kombinaciji s njegovim rođakom, oralno su te zadovoljavali igrači njegovog fudbalskog tima, kresnuo si konobara u toaletu kad ste bili u restoranu. Ali nikada ti nije bilo ni nakraj pameti da imaš bilo šta s Džonijem Gilhulijem.

– Ti zadaci na koje me šalješ. Posredovanja. Znam da nisu za *Asošijeted pres*.

– Šta te boli uvo ko ti potpisuje čekove?

– Iz istog razloga zbog koga Megi Tačer pokazuje toliko zanimanja za naš smešni rat.

Džoni je povukao dim iz tanke cigare koju mu je Duminda stavio u usta, a onda je i mladić povukao dim i izduvao mu ga u uvo.

– Odakle ti te gluposti? Nisi toliko lajav kad ti treba gotovina, zar ne, lepi? Ali kad već otvoreno razgovaramo, kazaću ti istinu. Ovde smo da bismo propagirali demokratiju, slobodu i ljudska prava.

Obojica ste se zacerekali kao dve trandže, a za vama i momci, iako nisu čuli šalu. Zamolio si Ratnea da ti doda još jedno pivo, ali da ne prestaje da drugom rukom radi to što ti je radio ispod uskomešane vode. A Džoniju si odmahnuo glavom.

– Sjedinjene Države navodno rade isto to u Panami, Nikaragvi i Čileu.

– Sve je to nekad bilo naše. Njeno veličanstvo ovde ima službeni položaj. Britaniji se smučilo da poseduje svet. Radije bismo da samo posmatramo.

– Kao onaj propovednik Džimi Svagart.[55]

– Mi umemo da odaberemo stranu. Da podržimo pravi tim. I uglavnom budemo u pravu. Niko nije uvek u pravu.

– To zvuči kao parola. „Nova Britanija. Od Malvina do Maldiva.[56] Uglavnom u pravu."

Nakratko ste zaćutali jer su vam pažnju odvukli mladi družbenici. Momci su otišli da spreme ručak, a vas dvojica ste nastavili da se izležavate u vrućoj vodi. Džoni je gledao kriket, a ti njega. – Nešto te muči, lepi?

– Ne volim kad sam u opasnosti. Treba mi bolja zarada.

---

[55] Američki televizijski propovednik koji je osamdesetih otvoreno podržavao Mozambički nacionalni otpor, stranku odgovornu za brojne ratne zločine tokom petnaestogodišnjeg građanskog rata u Mozambiku. (Prim. prev.)

[56] Aluzija na Foklandski NE, NEGO FOLKLANDSKI SA L (Malvinski) rat i donekle licemeran stav Velike Britanije tokom pokušaja državnog udara na Maldivima. (Prim. prev.)

– Razumljivo – rekao je Džoni. – Uložio sam molbu. Koja je odbijena zbog tvojih velikih, brbljivih usta.

– Molim?

– Trebalo je da budeš posrednik za AP. Da vodiš izveštače tamo kud hoće da idu. Da im ugovaraš intervjue. I vodiš računa da ne poginu. Niko ti nije rekao da fotografišeš. Niti da se hvališ kako špijuniraš za kraljicu.

– Kome sam se hvalio?

– Onom tvom dečku. Koji je to rekao tati. Koji je to rekao svom šefu. Koji je tražio sastanak s mojim šefom.

– Da li je Bob Sadvort stvarno novinar?

– Nije moje da pričam o tome. A ni tvoje.

– Britanci su zbog Kineza upravo izgubili veliki ugovor za prodaju oružja. Izgleda da šrilančanska vlada ima i druge mogućnosti. Šteta za vas.

– Ja radim za obaveštajnu službu. Ne mešam se u opremu.

– A šta se dešava sa svom neprodatom opremom?

– Znaš, nekad sam bio hipik. Ja sam pacifista, jebote.

Momci su se vratili i doneli bademantile i vest da je ručak serviran. Duminda je bio obdareniji od Ratnea, čija je nabreklina na gaćama podsećala na malog dečaka ili veliku devojčicu. Džoni je obukao bademantil i opipao robu. Duminda je odmah izveo svoj dobro uvežbani osmeh.

– Ako možeš da se uzdržiš od političkih komentara, možda ćemo razmisliti o povišici – rekao je Džoni.

Šrilančanska vlada je uvela pravilo za sve ratne izveštače: niko ne sme da spava i jede s teroristima. To nije bila službena politika *Asošijeted presa*, pa su u ratnoj magli odluku o tome prepuštali izveštaču i posredniku.

Džoni te je upoznao s mnogim novinarima, i svi su imali iste molbe. Možemo li da vidimo tela? Možemo li da dobijemo intervju s Vođom? Prvo je bilo moguće, drugo apsolutno ne. Objasnio si im da ne možeš izgraditi poverenje s bilo kojom zaraćenom stranom a da ne podelite šolju čaja. A razgovor s komandantom tigrova mogao se srediti isto koliko i ekskluzivni intervju sa Elvisom.

Bio je početak ’87, jedan od tvojih prvih zadataka. Izveštač je bio Endi Makgauan, veselo momče slomljenog srca, dopisnik *Njusvika*.

Džoni ti je isplatio pozamašan avans, koji si veličanstveno udvostručio u *Pegazu* pre nego što si ga spektakularno sveo na četvrtinu igrajući poker s drugim ratnim dopisnicima.

Bila ti je to druga poseta Vavuniji u potrazi za decom-vojnicima. Bilo je priče o tome da se tinejdžeri obučavaju za samoubilačke zadatke i da siročići uče kako se koristi *T56*, a ti si proveo Endija duž celog severa a da niste našli nikakav dokaz ni za šta od navedenog.

U barakama u Vavuniji zatekao si Roberta Sadvorta, dopisnika *Asošijeted presa*, koga je posrednik otkačio kad je ovaj tražio da istraže džungle Vanija. Nadležni oficir, major Radža Udugampola, budući vođa specijalnih jedinica, odbio je da mu obezbedi vojnu pratnju na neprijateljskoj teritoriji. On ti je bio nekadašnji šef, i imajući u vidu kako ste se rastali, bila je mala verovatnoća da će ti činiti bilo kakve posebne usluge.

Za razliku od zarozanog šmokljana Endija, Sadvort je uvek bio skockan. Čak i na terenu je nosio firmirane maskirne pantalone koje su mu stajale kao salivene. Osvojio je Makgauana ležernim šarmom.
– Strašno mi je žao što ću ti ovo reći, ali to o deci-vojnicima ne vodi nikud. Dobio sam neke dojave iz Akaraipatua, ali tigrovi te neće pustiti da ih slikaš, niti da ih intervjuišeš. A nijedna porodica s decom neće hteti da priča o tome.

Sadvort vas je obojicu poveo do svog pozajmljenog džipa i tiho vam rekao: – Ima još jedna priča, momci. Ako udružimo resurse, mogli bismo da podelimo ekskluzivu. – U Bobove resurse spadao je i telohranitelj po imenu Sid, Škot koji je navodno govorio engleski, iako nisi razumeo ama baš ništa od onoga što mu je izlazilo iz usta. Bio je građen kao tenk, tu je bio kao pripadnik *KM usluga*, privatne firme za obezbeđenje koja je trgovala plaćenicima, a nosio je maskirnu uniformu, čizme i uzi.

Po Sadvortovim rečima, postojalo je selo u kojem je OTTE prisilno obučavao civile za borbu. Vojska je imala tačnu lokaciju, ali još nije bila spremna da pošalje oružanu silu. Ti nisi imao načina da tamo uđeš i odmah si im to rekao, a onda je Sadvort otkrio da se u budžetu u kom ima prostora za telohranitelja sigurno može naći i izdašna svota za tebe.

Posle mnogo opiranja pristao si da ih voziš donde i prosto nisi mogao da poveruješ koliko si lako obrlatio stražare, prvo u Nambukulamu, a zatim i u Omantaju. Kad ste stigli u selo, shvatio si zašto.

Bilo je staraca i mladih žena. Ljudi u godinama, bakice, zemljoradnici, čobani i učitelji – svi su punili puške i pucali u mete pod nadzorom pukovnika Gopalasvarmija, poznatog i kao Mahatija, jednog od osnivača tigrova, poreklom iz istog sela kao njihov komandant, koji je polako napredovao u komandnom lancu. Visoki brkati pukovnik, vitkija i gladnija verzija komandanta, pristao je da Sadvortu i Makgauanu dâ intervjue i dao je dozvolu za fotografisanje seljana.

Niko nije priznao da je primoran na bilo šta, niti izgledao kao da govori pod pretnjom. – Vojske se plašimo više nego njih. Vojska nam je spalila selo – rekao je dečak koji je tek završio osnovnu školu, ali je ipak bio prestar da bi se mogao iskoristiti za tekst o deci-vojnicima. – Vežbamo kako bismo se zaštitili od takvih pretnji.

Osoblje majora Radže videlo je priču kao primer toga kako OTTE ugnjetava civilno stanovništvo, ali su tigrovi preokrenuli to u priču o moći naroda. Ovaj rat se nikada neće završiti, pomislio si dok si gledao seljane kako pucaju. Dozvolili su ti da škljocaš svojim *nikonom* koliko hoćeš, uz ograničenje: – Nikad ne slikaj pukovnika – mada si na kraju upravo to uradio.

Makgauan i Sadvort, sada Endi i Bob za tebe, nazvali su te „najboljim posrednikom istočno od Meksika" i obećali ti debeo bonus pored posredničkog honorara. I upravo tad je vojska objavila svoj dolazak raketom zemlja-zemlja. Meci su parali vazduh, kasapili drveće i bušili rupe u zemlji. Ti, Bob i Endi bacili ste se ispod nečega što je izgledalo, mada nije to moglo biti, kao grm čaja. Šćućurio si se uz stenu u njegovom podnožju. Telohranitelj Stiv nije čestito ni potegao uzi a već su mu izrešetali ruku kojom puca, tako da je gledao kako mu oružje pada u prašinu i psovao kao Škot dok se nije onesvestio.

Kažu da taj zvuk podseća na petarde, ali to je samo delimično tačno. To zvuči kao kad bi zvuk petardi pustio preko zvučnika postavljenih tik uz bubne opne. Makgauan je zajecao, Sadvort je ponavljao jednu te istu psovku, a prašina je počela da pršti oko vas kao da nevidljive kapi kiše rešetaju tlo. A onda su vazduh ispunili dim, buka i vriska. Vas trojica ste ležali šćućureni uz ravnu stenu iza kržljavog grma i molili se bogovima u koje niste verovali.

I zato si uradio ono što si morao. Vezao si crvenu maramu za štap i zabio ga u žbun, tako da je leprašla kao bela zastava natopljena krvlju. Tokom četrdeset pet minuta zaglušujućeg i zbunjujućeg puškaranja, ni jedan jedini metak nije poleteo ka vama.

Kad je pucnjava prestala i šrilančanska vojska umarširala u logor, seljani su bili ili pobegli ili mrtvi. Bon i Endi su odneli potpuno nesvesnog i srazmerno teškog Škota Sida, dok si ti mahao maramom na štapu iznad glave kao predvodnik socijalističkog bleh-orkestra. Dignutih ruku si vikao na sinhaleškom: – Mi smo međunarodni novinari! Imamo ranjenog stranca!

Polako ste ušli u izmaglicu spremni da padnete ničice ako meci ponovo zazvižde. Dočekali su vas bolničari, koji su se postarali za vašeg ranjenika i zadržali samo istraumirane na razgovoru. Jedna crvena marama i dve novinarske propusnice bile su dovoljne da zaštite tebe i Endija, ali su Roberta odveli u kolibu kraj šumarka kokosovih palmi na dalje ispitivanje. Otišao je bez pogovora. Ili ga je ratište pretvorilo u neustrašivog ratnika, ili je onemeo od straha. Tada nisi mogao da odrediš šta je posredi; ta ukočena gornja usna može da sakrije svakojake tajne.

Dok si se šetao sa Endijem kroz šumu, primetio si da još nekoga odvode u kolibu. Bio je to zatvorenik s crnom vrećom preko glave. Pošto su vrata bila zatvorena, odmerio si otvoren prozor i dobro procenio svetlo i ugao. Endi ti je pomogao da se popneš do polovine stabla, što ti je bilo dovoljno. Taman si izoštrio sliku kad je i treća osoba ušla u kolibu. Kad si prepoznao ko je to, prilepio si se uz stablo nadajući se da te nije uočio.

Objektivom si pronašao sto prekriven dokumentima, a zatim zumirao lica tri osobe koje su sedele oko njega. U dnu, Bob Sadvort. Bočno, bez maske, znojavi i izubijani pukovnik „Mahatija" Gopalasvarmi, vođa najvećeg odreda tigrova. A u čelu je komandant oružanih snaga koje su upravo zauzele selo. Tvoj bivši šef, major Radža Udugampola.

Džoni te je posle te ture odveo u Klub Umetničkog centra na piće i predao ti koverat. Unutra su bili ček na veću svotu nego što si očekivao i fotografija snimljena neposredno pre najžešće pucnjave u Omantaju. Džoni je odmeravao vižljaste momke koji su svirali akustične gitare na pozornici dok je ispod stola sebi nalivao još piva. Umetnički centar je imao pravni problem oko dozvole za točenje alkohola, a s time su izlazili na kraj tako što su gostima dopuštali da donesu sopstveno piće pod uslovom da daju prilog za pravni fond i da ništa ne drže na stolu.

– Bob je bio veoma impresioniran, lepi. Kao i Endi. Izgleda da moja crvena marama ipak nije bila loša ideja.

– I mene je veoma impresionirao tvoj drugar Bob.

– Slušaj. Predahni malo. Uzmi odmor. Drži se podalje od kazina. A kad budeš spreman, razgovaraćemo o novim zadacima.

– U masakru u Omantaju ubijeno je sedamdeset tamilskih civila. Deca su krvarila pred mojim očima. A ja sam umesto toga slikao ovo.

– Veliki zadaci. Veliki honorari. Nema više krvave dece.

Fotografija nije bila ništa naročito. Samo žena u sariju koju pukovnik odvodi na samom početku napada. Okrenuta je ka foto-aparatu, kao da je upravo videla kako se kriješ među drvećem. U trenutku kad si škljocnuo, povlačila je sari preko glave, ali je već bilo kasno da sakrije lice, i to koliko je lepa, čak i u oblaku uskovitlane prašine.

– Ovo je pukovnik Gopala kakoonobeše? Mahatija.

– A ovo mu je navodno ljubavnica.

– Dakle, on se ne pridržava komandantovog naređenja „bez seksa, molim, mi smo tigrovi“? Sram ga bilo.

– To su glasine koje šire vojnici. Siguran sam da čak ni komandant ne živi u celibatu. Sve je to smicalica kako bi sprečili bombaše-samoubice da imaju devojke.

– Svejedno, ovo je vredna fotografija.

– Šta je Bob rekao?

– Da se Mahatija i komandant Prabakaran ne slažu.

– Bob sigurno zna sve o tome. Dugo je razgovarao s pukovnikom.

– Blago njemu. Imaš li još slika za prodaju?

– Ne za tebe.

Piće ste krili starim brojem novina *Ostrvo*, a delom s vestima zaštitio si začinjenu svinjetinu od muva. Videle su se priče o mirovnim pregovorima i nagađanja da bi Indija mogla udvostručiti svoje snage na šrilančanskom tlu.

– Naši obaveštajci misle da je posredovanje ispod tvog nivoa – rekao je Džoni. – Čeka te lepa budućnost. Nemoj da je upropastiš.

I dalje je gledao momke za šankom, iako je znao da im ne može prići čak ni na takvom mestu.

– Dakle, Bob nije rekao da je pričao s pukovnikom?

– Nisam razgovarao s Bobom.

– Za nekoga ko živi od laganja prilično loše to radiš, Džoni.

– Uzgred, prestani da se petljaš s NOF-om. Nema ničeg jadnijeg od komunjare iz srednje klase.

Kad Džoni promeni temu, to je znak da je rasprava završena.

– Slušaj, nisam ja bezosećajan. Svi smo prošli kroz to. Možda sam slavio kad je Vijetkong sjebao Jenkije. Možda sam čak i plakao za zaklanim drugovima u Indoneziji. I uopšte nema sumnje da nas sve dave prsti kapitalizma. Ali moramo se suočiti s činjenicama, lepi. Najveće ubice komunjara su komunjare. Jedini ubica delotvorniji od Staljina, Maoa ili Pola Pota jeste Boginja lično.

– Sjajan govor – rekao si dok si odmeravao konobara u pripijenoj majici.

– Priča se da pukovnik Gopala – Mahatija pokreće suparničko krilo. Pobuna protiv komandanta. Sačuvaj bože, lepi!

– Pukovnik nije toliko glup da se okrene protiv Prabakarana.

– Izgleda da je vladin cenzor zabranio priču o tigrovima u onom selu – rekao je Džoni pomno te posmatrajući.

– To ide naruku Bobu. Može da izigrava izveštača a da ne izveštava ni o čemu.

Uzvratio si mu pogled. Ćutke ste se gledali dok su muzičari pravili još jednu nenajavljenu pauzu.

– Imaš li nešto da mi kažeš, Mali?

– Kad bih imao fotografiju Boba, pukovnika Pobune i majora Radže Udugampole kako ćaskaju u poverenju, koliko bi vredela?

Džoni se namrštio, a onda odmahnuo glavom. – Ali ti nemaš takvu fotografiju, lepi moj.

– Otkud znaš?

– Zato što bi te zbog toga ubili. A život ti je ipak miliji od fotografija.

– Hoće li poslati Škota Sida na mene? Baš je lepo opravdao vaš budžet za plaćenike.

– Neće morati nikoga da šalju. I tigrovi i vojska biće ti za petama. Nemoj da pominješ takve fotografije čak ni u šali, Mali. Bolje bi ti bilo da se šališ.

– Svakako – rekao si i stavio ček u džep. – Sa oboda smrti doneo sam samo onu crvenu maramu. I ovo ranjeno srce.

RECI MOJE IME

Želiš da pitaš svemir ono što svako želi da ga pita. Zašto se rađamo, zašto umiremo, zašto bilo šta mora da bude tako kako je. A sve što svemir ima da ti kaže svodi se na: Ne znam, kretenčino, prestani da zapitkuješ. Život na onom svetu je komplikovan kao i na ovom, Međuprostor je sulud koliko i Tamo Dole. I zato izmišljamo priče – zato što se plašimo mraka.

Vetar donosi tvoje ime i ti ga pratiš kroz vazduh, beton i čelik. Dok se na povetarcu voziš kroz uličicu na Ostrvu robova, iz svakog ulaza dopire šapat. – Almeida... Malinda... – A onda vetar prolazi zakrčenim ulicama Dehivele i javljaju se novi glasovi. – NOF-ovac... aktivista... Almeida... Mali... nestao...

Od Ostrva robova do Dehivele u jednom dahu, brže nego da si leteo helikopterom. Ako ništa drugo, u smrti si pošteđen saobraćaja na Gol roudu, vozača na Parlament roudu i kontrolnih punktova u svakoj ulici. Prolaziš pored ljudi nesvesnih tvog prisustva, koji promiču prljavim ulicama Kolomba, smrtne braće i sestara voljenih i brzo zaboravljenih pokojnika. Ti si list na vetru, nosi te sila koju ne možeš da kontrolišeš, niti da joj se odupreš.

Šrilančanski vizionar Artur Klark rekao je da iza svakog stoji trideset duhova, da je to brojčani odnos između mrtvih i živih. Osvrćeš se oko sebe u strahu da bi se velikanova procena mogla pokazati kao vrlo uzdržana.

Svaka osoba koju vidiš ima duha koji čuči iza nje. Neki imaju čuvare koji lebde iznad njih i rasteruju utvare, prete, mrak i demone. Neki imaju uvažene pripadnike neke od pomenutih grupa, koji stoje ispred njih i sikću im nepovezane misli u lice. Nekima đavoli sede na ramenu i pune im uši žučju.

Ser Artur je proveo tri decenije svog života na ovim ukletim obalama i podrazumeva se da je Šrilančanin. Austrija je ubedila ceo svet da je Hitler bio Nemac, a Mocart njihov. Pa zar onda, posle toliko vekova oružanih pljački u izvođenju gusarâ iz Londona, Amsterdama i Lisabona, mi Šrilančani ne možemo da se poslužimo jednim vizionarom naučne fantastike?

Kiša pljucka munje, a gromovi zatiru vetar. Ne znaš više koliko je puta padala kiša otkako si prerano preminuo. Ili su monsuni poranili, ili to svemir roni suze za tobom i tvojim budalastim životićem. Danas te suze padaju gusto kao kapi mastila, sunovraćuju se iz ljutitih oblaka na glave krotkih.

– Video sam spisak nestalih – kaže jedan Evropljanin u mantilu drugom Evropljaninu u mantilu.

– Jesi li prepoznao neko ime? – pita ga kolega dok prelazi prstom preko otkucanog lista papira zaštićenog folijom.

– Mali Almeida. Naveden je kao NOF-ovac i aktivista. Nije bio ni jedno ni drugo.

Muškarac u mantilu je Endru Makgauan, ratni dopisnik i povremeni prijatelj. Lice mu je mokro i crveno, ali ne možeš odrediti da li od kiše ili suza.

Vratio si se na sâm početak, na obalu jezera Beira, gde je kiša prestala, a ljudi se tiskaju oko hrama. To je neobično, jer nije Poja,[57] niti dan za darivanje. Po obodu gomile stoje krupni Evropljani u svetloplavim mantilima, koji kao da formiraju barikadu. Dolazi kamion iz kog izlazi sedam policajaca. Među njima su i tvoji dragi prijatelji, pomoćnik načelnika Rančagoda i inspektor Kasim, koji ostaju u pozadini, očigledno voljniji da posmatraju haos nego da ga kontrolišu.

Policajci i Evropljani u mantilima odmeravaju se kao divlje mačke i zmije. Svetina brunda kao nebo iznad nje. Nalaziš dobro mesto i gledaš unaokolo. Smrad ti vređa nozdrve koje više nemaš. Beskrajne kiše dovele su do izlivanja reke i rušenja nasipa oko Beire. Put oko jezera prekriven je zgužvanom plastikom, smežuranim ribama, trulom hranom i natopljenim papirima. Svi su zapanjeni – ko bi rekao da ribe mogu da žive u toj kaljuzi od jezera?

Okupljeni gledaju policajce koji pokušavaju nešto da objasne i Evropljane koji odbijaju da ih puste. Tebe više zanima ono čemu je svetina okrenula leđa. Na obali reke stoji još Evropljana u mantilima, od kojih jedni fotografišu, dok drugi drže kišobrane iznad onih s foto-aparatima. A fotografišu kosti na obalama Beire. Mokre kosti, poređane na plastici, s kartama iz špila na svakoj. Tu su ful kečeva i žandara, kenta do devetke u karou i pet pojedinačnih karata od kojih niko nema nikakve koristi.

Karte počinju da ti proleću pred očima, kraljevi, dame i žandari u mahnitom vrtlogu, kao na špici Bondovog filma snimljenog tokom leta ljubavi. Ovog puta ti se čini da mučnina nadire ka tebi iz zemljinog jezgra, da ti ulazi kroz tabane i ispunjava stomak i grlo glinom. Karte leže na kostima, kičmenim moždinama, grudnim koševima i pojedinačnim udovima. Uspevaš da izbrojiš petnaest lobanja i među njima prepoznaš onu koja ti je nekada pripadala. Jedini deo tvog tela koji je potonuo pre nego što su ostatak vratili u zamrzivač.

– Da li ti se javljao Malinda?
– Nije.
– Forenzički tim Ujedinjenih nacija odneo je one kosture – kaže Stenli Darmendran.
– Šta će Ujedinjene nacije ovde? – pita Di-Di.
– U Kolombu su zbog seminara.

---

[57] Budistički praznik punog meseca u Šri Lanki. (Prim. prev.)

– O čemu?

– Sve su to gluposti. Maslo opozicije. Samo da nas nerviraju.

– Da naručimo još sipe?

Retko si dobijao poziv da ručaš sa ocem i sinom u akva-klubu *Vidra*. Možda zato što si obično ti bio tema. Otac je to video kao podsticajne razgovore, dok je sin dolazio zbog besplatne hrane. Uz tanjir svinjetine u senfu, Stenli priča sinu kako je poslanik Radžapaksa, aktivista za ljudska prava iz Šrilančanske slobodarske partije, svima u vladi pokazao letak Centra s naslovom „Majke nestalih". – Mrtvačnice su pune leševa nedužnih – rekao je mladi poslanik iz Belijate. – Makar nam dozvolite da ih identifikujemo i pružimo njihovim porodicama malo mira.

– U pravu je – kaže Di-Di dok puni svoje lepo lice đavoljim holesterolom. Di-Di ti nije bio najbolji ljubavnik s kojim si bio, ali je bio ubedljivo najprivlačniji, čista desetka. Kad se ti zaljubiš, to nema veze s licem ili telom, nego s najvećim i najvažnijim organom: kožom. A Di-Dijeva je bila glatka, i crna, bez oštećenja, kao lakirana. Voleo bi da možeš da je protrljaš nosem i okusiš prstima. Pokušavaš, mada dobijaš samo vonj hlora i znoja. Jedva se oseća, ali zasad je i to nešto. Di-Di se ogrće peškirom.

– Lako je vikati kad si u opoziciji – kaže mu otac. – Neka mladi Radžapaksa vodi rat, pa da vidi kako je to. Šta bi on radio kad bi morao da izlazi na kraj s NOF-om?

– Tata, pričamo samo o identifikaciji tela.

– Pričamo. O puštanju stranih đavola. Da se mešaju u naše stvari.

– Zar nije tvoja ekselencija predsednik pozvao indijsku vojsku ovamo? Jesu li oni anđeli?

– Glasao sam protiv toga, Dilane. Znaš to. I prestani da grickaš nokte, čoveče. Koliko imaš godina?

Radžapaksa je pozvao forenzički tim Ujedinjenih nacija da obuči naše vlasti za identifikaciju tela na osnovu spiskova nestalih. Pričalo se da CIA za to vreme obučava naše mučitelje. Tim Ujedinjenih nacija odseo je u hotelu *Kolombo Oberoj* i održava seminare za vladine službenike. A kako tačno uspevaju da stignu do kostiju pre policije ostaće još jedna nerazjašnjena misterija na ovom ostrvu tajni.

– Traže zubarske kartone i krvne grupe. Kao da naši maloumni žvakači betela idu kod zubara.

Di-Di gleda oko sebe dok žvaće pikantnu sipu.

– Vrlo otmeno, tata. Možda te onaj novinar pored bazena nije dobro čuo.

Stenli isteže vrat da vidi muškarca opasanog peškirom koji iskapljuje arak i zapisuje nešto u beležnicu.

– Čisto gubljenje vremena i novca.

– A šta nije? – pita Di-Di sa uzdahom.

Stenli podiže pogled s tanjira i zagleda se u sina.

– Prestani da govoriš tako, Dilane. Zvučiš kao Mali.

– Otkud ti znaš kako on zvuči? Jesi li ikada razgovarao s njim?

– On je darovit momak. Nadam se da je negde na sigurnom. Ali moramo se suočiti s činjenicama, sine.

– Evo jedne. Grinpis je 1986. godine stavio Beiru na četrdeset šesto mesto liste najzagađenijih jezera na svetu.

– Mali je pametan mladić. Ali ponekad nije dobro biti previše pametan.

– Šri Lanka je od proglašenja nezavisnosti izgubila dvadeset pet posto svog šumskog pokrivača. Šri Lanka ima najvišu stopu samoubistava na svetu u poslednjih deset godina. Ništa od toga ne stiže ni na naslovne, ni na sportske strane.

– Da je uhapšen, zabrinuo bih se. NOF ne drži zatvorenike.

– A gde je onda telo?

Stenli dugo zuri u Dilana.

– Ma daj, tata. To je besmislica.

– Ministar Siril Vidžeratne zamolio me je da sarađujem s forenzičkim timom Ujedinjenih nacija.

– U čemu?

– Da im pomognem u istrazi. Da se postaram da poštuju protokole.

– Šri Lanka ima protokole?

– Ako nije mrtav, možda ne želi da ga iko nađe.

– A ti ne bi imao ništa protiv toga, zar ne?

– Ako ti ne možeš da mi pomogneš, pitaću Džeki.

Treće mesto za tim stolom retko je zauzeto otkako je Di-Dijeva majka umrla. Džeki sedi i ćuti, posmatra plivače i konobare. A onda pogleda svog ujaka Stenlija, pa iz kestenjaste torbe izvadi tri predmeta. Dva su uramljeni rendgenski snimci iz zlosrećnog umetničkog projekta, a treći je lančić s drvenom kapsulom. – U redu – kaže kad ih je stavila na sto.

Stenli pogleda sina i duboko udahne. – Dilane. Ne mogu da verujem da si mu dao mamin lančić. Nosila ga je dvadeset godina.

Di-Di gleda i odmahuje glavom. – To nije on.

– Krv razmazana po privesku. Da li je tvoja ili njegova?

Krvni zavet u Jali bio je njegova ideja, neka njuejdžovska fora s bratimljenjem. Navodno su njegovi otac i majka učinili isto kao deo hinduističkog obreda. Kad je Di-Di ispričao to Džeki i svom ocu, nisu bili oduševljeni. Zato nikada više nije to pomenuo.

– Ako delovi tela nisu njegovi, bolje je da znamo – kaže Džeki.

– Da, tako je – kaže Stenli, a Di-Di spušta svoj drveni privezak s tvojom krvlju u netaknutu pepeljaru i ljutito odlazi ka svlačionicama.

U mrtvačnici se duhovi okupljaju oko stolova i gunđaju. Kosti su poređane na dugim trakama celofana, dva prenosna klima-uređaja rashlađuju prostoriju, a petorica muškaraca u belim mantilima saginju se nad kosti i uzimaju ih srebrnim alatkama. Prisutna su i tri vladina patologa, navodno da bi učili od stručnjaka, dok ih špijuniraju.

Gledaš sve to s visoke tavanice, a i druge duhove raštrkane duž zidova. Crni robovi šćućureni u uglu, mrtve prostitutke lebde iznad svojih kostiju, dečak s tragovima zuba na boku razgleda arsenal srebrnih alatki, Englez sa zgužvanim belim šeširom sedi u uglu i zeva. Prepoznaješ onu dvojicu studenata. Oči su im ljubičaste, a jezici oklembešeni.

– Šta ste zinuli? – podrugljivo ih pita poznati glas. Sena nosi tuniku i plašt od materijala koji je crn, ali nije više kesa za đubre. – Mislite da ćete dobiti pravi pogreb? Posthumno odlikovanje? – kaže i pogleda Engleza. – Sve će vas baciti u peć. I to je to.

– Ali sada imaju radiometrijsko datiranje i... – počinje student tehnike iz Džafne.

– I šta će utvrditi? Da je ovog dečaka pre pedeset godina pojeo krokodil? Kako se zoveš, sinko?

– Vinsent Salgado – mrmlja povučeni dečačić u pumparicama.

– Mislite li da će neko podići spomenik Vinsentu Salgadu? – ruga se Sena. Šepuri se iza muškaraca u belim mantilima i trlja im se o zadnjice. Jedan po jedan, forenzičari guraju ruke pod mantile i počinju da se češu.

– Hamu Mali!? I ti si tu? Koj' ti je moj? Zar nisi čuo ništa od onoga što sam ti rekao?

Ne možeš da objasniš zašto si tu ili šta se nadaš da ćeš videti, osim da te je nešto dovuklo i da ne možeš da odeš.

– Šta ako nađu tvoju zamrznutu lobanju u Beiri?

– Baciće je natrag – kaže Sena. – Verovatnoća da upare kosti sa spiskom je...

– Manja nego za rođenje sijamskih blizanca, a za to je jedan prema dvesta hiljada.

Možda su činjenice iz *Riders dajdžesta* poslednje čega će se mozak odreći.

– Možda ćemo biti na vestima – kaže jedan od mrtvih mornara.

– Odakle dobijaš vesti? – pita ga mrtva prostitutka.

– Virim kroz prozore stanova u Navam Mavati – kaže mornar dok namešta kapu. – Tamo imaju dobar prijem. Hoćeš sa mnom? Na kanalu Rupavahini daje se *Moja lepa gospođice*.

Mrtva prostitutka se nasmeši i odmahne glavom.

– „Ujedinjene nacije nude forenzičku podršku vladi Šri Lanke" – kaže Sena. – Tako će se zvati majušni članak na kraju novina. Mislite li da će priznati da su tela nađena u Beiri? Samo se nadajte, budale.

Pogled ti se zaustavlja na rendgenskim snimcima na svetlećem panelu na zidu. Dva plućna krila puna sluzi i tri umnjaka zakopana ispod reda kutnjaka. Izvadili su ih iz rama koji je koštao više od sâmog snimanja, tvoj podsetnik na kratkovečnu umetničku karijeru, još nešto što si voleo a u čemu nisi istrajao.

– Ovo je specijalan izveštaj *SLBC*-a.[58] Ostaci petnaest neidentifikovanih tela isplivali su na obale jezera Beira. Forenzički tim Ujedinjenih nacija u saradnji s patolozima šrilančanske vlade pokušava da identifikuje ostatke skeleta. Vladin predstavnik za medije kaže da su tela iz vremena pre 1948. godine i da nemaju nikakve veze s trenutnom političkom situacijom.

Džeki je dobila prvu opomenu zbog objavljivanja neproverenih vesti. Njen šef, gospodin Som Vardena, kaže da ga je zvao jedan ministar kako bi „oštro opomenuo" *SLBC* da se tako nešto ubuduće neće tolerisati.

Momci iz Ujedinjenih nacija podnose izveštaj, koji lokalna ekipa tajno prosledi ministru, koji ga podeli s ministrom za omladinska pitanja Stenlijem Darmendranom, koji o svemu popriča sa sinom, koji to pokaže svojoj cimerki. Oboje plaču celog poslepodneva, a onda prestanu. Džeki narednih nekoliko dana prati novinske napise, pre nego što odluči da uradi nešto zbog čega će je otpustiti.

– Identifikovana su dva od petnaest tela. Jedno je pripadalo Seni Patirani, organizatoru Narodnog oslobodilačkog fronta za Gampahu, a drugo Malindi Almeidi, ratnom fotografu iz Kolomba. Sumnja se

---

[58] *SLBC – Sri Lanka Broadcasting Corporation.* (Prim. ured.)

da su obojicu ubili vladini odredi smrti. Po tvrdnji Ujedinjenih nacija, samo ove godine zakopana su 874 neidentifikovana tela, a 1.584 građana Šri Lanke vodi se kao nestalo. Ovo je specijalni izveštaj *SLBC*-a.

Mrtvo-hladno čita taj izveštaj, glas joj ne zadrhti dok izgovara tvoje ime. Na licu mesta dobija otkaz i stražari s bednom platom izvode je iz prostorija *SLBC*-a. Uzima rikšu do Gol Fejs korta, i tamo leži na svom krevetu, posmatra obrtanje ventilatora, prelistava tvoj adresar i plače.

– Hvala ti, draga moja – šapućeš. – Sad idi da nađeš Kralja i Kraljicu.

Ona te ne čuje. Pušta sumornu muziku i guta dve vesele bombone.

– Negativi su kod Kralja i Kraljice, malena. Sad ili nikad. Idi i pronađi ploče. Znaš gde su.

Šapućeš, sikćeš, urličeš, vičeš – a ona te i dalje ne čuje.

– Jesi li čuo? Ubili su Malija Almeidu.

– Ko? Vlada?

– Možda OTTE. Ko zna.

– Zašto bi neko ubio fotografa?

– Tigrovi ubijaju svakoga ko ih kritikuje. A pogotovo polu-Tamile.

– Mislio sam da je on u NOF-u.

– Ko to kaže?

– Kakva su vremena, nikad se ne zna.

Dva izveštača u Klubu novinara, koji su radili s tobom ali te ne poznaju. Obojica su bili ratni izveštači koji su sedeli u svojim kancelarijama u Kolombu i prepisivali vladine izjave za štampu. Pljuješ i gledaš kako tvoja pljuvačka isparava pre nego što im dodirne masne glave. Vetar ponovo donosi tvoje ime i ti se penješ na njega i ostavljaš folirante da se bave svojim neproverenim izveštajima.

– Tuga živa. Almeidu su iz helikoptera bacili u jezero.

– Ko to kaže?

– Moj zet radi u vojsci.

– Tvoj zet sere. Nijedan predsednik ne bi traćio helikopter na nekog NOF-ovca.

– On nije bio NOF-ovac. Slikao je Bišanaju.[59] Pored toga, nisam pomenuo predsednika. Svi znamo ko ovde obavlja prljave poslove.

---

[59] U doslovnom prevodu „teror", period krajem osamdesetih tokom kog su posle neuspelog ustanka pod vođstvom NOF-a vladine vojne jedinice sprovele tešku odmazdu u južnoj i centralnoj Šri Lanki. (Prim. prev.)

– Na koledžu sam gledao Malindu u ulozi Hamleta. To je više bio omlet.

– Navodno je voleo muške.

– Ma nije valjda.

Krug muškaraca na pojilu koji te nisu ni poznavali. Ne znaju ništa o tebi, a još manje o onome o čemu pričaju. Ali istina je da si bio očajan u *Hamletu*. Skačeš na sledeći vetar.

Kažu da jedino gore od toga da se priča o tebi jeste da se ne priča o tebi. Možda to važi za irske pisce u zatvorima, ali ne i za mrtve posrednike na Istoku. Pada mrak, a jedino što čuješ je zvečanje tvog imena dok njime ispiraju usta da bi ga na kraju pljunuli.

O tebi se priča u Indijskom visokom komesarijatu, gde je ambasador sazvao hitan sastanak Istražno-analitičkog krila, okupljanje indijskih špijuna, kako bi utvrdio da li te je iko od njih imao na platnom spisku. Svi osim I. E. Kugaradže odmahuju glavom i odlaze na pauzu.

Pominju te i kockari u kazinima. *Pegaz* postavlja žičanu mrežu na balkonu na šestom spratu, a šanker s kojim si se mazio na stepeništu iznenada dobija otkaz. Duhovi u hotelu *Leo* ostaju nezainteresovani za tebe isto koliko i svet za njih.

Nikada nisi želeo da budeš poznat. Uprkos odsutnom ocu i ravnodušnoj majci, ta adolescentska maštarija nikada te nije privlačila. Nisi tražio popularnost, mada si je sticao kad god u ratnoj zoni mahneš onom crvenom maramom. Trudio si se da ne budeš ničiji prijatelj, a na kraju si postao svačiji. Pitaš se da li je vest stigla do severa i istoka, i hoće li te vetar odneti tamo ako neko pomene tvoje ime. Sve na onom svetu kao da ima opseg i barikadu.

– Objavila si to na radiju? Pre nego što smo rekli njegovoj majci? – Di-Di je od besa poprimio očev ritam govora. – Gde ti je bila pamet?

– U adresaru na stranici sa oznakom žandar herc ima devet imena. Svi su rekli da sam dobila pogrešan broj. Neki su me ispsovali na pasja kola kad sam pomenula Malindu.

– Sad ćemo joj reći.

– Mrzeli su jedno drugo.

– Neće joj dati da preuzme telo.

– Čula sam da imaju samo neke delove.

Džeki zagrize kosu i ispusti jecaj.

– Održaćemo komemoraciju. I zahtevati istragu. Uradićemo to kako treba. – Ništa nije toliko seksi kao kad Di-Di krene da nabraja stvari koje nikada neće uraditi.

– Ponovo sam pozvala broj kralja tref. Dugo se niko nije javio. A onda me je neko ljutito upitao jesam li iz Specijalnih jedinica.

– Specijalci? A ne CIA? Ili KGB? Znaš li ti uopšte šta radiš?

– Pokušavam da utvrdim kako je Malijeva lobanja završila u Beiri. Izgleda da nikom drugom nije stalo da sazna.

Devojčica se igra vatrom, misli da je to šećerna vuna. Dolaze u kuću tvoje majke i zatiču je opruženu na kauču. Upravo je završila dugu smenu i treću šolju čaja. Ruke počinju da joj se tresu kad je čula vest.

– Tako to biva – kaže. – Znala sam da će se to desiti. Glupi dečak. Nikada nije hteo da sluša.

– Da – kaže Džeki.

– Nemojte tako, teto. – Di-Di se igra još jednim koštanim priveskom oko vrata. – Ubili su ga. Moj otac sprovodi istragu.

– Zašto? – pita tvoja majka dok zuri u praznu šolju. – Nikoga neće uhvatiti. Njega ne mogu da vrate.

– Moramo se uveriti da je to njegovo telo.

– Znate, veoma rano je počeo da laže. Izmišljao je sitne laži o posluzi. Kad je hteo novac, došao bi i rekao: „Tata kaže da si stipsa.“ Tada je imao osam godina.

Ne nudi čaj gostima, što je neobično za nju. Inače uvek navaljuje da pristavi vodu, naročito za goste koje prezire. Guta pljuvačku i smeši im se.

– S kim je od vas dvoje bio blizak?

Džeki i Di-Di se zgledaju.

– S njom – kaže Di-Di.

– Nije sa mnom – kaže Džeki.

– Da li vam je rekao da je pokušao da se ubije? – pita ih Lakšmi Almeida i izvija obrvu isto kao onda kad si joj rekao za teta Dalrin.

Tvoj ljubavnik i tvoja prijateljica samo se pogledaju i skrenu pogled.

– Mene je krivio za to što je njegov otac otišao. Prestao je da odlazi na sve časove na koje ga je Berti slao. Mačevanje, badminton, izviđači, ragbi. Bila sam dežurni krivac za sve što ne valja. A onda mi je za doručkom rekao: – Mama, ubiću se ako se *Bitlsi* raspadnu.

– *Bitlsi*? – pita Di-Di.

– Mislila sam da je više voleo *Stonse* – kaže Džeki.

– Za njega je to bila šala. „Ubiću se ako propadne ustanak ’71“ ili „Ubiću se ako u *Slobodi* budu prikazivali još jedan film Džerija Luisa“. Stalno je tražio pažnju. Stalno je tražio načine da me povredi.

– To nije tačno, teto. Voleo vas je. – Di-Di je očajan glumac, a još gori kad laže.

– Popio je moje tablete za spavanje. Ali ne dovoljno da ode do kraja. Tek toliko da ispadnem loša majka. Neopisivo zamorno dete.

– Svi smo u šoku, teta Laki. Nema potrebe da se to sad pominje.

– Nikad ga niste pitali zašto je to uradio?

Džeki zuri u čajnik i prazne šolje pored njega.

– Znam zašto je to uradio. Zato što ga je otac napustio i zaboravio nas. A ja sam jedina bila tu, pa me je koristio kao bokserski džak.

Uzimaš čajnik i razbijaš ga o majčinu glavu, a zatim joj prislanjaš oštru krhotinu uz grlo i tražiš da povuče tu laž. A onda se preneš iz sanjarenja i vidiš netaknut čajnik i majčinu nezavraćenu glavu i shvataš da će ubuduće drugi pričati tvoju priču i da ti tu ne možeš ama baš ništa. I zato počinješ da urlaš i odbijaš se o zidove.

– Da li je pričao o meni? Da li je govorio da sam loša majka?

– Ne naročito često – laže Džeki i uzima praznu šolju.

– Samo da pristavim vodu – kaže tvoja majka i ustaje.

– Rekao mi je da sipate džin u čaj – kaže Džeki, pa otpije gutljaj i trzne se. – Mislila sam da izmišlja. Pogrešila sam.

Di-Di je zario lice u šake. Ne vidi se da li jeca ili drema. A onda ustaje, pogleda prikovanog za pod. – Teto, samo smo došli da vam kažemo. Hoćete li biti dobro? Ja ću organizovati pogreb.

– Čula sam da nema bogzna koliko za ukop – kaže tvoja majka i ponovo izvija obrvu.

– Hteo je da ostavi telo nauci – kaže Džeki i iskapljuje šolju. Smeši se, što se retko viđa. – To je bila njegova želja.

Draga devojka, misliš. *Jedina koja se toga seća.*

– Mislim da bi kremacija bila u svakom pogledu najbolja. Nije bio vernik ili tako nešto – kaže Laki.

Nikada nisam tražio nadgrobni spomenik, razmišljaš, i proklinješ svoju majku za svaki tužan dan otkad si se rodio. Nije znala da si popio tablete onog dana kad si shvatio da ti se sviđaju dečaci i da ne postoji ništa što bi on, ona ili bilo ko mogli da preduzmu povodom toga. *Ne vrti se sve oko tebe i tvog usranog braka, draga majko.*

Dužnost im nalaže da još malo popričaju na vratima.

– Sećate li se kad je otišao u Vani na tri meseca? Sećaš li se toga Dilane?

Di-Di klima glavom.

– Rekao mi je da me nikada nije voleo i da sam ja za sve kriva.

Di-Di zagrli tvoju majku. Džeki samo klimne glavom.

– Govorio je razne gluposti koje nije mislio.

– O, mislio je to – kaže tvoja majka.

Ona zatvara vrata, vraća se do kauča i proverava jesu li Kamala i Omat u blizini. Gleda kroz prozor i pušta vodu da joj se prospe iz očiju. Prvo kap, pa koliko da stane u oko, pa česma. Tvoja majka, koja nikada nije zaplakala ni pred tobom, ni pred bilo kim drugim, sada rida.

U početku priželjkuješ da možeš da se pojaviš pred njom, pa makar samo koliko da se postidi. Da joj kažeš da su verovatnoće da preživiš pad aviona i da preživiš da te otme NOF u dlaku iste: trideset osam posto. Ali onda se predomisliš. Baš tad, bolje ikad nego nikad, nekoliko dana posle svoje iznenadne smrti, odlučuješ da je ostaviš na miru.

O Međuprostoru znaš veoma malo, iako si naučio da krotiš vetrove. To ne znaju svi duhovi, i zato mnoge viđaš zatočene u smrdljivim sobama kako udaraju glavom i zamišljene zidove.

Ako uhvatiš pravi vetar, možeš stići na razna mesta. Ali retko do vrata na kojima si naumio da se pojaviš.

– Jesi li čuo za Malija?

Da je vetar prepun autobus, onda bi pominjanje tvog imena bilo motorni trick koji tandrče od vrata do vrata. Nešto kao teleporter, ali ni blizu onima iz *Zvezdanih staza* ili *Blejkove sedmorke*. U jednom trenutku si na drvetu i čekaš da prostruji nešto odgovarajuće, a u narednom si u televizijskoj sali u Visokom komesarijatu, gde Džoni Gilhuli gleda kriket na divovskom ekranu.

– Da li se pojavio?

– U neku ruku. Pronašli su glavu i nekoliko kostiju u Beiri.

– Gospode bože.

Džoni razgovara pomoću uređaja nalik cigli, navodno najnovijeg modela telefona, mada ne možeš zamisliti da bi iko svojevoljno nosio u džepu tu gromadu koja bljuje radioaktivno zračenje. Pored njega, u sobi su i dva starca koja znaš odranije. Raspravljaju se oko nečega, ali ne možeš da ih pratiš.

– Znam. Strašno. Svi smo prenaraženi.

Džoni češe tetovažu na butini, zmiju koja grize sopstveni rep. Prilaziš bliže slušalici. Glas s druge strane ima resku notu koju i te kako znaš, izbrušenu nakon dugogodišnjeg urlanja na posrednike u ratnim zonama.

– Džoni. Mi s tim nemamo ništa. Je li tako?

– Ne lupaj, Bobe. Ali povedi računa. Možda bi mogao da odeš na odmor.

– Misliš da sam ja meta?

– Da li te je iko video kad si se družio s pukovnikom i majorom?

– Naravno da nije.

– Čak ni neki drugi novinar?

– Endi Makgauan? Nema šanse.

Robert Sadvort, dopisnik *Asošijeted presa*, koji je proveo četrdeset pet minuta s tobom priljubljen uz žbun na pogrešnom kraju strelišta u Omantaju. Koji je gajio naklonost ka seoskim devojkama i nije poslao ni jedan jedini tekst otkako je pre godinu dana došao na ovo ostrvo.

– Ne mislim na njega, Bobe.

– Misliš da su se namerili na Malija? Ali ko?

Uto dolazi trotočkaš, kojim ne upravlja ni Skoti sa *Enterprajza*, ni Vila sa *Oslobodioca*, i za tili čas si u hotelskoj sobi, vidiš tamnoputu devojku koja hrče ispod prekrivača i raščupanog i, reklo bi se, mamurnog Boba Sadvorta opasanog peškirom.

– Samo povedi računa, Bobe. Ništa više.

– Je li to pretnja, Džoni?

– Ne dozvoli da se tvoj posao ispreči mom.

– Moj posao je novinarstvo, a šta je tvoj?

Nisi siguran gde se nalazi ta soba, ali kroz prozor se vidi crveno zdanje hotela *Leo*. Sadvort pućka *bristol* i pijucka svetli *lajon*. Iz slušalice dopire Džonijev severnoengleski naglasak sa azijskim prizvukom, a u pozadini se čuju ona dva starca kako se cvrkutavo prepiru.

– Bobe, nisam dete. Ručao si sa Izraelcima. I razgovarao s tigrovima. Pretpostavljam da ne pišeš priču o trgovini oružjem.

– Imaš li nešto da mi kažeš, Džoni? Mali mi je bio drugar.

– Ne kažem da nije.

– Ovde sam samo zbog posla. To je sve.

– Mislio sam da si ti novinar.

Veza se prekida, a Robert Sadvort spušta pogled na pivo na stolu i devojku u krevetu, ali odlučuje da se uzdrži i od jednog i od drugog.

Nalaze se u kancelariji obloženoj drvenim panelima i zidova ukrašenih fotografijama zaslužnih pripadnika UNP-a. Di--Es, Dadli, ser

Džon,[60] Džej-Ar, starinska zbirka povlašćenih seronja koji nisu imali ni dovoljno mašte ni dovoljno strasti da povedu ovaj raj putem slave. Vrtuckaš se po sobi poput neprijatnog mirisa i na kraju se spuštaš na sto od mahagonija, željan da ih oboje odalamiš, ali zadovoljavaš se time da ih zaspeš psovkama koje ne čuju. Na stolu su fascikle, koverti i kutija za cipele koja ne pripada nijednom od prisutnih živih.

– Pretpostavljam da se ovo tiče Malinde Almeide.

– Tiče se fotografija koje su vlasništvo Centra – kaže Elsa Matangi.

– Video sam te fotografije. Budite srećni što niste u zatvoru.

– Mi samo tražimo ono što je naše, gospodine. Zadržite ostatak.

– Baš ste velikodušni. Ko će ih objaviti?

– Mi nismo novinari.

– Jesmo li uopšte sigurni da su ovo slike iz '83?

– A otkad bi bile?

Popularna mitologija koja okružuje nemire '83 kaže da je sve počelo na groblju Borela, na sahrani trinaestorice vojnika koje su tigrovi ubili na severu tokom najvećeg, dotle nezapamćenog napada. Baksuzni broj trinaest deluje kao sitna čarka u poređenju s rekom leševa koja otad nije prestajala da teče. U stvarnosti, pobuna je počela u kancelariji vrlo sličnoj ovoj, u kojoj su ljutiti muškarci s kravatama falsifikovali glasačke listiće pijanih muškaraca u saronzima.

– Izgleda da imate veliki fotografski studio. Kako ste uspeli toliko da uveličate lica i ostalo?

– Malinda se postarao za sve. Rekao je da zna nekog momka.

– Pričam ti priču. Zašto bih vam dao ove slike?

On otvara kutiju i vadi koverte. Kec, kralj, dama, žandar, desetka. Različiti znaci. Kenta do keca.

Elsa ima onaj izraz koji se već video. Kad se nosi mišlju da nastupi diplomatski, a zatim odustaje.

– Nema nikakvih pisanih tragova iz jula '83. To što je nešto zaboravljeno ne znači da je izbrisano. Ako privedete makar jednog ubicu pravdi, zadobićete poverenje Tamila. Bez toga nikada neće dobiti ovaj rat.

Ministar uzima koverat sa oznakom *Dame pik* i okreće ga naopako. Fotografije padaju pred nju. Svaka je krupni plan, sve ih je napravio Viran u *FudžiKodaku* za velikodušan honorar i pušenje. Razigrani

---

[60] Don Stiven Senanajke (1884–1952), prvi premijer Cejlona, poznat i kao „otac nacije"; Dadli Šelton Senanajke (1911–1973), drugi premijer Cejlona, sin D. S. Senanajkea; ser Džon Lajonel Kotelavala (1897–1980), treći premijer Cejlona, čija je tetka po majci bila udata za rođenog brata D. S. Senanajkea. (Prim. prev.)

đavo, muškarac s toljagom, dečak s kantom benzina, zver sa smeđom satarom. Lica uveličana gotovo do prepoznatljivosti.

– Ako se ovo objavi, zemlja će ponovo goreti. Zar stvarno to želite?

Elsa prikuplja fotografije u nadi da neće morati da ih vrati. Sto je prekriven crno-belim slikama ljudi koji pale druge ljude. Dok ih Elsa pribire, ministar uzima dve. Zavaljuje se u skupocenoj fotelji i podiže ih.

– A šta nameravate sa ovima?

Jedna je uveličan deo druge. Na originalu se video goli Tamil kojeg dečaci ćuškaju štapovima. U pozadini je *benc* čije se tablice ne vide, ali se zato vidi muškarac na zadnjem sedištu. Naginje se kroz otvoren prozor da gleda nasilje. Izraz lica mu je nedokučiv, a usne čvrsto stisnute. Druga fotografija je mutan krupni plan istog čoveka. Ministar Siril Vidžeratne podiže sliku i sikće.

– Šta nameravate sa ovom?

– Priznajete da ste to vi? – kaže Elsa, mudro izabravši da se ne osmehne.

– Vodite računa, gospođo. I pre su me optuživali za organizovanje linča. Kao da sam ja toliko moćan. Svetina je pobesnela i Tamili su izvukli deblji kraj. To je sve.

– Nedužni Tamili.

– Bilo je zaista tužno.

– Zašto onda niste to zaustavili?

– Za to što se desilo 1983. kriv je vaš narod, a ne moj – kaže ministar. – Ako probudite lava, unakaziće vas. Nikad nemojte to da zaboravite.

– Kako je rulja znala koje su kuće tamilske?

– Ne igrate baš najbolje s kartama koje imate, Matangijeva.

– Gospođa Matangi.

– Voljan sam da vam vratim fotografije. Izuzev ovih dveju, naravno.

– Naravno.

– Ali hoću i negative. Gde su?

– To možda znaju Malijevi devojka i dečko.

– Stenlijeva dečurlija. Ne smem ni da ih pipnem.

– Ne smete da pipnete jedno od njih.

– Ako mi donesete negative, možete da zadržite ostale slike.

– Da imam negative, ne bi mi bile potrebne.

– Ima još nešto što možete učiniti za mene.

Elsa pokušava da pročita ministrov osmeh i čeka da čuje šta je posredi.

Lebdiš pod tavanicom i gledaš kako ministar Siril priča Elsi Matangi o britanskom trgovcu koji ima tovar izraelskog oružja, s kojim bi vlada htela da pregovara ali joj to ne dopuštaju odredbe novog ugovora s Kinezima. Kaže joj da bi to oružje mogao da dobije pukovnik, pod uslovom da ga iskoristi kako bi preoteo od komandanta vođstvo nad tigrovima. Međutim, Mahatija ne veruje ni vojsci ni Britancima. I zato je vladi potreban posrednik.

– Ne pominjite ovo svom partneru Kugaradži. Naši izvori kažu da on održava veze i s tigrovima i sa indijskom tajnom službom.

– Mislite da ja to ne znam?

– Zauzvrat ćete dobiti sve vaše fotografije, izuzev ovih, naravno. Umesto da završite u zatvoru. Neko u vašem položaju može samo da sanja o takvoj ponudi. Bolju nikada nećete dobiti.

– Dobiću metak u čelo. Od vas ili od njih.

– Mi ubijamo samo loše ljude. A oni koji prete državi zaista su loši. Možda najgori.

– Šta je sa onima koji su nastradali '83?

– I sami znate da je to bilo davno. Nema svrhe da se sada bavimo time. Osim ako ne želite da se sve ponovi.

– A šta ako odnesem negative u Kanadu i kažem medijima da vlada Šri Lanke naoružava teroriste?

– Niste toliko glupi. Moram da znam šta ste odlučili pre nego što odete odavde. – Ministar je mogao da upotrebi reč „ako“, ali nije bilo potrebe. Moć je kad možeš da zapretiš a da to ne izgovoriš.

– Ako Centar pristane na ovo, hoćemo da Indijci pokupe prnje. I da tamilski civili budu zaštićeni.

– Ne Centar. Samo vi. Izgleda da ste zaboravili Almeidu. Nismo ga mi ubili. Ali nismo sigurni što se tiče vas i vašeg Kuge.

– Mi se ne bavimo takvim poslovima, gospodine.

– Niste se naročito potresli jer ste izgubili kolegu.

– Izgubila sam mnogo kolega, gospodine. Navikli smo na to.

– I ja isto, draga moja – kaže sin velikana i stric nosioca boe od perja. – Nemojte to nikad da zaboravite.

– Potrudiću se. – Elsa nikada nije igrala poker, mada bi bila vrhunski igrač.

– Imate vikend. Samo toliko. U nedelju je sastanak za koji će mi trebati i negativi i vaše prisustvo.

– Mogu li sada da uzmem fotografije?

Gledaš kako ministar podiže slušalicu i brunda naređenje. A zatim kako muškarci u crnom koji nisu ni vojska ni policija dolaze da izvedu Elsu Matangi. Jedan ostaje da pokupi koverte. Elsa prestaje da se smeška i odmahuje glavom dok je guraju napolje.

Ministar spušta slušalicu i klima glavom. – Četrdeset osam sati. Počev od sada. Hoću negative i vašu reč. A fotografije će dotle ostati kod mene.

– Bude li me još neko pozvao zbog Malija Almeide, poslaću tebe – da, tebe lično – u Džafnu da obavljaš poslove za Indijce.

Kuhinjskim nožem otvara pismo i umalo ne odseče sebi vrh prsta.

– Prokleto kopile. Kladim se da je duh tog pešovana došao ovamo da mi upropasti dan.

Eh, kad bi znao, pomisliš ti. *Kad bi samo znao.*

– Mendise, jesi li me čuo?

– Jesam, gospodine – odgovara skrušenim cijukanjem dežmekasti kaplar koji sređuje kartoteku u uglu.

– Rekao si da me je neko tražio?

– Da, gospodine. Dva policajca.

– Uvedi ih. I ne prosleđuj mi nikakve pozive, osim ako nije znaš ko.

– Da, gospodine.

Dežmekasti kaplar izlazi kroz vrata pored kartoteke. Prostorija je pravougaona i neuredna, puna fascikli, mapa i oružja na stolovima. Uzi, kalašnjikov, brauning 38, nekoliko granata i dumdum metaka u staklenoj vitrini s ključem u bravi. Na stolu u uglu stoji nekoliko telefona i tablica na kojoj piše *Major Radža Udugampola*. Već si sedeo za tim stolom, tražio usluge i zauzvrat dobijao porudžbine.

Dežmekasti kaplar se vraća s dvojicom policajaca. Jedan je krupan i ćutljiv, drugi vižljast i pričljiv. Major ih mrko gleda ne prestajući da otvara pisma nožem.

– Pomoćnik načelnika Rančagoda i inspektor Kasim. Izabrao sam vas jer su mi vas preporučili. Vi momci imate pune ruke posla.

– Da, gospodine!

Zauzimaju stav mirno i izbegavaju njegov pogled.

– Koliko je još đubreta ostalo u *Leu*?

Kasim bi rado izvadio beležnicu u kojoj ima zapisan tačan broj. Ali možda se setio one priče o tome kako je Radža slomio nos nekom redovu zato što se previše vrpoljio.

– Sedamdeset sedam! – gromko odgovara.

– Ne seri. Mislio sam da ih je četrdesetak.

– Još ih je došlo prošle nedelje, gospodine – kaže Rančagoda.

– Tražio sam policijski čas. Ministar treba da se javi svakog trenutka. Vi ćete nadgledati transport. Specijalci će preuzeti robu na groblju. Imate li dovoljno vozila?

– Imamo tri kamioneta.

– Pih! To nije dovoljno. Ja mogu da obezbedim vozače. Moraćemo to da uradimo u nekoliko tura. Do mene su doprle neke vrlo ružne priče.

– Kakve, gospodine?

– Da unajmljujemo kriminalce. Priča se da neko hrani mačke telima. Bolje bi vam bilo da su to gluposti.

– Teško je naći dobre đubretare, gospodine. Nikome ne možete da verujete. Naše protuve nisu sveci, ali bar nisu ubice ili prodavci droge.

Govori samo Rančagoda, a Kasim pilji u pod.

– To je dobro.

– A o mačkama ne znam ništa, gospodine.

– U redu. Videćemo. Završite to. Možete da idete.

Dok policajci izlaze, jedan telefon počinje da zvoni. Preneš se iz sanjarenja o tome kako razmenjuješ koverte za prijemnim pultom ispred kancelarije. Svega dvaput si bio u toj prostoriji. Jednom da te pohvale za dobar rad, i jednom da ti saopšte da tvoje usluge neće više biti potrebne.

Lampica pored slušalice trepti i major se javlja.

– Da?

– Mogu li da razgovaram s majorom Radžom Udugampolom?

– Ko je to?

– Moj prijatelj ima ovaj broj u svom adresaru.

– Ko je vaš prijatelj?

– Malinda Almeida.

Klik.

– Mendise!

Zalupi slušalicu i čeka da kaplar dođe dugačkim hodnikom.

– Pavijanu glupi! Rekao sam ti da mi ne prosleđuješ pozive.

– Gospodine, to je bila vaša privatna linija.

– Ali niko nema taj broj.

Lampica pored slušalice ponovo počinje da trepti.

– U redu. Izađi.

Čeka da kaplar zatvori vrata za sobom.

– Da.

– Odakle ste znali Malindu?

– Gospođice, dobili ste štab šrilančanske vojske. Ovaj broj je poverljiv. Narediću da vas nađu i uhapse.

– Zašto je Mali imao ovaj broj?

– Ja sam major Radža Udugampola. Dao sam izjavu za štampu. Almeida je radio kao vojni fotograf od 1984. do 1987. Nikada nisam lično upoznao tog kretena. Poslednje tri godine nije imao nikakvog dodira s vojskom. Budete li ponovo pozvali, izmasakriraću vas.

Zalupi slušalicu i počne da sređuje sto. Stavlja pisma na tacnu, a koverte baca u korpu za otpatke. Telefon ponovo zatrepti. Major zausti da opsuje, ali ubrzo mu bude drago što nije to učinio.

Glas s druge strane toliko je glasan da se čuje i u hodniku.

– Radža! Ne možeš reći da te ne podržavam.

– Izrazito to poštujem, gospodine.

– Dobio si svoj policijski čas. Od ponoći do ponoći. Trebalo bi da to bude dovoljno.

– Da, gospodine. I više nego dovoljno. Hvala, gospodine.

– Predsednik me je pitao zašto.

– Šta ste odgovorili, gospodine?

– Rekao sam mu.

– I?

– Rekao je: „Jesi li siguran da je dvadeset četiri sata dovoljno?"

Kažu da je smeh muzika, ali to je samo jedna od hiljadu neistina kojima se zavaravamo. Nečiji smeh je praskav, nečiji odvratan, a od nečijeg ti se sledi krv u žilama. Zvuk zajedničkog kikotanja majora Radže Udugampole i ministra Sirila Vidžeratnea sigurno je najružnija muzika koja je ikada dotakla tvoje nedavno pregledane uši.

– I još nešto.

– Recite, gospodine.

– Treba pokupiti još nekog.

– Imate li ime, gospodine?

– Elsa Matangi. Naći ćete je u...

– Znam, gospodine. U hotelu *Leo*.

– Drži je na oku. Budi spreman da je pokupiš istog trenutka kad te pozovem.

– Kakav je ona gost, gospodine?

– Pruži joj kraljevski tretman.

– Podaci ili kazna?

– Oboje.

– Onda ću pozvati Masku.

– Pozovi koga god hoćeš. Samo nemoj da zajebeš.

ČETVRTI MESEC

„Ja sam anđeo. Ubijam prvence dok njihove mame gledaju. Pretvaram gradove u so. Kad mi se prohte, čupam duše malim devojčicama, i odsad pa sve do Sudnjeg dana, jedino na šta možete računati tokom čitavog svog postojanja jeste da nikada nećete shvatiti zašto.“

Greg Vajden, *Proročanstvo*

POLICIJSKI ČAS

Onim danima kad je policijski čas, ništa se ne kreće izuzev vetrova, duhova i očiju stražara na kontrolnim punktovima. Proveo si noć na drvetu zureći u polumesec i oblake što su ga zaklanjali. Pitao si se isto ono što su se pre tebe pitali svaki bodisatva i svaki od trideset duhova Artura Klarka. Da li je moguće zaustaviti sve to?

Prvi policijski časovi koje pamtiš uvedeni su posle masakra 1983. Nakon toga su postali uobičajeni koliko i Poja. Dešavali su se posle svakog izliva nasilja, kao što posle kiša dođu poplave. Na jugu, na severu, i tu, na divljem zapadu, vlada je sklanjala ljude s pločnika, automobile sa ulica i slobode iz života. Džoni je jednom rekao da policijski časovi služe vladi kako bi održavala red, hvatala loše momke i „radila ono što ne može u pô bela dana".

Tvoje drvo bruji od mrmljanja samoubica. Samoubice je najlakše uočiti posle gladnih duhova; oči su im žućkastozelene, vrat često slomljen i uvek nešto čavrljaju, mada najčešće sami sa sobom. Puštaš vetar da te nosi od punkta do punkta, pustim ulicama i pored praznih autobuskih stanica. Mačke patroliraju sporednim ulicama, vrane stražare na krovovima, a neživi hodaju sporije od većine.

Glavnom ulicom tandrče kamionet, svetloplavi ašok lejland, prvo vozilo koje se celog jutra pojavilo u inače najprometnijem delu Gol rouda. Ne usporava kod punkta Bamba, ali stražari ne mrdaju ni prstom, niti su zbunjeni. Nekoliko trenutaka kasnije zaustavljaju zelenu tojotu, izvode vozača i pretresaju ga. Puštaju ga tek kad im pokaže nalepnicu s lekarskim znakom na vetrobranskom staklu.

Drugi kamionet, crven s drvenim panelima, ubrzava ispred kontrolnog punkta i stražari mu daju znak da samo produži. Skačeš na vazdušnu struju u trenutku kad skreće na Bulers roud. Vožnja je truckava, a smrad veličanstven. Nedostatak nosa ne znači da si pošteđen miomirisa raspadanja zamrznutih tela.

Nisi sâm na krovu. Druga neživa stvorenja truckaju se zajedno s tobom. Vetar prolazi kroz njih i razvlači im lica. Zaboravljeni osmesi i začuđeni pogledi trepere u vazduhu dok kombi ulazi u groblje.

Tamo su dva vozila, dva otvorena kamioneta iz kojih ljudi iznose tovar. A tovar su leševi, nezamotani i nabrekli, neki još zamrznuti, drugi smrdljivi. Vazduh je gust od muva koje oduševljeno zuje pred takvom gozbom. Radnici nose debele poveze, mahom napravljene od starih saronga vezanih preko nosa i usta, kao da su drumski razbojnici ili plaćene ubice, što velika većina njih najverovatnije i jeste.

Voleo bi da ti je foto-aparat tu, a i da imaš gde da razviješ film, i nekoga da mu pokažeš slike. Isto kao što bi voleo da znaš ko te je ubio. Nema nikoga u uniformi, mada se neki kreću kao vojnici, uspravno i žustro, bez mnogo priče i zastajkivanja.

Na kapiji dva policajca i dva čoveka koji nisu ni vojska ni policija proveravaju i popisuju lične karte. To je redak primer organizovanosti u sveopštoj zbrci bolničkih i zidarskih kolica. Neki nose rukavice, neki najlon-kese. Neki nose cipele, neki papuče. Nema razgovora, samo povremeno zastenju kad prebacuju tela na kolica i guraju ih ka krematorijumu. Stenju i oni koji dižu teret i duhovi koji ih gledaju.

Muškarci u crnom izvikuju naređenja i vode računa da se tela uredno poslažu. Ako se kolica prevrnu, za tili čas će napraviti beskrajan red.

Kamionet koji je upravo pristigao istovaruju na parkingu, iz drugog su već izneli polovinu tereta, a u treći trpaju prazna kolica koja se vraćaju iz krematorijuma. Kraj trećeg su trojica koji su, uprkos tome što su im lica napola pokrivena, prepoznatljivi po sporom, više goveđem nego ljudskom hodu. Balal i Kotu gegaju se kao bivoli, a Šoferče cupka na svojoj lažnoj cipeli.

Inspektori Rančagoda i Kasim stoje na samom rubu celog tog vašara i pokušavaju da kao semafori unesu nekakav red, mada samo pogoršavaju stanje. Na većini leševa čuče njihovi duhovi kao sukube, zure dole kao neutešna deca, pokušavaju da dokuče kako da udahnu sebe natrag u nekadašnju ljušturu.

Podižeš pogled ka divovskom dimnjaku koji bljuje crni smog ka nebesima, gde zvezde skreću pogled, dok se bogovi pretvaraju da ne čuju. Sećaš se koliko si puta video kako se takav dim širi kroz vazduh nad Kolombom. Tebe nema među onim gomilama mesa, osećaš to u kostima koje više nemaš. Zidarska i bolnička kolica guraju se ka tornju, sprovode do ogromne rupe u zidu i istovaruju u peć. Oganj prihvata tela sa šištanjem i podrigivanjem, dok duhovi bolno jauču, iako ih čuju jedino oni koji su prestali da slušaju.

Napolju se čuju škripa guma i povišeni glasovi. Izlećeš iz krematorijuma i vidiš majora Radžu Udugampolu kako maše povorci radnika. Vazduh je vlažan od šapata i napukao od majorove pevljive dreke.

– Šta kog đavola radite, magarci jedni?

Ako zažmuriš, majorovi piskutavi uzvici bili bi donekle komični, kao da daje glas Dušku Dugoušku na sinhaleškom. Tek tada primećuješ njegovu pogrbljenu orangutansku telesinu i shvataš da bi taj glas mogao da te udara obema pesnicama u grudi sve dok ti ne smrska grudni koš.

– Kasnimo dva sata, barabe lenje! Moji ljudi će da istovaruju. Idite po ostatak đubreta. Odmah! Ili ću sve da vas bacim u onu peć!

Dolazi do meteža kad ljudi u crnom koji nisu ni vojska ni policija počnu da reže na one u civilnoj odeći. Rančagoda i Kasim viču na Balala i Kotua, koji gura Šoferče, koji psuje vladi sve po spisku dok izvršava naređenja. Policajci ulecu u kabinu dok đubretari šmrkom peru prikolicu. Spiraju šare u crvenim, smeđim, žutim i plavim tonovima, kaleidoskop koji su napravile utrobe mrtvih ljudi.

– Kuda idemo, gospodine? – pita Šoferče dok pali motor.

Rančagoda mu se smeši okrnjenim zubima.

– A šta ti misliš?

Inspektor Kasim ćuti kao zaliven, i pomoćnik načelnika Rančagoda ne može više to da trpi.

– Beo si kao krpa. Džaba toliko razmišljaš. Sve su to teroristi i protuve.

– Ali nisu.

– A ti kao znaš?

– Mladi su. Ne odobravam ovo. Nikada nisam ni odobravao. Prošle godine sam tražio premeštaj. Još čekam.

– NOF je pretio vojsci, policiji i njihovim porodicama. Mi štitimo svoje porodice. Ako si dovoljno star da ubiješ, onda si dovoljno star i da umreš.

– A šta je s njihovim porodicama? Ko njih štiti?

– Trebalo je da se bolje staraju o svojoj deci. Šoferče, šta čekaš?

– Šri Lanka će biti uništena. Prvo vatrom. Pa poplavom – mrmlja Šoferče dok lagano pritiska pedalu zdravom nogom.

– Šta si rekao?

– Ništa.

Sediš na haubi kamioneta koji polako polazi. Čuješ svoje ime kako doleće na vetru, mada ne prepoznaješ taj glas kad je lišen uobičajene teatralnosti.

– Postaraću se da vrate Malijevo telo porodici – kaže Stenli sinu.

– Nema tela, tata – prigušenim glasom kaže Di-Di, a oči mu sijaju.

– Ko ti je to rekao?

– Forenzičari Ujedinjenih nacija.

– Video si se s njima?

– Oni su mene našli.

– Gde?

– U Klubu Umetničkog centra.

– Ne bi trebalo da ideš tamo.

– Zašto?

– To je stecište narkomana i pešovana. Uskoro će tamo biti racija.

Tvoj otac i Stenli bi se lepo slagali. Kao požar u kući punoj tela zapaljenih pedera. Pokušavaš da ih zamisliš obučene kao dve gospođe, kako upoređuju horoskope i biraju venčanice za svoje sinove.

– Daću otkaz u *Ert Voč Lanki* – kaže Di-Di.

– Mislim. Da je to pametno – kaže mu otac. – Ovo je bilo baš blizu. Dobro će ti doći malo mira da središ misli. Kad budeš spreman, uvek možeš da se vratiš u firmu.

– Prihvatio sam posao u Ujedinjenim nacijama.

– Aha. U Programu zaštite životne sredine?

– Organizovaću lokalnu forenzičku jedinicu za identifikaciju tela.

– Sa onim Radžapaksom?

– Ova jedinica će biti apolitična.

– Ništa u ovoj zemlji nije apolitično. Voleo bih da odrasteš već jednom, Dilane.

Stenli se naginje napred i hvata sina za ramena. Vidi se da cepti od besa, ali Di-Di to ne primećuje, a ti bi mogao da sagradiš katedrale od svega što Di-Di ne primećuje, ne zna ili ne razume. Otac ispušta dubok uzdah. Iz profila toliko liče da bi mogli proći kao blizanci.

– Ako mi sami ne poboljšamo ovu zemlju, ko će? – kaže mlađi.

– Radi kako misliš da treba, sine – mrmlja stariji. – Radi kako misliš da treba.

Tek kad se Džeki dotetura iz kuhinje shvataš da si ponovo u stanu u Gol Fejs kortu. Pitaš se šta se promenilo, i onda primećuješ praznine na zidu tamo gde su visile tvoje fotografije.

Ona prekida trenutak između oca i sina kao NOF-ovac s megafonom, kao batinaš s glasačkim spiskom. Podiže adresar i papir sa spiskom imena koja odgovaraju oznakama pet karata.

– Prokljuvila sam. Imam sva imena.

Di-Di izgleda umorno i zabrinuto.

– Kakva imena? Šta pričaš?

– Pet koverata s pet oznaka karata.

– Da, da. A iste oznake nalaze se u adresaru pored nekih brojeva.

– Znam kome pripada koji broj – kaže Džeki.

Ne znaš da li da se raduješ zbog toga ili da se zabrineš za Džeki. A po izrazima njihovih lica, reklo bi se da to ne znaju ni otac i sin.

Ona otvara tvoj adresar na označenim stranicama. – Evo ga kec karo. To je broj Džonija Gilhulija, onog ljigavca iz ambasade. – Zaokružuje ime na papiru. – Mali je pominjao i nekog Roberta Sadvorta iz *Asošijeted presa*.

– Ja sarađujem s njima. Nikad nisam čuo ni za kakvog Sadvorta – kaže Di-Di. – Sigurno misliš na onog uvrnutog Endija Makgauana.

– Sadvort? – Stenli odmahuje glavom. – Tako se zove predstavnik *Lokhid sistema*.

– Čega? – pita Di-Di.

– Oni prodaju oružje vladama većine članica JAARS-a.[61]

– Sad još samo reci da je Mali trgovao oružjem.

– Ne verujem – kaže Stenli. – Trgovci oružjem imaju za stanarinu. Pogleda sina, koji skrene pogled.

– Dama pik ide Elsi Matangi iz Centra – kaže Džeki.

– Tata, jesi li se raspitao o njima? – pita Di-Di.

– Već sam ti rekao. Emanuel Kugaradža je povezan sa OTTE-ovim predstavnicima, kao što je EROS.[62] A i sa IAK-om, indijskom tajnom službom. Hapšen je u Britaniji zbog napada, ali su optužbe odbačene. Elsa Matangi je skupljala priloge za tigrove na Univerzitetu u Torontu. Centar finansiraju vlade Kanade i Norveške, ali i Američki fond za mir.

Ili je Stenli zadao domaći zadatak onima u Ministarstvu za omladinska pitanja, ili je smislio gomilu laži za svog lakovernog sina.

– Američki fond za mir stvarno postoji? – pita Di-Di.

– Imaju li isti budžet kao Američki fond za rat? – pita Džeki, ali se niko ne nasmeši.

---

[61] Južnoazijska asocijacija za regionalnu saradnju – savez formiran potpisivanjem povelje u Daki 1985, a članice su Indija, Bangladeš, Maldivi, Butan, Nepal, Pakistan i Šri Lanka. (Prim. prev.)

[62] Elamska revolucionarna organizacija studenata. (Prim. prev.)

– Ako je Centar fasada za OTTE ili IAK, možemo naslutiti ostalo.

– Možemo? – pita Di-Di.

– Nijednima nije strano ućutkivanje sopstvenih zaposlenih.

Zavlada tišina, a onda se Džeki nakašlje. – Žandaru herc odgovaraju sledeća imena: Bajron, Džordž, Hadson, Ginis, Linkoln, Brando, Vajld. Većina ih je rekla da je posredi greška. Nekoliko je spustilo slušalicu čim sam pomenula njegovo ime.

Neki muškarci koje si okusio dali su ti svoj broj, koji si zapisao i nikada ga nisi pozvao. Kad ti neko zatraži tvoj broj, davao si mu lažan, ali tek nakon što ti dozvoli da ga slikaš.

– Možda su to drugi NOF-ovci. Sigurno su čuli da je pronađeno njegovo telo.

Di-Di odmahuje glavom i igra se pramenom kose. – Mali se prema svima postavljao kao prijatelj. Znamo to, Džeki. A šta je s kraljem i desetkom?

– Kralj tref otišao je pravo u kancelariju majora Radže Udugampole.

– Jesi li ti poludela? – Stenlijeva kravata leprša na vetru. – Udugampola je komandant specijalnih jedinica. Zvala si njegovu direktnu liniju?

– Samo sam okrenula broj.

– Molim te. Kaži mi. Da nisi razgovarala s njim. – Stenliju se trese ruka.

– Nisam – kaže Džeki, pomalo preglumljujući nevinost.

Stenli je podozrivo pogleda, a onda nasedne na blef.

– Ovo nije igra, Džeki. Udugampola je siledžija. U svom odredu ima mučitelje koje je obučavala CIA. Jesi li čula za Masku? Ako je Malinda petljao nešto s njim, svima bi nam bilo bolje da se pritajimo.

– Hoće li nam vratiti Malijeve kutije?

– Ministar Siril Vidžeratne dao mi je reč.

– U redu – kaže Džeki.

– Šta je bilo u tim kutijama?

– Svi bismo to da znamo. Ujače, jesi li ga zvao?

– Koliko puta treba da ti kažem? Ne veruješ mi? Evo, sad ću ga pozvati.

– U redu – kaže Džeki.

Stenli Darmedran ulazi unutra, podiže slušalicu i počinje da okreće broj koji očigledno zna napamet. Ima mnogo nula, što iziskuje strpljenje od njegovog prsta na kružnom brojčaniku.

– Dakle, Džoni je kec, šef SJ je kralj, Elsa je dama, žandari su NOF. A šta je desetka?

– Rekla sam ti. Desetkom herc je označen naš broj u stanu.

– A šta to znači?

– Možda su to naše slike – kaže Džeki. – Ili možda samo tvoje.

Di-Di uzima adresar od nje i počinje da ga prelistava.

– Ti si upisana pod Dž. Piše Džeki. I u zagradi: rođak Dilan. Koliko je star ovaj adresar?

Osećaš oštar bol na mestu gde su ti nekada bile grudi, i od toga te zaboli i nevidljiva ruka. Razmišljaš o svim slikama u kovertu sa oznakom *Čista desetka*. I shvataš da su za tebe one najmanje vredne krađe i najviše vredne zaštite.

Tvoja slaba tačka

Ponovo si u akva-klubu *Vidra*, sećaš se prve i poslednje prilike kad si bio pozvan na nedeljni razgovor oca i sina. Džeki te je povela kao svog dečka i nikada te više nisu pozvali. To je bilo u onih prvih šest meseci, dok ste vas dvoje išli u klubove i kockarnice i ponašali se kao par, izuzev u spavaćoj sobi.

Stenli je bio srdačan i svojski je igrao ulogu domaćina, naručivao je uvozno pivo i velike porcije sipe. Tada si prvi i poslednji put igrao badminton u mešovitim parovima: Di-Di i Džeki protiv Stenlija i tebe. Oko polovine je svima bilo jasno da Džeki nema pojma, a do kraja je postalo očigledno da si ti još gori. Ali ono što ti je nedostajalo u veštini na terenu nadoknađivao si podbadanjem protivnika.

– Di-Di, mislim da sam otkrio šta ti je slaba tačka.

– Šta?

– Badminton.

Stenli ni reč nije rekao dok si promašivao udarac za udarcem, što je dovodilo do poraza za porazom. Osim kad si ga na samom kraju, nakon što si se zatekao na savršenom mestu da postigneš odlučujući poen i zabio lopticu pravo u mrežu, čuo kako mrmlja: – Jebem ti sranje! – s mnogo više potisnutog besa nego u svim prethodnim divljačkim zakucavanjima.

Počeo si da pričaš o *Severu i jugu*, američkoj seriji s Patrikom Svejzijem u glavnoj ulozi, na koju smo sve troje bili navučeni. Stenlijev pogled je postao staklast iznad lažnog osmeha. Kad si stigao do toga koliko su nerealne scene bitaka, on je promenio temu.

– Jednom su bacili bombu na moj auto. Nedaleko odavde. Dole u Bulers lejnu.

Di-Di je često pričao o tome kako su on i njegov otac bili na OTTE-ovom spisku za odstrel sve do potpisivanja mirovnog sporazuma 1987. Ali i dan-danas putuju odvojenim vozilima, čak i kad idu u *Vidru*.

– Malinda, tvoja majka je Tamilka?

– Pola Burgerka, a pola Tamilka.

– A otac?

– Umro je pre tri godine. Bio je Sinhalez.

– Žao mi je što to čujem. A šta si onda ti?

– Šrilančanin.

– Vi mladi uvek to kažete. Nadam se da će vaša generacija biti u stanju da tako razmišlja. Za nas je kasno.

– Dosta mi je tih plemenskih sranja – rekla je Džeki. – Stavljanje rase ispred države.

– Evo kako stoje stvari. Plemenski gledano, draga moja – rekao je Stenli – Sinhalezi su brojniji od Tamila. Ali zato su Tamili pametniji od Sinhaleza. Vrednije radimo. I moramo biti bolji. Ali moramo to da krijemo. Da Sinhalezi ne postanu ljubomorni.

– Da li se još brinete za svoju bezbednost? – Trudio si se da ga gledaš u oči, ali ti je pogled uporno bežao ka njegovom sinu, koji se upravo svlačio kako bi otišao u bazen. Ispod znojave majice i šortsa krile su se plave *spido* gaćice.

– Držim se na odstojanju i ne guram se u prve redove. Uzdržan sam kad se glasa za problematične predloge. Ne ulećem u sukobe sa Sinhalezima. Sarađujem s njima. Svi mi želimo mirno da živimo. Zar nije tako, Malinda?

A onda ti je Stenli održao predavanje o drevnoj tamilskoj postojbini i o tome kako su Tamili imali kraljevstva na severu tokom srednjeg veka i kolonijalne vlasti. Kad ga je Džeki pitala zašto su Sinhalezi toliko nesigurni, odgovorio je da su takvi iz istog razloga zbog kog se belci u Americi plaše crnaca koje su nekada porobili, a Di-Di je za to vreme isplivao dve dužine delfin stilom, a zatim nastavio prsnim.

– Ali rasa nije činjenica – rekla je Džeki. – To je izmišljotina. Najobičnija glupost. Ko može da razlikuje Sinhaleza od Tamila?

– Nije tačno – odvratio je Stenli. – Činjenica je da crnci trče brže, da su Kinezi vredniji radnici, da su Evropljani sve izumeli. – To se nastavilo monologom o urođenom i stečenom, što je nekako uspeo da iskoristi da napomene kako je pedesetih plivao i trčao za Kraljevski koledž. Završio je rekavši da ti od rase, škole i porodice zavisi kako će ti se kotrljati kocka života.

Di-Di se vratio opasan peškirom i odmah navalio na sipu, ali ne pre nego što ti se osmehnuo. Kao i uvek, klimao je glavom kad njegov otac drži predavanje. Ti i Džeki niste.

Kad od sipe nije ostalo više ništa, Stenli je tražio račun i prvi put od badmintona te pogledao pravo u oči.

– Mi smo školovani kolompski Tamili. Moramo da vodimo računa i ne privlačimo pažnju. To ti je jasno, zar ne?

Razmišljaš o lutriji koja odlučuje gde ćeš se roditi, i o tome kako je sve ostalo mitologija, priče koje ego priča sebi kako bi opravdao sreću ili objasnio nepravdu. Pitaš se da li je trebalo da držiš jezik za zubima.

– Gospodine, ovu zemlju su nasledile ispičuture koje su svoju decu slale u britanske škole. Mahom Sinhalezi, mada ne svi. Ali zato su svi bili iz Kolomba. A to što smo Kolombljani koji govore engleski oslobađa nas patnji ostatka zemlje.

– Nisam znao da u ovoj zemlji postoji marksistička levica – rekao ti je Stenli s najlažnijim osmehom na svetu i ustao da pođe. – Nego, kaži mi, Mali. Koliko zarađuješ od bavljenja fotografijom?

– Tata! – Di-Di je bio postiđen i zaprepašćen.

– U redu je, Di-Di – rekao si. – U redu je da pitaš to sve dok si spreman da i sâm odgovoriš na isto pitanje. Koliko vi zarađujete od toga što ne glasate kad se odlučuje o problematičnim predlozima?

– To je drugo. A i moram da idem. Možda neki drugi put.

Stenli je bio vidno iznerviran jer je dopustio da mu maska padne pred sinom.

– Nema problema, gospodine. Ako vam je neprijatno da to otkrijete, ne bi trebalo ni druge da pitate. Ali rado ću vam reći.

– Ne zanima me. – Potpisao je račun.

– Zarađujem onoliko koliko svi svetski milioneri ne mogu.

Stenli je izvio obrvu. – A koliko je to?

– Dovoljno.

Nasmešio si se, Stenli je otišao, a Džeki prevrnula očima jer je već čula tu dosetku, ali ne iz tvojih usta.

Di-Di je prebacio ruku preko tvojih ramena i zagrlio te postrance. Sve je izgledalo drugarski, ali ti se nisi tako osećao. – Volim kad neko zavuče tati. Džeki, gde si našla ovog momka?

Džeki je ugasila opušak i slegla ramenima. – Našao je on mene.

Usne su joj se smešile, ali oči nisu.

* * *

Nekoliko meseci posle toga, posvađali ste se za večerom zbog Di-Dijevog oca i njegovog odbijanja da osudi granatiranje civilnih ciljeva u Džafni po nalogu vlade.

– Tata osuđuje svako nasilje. Uvek je to činio.

– A da li je ikada pokušao da ga zaustavi? Ili makar da javno progovori o tome?

– On nikome ništa ne duguje. Ne možemo promeniti svet, Mali. Možemo jedino da rešimo pokoji problem, tu i tamo.

– Govoriš kao povlašćeni seronja.

– Evo ga opet. Govor o lutriji i rođenju. Lako je izigravati pravednika kad ti je otac zbog griže savesti slao novac iz Misurija.

– Možeš iskoristiti svoje povlastice da pomogneš drugima, ili da ih odsečeš.

– Pa, šta hoćeš da uradim?

– Ništa. Samo nastavi da spasavaš drveće.

– Bolje i to nego da slikam leševe.

– U redu, ubedio si me. Hajdemo u San Francisko da mlatimo pare i vodimo ljubav, a ova usrana zemlja neka izgori do pepela.

– Izgoreće, slikao ti to ili ne.

– Ne, ozbiljan sam. Hajde da uradimo tako. Ja sam spreman.

– Ti si kukavica – rekao je Di-Di. – Veliki si samo na rečima. Nikad se ne bi odvažio to da uradiš.

Di-Di je uzeo svoj tanjir i bacio ga u sudoperu do tiganja koji je maločas uništio prženjem na previsokoj temperaturi s premalo ulja. Što je značilo da će se duriti i neće uveče oprati sudove, i da će se oni gomilati sve dok Kamala ne dođe u četvrtak.

– Šta da uradiš? – pitala je Džeki, stojeći na pragu.

Di-Di je rekao da će reći ocu za vas dvojicu, a kad si mu odvratio da je to grozna ideja, optužio te je da si pederčina koja mrzi sebe i dodao da će dati otkaz na poslu i otići u Tokio na master studije.

Onda si ga pitao može li da ti pozajmi nešto novca, a kad te je pitao koliko rekao si mu, a kad te je pitao šta će ti rekao si da ćeš provesti mesec dana na severu u izbegličkom logoru u Vaniju, a kad te je pitao zašto ti si mu rekao još jednu laž.

– Ima li tome kraja, Mali?

– Ako nemaš gotovine, samo mi reci. Ne treba mi predavanje.

– Je li to za *Asošijeted pres*? Ili za vojsku?

– Ne mogu da ti kažem.

– Onda ne mogu da ti dam.

– Dobro. Pozajmiću od nekoga ko ne tvrdi da me voli.

– Zašto ne razgovaraš s Džeki?

– Ona je u još većoj besparici nego ja.

– O nama.

– Šta o nama?

– Mora to da čuje od tebe. Prati te kao kučence koje želi da ga pomaziš. Odvratno je.

Završilo se tvojim obećanjem da ćeš reći Džeki, što nisi učinio. On je na odlasku rekao da ne može da ti pozajmi novac, što je na kraju, naravno, učinio. Manji deo svote izgubio si na ruletu, nešto si iskoristio da platiš pušenje u Anuradapuri, a ostatak si dao porodici koja je pobegla od granatiranja u Vavuniji.

Razgovarali ste tokom vožnje kad ste išli da gledate Džeki u komadu nekog čuvenog Rusa, sa spikerkom Radikom Fernando u glavnoj ulozi. Rekao ti je da je dotle izlazio samo s devojkama, da ti izlaziš s njegovom rođakom, da bi njegov tata bio zgrožen i da mu stvarno ne treba tolika drama. Rekao si mu da je to u redu, a onda si pustio prste da tokom cele predstave istražuju njegovo krilo. Kasnije si rekao Džeki da je imala sjajnu hemiju s glavnom glumicom, na šta je ona rekla da se možda zaljubila u nju, a kad si se ti nasmejao, rekla je: – Pa da. Znala sam da će te biti baš briga.

Cele nedelje po tvom povratku iz Vanija vrata između vaših soba bila su zaključana. Dane si provodio u kockarnici, čekajući da ti Viran razvije filmove. Naručio je novu opremu preko radnje *FudžiKodak*, pa ju je odneo kući da tamo to uradi.

U ušima si čuo brujanje koje nikakva količina dima niti nizovi dobitaka nisu mogli da odagnaju. Kad si zatvorio oči, jedino što si video bila su deca šćućurena jedna uz drugu u bunkerima, majušne glave zaklonjene majušnim laktovima, razrogačene i prazne oči.

A onda se vratio pijan s nekog slavlja na poslu i zatekao te kako sediš na kauču i gledaš snimljene epizode *Sudnice*. Odvukao te je u tvoj krevet iako se moglo desiti da je Džeki u svojoj sobi, a nikada ništa niste radili kad je ona kod kuće i budna.

Iznervirao se kad si tokom tog krajnje divljačkog i znojavog snošaja izvadio iz novčanika kondom. Pitao te je imaš li sidu, a ti si odgovorio da nemaš ali da ćeš se testirati, na šta te je on pitao jesi li imao seks s nekim u Vaniju, a ti si rekao da nisi. Zato što pušenje nije seks, kao što nije seks kad ne vidiš lice druge osobe, i ionako se ne računa ako si za to vreme mislio na njega.

Kad si mu napokon uradio ono u čemu je najviše uživao i ležao iznuren na zgužvanoj posteljini, povukao te je za bradu, primakao tvom licu svoje, koje se još osećalo na skupo piće, i rekao: – Ako radiš ovo s još nekim, ubiću te. Nemoj misliti da se šalim.

Prepali ste se kad su se ulazna vrata otvorila i Džeki ušla u stan. Po svoj prilici je imala društvo, ili je pak razgovarala sama sa sobom, što joj nije bilo strano.

Pogledao te je i začkiljio, a ti si milovao njegovu kožu boje abonosa kao da timariš rasnog konja.

– A ako Džeki sazna za ovo, ubiće nas obojicu. – Poljubio si ga u usta, koja su bila raskošna iako su imala ukus nakiselog grožđa.

Čuli ste kako Džeki odlazi u svoju sobu ne prestajući da razgovara s gostom, zamišljenim ili stvarnim, a zatim kako zatvara i zaključava svoja vrata. Očigledno je imala pametnija posla nego da zatuče svoje cimere u krevetu.

CRNI MESEC

Ministrove naočare tamne na sunčevoj svetlosti kao da hoće da ga zaštite od prljavog parkinga, meteža kod krematorijuma i groblja punog ljutitih duhova, od kojih je većina prognana tu po naređenju glasa koji je izašao iz njegovog grla.

– Stenli, nema dokaza da je te fotografije slikao Malinda Almeida. Kako su onda one njegovo vlasništvo?

Putovanje ti je postalo brže od bilo čega iz *Zvezdanih staza* ili *Blejkove sedmorke*. Pominjanje tvog imena prosto te usisa kroz telefonske linije, i za tili čas si u plišanoj unutrašnjosti *benca*, sediš do njegove nepodnošljivosti ministra pravde. Njegov Mrtvi Telohranitelj sedi na haubi i pazi na atentatore. Napred su vozač i batinaš, obojica u crnom i sa šlemovima na glavi.

Ministar ima telefon u svom autu, u zemlji u kojoj manje od polovine stanovništva može sebi da priušti da ga ima u kući. Govori u ciglu, i uopšte nema potrebe da čuješ šta dopire s druge strane.

– ... Znam, znam, ljudi. Ali ja to sagledavam objektivno. Isključivo sa stanovišta pravde. Preblizu si ovome, Darmendrane. Moraš ostati nepristrasan. Stavi interes zemlje na prvo mesto.

– ... Da, Stenli, Ujedinjenje nacije još drže ta takozvana tela. Nedokazane budale. Zahtevali smo da ih vrate. Dobićemo ih i propisno ih identifikovati.

– ... U toj kutiji su neke uznemirujuće fotografije. Moj pravni tim ih analizira. Neću da me iko nasanka. Neke su poverljivo vlasništvo vojske. Ne znam koliko bi objavljivanje bilo dobro za zemlju.

– ... Osamdeset treće? Da, mislim da ih ima nekoliko iz te godine. Ne bih rekao da bi pominjanje toga bilo korisno u ovom trenutku. Znam da se slažeš.

– ... Slušaj, Stenli, imam posla. Čim mi budu vratili fotografije, zakazaću ti sastanak, pa ćemo ih pregledati jednu po jednu, a ti ćeš mi za svaku reći šta treba uraditi.

– ... Treba nam tvoj doprinos, Stenli. Možda je ovo sinhaleška zemlja, ali mi se staramo o svima. To nam je na prvom mestu. Sve velike nacije vladale su čeličnim pesnicama. Britanija, Francuska, Japan, Nemačka. Pogledaj samo Singapur.

– ... Rekao sam ti da sam veoma zauzet. Javiću ti čim odlučim. Imaš moju reč.

– ... Znaš, Stenli, ovo je najgori trenutak za Šri Lanku. Moj astrolog kaže da je sad crni mesec. Vrlo nepovoljan period. Ujedinjene nacije mogu da dođu i popuju nam, a šta rade u vezi s Južnom Afrikom, Palestinom i Čileom? Niko drugi ne može da reši naše probleme. Pa zar nije tako?

Benc prelazi preko parkinga groblja i zaustavlja se u hladu, nedaleko od divovskog dimnjaka. Ljudi u crnom izlaze i otvaraju oboja vrata, što ti je čudno. Namerava li ministar da izađe na obe strane? Vozač uzima kutiju sa sedišta, a ministar odlučuje da izađe na leva vrata. Nisi ni primetio pored čega si lebdeo.

– ... Imam neka posla, Stenli. Zvaću te čim saznam nešto.

Stražar koji nije ni iz vojske ni iz policije otvara prtljažnik i vadi jutani džak, na šta tebe obuzme osećaj da ti neko prelazi preko groba i zastaje da se iskenja. Iza tebe su Sena, studenti tehnike iz Moratuve i Džafne, nekoliko mrtvih tigrova i neki koje ne poznaješ. Nije te samo pominjanje tvog imena dovuklo toliko brzo, nego i kosti u džaku.

– Tako si se obukao za sopstveni pogreb? – zadirkuje te Sena. Plašt mu je sad još duži, isto kao i pramenovi kose i reckavi vrhovi zuba. – Pridružimo se ožalošćenima.

Ministar stoji između dva oficira u crnom, dok ga demon posmatra iz senke. Jedan oficir drži jutani džak, a drugi gotovo raspalu kutiju označenu kentom do keca. To je obično dobitna ruka, ali možda ovom prilikom ipak nije.

Gubiš prisebnost i počinješ da grebeš ministra po licu, po grlu i potiljku. Njegov demon stane između tebe i svog gazde i odgurne te. Prelećeš *benc* i završavaš u Seninim rukama. Njegov zagrljaj je hladan i neobično umirujući. Ministar prolazi pored tri parkirana kamioneta koje ljudi u saronzima peru šmrkovima.

– Mogu ti pomoći da ubiješ svoje ubice – šapuće ti Sena na uvo.

Rančagoda i Kasim stoje na vratima krematorijuma. Salutiraju ministru.

– Sve čisto? – pita Siril.

– Da, gospodine – kaže Kasim.

– Da, gospodine. Takoreći – kaže Ranča.

– Policijski čas se uskoro završava – kaže ministar Siril. – Završite to.

U vazduhu je manje dima, i više ne smrdi meso koje gori, nego ogromne količine hemikalija koje su upotrebili da se to zamaskira. Od sedamdeset sedam tela ostali su samo zadimljeno ugljevlje, sve slabiji vonj i senka koju niko živ ne vidi. Ispred grotla peći stoje bolnička kolica. Muškarac u crnom stavlja džak na njih. Drugi stavlja kutiju.

Ministar uzdahne kad se tvoje kosti i fotografije otkotrljaju u peć. Zatim se okrene i vrati se u auto. Njegov demon se popne na haubu, pogleda te, pa slegne ramenima i salutira ti.

TRI PACOVA

Ne znaš koliko dugo posmatraš dim. I nisi jedini. Ni blizu. Sedamdeset sedam duša zuri odozgo na žeravicu i pepeo koji su nekad udomljavali njihov duh, što je umirujuće koliko i da sediš udobno zavaljen i gledaš kako ti kuća dogoreva. Vapaji su utihnuli i ne čuju se više čak ni šišmiši i vrane.

Šapat te pogađa tačno između ušiju, onako kako šapati najviše vole. Sena je prineo glavu tvom ramenu, a glas tvom uvetu. – Primi moje saučešće.

– Jebi se.

– Oni će proći nekažnjeno. Jer je karma laž.

Osećaš kako se kroz tebe pronosi drhtaj. Njegov glas se cepa kao da je nasnimljen u višem tonalitetu i pušten u različitim frekvencijama.

– Sledi li još jedan govor?

– Znaš li šta je problem s karmom, šefe?

– Seno, nisam raspoložen.

– Pretpostavka da je sve na pravom mestu. Zato ne preduzimamo ništa i puštamo karmu da se odvija svojim tokom. To je beskorisno isto kao kad kažeš „inšalah".

– Jesu li ispekli i tvoj leš?

– Ovakva ravnodušnost sleduje samo povlašćenima. Onaj bogalj tamo, on je u prošlom životu nekome polomio noge. Tako mu i treba. Oni seljaci su bili rasipnici u prethodnim životima, pa zato sad gladuju. Onaj industrijalac je jednom bio velikodušni bodisatva. I zato zaslužuje sve svoje kuće. A ako ispoliram njegov porše, možda će malo njegovog varama da se prenese na mene.

– Ne obraćaj mi se. Ne mogu da šapućem živima, niti da bilo koga odvedem do negativa, ili do svog ubice. Ti si samo još jedan od onih što su veliki jedino na rečima.

Ožiljci i uboji na Seninom telu počinju da izgledaju kao ukrasi, kao da ih je doradio neki majstor tetovaže.

– Budizam prisiljava siromašne da veruju kako im je mesto tu gde se nalaze. Poredak je napravljen tako da izgleda prirodno. To je samoodržavajuća laž koja ne pušta sirotinju da ozdravi.

– Spalili su moje fotografije, Seno. Šta mi preostaje?

Gledaš ga kako lebdi elegantnije nego ikada pre. Još nešto se promenilo u vezi s njim, i treba ti nekoliko trenutaka da shvatiš šta. Više te ne oslovljava s „gospodine".

– Svaka religija drži siromašne krotkima, a bogate u njihovim dvorcima. Čak su i američki robovi klečali pred bogom koji je skretao pogled kad su ih linčovali.

– Šta hoćeš da kažeš?

– Hoću da kažem, gospodine Mali, da karma ne dovodi sve u ravnotežu. Čini dobro sada da bi ti se vratilo kasnije. Kako seješ, tako ćeš da žanješ. Radi drugima ono što želiš da se tebi radi. Sve su to laži.

– Ateista i komunista. Vrlo zanimljivo.

– Je li?

– Sovjeti, Kinezi i Kmeri bili su bezbožnici. Možda ti to što ne veruješ u bogove dopušta da postaneš demon.

– Kao da to što veruješ u boga ili karmu znači da si dobar.

– Slažem se, druže Patirana. Svi smo mi divljaci, bez obzira na to pred kime klečimo.

– To ti govorim. Svemir ima mehanizam za autokorekciju. Ali to nisu ni Bog, ni Šiva, ni karma.

Naglo sleće na jedan kamionet.

– To smo mi.

Sena očekuje da pođeš s njim, što ti, naravno, i činiš. Iako su ga oprali, kamionet se još oseća na meso. Šoferče je pogrbljen nad volanom, a dve utvare čuče mu na ramenima i sikću mu na uvo. Pali motor, a Balal i Kotu se penju u kabinu i ležu na pohabane presvlake. Uzdišu, sklapaju oči i trljaju salo na stomacima i novac u džepovima.

– Jesi li spreman da kaznimo one koji su nas ubili?

– Sve su spalili. Sve što sam uradio. Sve što sam video. Sve je otišlo.

– Potrebno je više od fotografija da se zaustavi ova mašina, sinko. Dosta samosažaljevanja, brate. Razmisli zašto si bio Tamo Dole. Šta ti je bila svrha? Nisu valjda to bili samo kockanje, fotografisanje i natezanje kurca?

– Bio sam tamo da svedočim. To je sve. Svi oni izlasci sunca i svi oni masakri postojali su samo zato što sam ih snimio. A sada su mrtvi kao ja.

– Možeš da cmizdriš. A možeš i da delaš.

Sedmoro vas lebdi iznad kamioneta: vas dvojica, ona dva studenta, jedan iz Džafne a drugi iz Moratuve, i tri spodobe u koje se trudiš da ne gledaš, iako ti to, naravno, ne uspeva. Jedna po licu ima tragove uboda iz kojih izlaze crvi, drugoj su sva četiri uda polomljena, dok treća ima sivu boju svojstvenu utopljenicima.

Svi su žrtve poslednjih dvanaest meseci Bišanaje, čistke koja je slomila NOF. I izgleda da svi slede Senu.

– Šta si zinuo, pederu? – pita te stvor s crvljivim licem.

Posle smrti si doživeo više homofobičnog maltretiranja nego za dvadeset godina pipkanja s muškarcima.

Sena ustaje i počinje da drži govor.

– Drugovi. Ostanite hladnokrvni. Pokušali su da nas ubiju, ali mi smo još tu. Deo smo nečega ogromnog. Silina naše nepravde očistiće ovu zemlju. Međuprostor je isti kao Tamo Dole. I kao Svetlost. Nema nikakve sile koja upravlja leptirima i budama, koja odlučuje šta je pošteno. Svemir je anarhija. To su trilioni atoma koji se laktaju pokušavajući da naprave sebi mesta.

Kiša pada na noć pod policijskim časom, nigde se ništa ne pomera osim vetrova, duhova i tog usamljenog kamioneta. Zbijene zgrade i umršene ulice – sve je pusto i tiho. Sena podigne pogled ka nebesima što se otvaraju nad vama i nasmeje se.

– Izgleda da je i svemir s nama! Jeste li spremni, ratnici moji?
Studenti i spodobe klimaju glavom, a ti sležeš ramenima.

– Dok si ti spavao, brate Mali, mi smo bili vredni. Čika Vranar je pitao za tebe. Možda je vreme za buđenje.

– Zašto? – pitaš ga. – Da bismo držali još govora?

– Nije bitno kako smo umrli. Nego kako smo bili primorani da živimo. Noćas ćemo poravnati račune.

– Mislio sam da nema poravnanja. Čak ni dugoročno gledano – kažeš.

Ratnici koji su nekada bili studenti tehnike namršte se kad god otvoriš usta.

– Čika Vranar mi je pokazao neke trikove. Ali onda sam pronašao boljeg učitelja.

– Pridružio si se Mahakali?

– Udružujemo se sa svakim ko može da nam pomogne.

Ono što se zatim dešava odvija se munjevito, kao hitac ili srčani udar. Tek mnogo kasnije, dok sediš na kišnom drvetu, možeš da povežeš sve pokretne delove u celinu. Studenti se obrušavaju na haubu; spodobe trče uporedo s kamionetom i pokušavaju da uhvate Šoferčetov pogled.

Sena ti se unosi u lice. Nejasno je hoće li da te poljubi u usta ili da ti odgrize nos. – Svi su pacifisti. Svi se zalažu za nenasilna rešenja. Osim kad se radi o komarcima, pacovima ili bubašvabama. Ili teroristima. A onda je: ubij ili budi ubijen. Kao da su neki životi važniji od drugih, mada, naravno, jesu. Komarci su pobili polovinu čovečanstva. Nemam nikakvog problema sa upotrebom diditija. I odgovaraću svakom bogu koji me bude pitao.

Sena uranja u vozačevo sedište i počinje da urla Šoferčetu u uvo. Reči su mu otrovne, zabiberene psovkama, i navode vozača da se mršti. Kamionet ubrzava u pustoj ulici koja vodi do hotela *Leo*, gde se odlažu tela i zakopavaju tajne. Ovo vozilo neće stići donde.

Spodobe staju nasred kolovoza i hvataju se za kosti što im vise oko vrata. Ne razumeš šta pevaju, ali podozrevaš da je posredi mešavina palija, sanskrita, tamilskog i demonskog.

Šoferče zaškilji u ono što vidi, a onda otrese glavom. Izgovara reči koje mu prelaze iz ušiju u usta. – Odgovaraću svakom bogu koji me bude pitao.

Trlja oči i blene u spodobe koje stoje nasred ulice. Pokušava da smota, ali naravno da kočnice ne hvataju jer se jedan student tehnike obmotao oko pločica, i zato se kamionet zaleće pravo u autobusku stanicu pored transformatora, i čini ti se da vidiš ljude koji sede tamo, ali onda kamionet udara u transformator i začuje se vaseljenski prasak, zvuk kao da je neko svevišnjeg šutnuo u cevanicu.

A onda transformator zakrcka i sruši se na autobusku stanicu i ljude koji čekaju u redu.

Šoferčetovo lice udara u volan, usnule siledžije odskaču do tavanice i bude se kašljući. Uto se nešto zapali i eksplodira, na šta se iz kabine začuje vriska. Sena i njegova ljutita banda igraju u plamenu, skandiraju psovke i uvrede dok tri pacova gore u kamionetu.

Osvrćeš se oko sebe i primećuješ delove tela koji ne pripadaju trojici pacova. Koliko ih je bilo na stanici tokom policijskog časa? Troje? Petoro? Najednom ugledaš majku i dete iz ratne zone, starca sa šrapnelom i mrtvog psa. Govore ti nešto, ali ne čuješ šta. Traže ti nešto što ne možeš da im daš. A onda pas progovori i ti se vraćaš u sadašnjost, vidiš Senu i njegov tim razbijača kako rade nešto što te još više zbunjuje.

Nešto vrlo čudno za one koji su izazvali udes i igrali u vatri. Vuku vozačeva vrata i uspevaju da ih odškrinu, iako su šarke zgnječene. Šoferče plače i izvlači se odande, dok mu plamenovi ližu veštačku nogu. Duhovi ih gase i nastavljaju da skandiraju zapaljenom kamionu. Našavši se na sigurnom, Šoferče gubi svest.

Svetina se brzo okupi kad dođe do nesreće, iz istog razloga iz kog pogledaš u maramicu kad izduvaš nos. Ljudi naviru iz prodavnica, na obaziru se na policijski čas, stoje na odstojanju i dernjaju se na zapaljeni kamionet. Neki donose kofe vode, prazne ih na Šoferčeta i odvlače ga na sigurno. Neki leže na ulici, krvare i vrište. Neki se ne pomeraju.

Kraj onih koji se ne pomeraju stoje prilike u belim odorama. Izgleda da u ovom gradu pomagači stižu brže od hitne pomoći. Odvode mrtve, koji očigledno ne znaju šta ih je snašlo. Ti vrlo dobro znaš kako im je.

Dve prilike uspevaju da ispuze iz kamioneta u plamenu, a Sena i njegove utvare obrušavaju se na njih. Studenti tehnike hvataju Balala i Kotua i odvode ih na obližnju poljanu. Oni se ne opiru. Samo blenu u zapaljeni kamion i svoja oprljena tela.

Sena i njegova banda pevaju dok vode đubretare preko kržljave trave. Vidiš priliku bujne kose, okićenu ogrlicom od lobanja. Nisi dovoljno blizu da vidiš lica urezana u njenu kožu, niti to želiš. Sena se osvrće i daje ti znak da ih pratiš. Oči su mu mešavina crvenih i crnih tonova. Brujanje sa oboda svemira ispunjava tvoje pregledane uši. Ne ideš za njima.

MASKA

Ne znaš naziv drveta na koje si se smestio, samo to da ima debelo lišće koje kao da hvata vetrove i šapate. Gledaš kako se dim diže s dalekih krovova i pitaš se gore li to ljudi ili fotografije.

Tvoje ime doleće sa istoka, a ti se svojski trudiš da se ne obazireš. Sve što si bio i sve što si uradio sada je prašina. Niko neće pronaći tvoje negative, osim insekata koji će ih grickati sve dok crno ne pobeli. Uskoro ćeš prestati da čuješ svoje ime i to će biti kraj svega.

– Samo ti kažem da sačekaš malo. Uspaničila si se zbog cele te dževe oko Malinde.

– Ne, Kuga. Uspaničila sam se zbog ministra. Znam da ne radiš za Centar. I to me plaši.

Napuštaš bezimeno drvo i ubrzo stižeš u stan na sedmom spratu hotela *Leo*. Prostorije Centra svele su se na kartonske kutije i kese za đubre. Na zidovima se vide prazni pravougaonici na mestima gde su nekada visile fotografije.

Kugaradža stoji kraj prozora i puši, dok Elsa Matangi slaže fascikle u kofer.

– A ako te zaustave na carini?

– Kazaću im da radim u kanadskoj ambasadi i da su ovo dokumenta odande.

– Možemo li da porazgovaramo o ovome?

– Vidiš li kombi napolju?

Kuga pomera zavesu i osmatra Ostrvo robova iz ptičje perspektive. Povlači dim i odmahuje glavom.

– Još traje policijski čas. Dole su tri kombija. I jedan džip. Samo kažem. A da neko vreme radimo kako oni hoće? Makar dok ne dobijemo fotografije. Nije loše kad ti vlada duguje uslugu.

– Mućni glavom, čoveče. Ministar nam neće dati fotografije. Šta misliš, kako će se ovo završiti? Čim čuju da posredujem između Mahatije i vlade, tigrovi će mi slomiti vrat.

– Tigrovi te neće povrediti. Ja ću se postarati za to.

– Hoćeš li? Stvarno?

– Nikada te ne bih doveo u opasnost.

– Zašto onda ti ne ideš da praviš pogodbe s pukovnikom Mahatijom?

Elsa posmatra haos oko sebe dok zatvara rajsferšlus na koferu. Odmeravaš kutije ućutkane izolir-trakom i pitaš se jesu li ih spremili za ambasadu ili za krematorijum.

– Ja nisam kockar kao Malin. Možda je on tamo negde. Prodaje negative Izraelcima.

– On je gotov.

– Ti znaš ko ga je ubio?

– A ti?

– Ako je ubijen zbog fotografija, nismo bezbedni.

– U redu, rezervisaću ti avionsku kartu. Kanada, Norveška ili London?

– Sama ću, hvala. Ti me samo izvedi odavde.

Posmatraš ljubavnike dok kruže jedno oko drugog. Elsa odvlači kofer do vrata. Sećaš se kako si uzeo ček od njih i dao otkaz. Ali i dalje ne možeš da se setiš zašto si to učinio.

– Postaraćeš se za kutije?

– Biće gotovo do jutra. Šta kažu oni iz Centra?

– Neću se javljati nikome dok ne izađem iz zemlje. Rekla sam samo tebi, iako ti ne verujem.

– I to je to? Odustaješ?

– Došla sam ovamo da pomognem tamilskom narodu. Moj leš nikome nije od pomoći.

Kuga joj prilazi i diže ruku. Elsa se trzne kad joj skloni kosu s lica.

– Nijednom me nisi pozvala da pođem s tobom.

– Dobro, pođi sa mnom.

– Moram da završim još jedan posao.

– Zato te nisam ni pitala.

– Kakav ti je plan?

– Autobus pun Nemaca polazi iz *Hiltona* danas posle podne. Možeš li da me ubaciš?

– Verovatno drže na oku oba ulaza.

– Ali ne i utovarnu rampu.

Kuga se osmehne i pruži joj telefonsku slušalicu. – Kaži ministru da imaš trag i da očekuješ da ćeš imati negative do nedelje uveče.

– Možeš li da me ubaciš u taj autobus?

– Jesam li te ikad izneverio?

Elsa duboko udahne, uzme slušalicu i obavi ono što mora. Poslednje večeri tvog života rekla ti je da u ovom gradu umerenjaci završe ili u avionu, ili na betonu.

Dvadesetčetvoročasovni policijski čas raščistio je ulice i osvežio vazduh. Nema više zadaha iz mnogih usta i vetrovi duvaju slobodno, noseći tek povremene nagoveštaje dima i prašine. Prekoputa hotela je beli *delika* kombi sa zatamnjenim staklima, a na zadnjem sedištu je pomoćnik načelnika Rančagoda, reklo bi se neispavan i ljut, poluzatvorenih očiju uperenih ka ulazu u hotel.

Pored njih se zaustavlja džip i prozori se spuštaju. Debeli muškarac za volanom nosi zatamnjene naočare i hiruršku masku. Pored njega sedi major Radža Udugampola, koji drži voki-toki.

Pogleda policajca, koji odmah ispravlja leđa i licem zauzima stav „mirno". – Hoću da se nadziru oba ulaza u hotel. Javi mi čim ona izađe. Prati je i pazi da je ne izgubiš. Uhapsi je čim ti javim. Je li to jasno?

– Da, gospodine – kaže Rančagoda.

Major prinosi voki-toki usnama. – I dalje se ništa ne dešava. Ali držimo celu zgradu na oku. – Iz zvučnika se čuje pucketanje. Major se mršti i pomno sluša. – U Palati uvek ima mesta, gospodine. – Šum se pojača, a major pogleda Rančagodu. – Ako ne bude mesta, napravićemo – kaže.

Na poslednje pucketanje ne odgovori ništa, nego spusti voki-toki i počne polako da govori pomoćniku načelnika. – Dovedi mi tu žensku, ili mi donesi negative. Ako uspeš oboje, platiću ti prekovremeni rad. Ako uspeš jedno, biću zadovoljan. Ako ne uspeš, neću.

– Moram sve to sâm da uradim, gospodine?

– Prpa? Ma nije valjda? Ne brini, mali. Moj prijatelj sedeće s tobom i držaće te za ruku.

Čovek s maskom izlazi iz džipa, i iako mu se oči i usta ne vide, jasno je da se ceri.

PALATA

Major Radža Udugampola je bio štapski vojnik; samo jednom si ga video na terenu. U Akaraipatuu 1987. Prvo je naredio rovokopačima da iskopaju grobove dovoljno velike da se u njih sahrane cela sela, a onda je naredio vojnicima da na leševe navuku uniforme tigrova i nameste ih u odgovarajuće poze, da bi potom naterao tebe i one prevarante iz *Lejk hausa*[63] da ih slikate. Na kraju ti je oduzeo film.

Nijedan drugi fotograf nije izdržao duže od dva masakra. Većina nije imala stomak za takve grozote, a mnogima nije bio po volji toliki rizik za prosečan honorar. Ali ti si se bio navukao.

Zato što je, po budalastom starom tebi, problem bio u tome što ljudi u Kolombu, Londonu i Delhiju nisu znali prave razmere tog užasa. A možda bi pametni mladi ti mogao da napravi fotografiju koja

---

[63] Najstarija i jedna od najpoznatijih novinskih kuća u Šri Lanki. (Prim. prev.)

će nadležne donosioce odluka okrenuti protiv rata. Da učini za građanski rat u Šri Lanki ono što je gola devojčica s napalmom učinila za vijetnamski.

Major je od svih izveštača na terenu tražio da ga obaveste ako makar načuju gde se krije komandant tigrova. Dao je šestocifreni broj i ponudio šestocifrenu nagradu onome ko ga odvede do Prabakarana, s tim što ovoga puta pomenuta svota nije bila u rupijama.

Bilo je to na početku rata, kad je vojska bila dovoljno glupa da veruje kako će uhvatiti komandanta i time odneti pobedu. Za majora Radžu su novinari bili roba potrošnija od metaka koje su njegovi šefovi kupovali od Britanaca. Što je još jedan razlog zašto ih je toliko odustalo.

Sećanje dolazi u vidu kašlja. Žestokog kašlja od kog te boli mozak i moraš da se previjaš. Prži ti nervne završetke koje više nemaš i vraća te na mesto koje je istovremeno i soba i hodnik. Duž zidova se nižu kartoteke i izložbene vitrine. Uziji, *brauning* revolveri, dumdum meci i bumbum granate, sve sačuvano pod staklom u vojnom muzeju u vlasništvu majora koji nikada nije pucao iz oružja gonjen besom ili strahom.

Stajao si kraj stola i odozgo gledao proćelavu glavu tog krupnog muškarca. Pokušao si da pročistiš grlo, što te je navelo da se stvarno zakašlješ, i to mnogo jače nego što si nameravao. Major Radža Udugampola, poznat i kao Kralj Radža, pogledao te je s gađenjem.

– Treba li ti lekar?

– Ne, gospodine. To je samo pušački kašalj.

– Tako to zoveš? A ne pešovanski kašalj?

Nepomično si stajao veoma dugo dok te je on posmatrao. Pored stola je bila slobodna stolica za tebe, ali on ti nije ponudio da sedneš, pa si zato stajao. Na stolu je bila fascikla s tvojim imenom i fotografijama koje si slikao na ratištu – crno-belim, trideset sa četrdeset pet, na mat papiru. Granatiranje Valvetituraja, gde su projektili iz minobacača odašiljali zapaljena tela na stabla kokosa. Ispod ih ima čitav štos, sećaš se svake do poslednje. Tada su se masakri dešavali svakog meseca. Obe strane su sprovodile pokolje u selima u znak odmazde za prošlomesečno krvoproliće. Major je naručio samo slike zverstava koja su počinili tigrovi. Kokilaj, farma *Kent*, farma *Dolar*, Habarana, Anuradapura. Retko se traže slike pokolja o trošku države.

– Ovo je veoma dobro. Moramo da dokumentujemo ovakve stvari. Šta tigrovi rade nedužnim ženama, deci i bebama. U suprotnom će Tamili tvrditi kako se ovo uopšte nije dogodilo.

Muk. Puštaš da neizgovorene reči vise u vazduhu.

– Baš šteta zbog onog drugog, zar ne?

– Gospodine?

– Malinda Albert Kabalana – rekao je, zagledan u tvoj dosije. – Od danas ti nećemo više obnavljati ugovor.

– Moj ugovor ističe tek 1991.

– Tačno. Ali tvoje ponašanje podleže članu 1883.

– Nisam upoznat sa...

– Održavaš neprirodne odnose s vojnicima. To se ne može tolerisati u ratno doba. Niti u bilo koje drugo. Već su te upozoravali.

U ratnoj zoni je svaki međuljudski odnos neprirodan. Prijateljstva su usiljena i krhka. Strah, dosada i usamljenost mogu dovesti do čudnih saveza, a uteha se može naći u neznančevom zagrljaju. Umeo si da uočiš lepog momka koji voli zgodne muškarce, bilo da su u uniformi, sarongu ili narodnoj nošnji, bilo da se smejulje u autobusu ili se svađaju sa ženom. Igrao si se samo s povučenima, seljačićima, zbunjenim samotnjacima, onima koji nisu imali kome da se požale, ili si bar tako mislio.

Major je ustao, sporo obišao oko stola i zaustavio se pored tebe. Neko vreme te je samo posmatrao, a ti si zurio preda se. Pogladio te je rukom po obrazu i spustio prste na tvoj vrat. – Jesi li pičkica?

– Nisam, gospodine.

Prsti su mu očešali đinđuve oko tvog vrata, tad si ih još nosio više od tri. Ank, om, vojničke pločice, kapsule, bočica s krvlju, pa zatim niz tvoj stomak, sve do prepona. Trljao te je gornjom stranom prstiju, ne grubo, ali svakako ni ovlaš, kao da traži rolne filma koje se kriju ispod nežnog mesa. Ruke su mu bile žuljevite, a dodir nežan. Stajao si ukočeno i ostao stoički mekan.

– Znaš, nije to jedini problem.

Sleđeno si stajao dok su mu prsti počivali na tvom sve smežuranijem ponosu.

– Priča se da si bolestan. Hoću li dobiti sidu ako te dodirnem?

Sklonio je ruke s tebe, vratio se oko stola i skinuo kapu sa eksera na zidu.

– Idemo.

Džip je vozio mladi vojnik s protetičkom nogom, koji te nije ni pogledao. Major Udugampola je seo naspram tebe, tako da mu je koleno zabasalo između tvojih. Da se nagnuo napred, čašicom bi ti zgnječio jaja. – Nemoj da se zavaravaš. Imamo boljih fotografa od tebe – rekao je. – Momaka koji su lojalni. Momaka koji čuvaju leđa svojima. Koji nemaju dugačak jezik.

– Gospodine, kuda idemo?

– Momci to zovu *Radža gedara*. Možda po meni. Kraljeva kuća. Palata. Smešni su. Naravno, ja sam pomagao u projektovanju. Da ti kažem zašto smo te otpustili?

– U mom ugovoru piše da mogu da slikam šta hoću.

– Samo uz odobrenje. Jesi li dobio odobrenje da vodiš Roberta Sadvorta kod pukovnika tigrova?

– Posredujem za *Asošijeted pres*. Robert Sadvort je bio jedan od njihovih.

– A šta je s njegovim telohraniteljem?

– Bob Sadvort je paranoičan.

– Plaćenik iz *KM*-a. Odveo si neprijavljeno vojno lice na borbenu liniju.

– Imali su overene isprave.

– Ja ih nisam overio. Dobio si odobrenje da odvedeš predstavnika *Asošijeted presa* u vojni logor u Vaniju. A ne da vodiš trgovce oružjem na ručak s neprijateljem.

– Trgovce oružjem?

– Inače, upoznao sam Sadvorta. I to baš u Vaniju.

– Pa?

– Pa? I ti si bio tamo.

– Ja bio tamo?

– Posle napada na logor. Zarobili smo pukovnika. Ne sećaš se toga?

– Zadobio sam povrede u puškaranju. Ničega se ne sećam.

– Kakve povrede?

– Ne vidim ono što ne treba da vidim.

– Je li? Pravo si nevinašce.

Nagnuo se napred i očešao ti međunožje.

– Pomoglo bi kad bih znao na čijoj si strani.

– Dobri novinari nisu ni na čijoj strani.

– Tako je. A šta je s fotografima pešovanima?

– Molim?

– Imam žalbe sedam vojnika da si ih uznemiravao.

Pogledao si kroz zatamnjene prozore ka gotovo pustim ulicama i zapitao se da nisu objavili policijski čas. *Ništa ne možeš da dokažeš*, pomislio si. *Samo sedam*, takođe si pomislio. Nije to bilo nikakvo uznemiravanje, obojica ste to znali. Uznemiravanje je ono što se malopre odigralo u majorovoj kancelariji. Ponovio si mantru koja te je dobro služila trideset četiri godine.

– Ja nisam homoseksualac. Imam devojku.

– Ne seri. Bilo je pritužbi. Ako putuješ s vojskom, poštuješ vojna pravila. Jedan mladi kaplar iz Vidžajine divizije dobio je na lekarskom pregledu nalaz da je HIV pozitivan. Ne mogu ovde da imam takve kao što si ti.

– Ne poznajem nijednog kaplara.

– Začepi gubicu. Ja sam te unajmio. Ne smem da dovedem bolest u vojsku.

– Nisam bolestan.

– Da li zato koristiš kondome Crvenog krsta? Vidim kako kašlješ. Vidim ti promene na koži. Ovo neće ići.

Džip je skrenuo desno iz Hevlok rouda i ušao u aveniju punu zelenila, gde su kuće bile velike, zidovi visoki, a na ulicama nigde nijedne kante za otpatke. Posle dve krivine, vozač je skrenuo u poprečnu uličicu.

– Naravno, ima i gorih glasina. Ali ne mogu da ih dokažem. Vodimo rat na dva fronta. Nemam vremena da jurim pedere s foto-aparatima.

Slepa ulica se završavala ogromnom kapijom, koju su otvorili daljinskim upravljačem. Pojavila su se dva vojnika naoružana mašinkama. Obojica su salutirali.

– Objekat još nije potpuno operativan. Ali biće.

Vojnici su ti oduzeli foto-aparat i novčanik, ali nisi se uplašio. Kao što se nisi plašio da zagaziš u minsko polje ili da uđeš u čamac pun tigrova. Verovao si da te nikakvo zlo neće snaći zato što si zaštićen, s tim što to nije imalo nikakve veze sa anđelima, nego sa zakonom verovatnoće, koji kaže da se istinski loše stvari ne dešavaju naročito često, izuzev onda kad se dese.

To je na prvi pogled podsećalo na švalerski hotel, mesto gde bi odveo nekog lepotana iz srednje klase. Imao si oproban način da prošvercuješ momke u hotel – tako što si ih terao da navuku burku, koju si skinuo sa užeta za veš u nekom zapaljenom selu blizu Akaraipatua. Jedino si tako mogao da ih provedeš pored recepcije a da ne privuku podozrive poglede.

Kuća je bila okrenuta zadnjom stranom prema kapiji, a vojnici na skelama upravo su je malterisali zelenom bojom. Staza je vodila pored parkiranih kamiona i prevrnutih zidarskih kolica, i završavala se u podnožju nedovršenog betonskog stepeništa. Kuća je imala tri sprata sa po sedam soba na svakom. Sve sobe su imale velike prozore sa zatamnjenim staklima, što baš i nije uobičajeno za švalerski hotel. Primetio si da su unutra sve istovetno opremljene. Drveni sto, kofa, uže, metla, plastična cev, bodljikava žica, slavina na jednom zidu i utičnica na drugom.

– Doveo sam te ovamo da ti kažem nešto.

Dok je hodao iza tebe, major je izvadio pendrek iz futrole. Dotle nisi ni primetio šta mu sve visi sa opasača.

– Mnogi koji su otpušteni iz vojske, koji su videli isto što i ti, okuražili su se da postanu aktivisti. Da promene stranu. Loša zamisao.

Nisi video duhove u praznim sobama u prizemlju, ali si mogao da ih osetiš. Tad još nisi znao da duhovi postoje. Video si koliko lako metak može da izbriše živu dušu na bojnom polju, gledao si kako se živa bića pred tvojim očima pretvaraju u trulo meso, tako da u tebi nije više bilo prostora za veru u onostrano. Sve dok nisi posetio Palatu i osetio žmarce u smrdljivom vazduhu, čuo šapat u senkama.

Smrad govana i mokraće udario te je čim si se popeo uza stepenice. Sobe na prvom spratu bile su istovetne onima u prizemlju, s tim što je u ovima bilo nekoga. Sve mladi momci, po jedan u svakoj, svi tamnoputi i gadno pretučeni. Neki su sedeli i grlili kolena, neki su zurili u prozor, potpuno nesvesni da prolazite.

– Ti prozori su mi odneli pola budžeta – rekao je major, lupkajući se pendrekom po kolenu. – Zvučno izolovani, s jednostranim ogledalom. Poslali su mi ih s Dijega Garsije.

Momak u poslednjoj ćeliji gledao te je kroz staklo širom otvorenih usta i razrogačenih očiju. Tek posle nekoliko trenutaka shvatio si da on vrišti iza zvučno izolovanog prozora. Dijego Garsija je potkovičasto ostrvo južno od Šri Lanke, koje je posle Napoleonovih ratova pripalo Britancima, a oni su počistili dve hiljade starosedelaca i iznajmili ga Sjedinjenim Državama. Osamdesetih se tu nalazila vojna baza, iz koje se zapadnjačkim saveznicima u Aziji isporučivalo još štošta osim visokokvalitetnih prozora.

– Šalju mi trenere da obuče moje islednike. Čak su i vladu ubedili da mi poveća budžet.

Drugi sprat je bio isti kao prethodni. Pravougaone sobe, zatamnjena stakla, nužni minimum nameštaja, nepodnošljiv smrad. Ali u tim sobama je bilo više od jedne osobe.

U prvoj su dva muškarca s maskama cevima batinali mladića. U drugoj je momak ležao vezan za krevet i vrištao. U trećoj su dva momka visila naglavce s vrećom na glavi. U četvrtoj se muškarac s hirurškom maskom i zatamnjenim naočarima nadvio nad čoveka na stolici.

– To je Maska. On je čovek kojeg svi gosti Palate prvog upoznaju.

U petoj sobi je devojka klečala i plakala dok je muškarac go do pasa kružio oko nje. U šestoj i sedmoj sobi su mladići nepokretno ležali na stolovima.

Major Radža Udugampola te je ščepao za ramena pribio te za naspramni zid. Preko njegovog ramena mogao si da vidiš tela na stolovima.

– Puštam te da ideš pre nego što me osramotiš.

Stavio si ruke na njegovo međunožje i protrljao ga. Popustio je stisak i duboko udahnuo, a zatim sklonio tvoje ruke i pritisnuo ih o zid.

– Ali ako me osramotiš, mogle bi ti se desiti i gore stvari nego što je gubitak posla.

Poljubio te je u obraz, a zatim u usta. Onda te je dva puta snažno ošamario, pa se počešao po obrvi, stisnuo pesnicu i udario te u stomak. Osetio si kako vazduh napušta tvoju utrobu a oči ti gube vid, i spremio se za još jedan udarac, koji nije usledio.

Onda te je pustio da ideš.

ĆASKANJE S MRTVIM SVEŠTENIKOM (1962)

Odlaziš iz Gol Fejs korta i vraćaš se na mesto na koje nikada nisi mogao da se vratiš. Mnogih mračnih noći, još pre one koja te je progutala, pitao si se da li bi možda mogao da se vratiš tamo s foto-aparatom, da zauzmeš busiju na drvetu manga i napraviš snimke koji će ti doneti Pulicera.

Major ti nije vezao oči, jer je znao da se nikada nećeš vratiti. Uopšte nisi sumnjao u to da su sve sobe u Palati bile zauzete tokom prošlogodišnje Bišanaje. Pokolj svih za koje se sumnjalo da su anarhisti nije bio toliko plodonosan kao kad je indonezijska vlada zatrla milion komunista 1965, tako da se niko nije zamarao brojanjem. Neki kažu pet hiljada, neki dvadeset hiljada, neki sto hiljada, a neki da ih nije bilo naročito mnogo.

Pored toga, jedino Amerikanci dobijaju Pulicera. Amerikanci, čija je CIA podržala masakr u Indoneziji, koji imaju pomorsku bazu južno od Maldiva, i koji šalju timove trenera za isleđivanje u tu takozvanu Palatu u ovom nazoviraju.

Nikad se nisi vratio jer si znao da iz Palate niko ne odlazi živ. Video si tela koja su donosili odande i ređali ih po stolovima u policijskim stanicama i vojnim barakama. Pobijena „sumnjiva lica" mogla su se dobro iskoristiti za propagandu u borbi protiv pobunjenika, podstrekača, kriminalaca i terorista. Ali većinom nisu. Povremeno bi ugledao nekog novinara ili profesora u ćeliji, lica izudaranog do neprepoznatljivosti. I onda bi napravio dodatnu fotografiju i sakrio je u kutiju, a odsečeni negativ stavljao u svoje skrovište, mesto gde niko ko ima sluha neće pogledati.

Sa svoje osmatračnice u krošnji manga vidiš sevanje svetla na drugom spratu i čuješ vrisku, jecaje i pucketanje elektriciteta. Povetarac donosi miris žuči. I vonj još nečije povraćke, smrdljivu mešavinu hrane silom nagurane u grlo i znoja prožetog užasom. Još sevanja, još vrištanja. Šta li bi to moglo biti? Voda u nozdrvama, struja u preponama, ekseri u tabanima?

Nikada se nisi tu vratio jer si se uplašio onoga što si video, plašio si se da i sâm ne završiš u tamnici. Čak ni sad, kad su se izdešavale sve loše stvari, ne možeš da se nakaniš da odlebdiš preko vrta ka sevajućim svetlima.

– Priđi bliže – promuklo ti dobacuje neko. – Ne moraš da gledaš ako nećeš.

Vidiš senku na krovu. Velika je i bezoblična, ne vidiš joj oči, čak ni one crvene. Iako nema nijednog dimnjaka, iz krova izbijaju crna isparenja. Pružaju se kao pipci koji hrane crnu masu. Lebdiš ka njoj.

– Sve je to strašno, strašno loše. Znaš, nekad sam bio sveštenik.

– Budistički? – pitaš. – Ili katolički?

– Zar je važno? Video sam mračno srce sveta. A još nisam upoznao svog tvorca.

– Zašto sediš ovde?

Stvor počinje da poprima oblik, vidiš mu crne zube, crne oči i obris pogrbljenih leđa.

– Ovde ima energije. Dođi, sedi pored mene. Ovde nema boga da ga pratiš, niti đavola da ga se plašiš. Postoji jedino energija.

– Živiš ovde? – pitaš ga, svestan da to nije odgovarajući glagol. Ne spuštaš se na krov.

– Dok sam bio sveštenik, nevernici su se raspravljali sa mnom. Hoće li Bog da zaustavi zlo ili neće? Može li Bog da zaustavi zlo ili ne?

– Znam taj štos.

Najednom osećaš kako ti nedostaje profesorka Rani i pitaš se zašto je toliko dugo nisi video. Da li zna da si bio sa Senom, koji je upravo ubio petoro civila da bi kaznio dva pacova? Da li se još bakće zabezeknutim dušama, nepopunjenim obrascima, pregledima ušiju i argumentima protiv Svetlosti? Ili je digla ruke od tebe jer si još jedan izgubljen slučaj kome je prišla s najboljim namerama?

– Ima li išta strašnije od ove zgrade na čijem krovu sedimo? – pita te Mrtvi Sveštenik.

– Ima sličnih zgrada u kojima se u svakoj sobi starci igraju s prestravljenom decom.

– Bio sam u takvim sobama. Hranio sam se njihovim vrištanjem.

– Uživaš u vrištanju?

– Epikur je smatrao da je bog ili nemoćan ili zao. Jer ako je voljan i sposoban da zaustavi zlo, zašto onda to ne učini? Ali postoji još jedna mogućnost koja je promakla velikom Grku. – Senka se pretvara u veliko telo s još većom glavom. Stvor ima glavu zveri ili stvarno neuspelu afro frizuru.

– Da je bog odsutan?

– Ne.

– Da ima pametnija posla?

– Ma kakvi! Bog je smotan! Voljan je da suzbije zlo. Sposoban je da ga suzbije. Ali je naprosto neorganizovan.

– Hoćeš da kažeš da je lelemud kao svi mi?

– Hoću da kažem da večito kasni i ne ume da odredi prioritete.

Osećaš hladnoću od koje se ledi krv u žilama a ćelije gube razum. To je nešto čega se oduvek plašiš i što nikada nisi bio u stanju da imenuješ.

– Osećaš, zar ne? To je energija. To je sve. Alfa i omega. Univerzumu je svejedno da li je pozitivna ili negativna. Hoćeš li da sedneš?

Ohrabruje te vetar što duva od Mutvala, znaš da možeš skočiti na njega ako oni pipci posegnu za tobom. – Nisam patio. Nisu me mučili. Možda su me ubili, ali čak ni u to nisam siguran. Ne možeš da se hraniš mnome kao onima odozdo.

– Jesi li siguran?

Obris se menja i stvor više ne podseća na sveštenika u odori. Sedi kao pas i vidiš da mu nešto visi oko vrata. – Posmatrao sam te na onom drvetu, gospodine fotografe. Znaš da u tome nema nikakvog poretka. Oduvek si to znao.

Studen se najednom pretvara u nešto poznato. Ne u nešto, nego pre u odsustvo bilo čega, u prazninu koja se proteže do horizonta, ništavilo koje te oduvek poznaje. Kad je tvoj dragi tata umro, svake noći si prolazio kroz različite scenarije pokušavajući da zaspiš. Možda je naslućivao da si gej, možda je želeo da si kao on, možda si ga podsećao na nju, možda se nadao da ćeš biti bolji. Iznova si proživljavao svaku prkosnu reč, svaki naduren pogled, svaku drskost, svaku zamerku, sve dok ti u grudima ne ostane praznina.

– Osećaš, zar ne? To je energija.

Ta praznina i to gnušanje nisu bili baš toliko neprijatni. Očaj uvek počinje kao užina koju grickaš kad ti je dosadno, a onda se pretvori u obrok koji jedeš tri puta dnevno. – Ko je kriv za ovaj haos? Kolonisti koji su nas kecali vekovima? Ili supersile koje nas kecaju sada?

Odozdo se prolomi jeziv vrisak, a krov ispljune crnu senku koju Mrtvi Sveštenik usisa kroz nešto što liči na veliku slamku.

– Ko nas je kecao?

– Portugalci su voleli misionarsku pozu. Holanđani su nas naguzili. Kad su Britanci stigli ovamo, već smo bili na kolenima, otvorenih usta i s rukama na leđima.

– Meni je drago što su nas kolonizovali Britanci – kažeš.

– Bolje to nego da su nas poklali Francuzi – kaže Sveštenik.

– Ili porobili Belgijanci.

– Ili istrebili Nemci.

– Ili silovali Španci.

– Ponekad, kad pomislim na haos u kome se ova zemlja nalazi, imam utisak da bi bilo najbolje da pustimo Kineze ili Japance da nas kupe, da pustimo Jenkije i Sovjete da upravljaju našim mislima ili Indijce da reše naš problem s Tamilima, kao što smo pustili Holanđane da reše naš problem s Portugalcima.[64]

Sad već sediš u senkama i dišeš u ništavilu.

Mrtvi Sveštenik seda naspram tebe i počinje da šapuće u mrak. – Ovo ostrvo je oduvek održavalo dobre veze. Trgovali smo začinima, draguljima i robljem s Rimom i Persijom davno pre no što su istorijske knjige bile izmišljene. I naš narod je oduvek bio sredstvo za trgovinu. Pogledaj nas danas. Bogati šalju svoju decu u London, a siromašni svoje žene u Saudijsku Arabiju. Evropski pedofili sunčaju se na našim

---

[64] U želji da zaustavi širenje portugalske kolonijalne vlasti u priobalju, sinhaleški kralj je 1638. godine potpisao sporazum s *Holandskom istočnoindijskom kompanijom*, što je dovelo do rata između Holandije i Portugalije. Holanđani su nakon pobede u ratu zauzeli nekadašnje portugalske teritorije, kao što je i bilo predviđeno sporazumom, i vladali su njima sve dok ih 1795. nisu prepustili Britancima. (Prim. prev.)

plažama, kanadske izbeglice finansiraju naše strahote, izraelski tenkovi ubijaju našu omladinu, a japanska so truje našu hranu.

Najednom shvataš da treba da budeš negde drugde, a ne tu. I da ćeš, ostaneš li još samo malo, zaboraviti zašto si došao.

– Britanci nam prodaju puške, a Amerikanci obučavaju naše mučitelje. Pa kakve šanse ima bilo ko od nas?

Sveštenik je poprimio oblik mišićave žene, koja puzi ka tebi ne prestajući da govori. Glas joj se udvostručuje, utrostručuje, uvišestručuje. Prepoznaješ taj hod i to režanje. Počinješ da uzmičeš iz senke, koja ti prepreči put.

– Britanci su nam ostavili neuglačani biser, a mi već četrdeset godina punimo ovu školjku govnima.

Unosi ti se u lice i više nisi siguran je li to on ili ona. Osećaš kako hladnoća i praznina urlaju u tebi. Njegove oči su sastavljene od hiljadu drugih očiju, a njen glas od hiljadu drugih glasova. A ono brujanje na samom pragu čujnosti nije ni on, ni ona, ni ono, ni oni. To je kakofonija.

– Evo ti smrdljive istine, dobro je onjuši. Sve smo sami sjebali.

Mahakaline ruke su oko tebe, i još nečije ruke su oko tebe, i svačije ruke su oko tebe.

– Ponovi to. Glasnije i sporije.

Zubi tog stvora su crni koliko i njegove oči, a kad još više otvori usta vidiš crn jezik i oči koje mu gvire iz grla.

– *Mi* smo sve sjebali. Sami-samcati.

PETI MESEC

Zovi me, i odazvaću ti se, i kazaću ti velike i tajne stvari, za koje ne znaš.

Stari zavet, Knjiga proroka Jeremije, 33.3[65]

---

[65] Prevod Đure Daničića. (Prim. prev.)

KROZ SNOVE HODIM

Tvoje tonjenje u vrtlog zaustavlja žena s podloškom za pisanje. Oko tebe se vazduh već pretvorio u meso, okružuju te lica koja preklinju za smrt; izrazi im se kreću od orgazma do bola. Već si na ivici da zaspiš kad te prene neki zvuk.

– Izvini! On je stigao tek do petog meseca. Ne možeš ga uzeti. Ne pretvaraj se da nisi znala.

Glas profesorke Rani je prodoran kao zvuk sladoledžijinog kamiona, a ti reaguješ na njega kao dete koje se igra na tremu. Iskačeš iz kandži senke i najednom si u profesorkinim rukama, iz vatre si se vratio u tiganj.

– Ne smeš ni da ga pipneš dok mu ne prođe sedmi mesec. Takva su pravila. Znam šta radiš i ne plašimo te se. Ima pravila koja čak ni ti ne možeš da kršiš.

Udaljavate se od stvora i vraćate se u krošnju manga. Profesorka te gura ka grani. Osvrćeš se i vidiš da se Mahakali ponovo preobrazila u senku. Zmije od pomrčine i pipci od crnila protežu se iz krova da je nahrane.

– Idi i ispišaj se po sebi. – Govori kao da desetak sveštenika pokušava da se usaglasi. Čuje se kikot, a za njim i pljusak ispljuvaka.

Profesorka Rani se hitro uzvere uz drvo i povuče te na vetar. Ubrzo klizite iznad krovova.

– Doći ću sa silom i isteraću te odatle! – dovikuje za kraj profesorka dok vas vetar odnosi. Pitaš se da li je bila toliko smela i sa OTTE-om. Pitaš se jesu li je upozorili pre nego što su je pokosili.

– Tvoj peti mesec, Malinda. Od prekosutra neću više moći ništa da učinim za tebe.

– Zašto me boli glava?

– Vodićeš se kao „izgubljen" i završićeš u utrobi onog stvora. Ti nemaš glavu. Bol je tvoja glupost koja pokušava da pobegne.

– Nisam znao da je ono Mahakali.

– Jesi, znao si. Ovo mesto vrvi od bića iz pakla. Hrane se mukama. Znaš da Sena radi za nju. Šta misliš, zašto ga zanimaš?

– Rekao je da će me naučiti da šapućem. Pod uslovom da mu se pridružim.

Vetar te odvlači na veću visinu nego obično. Krovovi i krošnje se udaljavaju, a tvoja mučnina ustupa mesto oduševljenju. Uzdižeš se do tavanice sveta, grad se pretvara u razglednicu. Vazduh je hladniji i svežiji, vetar duva sa svih strana. S te visine Kolombo ne izgleda kao haos. Spava u senkama ukrašenim drvećem i svetlima. Čak i jezero Beira izgleda donekle pitoreskno.

– Ja ti mogu pomoći oko šaputanja.

– Stvarno?

– Nudim to samo dušama koje su se obavezale Svetlosti. Zbog tebe kršim pravila. Mrzim da kršim pravila.

– Hvala ti što si me izvukla odande.

– Ne radim to radi zahvalnosti.

Stižete do ivice oblaka, a tvoja zapanjenost je sigurno komična, jer ona nakratko prestaje da te grdi i dozvoljava sebi da se zakikoće.

Mnogo puta si leteo iznad oblaka u boingu 747, ali nikada nisi video tako nešto. To je plava boja bazena, s tim što je voda napravljena od pare, topla je i beskrajno duboka, a ti toliko umešan da držiš glavu iznad nje.

Osvrćeš se ka moru oblaka koje te okružuje, svaki na sredini ima namreškan tirkizni bazen, nevidljiv iz dalekog sveta Tamo Dole.

– Ovde su snovi. Često dolazim ovamo. Da posetim njega i svoje ćerke.

– Njega? Misliš na Boga?

Ona se nasmeje. – Ne, dete. Mog muža. Oca moje dečice.

– Profesora?

– Podržavao me je iako se nije slagao sa mnom. Posle moje smrti prestao je da se bavi politikom. On je Tamo Dole. Stara se o mojim ćerkama. Divan je otac. A ja ga posećujem u snovima i govorim mu kad god mogu.

Ne možeš da odvojiš pogled od oblačnog plavetnila.

– Možemo da posećujemo ljude u snovima?

– Pod uslovom da se ne izgubiš – kaže ona.

– Mogu bilo koga da posetim?

– Sve dok ti spavač to dozvoljava.

– A kako...

– Samo me uhvati za ruku. Pomisli na nekog. I...
Povlači te dole i sunovraćuješ se u bazen napravljen od oblaka.

Nalaziš se u spavaćoj sobi koju prepoznaješ po posterima na zidu i mirisu tuge, za koji tek sad shvataš da je sve vreme bila lavanda, i nije ti jasno kako ti je to promaklo. Džeki hrče. Na sebi ima majicu *Džoj Divižn*, koja joj seže do kolena, a ruke je raširila kao mučeni Hrist.

– Uskladi disanje s njenim – čuješ kako ti govori profesorka Rani, mada je ne vidiš u toj polumračnoj sobi. Radiš kako ti kaže, mada je glupo tražiti tako nešto od nekoga ko nema pluća. Udišeš i izdišeš u ritmu Džekinih nozdrva. Javljaju ti se slike medveda usnaša, jagodnjaka, koralnih vrtova. A onda to prestaje.

Džeki se budi i tetura se do kupatila koje ste delili sedam monsuna. Ne hoda u snu u pravom smislu reči, ali nije ni potpuno budna. Čuješ je kako pušta vodu, a zatim odlazi do pogrešnih vrata i sasvim slučajno namerno nastavi da spava u tvom starom krevetu. Grli jastuke i udiše miris čaršava. Soba je kao što si je ostavio, prazna i uredna. Ona se vraća u ritam hrkanja, a ti ležeš pored nje.

Čuješ smeh i vidiš lavirint napravljen od grmova jagode i Di-Dija kako juri Džeki, i prepoznaješ hotel i jagodnjak u Nuvara Eliji. Trčiš za njima s foto-aparatom i sve troje se sručujete na gomilu u središtu lavirinta. Slikaš ih kako se valjaju po tlu, Di-Di ti govori obrati pažnju na Džeki, prestani da ignorišeš Džeki, a ti odgovaraš da je ne ignorišeš i tek onda shvataš da si došao da razgovaraš s njom, a nisi joj se ni obratio.

– Mila Džeki. Slatka moja Džeki. Sve što ti treba sakriveno je...

– Ne budi doslovan, čoveče – govori ti glas profesorke Rani. – Zaboraviće. Izražavaj se posredno. Slikama, a ne rečima.

Delio si krevet s Džeki čitavih mesec dana dok nije primetila da te ujutru nema. Posle nekog vremena prestala je da pokušava da te poljubi, a potom si ti prestao da je grliš. Nikada niste razgovarali o tome, ona te ništa nije pitala, tvoji izgovori su s vremenom postajali sve providniji. A onda si se preselio u slobodnu sobu i sve je postalo mnogo lakše.

Džeki je na plaži u Unavatuni, posmatra kako masiraš Di-Dija, koji te strelja pogledom. – Idi masiraj Džeki. Ili će ponovo da mi posoli sladoled.

Čiji je ovo san?, pitaš se. Jesi li ti moj Di-Di ili Di-Di kojeg je Džeki stvorila u snu? I zašto ove budale na plaži bulje u mene?

– Ljudi u snovima nikada nisu osobe na koje liče – kaže ti profesorka Rani. – A pogotovo u tuđim snovima.

Masiraš Džeki i šapućeš joj na uvo.

Profesorka te opominje. – Slika je dobra. Reči nisu. Ako hoćeš, otpevaj joj pesmu.

Pitaš se ko šapuće profesorki na uvo, a ko šapuće tom nekom na uvo, i koliko je naših misli zapravo nečiji šapat.

– Kralj i Kraljica. Nađi Kralja i Kraljicu. Koje niko ne sluša. Ti znaš gde su.

Ponovo si u spavaćoj sobi, a po smradu i neredu odmah znaš i čijoj.

– Sigurno nisam gej. Pogledaj kako sam neuredan. Gejevi su uredni.

– Ne upotrebljavaj tu reč, mali. Zvučiš glupo. – Obojica ste goli ispod pokrivača, on ti je okrenuo leđa, a ti mu dišeš u kosu dok ti ruke putuju njegovom kožom. – Ja nisam gej, ti nisi peder, mi nismo guzičari. Mi smo prelepi muškarci koji vole zgodne momke.

– Jesi li rekao Džeki? – pita te on.

– Reći ću joj – kažeš.

– Mrzim ovu prokletu zemlju. Svi samo pričamo o drugim ljudima.

– A o čemu bi ti da pričamo?

– O Hongkongu.

Prvo je bio Hongkong. Pa onda Tokio. Kad se saživeo s time da je momak koji voli prelepe muškarce, na red je došao San Francisko.

U Jali ste, Džeki hrče u šatoru s još dve devojke, a ti i Di-Di ste se sakrili u kućici na drvetu da budete nevaljali.

– Kolombo pojma nema šta se dešava na severu. Znaš li zašto?

– Zato što ljudima ne smeta ako se loše stvari dešavaju nekom drugom.

Grickaš njegovu ušnu školjku i stenješ. – Pomozi Džeki da nađe Kralja i Kraljicu. – Uverio si ga da će biti srećniji ako prihvati šta je, pa makar morao to da krije. Ubedio si ga da pređe iz kompanijskog u ekološko pravo. Kad si se vratio iz Manara nakon što su ti zaplenili film, sa skresanim honorarom i iščašenim gležnjem, Di-Di ti je, dok ti je pružao sportsku masažu, rekao: – Jednog dana ćeš žaliti za ovim danas. Setićeš se ovog usranog dana i pomisliti kako je to bilo neko srećnije vreme.

Često nije bio u pravu, ali to je ubô. Ponovo si na bazenu, ostali plivaju. Profesorka Rani je u zagrljaju visokog sedog muškarca.

– Snovi se završavaju. Jesi li im rekao sve što si hteo?

Shvataš da nisi rekao ni reč i ponovo zaranjaš. Bazen se ovog puta produbljuje i kovitla i odvlači te reka fotografija. Izlaziš na obalu prekrivenu telima, neka usnula, neke već njuškaju mačke. Puziš do crvenog tepiha koji vodi do velikog paviljona u kome neka žena sedi na prestolu, dok ljudi u smešnoj odeći sede na hoklicama a bend svira pesme Džima Rivsa.

Dvor je prekriven freskama naslikanim u stilu pećinskih slika iz Sigirije. Ali ovde posredi nisu polunage žene, niti čuvene freske konkubina koje poziraju al fresko. Ovo su slike novinara vezanih ruku, aktivista u iscepanim košuljama, spikera slomljenih noseva. Uhapšeni poznati muškarci čija tela nikada nisu nađena. Fotografije koje si slikao za Kralja, koji je zadržao negative i nikada ti ih nije platio. Major Radža Udugampola bio je u istoj zabludi kao tvoji drugi poslodavci, Elsa Dama i Džoni Kec. Niko od njih nije znao da tvoj *nikon* koristi rolne od trideset šest snimaka, a ne od trideset dva. Što znači da si na svakoj rolni mogao da sačuvaš četiri snimka i odsečeš negative, a da oni za to ne saznaju.

Žena na prestolu je Lakšmi Almeida Kabalana, tvoja draga majka. U krilu drži nešto što izgleda kao plišana životinjica, ali je zapravo čajnik. Gledaš dvorane. Pogled ti se zaustavlja na troma evropskih turista u havajskim košuljama. Najednom shvataš da se tvoja jakna preobrazila u šareno odelo, a da u ruci držiš palicu dvorske lude.

– Ljudi u snovima su mahom duhovi, isto kao ti – uskače u pravom trenutku glas profesorke Rani. – Neki se izgube u tom svetu i prošivaju tamo-amo po tuđim snovima.

Prilaziš prestolu, a tvoja majka najednom brizne u plač kako nikada nije za tvog života. Ono u njenom krilu nije ni plišano, ni životinja, a ni čajnik. To je svežanj pisama.

– Mislio sam da si ih bacila.

– I jesam. – Ona izduvava malo sline u izvezenu maramicu. Kraljevska odeća joj pristaje mnogo bolje od kućnih haljina u kojima se razvlačila. – Nisam ih ni otvorila.

– Nisi pomislila da su mi potrebna?

– On je znao da ti je potreban. Ali ipak je otišao. I onda ga je Bog uzeo. A onda je uzeo i tebe.

– Nikada ga više nisam video. Lagao sam te. Sve što sam imao bila su tri telefonska razgovora i pismo.

Slagao si je da si se video s Bertijem Kabalanom, njegovom ženom Dalrin i dvema ćerkama s kojima si se redovno dopisivao, i da si u Misuriju bio kod njih na večeri za Dan zahvalnosti. Da ti je pričao koliko je bila naporna i da ste se zajedno tome smejali uz ćuretinu i sos od brusnica. Priča je bila smišljena tako da je povredi. Jer da si joj rekao da si bio u avionu kad je umro i da njegova ožalošćena porodica nije htela ni da te vidi, samo bi je gurnuo u još jednu svetačku tiradu o božjoj volji.

Ispostavilo se da ti je otac pisao dvaput godišnje otkako je otišao 1973. Pronašao si jedno pismo 1984, ispod vrećica čaja u kanti za otpatke. Majka je kasnije priznala da je bila neoprezna, jer ih je inače bacala u turističkoj agenciji u kojoj je radila.

– Imala sam samo tebe – svežanj pisama joj je nestao iz krila – da me podsećaš na to sebično kopile. – Majka je uvek vodila računa o rečniku, izuzev kad govori o tvom ocu.

– Zar je to bila moja krivica?

– *On* je otišao. A ne ja. – Dvorani počinju da gunđaju jer je Kraljica podigla glas. – S tobom nije bilo lako, ali nisam odustala. Ne može on samo da ode, pa da posle izigrava junaka koji se setio da čestita rođendan.

Za četrnaesti, petnaesti i šesnaesti rođendan sedeo si pored telefona i čekao poziv iz Misurija. Na dan kada si napunio sedamnaest godina bio si prezauzet ljubljenjem s nekim rmpalijom u odelu da bi se potresao zbog toga.

– Nije video kako se pretvaraš u njega! – viče tvoja majka. A onda žamor postaje zaglušujući i razgovetan.

– Kaži istinu, mama. Rodila si dete samo da spaseš brak. Sve ostalo je izmišljotina.

– Snovi se završavaju. Vrati se na površinu. – I opet si na ivici bazena na oblaku. Profesorka Rani se oprašta od dveju tinejdžerki i sedokosog muškarca. Uto se odnekud začuje pesma koju peva Džim Rivs, a zove se „It's Now or Never“. Znaš da tu pesmu najbolje pevaju Kralj i Kraljica, i odjednom si u sobi iz koje si pošao. – Uvek je učtivo izaći iz snova isto kako si ušao. Time ukazuješ poštovanje onima koji te prate i onima koji spavaju.

Džeki se tog trenutka budi u tvom krevetu. Pevuši „It's Now or Never“, ali ne Elvisovu verziju, niti Rivsovu, nego onu koju je Fredi Merkjuri iskoristio za b-stranu čuvenog singla. Izvlači ploče i vadi Elvisov album *His Hand in Mine*, a zatim i *Hot Space* grupe *Queen*, dva užasna ostvarenja velikih umetnika.

Otvara omote na preklop i nalazi belešku napisanu tvojim rukopisom, a veliki crni pravougaonici počinju da ispadaju kao konfete. Negativi joj sleću u krilo, crni, oštrih ivica, na nekima se naziru avetinjski bele prilike u čudnim pozama. Grliš je iako ona to ne oseća i šapućeš joj poslednje uputstvo na uvo. *Džekilice. Izvini zbog svega. Molim te da napraviš hiljadu primeraka svake i izlepiš ih po čitavom Kolombu.*

ŠTA JAKE HOĆE

Profesorka Rani lebdi na ivici zemlje snova. Vezuje kosu u punđu i trudi se da sakrije suzne oči. Gledaš kako duhovi uleću u tuđe snove i izleću iz njih. Ima ih svih oblika, veličina i boja očiju.

– Jesi li sad srećan? Obavio si šaputanje? Hajdemo do Reke rođenja. Treba i to da uradiš pre sedmog meseca.

– Imam još dva meseca.

– Imaš jedan i po.

– Ne mogu. Još ne. Džeki mora da pronađe Virana. Ja moram da pronađem svog ubicu. Moram da zaštitim svoje prijatelje od čudovišta.

– Uvek ima nekog neobavljenog posla. Uglavnom je posredi nešto besmisleno.

– Mislim da me je Džeki čula.

– Jesi li siguran da si ubijen?

– Vranar je rekao da jesam. A i oni tvoji čitači ušiju.

– Dobro, ali jesi li *ti* siguran?

– Da znam, rekao bih ti.

– Vranar je prevarant. Gladni duhovi nisu uvek u pravu.

– Očigledno. Rekle su da sam ubio druge.

– Da si *možda* ubio druge. Tako su rekli.

– Da li je Mahakali najveći od svih demona? Ima li ona šefa?

Vrla profesorka odmahuje glavom, i odmahuje glavom, i još malo odmahuje glavom. – Zar baš ništa ne znaš o zemlji koja te je hranila i oblačila?

Kakva god da su sad zaduženja profesorke Rani, ona je i dalje predavač bez učionice. Takvim bićima se lako omakne da počnu da drže predavanja. – Ne postoji samo jedan satana kog moramo da uništimo. Ima na stotine đavola i na hiljade demona koji vršljaju svakom ulicom i uličicom.

U pravu je. Ovde nisu posredi samo Dobro i Zlo. U šarenilu svadljive pogani postoje različiti stepeni pokvarenosti.

– Za svaku prokletu boljku u ovoj zemlji postoji neki demon. – Objašnjava ti da Crni Princ izaziva pobačaje i donosi menstrualne grčeve. Mohini noću zavodi usamljene vozače, a Riri širi tumore. Monah s trozupcem je tehnički gledano duh, ali se od količine besa pretvorio u utvaru.

– Duh, utvara, gladni duh, đavo, jaka, demon. Jesam li dobro shvatio hijerarhiju?

– Nema hijerarhije u ovom haosu, dete. Čak ni gladni duhovi ne donose ništa dobro.

Kaže ti da ima mnogo vrsta gladnih duhova. Mali gladni duhovi ti kradu ukus iz hrane, dok ti gevala gladni duhovi kradu čvrstinu iz govneta.[66] Većinom su vešti u čitanju ušiju i apetita.

Već ti je dosadilo da je slušaš, ali bar te više ne podseća na osipanje mesecâ.

Naširoko raspreda o svim demonima što se kovitlaju po Međuprostoru. – Jake su mi odnele više duša nego što mogu da izbrojim.

– A šta jake hoće?

Objašnjava ti da su jake opsednute telesnim užicima. Kad se hrana pokvari, to je zato što je jaka proždrala hranljive materije iz nje. Kad iz seksa nestaje strast, to je zato što jaka krade zadovoljstvo. One stoje unaokolo i posmatraju žive, a naivni ih pozivaju da uđu.

– Jake štošta mogu, izuzev da uđu u Svetlost i da se rode kao ljudi – kaže dobra profesorka. – Mogu da podstaknu podmuklost, da povrede, da šire pokvarenost. Ali samo ako ih pozoveš. I nikad pre sedmog meseca. Čak ni Mahakali ti ne može ništa, osim ako joj ne dozvoliš.

Kaže da Naga jake imaju prelepo lice okruženo glavama kobri i da ne mogu da zaborave 1983, a da Kota jaka jaše mačku, nosi bisere i vitla borbenom sekirom. Bahirava jaka se rađa iz Sitine vriske i pojavljuje se jedino kad se bogovi svađaju ili kad sunce krvari.

– Ali potpuno si u pravu. Mahakali je najstrašnija od svih. Ne mogu te zaštititi od nje kad ti prođe sedmi mesec.

– Treba mi još samo jedan da izvučem svoje fotografije na videlo.

– Dosta. Dođi. Mešanjem u ono što se odvija Tamo Dole nećeš pomoći ni sebi ni njima.

– Sena kaže...

– Ako ćeš da se pozivaš na Senu, možeš komotno da ideš. Nemoj da traćiš moje vreme. Video si šta Mahakali može da uradi.

Oči su joj pretežno bele, ali primećuješ nekoliko žutih i zelenih tačkica.

– Imaš još dva sutona. Molim te da izbegavaš sve što ima crne oči.

---

[66] Mali gladni duh je duh preminule osobe, dok je gevala gladni duh kućni duh koji nema veze sa ukućanima. (Prim. prev.)

– Senine oči nisu crne.

– Još nisu. Niko se ne rađa kao đavo.

– To sigurno nije istina.

Kaže ti da se jake stvaraju, a ne rađaju, i da svaka ima priču koju više ne priča. Čika Ljudožder je bio žrtva bombe u Peti. Divlje Dete su tigrovi naterali da pobije stričeve. Morskog Demona su živog iskidali na univerzitetu. Avetinjski Ateista je bio palanački odbornik dok ga NOF nije iskasapio. Gospođi U Crnom Sariju rat je oduzeo petoro dece.

Kaže da su jake neviđeno loši kockari i da, kao i većina pacova u kockarnicama, završe u blatu dugova, koje otplaćuju obavljanjem sitnih poslova. – Tvoj Sena je Mahakalin dužnik. Demoni šalju duhove da im dovode duše. Nije to baš toliko komplikovano.

Onda zaćuti i odmahne glavom. Ispalila je sve strele koje je imala, a nijedna nije pogodila metu. Otcepljuje list sa svoje podloške za pisanje i gužva ga.

– Hvala ti što si mi pomogla. Ponovo. Obećavam, profesorka. Doći ću u tu tvoju Svetlost pre isteka sedmog meseca.

– Nećeš.

– Kud sad da idem?

– Na Reku rođenja. Uzmi najslabiji vetar od Beire. Prati kanale dok ne stigneš do tri drveta arjune.

– Obećavam.

– Dva obećanja vrede manje od jednog.

– Voleo sam momka koji je govorio takve stvari.

– Jesi li održao obećanja koja si mu dao?

– Nisam nijedno.

– Da li se ljutio zbog toga?

– Nisam obraćao pažnju.

– Da li te je povredio?

Gledaš kroz okular foto-aparata, ali ne vidiš odgovore. Počešeš se po glavi i pogledaš onu jednu papuču što imaš.

– Sigurno sam to zaslužio. Doviđenja, profesorka.

Uto pristiže vetar koji duva sa okeana i ti skačeš na njega.

– Idem da održim obećanje.

Ona te pogleda dok te vetar odnosi. Deluje tužno i razočarano, ali ne iznenađeno.

Radnja FudžiKodak

Negativi su u zapečaćenom plastičnom omotu, selotejpom zalepljeni za album *Hot Space* grupe *Queen* i Elvisov *His Hand in Mine*. Znao si da je najmanja verovatnoća da ih među ostalima izabere bilo ko zdravog sluha. Podrazumeva se da neće svako ko pronađe tračice negativa zalepljene na dva loša albuma znati šta da radi s njima. Stoga si, tek koliko da sve bude jasno, na unutrašnji omot zalepio poruku:

Molim vas rukujte pažljivo.
Ako pronađete ovo, vratite Malindi Almeidi
Gol Fejs kort, stan 4/11, Kolombo 2.
Ako je Malinda nedostupan,
idite u radnju FudžiKodak,
Timbirigasjaja roud 39
I dajte ovo Viranu

Džeki zagrli ploče i otrči u Di-Dijevu sobu.

– Ne, ćurko jedna – vičeš, ali naravno da te ona ne čuje.

Di-Di spava u svojim *kelvin klajn* gaćama. Nabacio je malo sala oko struka, a na prednjem delu gaća ima jutarnje nabreknuće, izazvano, nadaš se, snom o tebi.

– Ama ne budi ga! – vičeš.

Džeki hvata rođaka za ramena i drmusa ga sve dok je bunovno ne pogleda.

– Ko... šta?

– Ko je Viran? – pita ga ona.

Delika kombi prati *lanser* na ne tako neupadljivom odstojanju. Džeki ga gleda dok se voze kružnim tokom Tumula. Pravi tri kruga, kombi isto. Zatim se vraća do Timbirigasjaje, kombi isto. A onda se okrene i vrati se istim putem.

– Šta se dešava? – pita Di-Di na suvozačkom sedištu. Abonosna koža zategnuta preko jake vilice, kosa brižljivo razbarušena čak i u to bezbožno doba dana.

– Nisu u uniformi. Loš znak. – Džeki drži oči na kolovozu a jezik među usnama.

Di-Di se osvrće da pogleda. – To je samo neki kombi, Džeki. Pusti ih da prođu.

Džeki usporava, na šta se otpozadi oglasi hor sirena, ali ih kombi ne pretiče. Bez upozorenja ili bilo kakvog znaka, ona skreće u lavirint London plejsa.

– Nisu zainteresovani da nas preteknu.

– Ma to je samo glupi kombi. Jesi li dovoljno spavala? Hoćeš li da ja vozim?

– Može – kaže Džeki dok gazi pedalu i naglo skreće kroz splet ulica. Od vas troje, ona je bila najveštiji vozač, i shodno tome i najbahatiji. Uleće u pupak Timbirigasjaje i izlazi kroz nozdrve Bambalapitije. Sirene urlaju dok automobili i trotočkaši naglo menjaju trake i beže joj s puta.

Ulica se puni izduvnim gasovima, izduvnim cevima i stop-svetlima koja ne rade. Kombija nema na vidiku. Dok prolaze kontrolne punktove, Di-Di drži cigaretu u ustima ali je ne pali. Što znači da tehnički još nije izgubio onu opkladu od pre nekoliko meseci.

Nekim čudom uspevaju da nađu slobodno mesto za parking tačno ispred radnje *FudžiKodak*. Od kombija ni traga.

Radnja je puna fotografija živopisnih Azijaca s neverovatnim osmesima. U vitrini su izloženi foto-aparati i rolne filma. Nalepnice i plakati u zelenim i belim tonovima *Fudžifilma*. Manje nalepnice i plakati u žutim i crvenim tonovima *Kodaka*. Za pultom stoje dve žene, jedna prima filmove, a druga izdaje koverte. Sve je iznenađujuće organizovano, a mušterije očigledno znaju kako se čeka u redu. Iako je tu troje ljudi, Di-Di odlazi pravo do pulta kako i dolikuje razmaženom derištu i oštro pita: – Gde je Viran?

Gospođa pokazuje ka vratima iza svojih leđa. Džeki i Di-Di ulaze u studio pun reflektora i paravana, u kome nizak momak s naočarima stoji pogrbljen nad negativima.

– Viran?

– Da?

– Malinda nam je rekao da dođemo.

Momak razgovara s Džeki, ali mu pogled beži ka Di-Diju.

– On je otišao?

– Tako izgleda.

Viran odmahuje glavom i obara pogled.

– U inostranstvo ili zatvor?

Di-Di sa uzdahom izgovara svoju recitaciju.

– Kažu da je mrtav. Ali niko nije video telo.

Viran se na to snuždi. Košuljom briše naočare.

– Možda se samo pritajio negde.

– Jesi li ti Malijev prijatelj?

– Znamo se godinama. Ovde je razvijao filmove.

Džeki stavlja ploče na sto. Omot *Queena* samo što se ne raspadne, dok je na Elvisovom otvor ojačan selotejpom.

– Piše da ti znaš šta treba da radiš sa ovim.

– Došli ste sami?

– Da.

– Niko vas nije pratio?

– Naravno da nije.

– Jeste li sigurni?

– Bio je jedan kombi iza nas. Ali izmakli smo mu.

– Onda je bolje da požurimo. Idite u Klub Umetničkog centra. Nađite gospodina Klarantu. Tako je Mali hteo što se tiče prvog kompleta fotografija.

– Prvog kompleta?

– Tražio je da napravim dva kompleta. Jedan za gospodina Klarantu i jedan za nekog drugog.

– Nekog drugog?

Našao si se Viranom u bioskopu *Nova Olimpija* u deset ujutru, na projekciji *Bekstva u Atinu* s Rodžerom Murom, Telijem Savalasom i Stefani Pauers, gde ste bili okruženi razvratnim hetero parovima i muškarcima koji se pipkaju s muškarcima. On nema ni metar i šezdeset, ali zato ima osamnaest centimetara tamo gde je bitno. Pored toga, zanimaju ga stari foto-aparati, radi u *FudžiKodaku*, a u Kelaniji ima mračnu komoru i vrlo ozbiljnu opremu koju je nasledio od strica. Bio je nežan i darovit, mirisao je na sapun i talk, i bio potpuno nezainteresovan za politiku. Sve dok nije video tvoje slike NOF-a za *Asošijeted pres*.

Rekao si mu da ako jednog dana prelepi momak i devojka s natapiranom kosom donesu ploče Elvisa i grupe *Queen* i pitaju za njega, on treba da odnese negative kući i napravi fotografije veličine dvadeset sa dvadeset pet, sa smanjenim osvetljenjem i pojačanim kontrastom.

Drugi komplet je bio za Trejsi Kabalanu, mlađu ćerku tvog oca, koja je jednom prilikom, kad mu se pridružila u jednoj od retkih poseta domovini, obećala da će čuvati tvoje fotografije. Ona uskoro stiče pravo glasa i nisi siguran hoće li se setiti toga, imajući u vidu da si doslovno slomio srce njenom ocu.

Počelo je kad su ispred Kluba novinara pretukli nekoliko fotografa *Asošijeted presa*. Onda su Endiju Makgauanu zaplenili film, a zatim su oteli i ubili novinara Ričarda de Sojsu. Odlučio si da uradiš to kad si posle pijanke u kazinu za dlaku izmakao vojsci. Objasnio si sve Viranu dok ste se pipkali pored pruge i podsetio Klarantu na obećanje koje je dao na afterpartiju. Čika Klaranta je jedan od retkih ljudi koji poštuju pijana obećanja.

Hvataš vetar ka raskrsnici Kolpeti. Nadlećeš krov bele *delike* i spuštaš se na srebrni *lanser*. U ovom gradu se, kao i u većini, vetar kreće brže od saobraćaja. Džeki stiska volan dok je Di-Di zapitkuje.

– Da li ti je rekao za ovo?

– Na jednom od afterpartija s čika Klarantom. Rekao nam je šta da uradimo s fotografijama ako on ode u izgnanstvo. Ne sećaš se?

– Bio sam pijan. Ti si spavala.

– Dakle, sećaš se.

Klub je zatvoren. Stolice stoje naopako na stolovima dok čistači vuku portfiše po parketu. Klaranta puši cigaretu za šankom i čita novine. On je debeljuškasta pozorišna primadona koja je imala tri infarkta pre pedesete. Pričalo se da je zakačio veliku bolest malog imena. Nikad ga nisi to pitao, mada te je previše kasnonoćnih razgovora o smrtnosti navelo da se zapitaš.

– Zdravo, Džeki. Di-Di – kaže Klaranta i presavija novine. – Izvinite, zatvoreno je.

– Viran iz *FudžiKodaka* rekao nam je da dođemo.

Klaranta zastane, pa spusti novine. – Neću to da čujem. Gospode bože. Gde je Mali?

– Nismo videli telo – kaže Di-Di. – Ne znamo.

– Onda se možda izvukao – kaže čika Klaranta.

– Nije – kaže Džeki. Gleda ga i odmahuje glavom. Lice mu se na to snuždi.

Dva duha lebde iznad džuboksa, starovremskog uređaja, poklona doajena šrilančanske scene, koji ga je doneo iz Las Vegasa. Pričalo se da će ga Klaranta prodati kako bi otkupio Umetnički centar od trusta koji poseduje pozorište. Ona dva duha pesnicama udaraju dugmad, ali dobijaju samo nekoliko treptaja elektriciteta.

– Opasan je trenutak za tako nešto – kaže Klaranta.

– Znamo – kaže Di-Di.

– Želeo sam da pišem komade i promenim svet – kaže Klaranta. – A umesto toga sam pisao mjuzikle.

– Mjuzikli mogu da promene svet – kaže Džeki.

– Umukni, Džeki – kaže joj Di-Di.

– Dao sam obećanje. Održaću ga – kaže Klaranta. – Koliko brzo taj Viran može da napravi fotografije.

– Do sutra.

– Sere. Kako?

– Navodno ima svoju opremu. Tako je rekao.

– Može preko noći da napravi sve fotografije?

– Tako je rekao.

– Ja imam samo dvadeset ramova. Čemu tolika žurba? Koliko ima slika?

– Pedesetak.

– To je suludo! Trebaće mi još ljudi. Ima li tvoja firma pomoćnike?

– Pitaću.

Duhovi deluju evropski i kao da su ti odnekud poznati. Obojica su u havajskim košuljama i šortsevima za plažu. Punijem dozlogrdi i odalami džuboks. Mašina se zatrese, začuje se škljocanje, a zatim i Elvisova pesma „It's Now or Never".

Di-Di je iznenađen, Džeki prestravljena, ali Klaranta samo slegne ramenima. – Stalno se dešava. Imamo duha po imenu Ajris. – Zakikoće se. – Možda je ona.

Džeki sluša Kraljevo pevanje ophrvana mislima koje mogu biti jedino u vezi s tobom.

– Jeste li sigurni da nije pobegao iz zemlje? – pita Klaranta.

– Ko zna? – kaže Di-Di. – Ništa me ne iznenađuje kad je reč o Maliju.

– Dobro – kaže Džeki, pa uzme torbu i izađe.

Džeki izlazi iz Kluba Umetničkog centra, prolazi pored Galerije *Lajonel Vent* i izbija na ulicu. Pre nego što će ući u auto osvrće se da vidi ima li u blizini *delika* i muškaraca koji nisu ni vojska ni policija.

Pokreće svoj *lanser* i pušta ga da klizi niz Gildford kresent. Auto dobija na brzini, a onda skreće na pogrešnu stranu. To znači da se nije zaputila kući u Gol Fejs, a ti vrlo dobro znaš kuda vodi taj put i smrknuto odobravaš. Parkira se ispred hotela *Leo* i proverava da li je neko prati, a i ti isto. Zatim prolazi pored usnulog vratara i odlazi liftom na šesti sprat.

Skačeš i promašuješ za čitav sprat, tako da viriš kroz prozor stana na sedmom. Vidiš gole zidove, prazne kutije i otvorena vrata, ali ne i

Kugu, Elsu i uramljene fotografije koje si ti snimio *nikonom* a Viran ih napravio. Soba nije ispreturana kao tvoj stan u Gol Fejs kortu, ali se po pocepanim zavesama i ispreturanim stolovima vidi da neko nije bio naročito dobro raspoložen.

Zatim odlebdiš do *Pegaza* i vidiš kako se Džeki smešta, kako naručuje džin za džinom i puši besplatne cigarete koje bi strašno voleo da okusiš. Pokušavaš da joj šapućeš, ali nijedno od vas dvoje više ne sanja. Trudiš se da joj pogodiš misli dok izračunava verovatnoću i broji karte kao što si je učio, mada joj ne ide.

Produžavaš do stola za poker, gde Karači Kid igra u visoke uloge sa Izraelcima. Mlad, dežmekast, s bejzbol kačketom na izbrijanoj glavi, Karači Kid je uvek bio široke ruke što se tiče žetona i spreman da te vadi iz nevolje kad se zaigraš. Vodio je računa o dugu i podsećao te na to svaki put kad sedneš za sto.

– Ima li ovde kamera? – pita on i osmotri tavanicu, pa zatim i zidove.

– Zašto bi ih bilo? – pita ga Jael Menahem. – Osim ako nemaš jednu u tom glupom kačketu.

Jael Menahem je krupan i glasan, dok je njegov saradnik Golan Joram debeo i ćutljiv. Za stolom su i dva Kineza, koji se pretvaraju da ne znaju engleski. Neki kažu da su oni rođaci Rohana Čanga, gazde kazina, i da su tu kako bi držali na oku igrače na veliko. Igrao si poker s njima poslednje noći kad si disao, mada se ne sećaš jesi li dobio ili izgubio.

– Hajdemo napolje – kaže Karači Kid. – Ovde se oseća na soja-sos.

Kinezi za stolom su prezauzeti međusobnim nadmetanjem da bi se uvredili. Izraelci i Pakistanac iznose pića na balkon. – Videli smo poslednji spisak – kaže Golan Joram i pali cigaretu.

– I?

– Samo uplati depozit od sedamdeset posto i sve ćemo ti dopremiti.

– Sve?

– Ako hoćeš *skudove*, mi ćemo ti ih nabaviti, brate.

Menahem očeše pogledom konobara, koji spušta pepeljaru na sto. Zatim prošapuće sledeće pitanje: – Jesi li ikada poslovao s pukovnikom Mahatijom?

– Svako ko u ovoj zemlji drži oružje poslovao je sa mnom, prijatelju – kaže Karači Kid dok pijucka sok od pomorandže. – Slobodno se pozovi na to u banci.

– Zanimljivo – kaže Menahem. – Mi smo u filmskoj industriji. Sve ovo nam je novo.

– Skroman si.

– Da. A ja nikad nisam skroman. I ne sviđaju mi se tvoje cene. Tražimo osamdeset posto unapred.

– Čoveče, oduševio me je onaj film s nindžom.

– Koji? Ulazi nindža ili Nindža 3: Nadmoć?

– Ninžda SAD?

– Taj nije moj – kaže Menahem.

– U stvari, mislim da je *Ulazi nindža*. Vrhunski. Sjajna akcija.

– Taj film je bio najobičnije sranje. Ali doneo je zaradu, zar ne?

– Lepo je zaradio – kaže Joram.

Karači Kid im daje tabelu, koju Joram osmotri, pa odmahne glavom. – Ove cene su neprihvatljive. Odakle ti ovo?

– To su tržišne cene.

– Ovo su cene Hezbolaha i Hamasa. Po ovim cenama dobićeš pokvarena ruska sranja. I đubre iz Nikaragve. Povećaj budžet ili ništa od posla. Žao mi je.

– Moj klijent će tražiti reference, naravno.

– Evo mu moje reference – kaže Menahem i podiže srednji prst.

– Mogu li da te pitam nešto? S dužnim poštovanjem. Jesi li ikada poslovao na ovom tržištu?

– Naravno.

– S vladom?

– Možda.

– S tigrovima?

– Možda.

– S NOF-om?

– Nikada.

– A sa onim našim kolegom po kocki što je nestao?

– S kim?

– Znaš ti s kim.

– On je bio hipik i peder. Hipici i pederi umiru. Nije imao ništa s nama.

– Drago mi je što to čujem – kaže Karači Kid.

ĆASKANJE S MRTVIM SAMOUBICAMA (1986, 1979, 1712)

Uzdižeš se na krov hotela *Leo*, gde je već uveliko mrak, a kazino ostaje otvoren. Noć je nemirna od zastoja na ulicama, opasnih pasa lutalica i kockara za šankom koji govore sebi kako će noćas nadigrati kuću. Ti si večiti kliše – kako za života, tako i u smrti. Obigravaš oko mesta na kom si umro, kao i svi duhovi. To je očigledno isto koliko i tavorenje na grobu ili vrzmanje po nekadašnjem prebivalištu. I jednako besmisleno.

Džeki sedi sama za stolom, poslužili su joj sok od pomorandže, a doneo joj ga je onaj konobar što izgleda kao goveče, onaj kog si okusio poslednje noći kad si disao. Misli da je sama, ne vidi ni tebe, ni obruč od samoubica koji obitavaju na krovu i blenu u mesec.

Na krovu *Lea* je mirno u tri po ponoći, ako se izuzmu samoubice koje se snebivaju na ivici. Prvi je transvestit, sredovečan muškarac u kandijskom sariju,[67] s narukvicama, ogrlicama i tonom šminke.

– Uradila sam to jer sam bila tužna. Znaš, mi smo uglavnom takve. Ali i zato što sam bila budista. Mislila sam da će reinkarnacija biti jeftinija nego da platim promenu pola.

– Zašto nisi otišla u Svetlost?

– Celog života sam bila u Međuprostoru – kaže ona koja je on. – Možda mi je tu mesto.

Ona hoda po ivici krova kao po modnoj pisti, a onda čučne i zagleda se dole, u spektakularni pad koji će se završiti na parkingu ili đubrištu, zavisno od hira vetra. Krov vrvi od duhova, većina ih nije odavde, i većinom su samoubice, što je očigledno po žućkastozelenim očima i neprestanom mrmljanju.

Prepoznaješ neke od onog meseca kad su se Sena i profesorka Rani svađali oko tvoje besmrtne duše.

Smrdljiva devojka s kravatom i pogrbljena prilika koja izgleda kao da se salamurila u okeanu još od doba kralja Buvenekabahua III raspravljaju se nedaleko od tebe. Dolebdiš im malo bliže kroz vlažan vazduh kako bi mogao da prisluškuješ. Poslednjih dana si se veoma izveštio u tome.

Kao što se na svakom okupljanju gnjavatora priča o poslu, tako samoubice pričaju o samoubistvu.

– Zašto je Šri Lanka prva po broju samoubistava? – pita devojka pileći kroz debela stakla naočara. – Jesmo li toliko tužniji ili nasilniji od ostatka sveta?

– Koga briga, jebote – odgovara joj pogrbljena prilika, dok žena s kikicama izvodi svoj čuveni skok uvis preko ivice.

---

[67] Tradicionalni šrilančanski sari i deo ženske narodne nošnje, naziv je dobio po drevnom Kandijskom kraljevstvu, a od indijskog se razlikuje po kratkoj nadsuknji i nabiranju gornjeg dela umesto donjeg. (Prim. prev.)

– To je zato što imamo taman toliko obrazovanja da uvidimo da je svet okrutan – kaže školarka. – I taman toliko korupcije i neravnopravnosti da se osećamo nemoćno.

– A imamo i lak pristup herbicidima – dodaje pogrbljeni.

Odlebdiš dalje da još malo prisluškuješ. Nailaziš na petoro dece koja su se borila za tigrove dok ih nisu odveli u Kolombo na rehabilitaciju i informativni razgovor. U zatvorskom dvorištu su pronašli tatulu i od nje skuvali čaj za petoro. Kažu da im se sviđa zagrobni život („Niko ne viče na nas i ne naređuje nam“), a zatim skaču preko ivice oduševljeno kao mala deca.

Nije teško poverovati da Šri Lanka ima tako visoku stopu samoubistava kad se pogleda društvo okupljeno na krovu: mlado, staro, sredovečno; muško, žensko i sve između; odbačeni ljubavnici, propali zemljoposednici, izbeglice posle neuspelih revolucija, žrtve silovanja, studenti koji su pali na ispitu, ne tako malo prikrivenih homoseksualaca. Svi oni lebde ka ivici i sunovraćuju se.

Jedan prikriveni homoseksualac dolebdi da proćaskate, ali tebe ne zanimaju momci koji nisu prelepi, pogotovo otkako više nisi zgodan muškarac. Primećuješ da te onaj grbavac mrko gleda i prilaziš mu. – Obesio sam se u kolompskoj luci kad su Portugalci zapalili moj brod. Udavio sam se u jezeru Dijavana Oja kad sam ostao bez zemlje. Život nije vredan življenja kad nemaš novca. Ponovo bih se ubio kad bih mogao. Samo da već jednom završim sa ovim.

– Zašto ovde niko ne ide u Svetlost?

On te uvređeno pogleda i ispljune grudvu sažvakanog betela preko ivice, a ona pred tvojim očima iščezne u vazduhu.

– A zašto ti ne odeš?

– Ja se nisam ubio.

– Jesi li siguran?

– Pokušao sam kad sam imao četrnaest godina. Omanuo sam i nikad više nisam probao.

– Čak i samoubistvo iziskuje upornost.

– Navodno te Svetlost očisti od grehova i pusti te da počneš iznova.

– Jesi li ti pomagač? Ako jesi, jebi se.

Posmatraš tog neznanca čije lice jedva vidiš, čiju priču jedva shvataš, i postavljaš mu pitanje koje nisi bio u stanju da ispljuneš otkako si umro.

– Ako sam pomogao ljudima koji su želeli da umru, da li me to čini ubicom?

– Otkud znaš da su želeli da umru?

– Video sam koliko pate. Znao sam.

– Za većinu bića koja hodaju zemljom najbolje bi bilo da nikad nisu ni živela.

– Dakle, ako sam nekome olakšao muke, trebalo bi da me Svetlost nagradi, zar ne?

Pogrbljena prilika te pogleda i nasmeje se. – Ako tražiš utehu, došao si na pogrešno mesto, budalo. – A onda se baci sa ivice urlajući od smeha i nikada ne udari o tlo.

Nisi iznenađen što Džeki više ne sedi sama. Iznenađen si što joj se pridružila žena, a ti tu ženu znaš kao spikerku Radiku Fernando. Nalivaju se džinom i rumom, i u trenutku kad sunce počinje da izlazi njih dve se drže za ruke i puše na balkonu.

Šest spratova niže vidiš parkiranu *deliku* i u njoj muškarca s hirurškom maskom kako grdi policajca. Za razliku od policajca u zgužvanoj uniformi, Maska je u čistim i ispeglanim pantalonama i košulji. On očigledno prošle noći nije spavao u kombiju.

– Kako to misliš „otišli“?

– Prostorije Centra su prazne, tamo nema nikog. Sve su počistili – kaže pomoćnik načelnika Rančagoda. Zbog podočnjaka podseća na žabu krastaču.

– Ali naši stražari već dva dana nadgledaju ovo mesto. Jeste li pretražili zgradu?

Voki-toki zapucketa, a Maska opsuje i prinese ga uvetu. Iz aparata pokuljaju psovke i šum elektriciteta. – Jebeni idioti. Elsa Matangi se sinoć ukrcala na let za Toronto. Stigla je tamo u autobusu s nemačkim turistima.

– Kako, boga mu? – kaže Rančagoda. – Nismo je videli da izlazi.

– Tu misteriju rešavaj u slobodno vreme. Meni rešenje treba odmah. Major hoće negative.

Pomoćnik načelnika Rančagoda pogleda uvis ka balkonu. Gore se, spram svetlosti izlazećeg sunca, vide obrisi dveju žena koje puše.

– Možda imam ideju – kaže Rančagoda.

Maska pogleda šta on posmatra, pa klimne glavom.

– Trebaju nam ideje. Šta predlažeš?

Rančagoda otvara pregradu za rukavice, u kojoj su jutana vreća i bočica.

– Nisam siguran da bi major i ministar odobrili tvoju ideju. Ali ja možda hoću.

Podižeš pogled ka balkonu, gde Radika Fernando stoji naslonjena na ogradu i igra se Džekinom kosom. Zatim je poljubi za rastanak i ode, iako bi se po načinu na koji je uradila i jedno i drugo pre reklo da je to samo doviđenja.

Usredsređuješ se na sedmi sprat, gde si sedeo u sada praznoj stolici i pričao Elsi šta si uradio. Usredsređuješ se na zatamnjene prozore kazina u kom si odigrao svoje poslednje deljenje i unovčio sve žetone.

ŽANDARI IZ POTAJE

Ti i Džeki ste sto za ajnc u šali zvali sto za pušenje,[68] mada ni ti ni ona nikada to niste nekom uradili, niti neko vama dok ste tu sedeli. Ako samo pratiš procenat ostvarenih ajncova i brojiš karte koje prolaze, s vremenom možeš ostvariti lep dobitak. Kazino *Pegaz* je imao samo dva špila u opticaju, što je čak i tvom malecnom mozgu bilo lako da prati.

Kazino je sređen u vidu polukruga oko švedskog stola na ulazu, nalik potkovici koja isisava sreću. Najglasniji su stolovi za rulet na krajevima tog slova U, najveća gužva je oko stolova za ajnc i bakaru, dok su stolovi za poker, u prevoju slova, najslabije osvetljeni.

Imao si formule za dobijanje protiv kuće na kartama, metode za izbegavanje metaka u ratnim zonama i tehnike za prepoznavanje laži. U ajncu je jedino trebalo pobediti delioca, čije si ponašanje mogao da predvidiš. U ratnoj zoni si znao ko baca granate i gde ne treba da staneš. S lažovima si morao da prokljuviš šta hoće od tebe.

Tebe su zaređali štihovi, a delioca trope. Imao si još dva sata do prvog sastanka, a tri do drugog. Pomislio si na poruku na ružičastom papiru koju si ostavio na Di-Dijevom reketu za badminton:

Dođi večeras u 11 u Bar Leo.
Imaću neke novosti. Ljubim te. Mal.

Tokom poslednje ture po severu rekao si sebi i svakom ko je bio voljan da sluša da ćeš, ako preživiš granatiranje, otići iz zemlje. Unovčićeš

---

[68] Igra reči, skraćenica BJ se na engleskom može protumačiti i kao *blackjack* (ajnc) i kao *blowjob* (pušenje). (Prim. prev.)

žetone, zavetovaćeš se Di-Diju na vernost i pratićeš ga kud god naumi da ide. Manje od dva obećanja vrede jedino tri obećanja.

Dobro si se osećao jer si raskrstio sa Elsom i Kugom. Dali su ti mastan ček kad si im obećao negative. To obećanje nikada nisi nameravao da održiš. Bio si naumio da ubrzo raskrstiš sa svima, ili si se bar tome nadao.

Odneo si svoj mastan ček krupijeu na stolu za ajnc, a zatim pokupio dobitak i prešao za svoj omiljeni sto, na samom prevoju potkovice. Poker s visokim ulozima igrali su deca bogataša, svodnici, trgovci oružjem i ekonomski plaćenici,[69] koji su došli da kradu jedni od drugih.

– Duguješ mi novac, moj hipi prijatelju – rekao je Karači Kid, opremljen zalihom od četrdeset krupnih žetona. Imao je naočare za sunce i pio je votku, iako se za tim stolom ne sme ni jedno ni drugo. Ponudio ti je piće znajući da ćeš odbiti. – Ali nema veze. Danas ćemo igrati.

Bio je to sto za šestoro. Do Pakistanca su sedela dva Kineza – jedan sitan, drugi krupan – a do njih Pijani Šrilančanski Čika između dveju Maldivki. U dnu stola je bio Jael Menahem, kome je očigledno najbolje išlo jer je ispred sebe imao zalihu od šezdeset žetona.

Dva trgovca oružjem za stolom ničim nisu pokazivala da se poznaju. Veliki Kinez i Mali Kinez uglavnom su ćutali, osim što su između deljenja razmenjivali dosetke na mandarinskom i smejali se ne nalazeći za shodno da ostalima objasne zašto. Izraelac je bio najpričljiviji i najumešniji za stolom.

Svi kao da su hteli da opelješe Pijanog Šrilančanskog Čiku, koji je zadržavao loše karte i srljao u sramotna otvaranja. Uložio je sve na par kečeva i gledao kako Karači Kid pravi kentu. Oteturao se do švedskog stola pun nade da će Maldivke poći za njim, što se nije desilo.

– Znao sam da si bio jednu kratak za kentu – rekao je Izraelac Karači Kidu. – Pratiš kad ispipavaš teren, a podižeš ulog kad blefiraš.

Pakistanac je samo zurio preda se i žvakao žvaku.

Postalo je glasno kad je Mali Kinez podigao ulog odmah posle prve tri otvorene karte, na šta je Jael Menahem uložio polovinu svojih žetona. Kad je video da je Mali Kinez to učinio bez ičega u ruci a završio s fulom, Izraelac je pobesneo.

– Ko su ovi ljudi? Znaju li oni uopšte da igraju poker? Ko još diže ulog s trilingom žandara?

---

[69] Žargonski izraz za izuzetno dobro plaćene stručnjake koji navodno izvode međunarodne finansijske prevare u kojima izvlače novac od Svetske banke, državnih vlada i humanitarnih organizacija u korist velikih korporacija i grupe najbogatijih pojedinaca koji kontrolišu prirodne resurse. (Prim. prev.)

Opsovao je krupijea i otišao odnevši svoje čipove. Veliki Kinez i Mali Kinez su ga ispratili ledenim pogledom i još jednom šalom na mandarinskom.

Ti i Karači Kid igrali ste ćutke i agresivno. Dobio si nekoliko dobrih ruku, ali su svi odustajali kad god ti podigneš ulog. Kad ti je do prvog sastanka bilo ostalo manje od pola sata, odlučio si da zaigraš na sve ili ništa.

Karači Kid je iskapio votku i gurnuo sve svoje žetone na sredinu stola. – Da vidimo ko će noćas koga da isplati. Ovi žutaći imaju male kite. Odustaće. Odustaće čak i ako imaju keca.

Usledilo je domunđavanje na mandarinskom, ovoga puta bez šala, a onda su obojica mrko pogledala Pakistanca. Jedan je zagrizao mamac, drugi je odustao. Kad su svi položili uloge, pažnja se prebacila na tebe. U filmovima bi se ljudi tiskali oko stola, raskalašne žene bi se pripijale uz najuspešnije igrače, obezbeđenje bi mrmljalo lozinke u voki-tokije, a pijanci bi zastajali da vide zašto svi uzdišu. Ali ova partija se odigravala u prigušenom svetlu, a jedini svedoci bili su krupije i pakao ispod vas.

Nikada se nisi molio kad se kockaš, kad stupiš na ratište, kad okusiš novo meso i kad kažeš nekom da ga voliš. Računao si verovatnoće, sagledavao mogućnosti, a zatim birao potez.

Verovatnoća da se neko rodi s viškom nožnih prstiju iznosi jedan prema hiljadu, da je pilot pijan jedan prema 117, a po nekima, da ćeš proći nekažnjeno za ubistvo tri prema jedan.

Očekivao si najgore. Nagađao si odakle bi granate mogle da dolete. Od momaka si zahtevao da koriste kondom. Tražio si od zakonitosti verovatnoće da prevagnu u tvoju korist, što nije isto kao da se moliš nekom nevidljivom bogu. Ili možda jeste?

Džeki je obožavala kad izvodiš računicu. Iako je dvaput pala matematiku u Londonu, odmah pošto je rekla majci za očuha.

Zamislio si da je ona tu.

– O, Džekilice. Čak i dvojka herc bi potukla tvoje žandare. Sa ovolikim ulozima na stolu, ja bih odustao.

Na stolu su bila tri herca, a ti si u ruci imao dva žandara. Gurnuo si sve žetone na sredinu.

Niko se nije radovao kad je delilac kao petu kartu okrenuo devetku tref. Karači je spustio kentu od kralja, Mali Kinez se zakikotao, a Veliki je svima pokazao keca herc i srednjak. Rekao je nešto na mandarinskom što verovatno nije značilo „Svaka čast, drugar" i pogledao te.

Spustio si svoj par žandara do para devetki i žandara herc i slegnuo ramenima. Neopaženi ful potući će očigledni fleš svakog dana u sedmici i dvaput nedeljom. Poželeo si da imaš neku dosetku s kojom ćeš napustiti sto, ali raspolagao si jedino svojim kezom u maniru Vese Secikese. Žetoni sa stola sezali su ti do laktova kad si ih prigrlio i poneo kući. Veliki Kinez je s rukama na temenu zurio u tri žandara i dve devetke.

– Cenim da ću noćas napokon otplatiti svoj dug, gospodine Karači.

Odveo si Karači Kida do šanka, gde ti je rekao da se zove Paja Patak i da vodi građevinsku firmu. Kad si ga pitao koliko si mu dužan, izvadio je iz džepa farmerki blokče, u koje te je bio upisao kao „Hipika iz Pegaza". Isplatio si mu naznačenu svotu i rekao mu da zadrži kusur.
– Plaćam piće!
Platio si svoj trojici konobara i dodao bakšiš, a platio si i kontroloru za žetone koje si dobio na crtu i za bocu koju si razbio za šankom posle gubitničkog niza. Zatim si našao onog kršnog mladog šankera s telom i licem vola i dao mu hiljadarku koju si mu dugovao.
– Osvojio sam nešto malo dole. Ovo je tvoje.
– Važi. Brate, potpuno sam zaboravio. – Vrskao je u govoru, što je bio jedini gej stereotip na njemu.
– Ja nisam zaboravio tebe. Kad ti je puš-šauza? Ha-ha.
– Kad god hoću, brate.
– Sad imam sastanak. Da se nađemo posle toga?
– Što da ne.
To će mi biti poslednji put, rekao si u sebi. Poslednje pušenje pre nego što ostaviš nasuvo. Rasitnio si novac za telefonsku govornicu i obavio dva poziva. Prvo si pozvao svog voljenog. Taj poziv je prećutao policiji.
– Halo. – Di-Di je zvučao bunovno.
– Jesi li našao moju poruku?
– Samo što sam došao s badmintona.
– Ostavio sam ti je na reketu.
– Dobro.
– Pa, dolaziš li?
– Gde?
– U bar hotela *Leo*. U jedanaest.
– Mali, umoran sam. Sutra rano imam sastanke.

– Važno je. Imam važne vesti.

– Pobogu, Mali. Nedeljama nismo razgovarali. A sad hoćeš u provod.

– Nije reč o provodu. Nedostajao si mi.

– Umoran sam, Mal. Razgovaraćemo sutra.

Klik.

Ponovo si ga pozvao, ali je telefon zvonio sve dok nisi dobio signal za zauzeće. Drugi poziv nisi planirao, ali su tvoji prsti sami okrenuli broj koji te je tata naterao da upamtiš kad si imao pet godina. Znao si da će se neko javiti iako je već bilo kasno.

– Da?

– Mama, ovde Malinda.

– Šta se desilo?

– Ništa. Mislim da je vreme da porazgovaramo. Mnogo sam razmišljao. Da dođem na ručak?

– Veoma sam zauzeta, Malinda.

– Onda na večeru?

– Ako dolaziš da se svađaš, nemam vremena za to.

– Neću da se svađamo, mama. Samo da razgovaramo. Večera?

– Ne, ručak je u redu. Kazaću Kamali.

Razgovor je završila kao i obično, bez pozdrava ili opomene, najčešće pre nego što ti stigneš da kažeš nešto surovo.

Osetio si dva debela prsta kako te štipaju za zadnjicu.

– Koga to zoveš, sekaperso?

Džoni Gilhuli je bio u pantalonama i blejzeru, a Bob Sadvort u majici i šortsu.

– Drago mi je što te vidim, drugar – rekao je Bob.

Postojao je razlog zašto nisi mogao da se setiš da si te poslednje večeri u *Leu* razgovarao sa strancem. Zato što su, istini za volju, bila dvojica.

Nijednome nije bilo pravo kad si rekao da se povlačiš. U baru je bila gužva, ti i Bob ste na smenu odlazili da pušite na terasi na šestom spratu.

Zamotao si novac u papirnatu salvetu i stavio ga ispred boce jeftinog džina. – Ovo je avans za sledeći posao. Vraćam ga.

– Nekome se danas posrećilo na automatima za džekpot – kaže Džoni i izvija obrvu. – A kakve velike planove imaš, lepi?

– Di-Di i ja se selimo u San Francisko. Dosta mi je ove septičke jame.

Džoni se smeje.

– Obavezno obiđi zaliv. A zašto vodiš ženicu?

– Treba li da vodim tebe, Džonka?

– Ja sam završio s putovanjima, lepi.

– Pa onda se vrati tamo odakle si došao.

– Čuvam ovu zemlju od nje same.

– Tako što prodaješ oružje tigrovima?

Gledaš Boba Sadvorta dok to izgovaraš, na šta on spusti pogled na svoje piće.

– Budimo otvoreni. Ti radiš za Centar. Pogodi ko im plaća račune.

– Upravo sam dao otkaz. Kažu da mi odustajanje ide od ruke.

– Šta ti se dogodilo na poslednjoj turi?

– Dogodilo se to što me svi plaćaju da budem posrednik. A traže da budem špijun.

– Stvarno nam je krivo zbog onog što se desilo – kaže Bob.

– Kojima „vama"?

Bob je na to samo odmahnuo glavom i otišao da puši. Džoni je pogledao po baru punom umornih kockara, koliko da se uveri da nikoga ne zanimaju ni on ni politika. Kontrolor je stavio znak za rezervaciju na sto najbliži šanku, a zatim je sedeo i čekao. Kad su vam se pogledi sreli, klimnuo ti je glavom.

– Bob radi za *Asošijeted pres*. Ja radim za Britanski visoki komesarijat. Ti radiš za Centar. Major radi za Sirila. Živimo u kući koju je napravio Džej-Ar.

– Vi vladi prodajete oružje, da ga preproda teroristima koji će ga upotrebiti na Indijcima. A sada hoćete da naoružate odmetnutu jedinicu. Šta mislite, kako će se sve to završiti?

– Šta se tamo desilo, Mali?

– Isto što se uvek dešava. Shvatio sam ko ste. I šta je sve ovo. Zaključio sam da mi je dosta.

Bob se vratio s pušenja, a Džoni je otišao u toalet. Novac je još stajao na stolu.

– Razumem te. Dozlogrdilo ti je. Ako moraš da ideš, idi. Nedostajaćeš mi, Mali.

– Ne, neću – rekao si.

– Ko bi drugi mogao da mi sredi intervjue s majorom Udugampolom i pukovnikom Gopalasvarmijem?

– Koliko si članaka napisao otkako smo počeli, Bobe? Nisam video nijedan.

– Sedam ih je na čekanju. Svi moraju da dobiju dozvolu od pravnika.

– Neću ti srediti novi intervju s Mahatijom. Niti ću doneti slike njegovog bunkera. Kad bi me uhvatili, misliš li da bi me spasla crvena marama?

– Žao mi je što si upao u unakrsnu paljbu. Niko nije to planirao. Ali bar smo te izvukli odande.

– Ostavili ste me da mašem za vašim helikopterom. Morao sam da se vratim autobusom.

– Platili smo ti kartu.

– Bravo.

– Slušaj...

– Pusti unakrsnu paljbu. Smučilo mi se da fotografišem mrtve ljude.

Bob je duboko udahnuo i spremio se da podeli s tobom neku mudrost. Nešto što će ti skinuti teret s duše i umiriti savest. Šanker te je pogledao i pokazao na sat. Džoni se vratio iz kenjare i ščepao novac. Nije ponudio da plati račun.

– Ko ga jebe, Bobe – rekao je. – Idemo.

I onda su otišli.

Bio je to tvoj poslednji zadatak u Džafni. Svi su te uveravali da će biti bezbedno, a bilo je sve samo ne to. Kad je bilo gotovo, poslali su te kući autobusom. Tokom trinaest sati vožnje imao si napretek vremena za razmišljanje, ali ti si vrteo jednu te istu scenu kao u beskonačnoj petlji.

Prošao je sat od pada poslednje granate i vazduh je još bio zadimljen i smrdljiv. Teturao si se kroz prašinu i ugledao zapomaganje. Nisi ga čuo jer su ti uši bile pune potmulog zujanja koje označava kraj sveta, frekvencije od koje se duhovi uskovitlaju, belog šuma hiljade vriskova. Ali si svuda oko sebe video zapomaganje. Ljudi su bili prestali da beže, stajali su kao ukopani i zurili u nebo i tutnjavu. Bila je tamo žena s mrtvim detetom u naručju, i starac izrešetan šrapnelima, i ulični pas koji je drhturio iza razvaljenog šifonjera. Nebeski prst se sklonio s dugmeta za utišanje tona i vrisci su nagrnuli u tvoje uši. Nigde na vidiku nije bilo medicinskog ni pomoćnog osoblja, ni vojnika, ni boraca za slobodu, ni pobunjenika, ni separatista koji bi pomogli. Samo jadni seljani i jedan jadni posrednik. Kad te je žena s mrtvim detetom ugledala, prestala je da vrišti, zagledala ti se pravo među oči i pokazala ka đinđuvama što su ti visile oko vrata. Ank s bočicom Di-Dijeve krvi, lanac s pančajudom i onaj dvostruki s tigrovskim kapsulama cijanida. Govorio si sebi da si ih uzeo iz zaliha majora Udugampole za slučaj da te zarobe, svejedno ko. Vlada bi te proglasila izdajnikom, a OTTE špijunom. Progutao bi te kapsule pre nego što stignu da ti postave pitanja na koja nisi imao odgovore. Trebalo je da budu sakrivene iza ostalih đinđuva, ali su se, kao i štošta drugo, izmestile tokom granatiranja. Glas joj je dolazio u jecajima dok je pokazivala ka kapsulama oko tvog vrata, a ti si pogledao mrtvog dečačića opuštenog poput vreće i dao si joj dve, a onda si gledao kako ih gura između usana i produžio dalje, do čoveka u ropcu kome je drvo štrčalo iz tela, pa si mu ugurao dve u usta i na kraju si čučnuo kraj psa koji je cvileo i pomilovao si ga po drhturavom telu i stavio mu dve pod jezik i stisnuo mu vilice.

Poslednje noći si planirao da uopšte ne spavaš. Džeki je vodila noćni program i hteo si da je ujutru pokupiš kao i uvek. Da gledate izlazak sunca i davite se u kafi dok ne zaspite. S tim što bi joj ovoga puta govorio isključivo istinu.

Otišao si sa šankerom na terasu na šestom spratu, popušili ste po cigaretu, on te je milovao po preponama dok si mu pričao kako si te večeri imao prvi veliki dobitak posle mnogo godina. Poljubio te je u vrat i rekao da ti je u životu dovoljan samo jedan veliki dobitak pa da svi gubici nestanu. Ispod farmerki je nosio pamučne gaće, i ti si progurao prste kroz preklop i počeo da mu draškaš željno meso.

Bacio si pogled na sat i video da je jedanaest i deset, što znači da bi Di-Di, da je hteo da dođe, već bio tu. Pomislio si da bi, pošto ti je već poslednji put, bilo dobro da bude veselo. Ali još dok je njegov jezik palacao po tvom mesu, osetio si kako ti zanimanje jenjava. Možda je to bio znak da su tvoji dani švaleracije prošli. Podigao si momka s kolena, zakopčao pantalone i zapalio još jedan *gold lif*, a onda si primetio kako neko izlazi iz mraka. Prepoznao si držanje, dobro si znao taj hod. Građa plivača, lakoća plesača.

U ruci je držao ružičastu cedulju na kojoj si napisao poruku. Primetio je šankera kako žurno odlazi s terase, i osvrnuo se ka njemu, i umesto da ti poleti u zagrljaj i pusti te da kažeš kako ostavljaš sve i ideš s njim, on je zakoračio ka šankeru, i kad je mesec progvirio između oblaka ti si video izraz na njegovom licu.

ŠESTI MESEC

Ono smo što glumimo da jesmo,
pa zato moramo voditi računa
šta glumimo da smo.

Kurt Vonegat, *Majka noć*

LJUSKAVAC

U razmišljanju te prekida uporno ćuškanje – tvoje ime se pronosi vazduhom. Vetar donosi tihi mrmor, ječanje sa usana usamljenog ljubavnika. Bilo je mnogo razloga što si spakovao svoje najbolje fotografije u kutije. Da bi sprečio da ih ukradu, unište ili, još gore, kritikuju. Ali sada će biti izložene. A ti su uzbuđen i prestravljen.

– Nije moguće da te više nema, Mali. Odbijam da poverujem.

Znak *Zatvoreno* visi na vratima Umetničkog centra. Dole u Galeriji *Lajonel Vent* pet muškaraca stavlja fotografije formata dvadeset sa dvadeset pet u kartonske ramove. U stvari četvorica, pošto peti samo gleda slike, odmahuje glavom i uzalud doziva tvoje ime. Radi se brzo i ćutke. Viran proverava spisak ispisan tvojim rukopisom, pa dodaje sliku Klaranti, koji je stavlja u ram i dodaje ga dvojici pomoćnika iz Di-Dijeve kancelarije. Jedan zakucava eksere, a drugi je kači.

Di-Di sedi iza stola za uramljivanje i pregleda gomile odbačenih slika, snimaka koji nisu ušli na tvoj spisak. Na sebi ima uštirkanu košulju dugih rukava, što znači da je noć proveo kod oca. Prognao si te otmene košulje iz njegovog ormara.

Gleda fotografije prirode u Jali i Vipatuu, bio je prisutan kad su slikane. One su iz koverta sa oznakom *Čista desetka*, jedinog od onih pet u kome se nisu nalazile grozote.

Rode u suton, slonovi u zoru, leopard na drvetu, zmija u travi, obavezni snimak pauna. I desetak slika ljuskavca koji je dolutao u vaš logor u praskozorje, dok si ti maženjem budio Di-Dija a Džeki hrkala. Ljuskavci su noćne životinje i sklupčaju se u loptu kad vide i običnu muvu, ali ovaj momak nije otišao na spavanje, nego je grickao plod nangke koji je Džeki zaboravila da skloni.

Imaš krupne planove tog čudnog stvora, evolucionog hibrida pored kojeg kljunar izgleda obično. Sisar s krljuštima, repom majmuna, kandžama medveda i njuškom mravojeda. Delom dinosaurus, delom domaća mačka. Ako već moramo da imamo životinju kao nacionalni simbol, zašto to ne bi bio ljuskavac, nešto što je autentično i naše. Kao i mnogi Šrilančani, ljuskavci imaju dugačak jezik, debelu kožu i mali mozak. Napadaju mrave, pacove i sve ostalo što je manje od njih. Uplašeno se sakriju čim se nađu pred siledžijama, a spremni su za nestašluke čim se pogase svetla. Stari su stotinama hiljada godina i sve su bliži istrebljenju.

Di-Di prelistava fotografije šuma koje ljudi tek treba da iskrče, okupanih istim zracima umornog sunca. Treptanjem suzbija suze kad stigne do jedne na kojoj ste on, ti i Džeki na bivoljem pojilu, i one gde usiljeno pozirate na crvenim padinama Usangode. A tu su i one na kojima ste samo vas dvojica, goli do pasa ležite kraj potoka, smešite se očima i zauzimate šašave poze. Di-Di nemo plače, iskrivljenog lica, stisnutih usana; drhti sebi u dlanove. Viran i Klaranta ga samo pogledaju pa nastave s poslom.

U Jali ti je rekao da je primljen na Univerzitet u San Francisku i da razmišlja o odlasku. Ista pesma svakog meseca. Često je govorio o bekstvu, o tome kako je Šri Lanka opasno mesto ako si mlad i Tamil, ali sada je prvi put to bilo bekstvo ka nečem određenom. – U San Francisku možemo biti ono što jesmo. A ne ono što smo primorani da budemo.

– Niko te ni na šta ne primorava. To sam što sam. Isto kao i ti. Ne moraš da bežiš od kuće.

– Ovde nikada nisam slobodan. Svakog trenutka mogu da me uhapse. Pa bio ma čiji sin. Ako ostanem, oženiću se, radiću u tatinoj firmi i biću neko drugi. Ovde sam samo zbog tebe.

Pričao je o životu ispunjenom umetnošću, svežim pecivom, ljubljenjem na ulici i igranjem na javnim mestima, bez skrivanja, i dok su zvezde prosijavale kroz drveće gotovo si mu poverovao. Nedelju dana posle toga prihvatio si dvomesečni zadatak s Bobom Sadvortom u Džafni, koji nisi mogao da odbiješ iako je Di-Di upravo to učinio Univerzitetu u San Francisku.

Bio je to isti budalasti igrokaz. Di-Di ti kaže da je našao posao, a ti se zadiviš. Onda te pozove da pođeš s njim, a ti kažeš da ne možeš jer ovde niko ne može da radi to što ti možeš, dok bi tamo bio niko i ništa. Onda on kaže da će svejedno otići, a ti mu poželiš srećan put i on ostane. I to bi se ponavljalo sve dok jednog dana ne prestane.

Um ti preplavljuju fotografije i odjek Di-Dijeve izjave da više voliš *nikon* nego njega, i tvog odgovora da je možda u pravu.

* * *

Klaranta i Viran kače kartonske ramove na kuke i razmeštaju tvoje fotografije prirode. Kao što si želeo, nema onih na kojima su Di-Di i Džeki, kao ni one iz monsuna 1988. Ti i Di-Di ste sedeli ispod drveta žakarande, ljubili se na kiši i složili se da ćete ostati zajedno još jednu godinu. On će spasavati prirodne lepote Šri Lanke, a ti ćeš razotkrivati grozote koje je počinio čovek. Pokazaćeš svima istinu o ratu i time ubrzati njegov svršetak. Monsun i pun mesec svakoga nateraju da pobrljavi, a pogotovo budalaste, zaljubljene mladiće.

Di-Di prelistava fotografije vojne opreme. One iz koverte sa oznakom *Kralj*. Najveći deo tvojih najboljih radova za Radžu Udugampolu nikada nije objavljen.

Granate, minobacači, puške i čizme, sve zaplenjeno od tigrova, popakovano u sanduke s hebrejskim i arapskim žigovima. Preplašeni dečaci u uniformama stoje zbijeni na bojnom polju. Tela u Valvetituraju nagomilana na lomači, masovna kremacija posle koje si prestao da jedeš svinjetinu jer vonj pečenog ljudskog mesa prilično podseća na krmenadle na žaru.

Viran je napravio sjajne crno-bele fotografije zarobljenih terorista vezanih za direke, srušenog helikoptera tamilskog umerenjačkog političara, ostataka aviona sa *Er Lankinog* leta 512 sa *Getvika*, snimljenih pre nego što su iz olupine sklonili tela nemačkih, britanskih, francuskih i japanskih turista.

A tu je i poslednji zadatak za Kralja Radžu. Nije bila istina da te nije video od 1987. Vojnici nemaju problem sa iskrivljavanjem istine, oni to neprestano rade. Pozvao te je pre tri meseca da dođeš u Palatu i slikaš vođu NOF-a Rohanu Vidževiru, živog i uhapšenog. Šrilančanski ružni Če Gevara smešio ti se i ćaskao s čuvarima. Bez brade i beretke izgledao bi kao nastavnik muzičkog. Tri dana kasnije pozvali su te da ponovo dođeš i slikaš njegov unakaženi leš.

Bile su tu i slike napravljene s negativa za koje Kralj nije znao. Otac Džerom Baltazar, anglikanski sveštenik i borac za ljudska prava iz Manara, vezan, zapušenih usta i mrtav u zatvoru, iako su vlasti tvrdile da je pobegao brodom u Indiju. D. B. Pilaj, novinar Radio Cejlona, ubijen u zatvoru i ostavljen na plaži, kriv za to što je u nedeljnim vestima objavio tačan broj civilnih žrtava. Zapaljeni automobil pun leševa mladih Tamila, koji si snimio za ličnu zbirku majora Radže, ali si jednu sliku zadržao za sebe.

Sve te fotografije sad vise na zidovima *Venta*, kao što si oduvek priželjkivao. Nameravao si da sve organizuješ iz izgnanstva, ali si bio prinuđen da obaviš to iz groba. Bravo ti ga.

– Kuda ćeš otići posle ovoga, sinak? – pita Klaranta Virana, a oči mu se cakle dok mu masira leđa. Viran izvije kičmu, nasmeši se i okači pored prozora grupnu fotografiju preživelih posle masakra u Kokilaju.

– A kud da odem?

– Ja sutra ujutru letim sa ženom u Bangkok. Valjalo bi da i ti nestaneš. Svi vi! – kaže dvojici pomoćnika.

– Kuda da odemo, gospodine?

– Idite kući. Uzmite odmor. Poslaću vam platu.

Di-Di podiže fotografiju kapsula cijanida sakupljenih s vratova zarobljenih tigrova. Prikačene su na alkama na pantljiku i leže na metalnoj tacni u mrtvačnici kao bombone. Sećaš se kako si zagrabio punu šaku i gurnuo ih u safari jaknu, iako u tom trenutku nisi bio siguran šta ćeš s njima.

Fotografije koje si snimio za Centar sada su uramljene i na zidovima. Gotovo sve su tu i osećaš se pobednički i nervozno. One koje prikazuju indijsko zverstvo na severu '89, tamilsku surovost na istoku '87. i sinhalеško divljaštvo na jugu '83. Čak i one odvratne, a takvih je mnogo, imaju nešto što ti ne dâ da skreneš pogled. Viran se na svoju ruku malo poigrao ekspozicijom i kadriranjem, ali ti se ne bi žalio čak ni kad bi mogao. Njegovo umeće je podiglo tvoje banalno škljocanje na potpuno neočekivan nivo.

Postoji još jedna serija fotografija, i ti sa užasom shvataš da momci i njih stavljaju u ramove. One nisu bile predviđene za izložbu, nego samo za privatno pokazivanje. Viran to zna, ali u tome je muka sa umetnicima: čuju samo ono što hoće da čuju. Di-Di uzima slike na vrhu gomile, a ti osećaš šta će uslediti. Osvrćeš se da vidiš ima li nekih duhova koji bi ti mogli pomoći da sprečiš katastrofu, ali oni koji su dolebdeli iz pozorišta obraćaju pažnju na tebe isto koliko i mladi na stare. Preostaje ti jedino da se, dok Di-Di pregleda fotografije, pripremiš za eksploziju.

Na slikama su razni muškarci, neki obučeni, neki bez majice, neki bez ičega na sebi. Da je duh Lajonela Venta tu, gvirio bi preko Di-Dijevog ramena i odobravajuće klimao glavom. Nekolicinu si znao po imenu, ostale samo po nadimku.

Lorda Bajrona iz Kotahene, duge kose i masnog lica, pokupio si dok je drkao na autobuskoj stanici i slikao ga golog do pasa u javnom toaletu.

Boj Džordž iz Parka Viharamahadevi, pod punom šminkom, snimljen dok je ispod drveta pevušio neku Amaradevinu pesmu i uživao sve u šesnaest.

Di-Di teško diše jer prepoznaje izraze lica nekih momaka. Obeznanjen pogled, razbarušeno postkoitalno vraćanje u stvarnost. Izgled koji ti je retko dopuštao da vidiš.

Abraham Linkoln, na pruzi, pokušao je da te udari i otme ti foto-aparat.

Šanker iz hotela *Leo*, snimljen u zoru u sobi na sedmom spratu, jednoj od onih koje se iznajmljuju na sat.

Di-Di prepoznaje dvojicu momaka iako su im lica pokrivena jedinim rekvizitom koji si nosio u torbi pored kondoma, špila karata, rezervnog filma i crvene marame: malom maskom đavola. Jedino na poslednjim dvema fotografijama iz serije *Žandar herc* možeš da imenuješ modele. Viran iz *FudžiKodaka* leži na tvom krevetu u Gol Fejs kortu one nedelje kad je Di-Di bio sa Stenlijem u Ženevi. Maska đavola nalazi mu se između nogu. Džoni Gilhuli goloprs u džakuziju, pokazuje svoje kineske tetovaže. Maska đavola mu pokriva oči.

Di-Di odjuri do Virana, gurne ga na zid i snažno ga ošamari. Udarac otvorenim dlanom proloми se kao pucanj korbača, Viranove naočari odlete, a suze mu grunu na oči dok mu se na obrazu pojavljuju četiri ružičasta traga prstiju.

Di-Di ga hvata za vrat, svi su preneraženi, Viranove oči se ispunjavaju strahom, a Di-Dijeve postaju crne. Opali mu još dva šamara, a zatim mu pritisne Adamovu jabučicu i gleda kako se Viran bori za dah. Podiže pesnicu, ali onda mu crnilo nestane iz očiju, i on baci i fotografije i mladića i izjuri napolje. Čak i kad je ljut klizi kao plesač.

Obuzima te isto osećanje kao kad ti je teta Dalrin rekla da ti je tata umro dok si vikao na nju.

Klarantin pogled se zaustavlja na golim telima što izviruju s rasutih fotografija. Prikuplja ih i razgleda s čežnjom i možda trunkom zavisti. Rok Hadson u Anuradapuri, pokupio si ga u samoposluzi i svojski izmorio pored ograde hrama. Kapetan Marlon Brando, koji je prodro u tebe u vojnom logoru u Mulaitivuu. Njega i njegov skromni ud slikao si dok je spavao.

Onda pogleda Virana, pa polako odmahne glavom s mnogo prezira, onako kako samo prikrivena primadona može. – Ove su prelepe.

– Te nisu za izložbu. One su samo za privatno pokazivanje.

– Muka mi je od privatnog pokazivanja. Izložićemo i njih. Mali će razumeti.

Ne pratiš Di-Dija da vidiš da li je dobro. Kako za života, tako i u smrti. Čuješ njegove korake po šljunku ispred zgrade, a zatim kako Stenlijev *nisan* krši ograničenje brzine.

– A ove? Jesi li siguran da su i one na spisku? – pita Klaranta i podiže šest slika.

– Da, jesu. Triput sam proverio – kaže Viran. Glas mu je prigušen zbog otoka na obrazu, vilica mu je ukočena zbog potisnutog zevanja. Do otvaranja galerije ostalo je pola sata i vreme je da okače i poslednje slike.

Dva pomoćnika su stavila rukom napisan znak na vrata. Iznad je loša fotokopija snimka leoparda koji ubija pauna.

„ZAKON DŽUNGLE. AUTOR: MA"

Klaranta je obavio svojih sedam telefonskih poziva. Kad god je otvaranje izložbe, on pozove sedam najvećih tračara u Kolombu, jer će preko njih vest dopreti do stotina ljudi, koji će nagrnuti u galeriju.

Podiže onih šest fotografija. Dve su uveličane do ivice zamućenosti, na dvema drvo zaklanja pogled, a preostale dve su kristalno jasne.

Na uveličanima je ministar Siril na nemirima '83. Na onim zrnastima iz džungle vide se tri muškarca za drvenim stolom u kolibici sa slamnatim krovom. Jedan je u uniformi, drugi u zgužvanom odelu, a treći u okrvavljenoj košulji. Na jasnim fotografijama vide se mrtvi novinari za koje vlada poriče da ih je uhapsila. Tek kad okači i poslednju, Klaranta prepozna lice na slici.

– Mali, ti glupa, prokleta budalo. – Uzdiše.

Zagrliš ga i šapneš mu „Hvala ti" na uvo. Galerija je puna tvojih najboljih radova. To je tvoje svedočanstvo. Učinio si sve što si mogao. Ubrzo će ih svi videti. Ubrzo će svi znati.

Klaranta drži Viranovu levu ruku dok mu stiska desni guz. – A sada idi iz grada i sačekaj dve nedelje. Podići će se mnogo prašine, i biće bolje ako nismo tu da odgovaramo na pitanja. Jesi li razumeo?

Viran se nagne ka njemu i poljubi starca u uvo. On je darovit majstor i neopevana drolja.

– Povedi me sa sobom u Bangkok. Ostavi ženu.

– Dragi, već četrdeset godina razmišljam o tome.

Izlaze na glavni ulaz, a ti sediš u galeriji okružen svojim životnim delom i čekaš. Zuriš u zidove ukrašene slikama ljuskavaca i pogroma.

Kažu da te istina oslobađa, ali u Šri Lanki zbog nje možeš završiti u kavezu. A ti nemaš više ništa od istine, kaveza, ubica i ljubavnika sa savršenom kožom. Ostali su ti samo likovi duhova. Možda je to dovoljno.

ĆASKANJE S MRTVIM PSIMA (1988)

Iako ima još nekoliko sati mraka do otvaranja tvoje izložbe, dva avetinjska psa dolaze na pretpremijerno prikazivanje. Dobro su uhranjeni, lutalice, i nimalo ih ne zanima tvoje životno delo. Po načinu na koji svetlost prolazi kroz njih jasno je da su oba kucova mrtva i izgubljena. Slikaš ih uokvirene vratima galerije.

– Izvinite, gospodine, znate li gde je Reka rođenja? – pita onaj s vučjim ušima.

Zapanjen si. – Izvini, nisam znao da umete da govorite.

– Ni mi nismo znali da majmuni mogu da nas čuju – kaže kuja sa oklembešenim sisama. – Kakva nadmenost – kaže svom drugu.

Prisećaš se šta ti je rekla profesorka Rani. – Nađite najslabiji vetar koji duva duž kanala. On će vas odvesti do reke. Zatim potražite tri drveta arjune.

– Hvala – kaže kuja. – Možete li da budete malo neodređeniji?

– Smiri se, Binki – kaže joj vučjak.

– Rekla sam ti da me ne zoveš tako.

– Izvinite, nisam znao da i životinje postaju duhovi – kažeš.

Vučjak samo odmahne glavom, a ženka te mrko pogleda i triput lane, i onda odu.

Čuješ je kako govori: – Budem li se ikad rodila kao čovek, progutaću svoju pupčanu vrpcu.

Vučjak lane u znak da se slaže. Ispred galerije *Lajonel Vent* nalazi se bezimeno drvo oguljenih grana, a na jednoj sedi Mrtvi Leopard. Znaš da je mrtav zato što vidiš kroz njega i zato što su mu oči bele. Gleda pravo u tebe i odmahuje glavom.

Glas mu je elegantan i nabusit, mada se ne vidi da mu se usne pomeraju. – Upao sam u zamku koju je postavio jedan konzervator kako bi uhvatio lovokradicu. Toliko ga je grizla savest da je pokušao da se ubije nakon što je odneo moje telo na Univerzitet u Kolombu. Bio sam zapanjen. Tada sam po prvi put shvatio. Neki ljudi zaista imaju dušu.

Mrtvi Psi njaču od smeha, a Mrtvi Leopard silazi s bezimenog drveta.

ĆASKANJE S MRTVIM TURISTIMA (1987)

Niza stepenice se teturaju troje u havajskim košuljama – crvenoj, žutoj i plavoj. Crvenu i plavu si video kod džuboksa u Klubu Umetničkog centra, a u žutoj je sredovečna gospođa koja nosi najkraći postojeći šorts. Svi imaju rančeve i foto-aparate, i počinju da lepršaju po galeriji i razgledaju tvoje fotografije.

Izgledaju kao Evropljani. Njih dvojica su krupni i rumeni, onaj u plavoj košulji je crnomanjast i građen kao napadač u ragbiju. Prvo zadovoljno mrmljaju, a zatim zgroženo gunđaju kad stignu do slika s ratišta, najboljih propagandnih fotografija koje si snimio za Kralja Radžu i Džonija Asa. Kontrolni punktovi, bojna polja, eksplozije granata. Zaustavljaju se kod olupine *Er Lankinog* aviona na letu 512 iz Getvika i uglas se preneraze. A onda počnu da blebeću.

– Vidi! Pa ovo je Frida! Vidiš li?

– Gluposti!

– Ma pogledaj. Frido. Ovo si ti.

– Meni to nije smešno, Leone.

Odlebdiš do slike koju proučavaju i zaustaviš se iznad njihovih glava. Na fotografiji se vidi rep aviona odvojen od tela letelice, i tela razbacana po asfaltu. Upoređuješ zamrznuta lica sa svetlucavima ispred sebe. Bilo je to u vreme kad ti je Kralj Radža pejdžerom najavljivao svaki napad. Tog jutra si bio u Negombu, šetao si se s tamnoputim momkom koji je ličio na Glena Medeirosa. To ti je omogućilo da prvi stigneš na lice mesta i snimiš tu fotografiju pre nego što odnesu tela.

– Ovo su tvoji radovi? – pita te žena u žutoj košulji. Ima pevuckavi nemački naglasak i spreman osmeh.

Klimaš glavom i sležeš ramenima, na šta ona dvojica izviju obrve.

– Imali smo let za Maldive u sedam ujutru, ali je odložen. Bomba je bila podešena tako da eksplodira u vazduhu. – Orijaš u plavoj košulji s cvetnim dezenom potiče iz zemlje s devizom *Liberté, egalité, fraternité.*

– Zato su prvo ukrcali nas strance. Tipično za *Er Lanku*, večito kasne. Spasli su živote lokalcima koji su zakasnili. Ta srećna kopilad baškarila su se u zgradi terminala s pićem iz fri-šopa – kaže onaj u crvenoj košulji na tečnom kokniju – dok smo mi, jadnici koji su došli na vreme, morali da sedimo tri sata na pisti, s bombom.

Svi ozbiljno klimaju glavom.

Od dvadeset jednog putnika koji su nastradali od bombe u avionu *Er Lanke*, gotovo svi su bili strani državljani, koji su sa sobom odneli ono malo što je ostalo od šrilančanskog turizma. Niko nije tražio zasluge za napad. Svi su upirali prstom u OTTE, kao da je to bio pokušaj da sabotiraju pregovore između vlade i rivalske tamilske frakcije. Ali isto tako je neko od njih mogao to da uradi kako bi svalio krivicu na tigrove. Takve misterije će ostati nerazjašnjene sve dok budemo imali takve istražitelje kao što su Rančagoda i Kasim.

– A gde su ostali?

– Ko?

– Ostalih osamnaestoro putnika.

– Većina tih veselnika vratila se kući sa svojim telom. Neki su otperjali u Svetlost. Mi smo odlučili da ostanemo – kaže Britanac.

– Zašto?

– Znaš li ti koliko me je koštao ovaj odmor? – pita te Francuz. – I koliko sam morao da štedim? Moja žena se vratila kući sa svojim lešom. Rekao sam joj pa-pa.

– Ovo ostrvo *ist wunderbar* – kaže Nemica dok proučava tvoje fotografije prirode. – Tako je jeftino. I svašta ima da se vidi!

– Kako se krećete unaokolo? – pitaš ih. – Vaša tela nikada nisu napustila aerodrom.

– Kome trebaju aerodromi? Ili tela? – pita Englez. – Mi se vozimo monsunima, brajko. Putujemo tvojom zemljom putem snova.

– Šri Lanka, *c'est magnifique* – kaže mesje.

Eto odakle su ti poznati. Jeli su jagode u Nuvari Eliji dok si ti jurio Džeki kroz lavirint. Izležavali su se na plaži u Unavatuni dok si Di-Diju masirao ramena. Bili su u Di-Dijevom vlažnom snu o Jali, lutali su bez vodiča kroz džunglu.

Pitaš ih možeš li da ih fotografišeš, a oni oduševljeno pristaju. Zatim nastavljaju da razgledaju izložbu, odmahuju glavom i mrmljaju.

– Tvoja zemlja je prelepa. Zašto slikaš ova sranja? – pita te frojlajn.

– Koliko dugo nameravate da putujete tuđim snovima?

– Daj, ortak, pa tek smo stigli ovamo – kaže Englez.

– A ljudi sanjaju o mestima koja su mnogo lepša od stvarnih – kaže frojlajn. – Dokazano.

– Jedan od onih smešnih pomagača rekao je da se Svetlost vraća posle devedeset meseci. Imamo vremena – kaže Kokni. Odlučuješ da mu ipak ne kažeš da se eksplozija bombe u avionu odigrala pre hiljadu meseci.

Zadivljeno posmatraju tvoje fotografije ljuskavca, ali onda samo prođu kraj zamamnih mladića zamagljenih lica. Zaustavljaju se ispred poslednjeg eksponata, po tvom zahtevu smeštenog iza stuba. – Ne razumem. Ko su ovi? – pita Francuz.

Tu je onih šest fotografija oko kojih se Klaranta dvoumio. Biseri tvoje zbirke. Sve su nastale u jeku bitke, dobra izoštrenost nadoknađuje loš ugao. Dve prikazuju lica iz pobune '83, dve prikazuju smrt u zarobljeništvu. A dve prikazuju ljude koji nemaju nikakvog razloga da se druže kako ulaze u kolibu u Vaniju i izlaze iz nje. Objektiv zumira kroz svetinu da uhvati ministra koji izgleda kao da mu je dosadno. Zatim umekšava kontraste oko beživotnog sveštenika i mrtvog novinara. Prošiva između drveća i kroz prozorsku rešetku kako bi obelodanio dokumente na stolu. Ishod možda nije lep, ali bar ne laže.

– Ovo ti nisu najbolji radovi, ortak – kaže Kokni u crvenoj košulji.

– Hmm. Ništa zanimljivo – mrmlja mesje u plavoj.

Primećuješ da još duhova pristiže iz pravca stepeništa, neki čak koriste vrata.

– Her fotografe – kaže frojlajn u žutoj košulji. – Jesu li te zbog ovih fotografija ubili?

Spuštaš pogled na foto-aparat. *Nikon* je napukao i ulubljen, isprskan blatom i krvlju. Prinosiš ga desnom oku i pokušavaš da se setiš.

TAMANJENJE ČUDOVIŠTA

Na groblju je tog popodneva neobično mirno: nema pogrebnih povorki, nema zmija, nema vijugavih struja nesmirljivih pokojnika. Đavoli kao da su otišli da malo dremnu, a čak su i vetrovi utihnuli.

– Jebo te bog. Pa gde si ti? Koliko puta treba da izgovorim tvoje ime? – Sena čuči podno kišnog drveta i kandžama oštri prutove.

– Jesu li to strele?

– Ne. Samo šiljci kojima bodem ako zatreba.

– Hoće li zatrebati?

– Ti si ono beše mrtav šest meseca, je li tako? – pita te.

– Nisam brojao.

– Jesi li se setio šta je trebalo da uradiš?

– Moje fotografije su izložene. To je to.

– Jesi li spreman da budeš koristan?

– Kome?

– Jesi li spreman da uradiš nešto korisno?

– Kakva je korist od toga?

Sena prasne u smeh, i kad zabaci glavu vidiš kako mu se mišići pomeraju ispod potamnele kože. I kako su mu se ožiljci pretvorili u tetovaže, i kako su obrisi njegovog tela veoma ugodni oku. Zubi mu svetlucaju a oči sijaju mešavinom grimiza i abonosa. Smeh odjekuje između drveća i odbija se o tihe grobove, koji će svakog trenutka prestati to da budu.

– Možeš da se družiš sa samoubicama u hotelu *Leo*, da se durite zajedno. A možeš i da budeš koristan.

Zemlja mumla kao da je zaboravila reči, potmulo zujanje u nekom tonalitetu između *b* i *h*, s frekvencijom kojom bi teško mogao da zviždiš. Mumlanje se pretvara u tutnjavu i iz grobova počinje da se uzdiže dim u kojem razaznaješ lica i oči. Nemoguće je odrediti koliko ih ima. Možda dvadeset, a možda dvadeset puta više. Ima ih crvenih, crnih, žutih, zelenih. Neki imaju ožiljke koji blistaju kao Senini, a svi drže koplja različitih dužina. Izgleda da je tvoj omiljeni Mrtvi Anarhist napokon okupio onu vojsku.

Dok si se ti švrćkao po Međuprostoru, Sena Patirana je vrbovao. Ljudstvo mu pretežno čine Mrtvi NOF-ovci, Mrtvi Tigrovi i Mrtvi Nedužni Za Koje Se Sumnjalo Da Su Jedni Od Njih. Prepoznaješ one studente iz Moratuve i Džafne čija su tela bacili u vodu i spalili zajedno s tvojim. Izgleda da oni tebe ne prepoznaju.

Tu su i Preklani Novinari, Silovane Misice, Mučeni Revolucionari, Ubijene Domaćice. Tu su i Kolonijalni Robovi, Žrtve Bombi, Prosjaci Koje Su Ubile Pijanice i ona Deca Vojnici koju si upoznao na krovu.

Kao što se i moglo očekivati, svi negoduju, žale se i psuju, ali na Seninu zapoved ućute i postanu poslušni. Lete unaokolo na vetrovima s vojničkom preciznošću i brzinom. Odred se u Nugegodi razbija i svi odlaze na predviđene položaje. Ti polaziš za Senom, koji leti do svratišta u Kotaheni.

– Kuda idemo?

Zgrada je oronula, ima prizemlje i tri sprata. Ulazite kroz stepenište koje smrdi na mokraću i prolećete kroz vrata od vlažnog drveta. Protetička noga stoji naslonjena na zid, a do nje je na podu metalni tanjir pirinča i sočiva koje zaudara na natruli crni luk. Veverice grickaju pirinač i rasipaju ga po podu. Prostorija je manja od ćelija u Palati. U njoj su madrac, majušni televizor, novine rasute po podu i mirisi znoja i suza.

Na madracu je Šoferče, u sarongu, patrljak mu je podignut na jastuk, a zdrava noga leži opružena. Ima zavoj na ruci, i opekotine na obrijanoj glavi. Pije gazirani sok iz plastične boce. Lepljiva tečnost je izvetrila i obojila plastiku krvavoljubičasto. Na televiziji ide bolivudski ples s glumicom obučenom kao hinduistička boginja s lobanjama oko vrata. Jedino što je uredno u celoj sobi jeste vojnička uniforma prebačena preko daske za peglanje. Ispod nje je jakna oker boje s paketićima TNT-a u porubu.

– Gledajte, moji veveričji kneževi! – viče Šoferče. – Izgleda da su se đavoli vratili.

Jedna veverica podigne glavu, a ostale samo nastave da grickaju. Očigledno su se navikle na Šoferčetovo bulažnjenje isto kao i na njegovu ustajalu hranu.

– Koliko vas ima ovog puta? Prošli put sam izbrojao trojicu.

Šoferče gleda pravo u mesto gde ti i Sena lebdite. Sena se prikrade madracu i počne da mu sikće u uvo. – Ovde smo zbog tebe. Naći ćemo ti mir.

Šoferčetovo lice se krivi i on počinje da drhti. – Beži od mene, molim te.

Sena se povuče do prozora i šapne ti: – Najbolje je ne pričati previše. Mogu da se izbezume. Pored toga, mogu da izvedem samo četiri šapata dnevno, pa ne bih da ih traćim.

Čuje se kucanje na vrata i dubok glas kaže: – Brate.

– Otvoreno je – dovikuje Šoferče. Pogled mu seva od televizora, preko prozora, veverica i daske za peglanje, do jakne opletene žicama.

– Znam da ste tu – šapuće Šoferče šetajući pogledom po sobi. – Gubite se odavde.

U sobu ulazi tamnoputi muškarac s dlakavim mišićima i gustim brkovima. Rasteruje veverice, koje beže kroz prozor s rešetkom. Uzima stolicu koja stoji do daske za peglanje i privlači je.

– Opet pričaš sâm sa sobom, brate? – pita ga Kugaradža.

Kugaradža ima tri fotografije. Na jednoj je poklano selo, na drugoj tela pored druma u Malabeu, a na trećoj ubijeni palanački odbornik. Sve si ih ti snimio.

– Činiš veliko delo, brate. Odred smrti Sirila Vidžeratnea ubio je hiljade ovakvih. Ti si pravi heroj.

– Svi mi to govore.

– Opet čuješ glasove? Jesi li uzeo one tablete koje sam ti dao?

– Ne vidim ih – kaže Šoferče, pa uzima štaku i ustaje. – Ali ih čujem. Baš sad su ovde. Ima ih bar dvojica.

Uzdižeš se do tavanice, a Šoferče podiže glavu i stresa se od promaje koju praviš.

– Kako ti je ruka?

– Ponekad zaboravim da me boli. Sok pomaže. Tablete ne.

– Treba li nekome da prenesem neku poruku, brate? Porodici?

– Moja porodica je pepeo.

– Želiš li nešto? Kinesku hranu? Ruskinju?

– Našao bi mi žensku?

– To je protiv pravila. Ali za tebe sve. Šta želiš?

Šoferče pričvršćuje protetičku nogu i posmatra jaknu. – Želim da ovo prestane – kaže.

– Kad je sastanak? – pita Kugaradža.

– Večeras.

– Hoćemo li još jednom da prođemo čitav plan?

Sena ne odgovara na tvoja pitanja, ali zahteva da ga slediš kroz najdublje, najmračnije delove Dehivele, pored zoološkog vrta i bolnice, do slepe ulice pune zelenila, u kojoj kuće imaju cvetne vrtove a deca igraju kriket na pustom kolskom prilazu. Prikrada se proćelavom muškarcu koji je istovremeno hvatač i sudija.

– Namučio sam se dok sam pronašao ovo govno. Gledaj kakav ćemo mu bol zadati.

– Ovom čikici?

– On je sledeće čudovište koje ćemo poseći.

Gledaš čoveka koji podiže tenisku lopticu iznad glave i mališana koji je odašilje u krošnju kokosa. Jedino čudovišno na njemu jesu kosa začešljana preko ćele i ispupčen stomak. Porodica ležerno ruča pirinač s karijem, koji servira nasmešena žena s kosom do pasa. Pet duhova uleće u kuću i raspoređuje se u različite sobe. Proveravaju rasvetu, krovni pokrivač, kari na stolu, pa čak i prisluškuju veselu porodičnu prepirku.

Onaj muškarac presvlači košulju i odlazi do autobuske stanice. Šali se s dečkom u trafici i odlazi autobusom 134 u Kolombo. Ustupa mesto starici i ne pokušava da se trlja ni o jednu od učenica koje ulaze u Kirulaponeu. Sena i njegova vojska voze se na krovu autobusa i najednom te obuzima zebnja.

– Ovaj autobus je pun ljudi. Svi će poginuti ako ga slupaš.

Senina vojska se smeje.

– Smiri se, gospodine. Nećemo više da pravimo saobraćajne nesreće. Preveliki je nered. Sad smo profesionalniji.

– Gde su Balal i Kotu?

– S Mahakali.

– A šta je s njihovih sedam meseca?

– Pomagači neće ni prstom da mrdnu za takav šljam.

– Koliko je nedužnih ljudi poginulo kad si slupao njihov auto?

– Nije naročito mnogo. Mi tamanimo čudovišta. Niko ne želi da nedužni stradaju. Ali spremni smo da žrtvujemo neke kako bismo spasli mnoge. Tako je to u ratu.

– Sad zvučiš kao pravi vojnik.

– A ti kao dete.

Onaj čovek silazi u Hevlok taunu, pali cigaretu i puši u hodu. Kad stigne do one dugačke aleje s kućama opasanim visokim zidovima, nagađaš kud se zaputio. Prepušta ostatak cigarete stražaru na kapiji Palate i ulazi na zadnja vrata. Protekla su dva meseca otkako si poslednji put bio tu. U sobama je tiše nego u grobu. Ovoga puta nema nikakvih zvukova mašinerije vrištanja. Vidiš senku na krovu i pitaš se da li je Mahakali još tu, budući da nema razloga da ikada ode odatle.

Senina vojska viri kroz prozore. Veliki su i otvoreni, što je neobično za zatvorske ćelije. Kroz njih se vide opružene prilike, većinom izmrcvarene, neke drhture, a neke se ne pomeraju. Teško je reći koliko im je godina, a nemoguće utvrditi rasu. Uprkos svima koji tvrde suprotno, gola tela Sinhaleza, Tamila, muslimana i Burgera ni po čemu se ne razlikuju. Svi mi isto izgledamo kad nas prinesu plamenu.

U prizemlju se blagi otac troje dece iz Dehivele presvukao u isflekanu košulju. Stavlja hiruršku masku, uzima plastičnu cev i ulazi u ćeliju u kojoj mladić visi vezan za uže. Podiže zatamnjene naočari malo više uz nos, zamahuje rukom kojom drži cev i snažno udara obešenog mladića po stopalima. Mladić nema više glasa da bi vrisnuo. Samo zašišti i umiri se.

– Ono je krvnik. Maska. Najdelotvorniji režimski mučitelj. Stotine su umrle pod njegovim prstima. Ubrzo će on umreti pod našim.

Gledaš Masku kako se penje na sprat i ulazi u sobu u kojoj se drhtavi mladić tek probudio. Ne želiš da vidiš ono što će uslediti. Mnogi u odredu dele tvoje gađenje i udaljavaju se od zida. Sena ih odvodi do drveta manga i sikće: – Drugovi. Ovo mesto vas potresa. Neki od vas su umrli ovde. Nekima su ovde zatočeni prijatelji. Mahakali sedi na krovu i hrani se ovom truleži.

– Druže Seno. Meni je ovo tek drugi mesec. Niko neće da mi kaže. Ko je Mahakali? – dovikuje Iscepani Student. – Ko je ona?

– Hodajuća zver – kaže Kolonijalni Rob s leđima punim ožiljaka od biča. – Demon s hiljadu lica.

– Čuvarka lobanja – kaže Mučeni Revolucionar slomljenog vrata.

– Mračno srce Lanke – kaže Stražar S Kontrolnog Punkta s rupom u glavi.

– Poštedite me tih sranja za malu decu – kaže Sena, a zubi mu svetlucaju kao na mesečini. – Mahakali je najmoćnije biće Međuprostora. Ona teši one koji pate, upija njihov bol. I pristala je da nam pomogne u našoj misiji. Nazvali smo je Misija Kuveni, po odbačenoj majci Šri Lanke.

Čuju se udarci kopalja o zid i gunđanje u znak odobravanja. Uto se začuje i tutnjanje u tmini oko rezervoara za vodu na krovu, a onda sve utihne.

– Ne plašite se, drugovi. Izložiću naše uslove. Svako ko hoće može da mi se pridruži.

Čitav odred koristi svoje pravo da mu se ne pridruži i Sena odleće ka krovu i polazi ka senci. Ne mareći hoće li ti se neko podsmevati, okrećeš se ka Mrtvom Detetu Vojniku.

– Brate, meni je ovo tek šesti mesec. Šta je Misija Kuveni?

– To je mnogo dobar plan, šefe. Smislio ga je drug Sena.

– Gluposti – kaže Preklani Novinar. – Predložio ga je jedan od Mrtvih Tigrova.

– Plan postoji već sedamdeset meseci, čiko – kaže Dete Vojnik. – Počelo je kad je...

Dečak ti priča o mladom pripadniku tigrova iz Valvetihuraja koji je stigao u Kolombo u zadnjem delu kamiona prerušen u uniformu šrilančanske vojske. Nedugo pre toga izgubio je roditelje i dva brata u napadu vojske na Vavuniju. Zaposlio se kao vozač kod Rohana Čanga, upravnika Kazina *Pegaz* u hotelu *Leo*, koji je pozajmljivao majoru Radži Udugampoli svoje osoblje za nezvanične posliće.

Mladić se zvao Kulavirasingam Virakumaran, mada je u lažnoj ličnoj karti stajalo Kularatne Virakumara. Lako je posinhalizovati tamilsko ime – samo se odstrani suglasnik na kraju. Sve je to ionako bilo nevažno, jer su ga kolege i šefovi prozvali Šoferče. Govorio je sinhaleški bez naglaska i radio duge smene. Zbog veštačke noge prirastao je srcu svima koji su mogli da podnesu njegove pacifističke tirade. Prikriveni tigar se tako našao u garaži punoj vozila u vlasništvu vlade.

– Čak i ako je zemlja u dugovima, i ako ratovi eskaliraju, i ako poplava potopi useve a suša ubije seme, budžet će uvek biti dovoljno veliki da se ama baš svakom ministru obezbede tri luksuzna automobila – kaže Preklani Novinar.

Virakumara je vozio kombije za hotel *Leo*, kamione za majora Udugampolu i *mercedes bencove* ministra Sirila Vidžeratne i njegove svite.

Posle one kobne saobraćajne nesreće kod autobuske stanice dobio je bolovanje da se oporavi od opekotina drugog stepena i treba da se javi na posao sledeće nedelje. Biće oslobođen vozačkih dužnosti i prebačen u službu za održavanje vozila.

Među okupljenima se pronese žamor kad vide Senu kako se spušta iz Mahakaline senke. On im se svima pokloni i kaže: – Sve je u redu – na šta se začuju poklici podrške.

U Palati je jezivo čak i na oštroj popodnevnoj svetlosti. Crne zavese skrivaju zvučno izolovane prozore, a hodnici su puni senki i tišine. Vonja na javni klozet, na ljudske izlučevine, industrijske hemikalije i buđ. Ali najjezivija je tišina, iako je dan prijatno topao.

Sena bira pouzdane sledbenike za današnji zadatak i odvodi ih do kišnog drveta ispred Palate na završnu reč. – Ovde sam umro. Kad su me ubili, sve što sam upamtio bio je bol. A onda sam sedeo na ovom ovde drvetu. Ne znam koliko meseci. Bio je to bol jer sam osećao da su me tlačili i školski sistem, i društvo, i zakon, i moja zemlja. Bol od spoznaje da uvek postoji neko jači od tebe. I da on nikada nije na tvojoj strani.

Odred duhova mrmlja i podiže vetar koji pomera grane.

– U ratovima šalju pione da ubijaju pione. U ovom ratu će pioni pojesti lovce, topove i kralja. Major Radža se danas sastaje s ministrom Sirilom. Sledeći sastanak počinje za nekoliko sati. I Maska će biti prisutan. To je savršeno. Bez kolateralnih žrtava. Samo policajci.

– Za promenu! – uzvikuješ, na šta se utvare osvrnu ka tebi.

– Ako se nekome naš plan ne sviđa, neka se gubi odavde. Zbog plačipički kao što je Mali Almeida ovaj rat će trajati doveka.

– Ništa ne traje doveka. Buda je bar tu bio u pravu – kažeš Mrtvom Detetu Vojniku, koje te uopšte ne sluša.

– Ne trebaju nam kukavice i salonski socijalisti. Imamo Mrtve Tigrove koji umeju da šapuću na uvo. Imamo NOF-ove Mučenike koji umeju da šapuću u snu. Imamo Mrtve Inženjere koji umeju da usmeravaju struju. Šoferče je dobio jaknu. Upotrebiće je.

Razmišljaš o mrtvim jezerima punim leševa, o policijskim stanicama u kojima oni koji slušaju naređenja muče one koji ih ne slušaju. Razmišljaš o zabrinutim ljubavnicima, napuštenim prijateljima i odsutnim roditeljima. O isteklim sporazumima i fotografijama koje su viđene i zaboravljene, ma gde bili zidovi na kojima su visile. Kako će svet nastaviti da živi bez tebe i zaboraviti da si uopšte bio tu. Razmišljaš o onoj majci, o starcu i psu, o stvarima koje si uradio i koje nisi uspeo da uradiš za one koje si voleo. Razmišljaš o lošim i dobrim motivima. Da verovatnoća da će nasilje zaustaviti nasilje iznosi jedan prema ništa, jedan prema šipurak, jedan prema cvrc.

Odlećeš do krova Palate, vodiš računa da izbegneš Mahakalin brlog. Sena te prati pogledom i ne prekida govor. Odozdo čuješ poznate glasove. Dosad nisi bio na tom spratu. Ni tokom obilaska s majorom Radžom, ni kad si tu dolazio posle smrti. Zidovi deluju malo čistije, a podovi ne smrde na memlu. U hodniku su inspektor Kasim, pomoćnik načelnika Rančagoda i Maska s naočarima sa smeđim staklima i plavom hirurškom maskom. Inspektor Kasim se drži rukama za čelo i klati se napred-nazad kao da se moli. Ali ne moli se. Naprotiv, on psuje.

– Lepo vam kažem da je ovo protivzakonito! – brecne se Kasim. – Ne mogu da prisustvujem tome. Povređivanje nedužnih se kosi s mojom verom.

– Ako ti je do molitve, idi u džamiju. Ovo svakako nije mesto za to. – Maska zuri kroz otvoren prozor i skida naočare da ih očisti. Oči su mu bistre i oštre, kao da se dobro naspavao pre kriketa i ručka s porodicom.

Kasim ljutito odlazi hodnikom i umalo da prođe kroz tebe.

– Pusti ga, neka ide – kaže pomoćnik načelnika Rančagoda. – Neka napiše svoj izveštaj, a onda će ga pocepati kad se malo smiri. To mu je uobičajena tačka.

– O ovome neće pisati nikakav izveštaj – kaže Maska i ponovo stavlja naočare.

Pogledaš u sobu. Krevet, sijalica, nekoliko plastičnih cevi i užad koja visi s tavanice. A na podu, sklupčana kao veverica, s vrećom koja joj jedva pokriva žbunaste kovrdže, leži osoba koja nije ni tigar separatista, ni NOF-ov marksista, ni tamilski umerenjak, ni britanski trgovac oružjem. To je Džeki, tvoja najbolja prijateljica i druga najveća ljubav tvog života.

SEDMI MESEC

„Božji dar“, reče upravnik. „Njegova nasilnost... Bog voli nasilje. To vam je jasno, zar ne...? Zašto bi ga inače bilo toliko? Ono je u nama. Izbija iz nas. To radimo prirodnije nego što dišemo. Nema nikakvog moralnog poretka. Postoji samo ovo: može li moja nasilnost da porazi tvoju?“

Denis Lihejn, *Zatvoreno ostrvo*

LOŠE DRUŠTVO

– Neću imati vremena da je sad ispitam – kaže Maska. – Možda ćeš morati da joj daš još sedativa.

Primičeš se i vidiš da Džeki diše. Grudi joj se polako dižu i brzo spuštaju. U dahu joj se oseća miris sedativa, nešto kao mešavina laka za nokte i šećernog sirupa. Urlaš u zidove i muškarce u hodniku. Urlaš na Bilo Koga, ali kao odgovor dobijaš samo ćutanje i prazninu.

– Ispitaću je posle sastanka – kaže Maska. – Ako zna gde su negativi, možemo i da je pustimo. Ali pazi da te ne vidi.

– Zašto?

– Nije te valjda videla? – pita ga Maska.

– Nije – kaže Rančagoda. – Zgrabio sam je otpozadi. Nosio sam naočare za sunce.

– Oho! Majstor kamuflaže! Nadajmo se da govoriš istinu. Ne smemo da je pustimo ako nas je videla.

Kasim se vraća žustro kao što je i otišao.

– Ovo je sestričina Stenlija Darmendrana. Ministar će nam odseći jajca – sikće.

– Izgubili smo onu Elsu – kaže Rančagoda. – Trebaju nam negativi. A ova curica zna gde su.

– *Ti* si izgubio onu Elsu – odbrusi mu Kasim. – Ja s tim nemam ništa.

Preklinješ Rančagodu na uvo: – Pusti je. Ja ću vas odvesti do negativa. Molim te, molim te, molim te. Pusti je. – On ništa ne čuje.

Maska prilazi Kasimu i stavlja ruke na njegova ramena. Otprilike su iste visine, ali izgleda kao da je Maska za glavu viši.

– Nema ovde ni ja, ni ti, inspektore Kasime. Samo mi. Ti si sad deo odreda.

– Onda ću otići gore da otkucam ostavku.

Maska mu stisne lopatice, a Kasim klecne od bola.

– Otkucaćeš ono što ti ja kažem da otkucaš. A onda ćeš ostati ovde i voditi računa da niko ne kroči na ovaj sprat. Je li to jasno?

– Jeste, gospodine.

– Imam sastanak sa šefom i velikim šefom. Rančagoda, trebaćeš mi tamo. Kasime, daj joj još soka ako počne da se budi. I otvori četvore oči.

Obojica pale cigarete u hodniku. Rančagoda se osvrne ka svom partneru i slegne ramenima.

Kasim klonulo seda na stolicu i kroz prozor posmatra devojku s vrećom preko glave. Trlja se po ramenima i znojavom vratu. Šapućeš mu na uvo sve što ti padne na pamet.

– Ona je nedužna. Molim te, molim te da je pustiš. Ti se ne slažeš sa ovim, inspektore Kasime. Nikada se nisi slagao. Ovo se kosi s tvojom verom.

On zastane na trenutak i osvrne se oko sebe, a zatim zarije lice u šake i zastenje dovoljno glasno da probudi mrtve, ali Džeki ne reaguje. Kolege ga znatiželjno gledaju i duvaju dim ka njemu.

Prizivaš profesorku Rani. I anđele ćutanja i praznine. Kažeš im da te odvedu u Svetlost, da ćeš potpisati svaki ola list koji stave pred tebe. Moliš se kako se nikada nisi molio. Vranarovom čarobnjaštvu, bogovima koje si prezirao, magiji elektriciteta i ruci koja baca kocku. A kao odgovor dobijaš tiho zujanje s ruba univerzuma, posle čega zavlada ona veličanstvena tišina.

Odmeravaš mogućnosti i shvataš da imaš samo jednu.

Izlaziš da potražiš Senu, mada dobro znaš gde ćeš ga naći.

Duhovi su se razišli, ali Sena i dalje lebdi iznad kišnog drveta i oštri koplje. Pevuši nešto što bi mogla biti mantra ili tamilski rep. Polećeš ka njemu svakim vetrom koji možeš da dosegneš.

– Pridružiću se tvojoj prokletoj vojsci. I toj tvojoj Misiji Kuveni, ili kako se već zove.

– Propustio si još jedan autobus, gospodine Mali. Moji ljudi su već na svojim mestima, spremni za napad. Danas će odred smrti dobiti svoje.

– Ministar ima demona koji ga štiti. Mogao bih da mu kažem šta smeraš. Dovoljno je jak da izađe na kraj s Mahakali.

Sena prestaje da oštri koplje i mrko te pogleda.

– Da se nisi usudio.

– Moja prijateljica je u Palati. Moram da šapućem nekom. Pomozi mi.

– Samo Vranar može da dodeli nekom takvu moć.

– Onda me vodi kod njega.

* * *

Strahovit vetar odvodi te u Vranarovu pećinu. Stiže tamo munjevito, a ti si po dolasku obliven suzama. Uspomene kuljaju iz tebe kao sline, sve dok na kraju ne ostane samo strah. U Šri Lanki je otmica prvi korak pre nego što te nestanu. Manje je rizično rešiti se tela nego osloboditi osumnjičenog koji bi mogao da progovori, a pogotovo ako ima veze s moćnicima. Oni neće pustiti Džeki da ide čak ni ako im kaže sve što žele da čuju.

Povetarac te odnosi do tavanice Vranarove pećine, tako da zuriš odozgo kroz ptičje kaveze kao gargojl s vrha katedrale. Čavrljanje tigrica i vrabaca meša se sa žamorom glasova koji opsedaju tvoje uši kao muve. Gledaš odozgo izbrijanu Vranarovu lobanju i sto pred njim. Primećuješ poznati drveni ank. A onda čuješ i poznati glas.

– Treba mi zaštita. Za mog sina. U većoj je opasnosti nego pre.

– Ne izlazite danas iz kuće – kaže Vranar. – Vazduh je pun onostranog. Nešto veliko se sprema.

– Kad ste poslednji put to rekli, ama baš ništa se nije dogodilo.

– Zar vas nisam zaštitio, gospodine? Dao sam sve od sebe. Ali ovo je za vašeg sina veoma loše razdoblje. Savetujem vam da ga pošaljete u inostranstvo.

– To i nameravam. Upravo to – kaže mušterija i pruža mu štos novčanica od po hiljadu rupija.

– Da li je još u lošem društvu?

– Nije više – kaže Stenli i uzima paketić pun lančića i amajlija. – Nema više ništa s lošim društvom.

Vidiš Dživdžana kako sedi u uglu, u senkama koje pravi svetlost sveća, i ispisuje nešto na listu papira. Pali, sanskrit i tamilski naškrabani dečjom rukom. Dolećeš oko ptičjih kaveza bliže njegovoj stoličici, a od vetra koji pritom praviš fitilji počinju da iskre a senke da poigravaju. Vranar njuši vazduh i mršti se.

– Džeki je u Palati. Kaži to Stenliju. Brzo! – vičeš. – Kaži mu odmah. – Imaš utisak da tvoj glas odzvanja.

Dživdžan prestaje da piše i pogleda u tvom pravcu. Oči su mu mutnobele.

– U ovoj sobi ima duhova koji nisu dobrodošli – kaže Vranar, ne gledajući ni Stenlija ni tebe. – Molim vas da idete odavde.

Režeći se obrušavaš na njega. Onom jednom papučom razbacaš novac po stolu. To je prvi put da je tvoj vetar pomerio nešto, ali ne zastaješ da to proslaviš.

– Ti si jebeni prevarant. Uradio sam šta si tražio. Moja crvena marama je na tvom oltaru. Zašto ne mogu da šapućem?

– Šaputanje dolazi onima koji to zaslužuju. Ti očigledno ne spadaš u takve.

– Izvinite. Da li se obraćate. Meni?

Stenlijeva kravata leprša na vetru. Drži teglicu nekakvog melema, zmijske masti za zmiju, i zuri u slepca.

Vranar zahvata punu šaku obojene fine prašine iz drvenog poslužavnika. Tri čarobna praha: narandžast kao opeka, žut kao sunce i ljubičast kao transvestit. Kad ih dune ka tebi, po mirisu karija i vonju ljubičica shvataš da je to mešavina kurkume, lavande i tucane paprike. Prašina te štipa za oči i potiskuje te u ugao do Dživdžana.

– Izvinite, gospodine. Samo pročišćavam vazduh. Da počnemo.

Ponovo vičeš, ulažeš sve od sebe i još malo preko toga. Telo koje si nekada imao i dušu u koju nikada nisi verovao. – Džeki je u Palati! Odmah kaži to Stenliju!

– Osećam nekakvo prisustvo oko svog sina – kaže Stenli Vranaru. – Povremeno ga osećam i oko sebe.

– Kakvu vrstu prisustva? – pita slepac u odori dok baca mrve hleba papagajima. Iza njega Dživdžan pali svetiljke ispred svih oltara, a zatim se vraća u svoj ugao i nastavlja da ispisuje slova koja ne znaš.

– To je kao vetar. Kao nalet jeze. Podiđu me žmarci kad se približim sinu.

– Postoji li neko ko bi hteo da naudi vašem sinu?

– Da.

– Da li je živ?

– Više nije.

Vranar zuri u tebe slepim očima. – Imate li nešto što je pripadalo toj osobi?

Stenli mu predaje ružičasti papirić s napisanom porukom i lančić sa zgnječenim kapsulama cijanida.

– Nauči me da šapućem ili ću ti spaliti oltar! – Lebdiš iza Dživdžana i otireš papriku iz očiju.

– Oni koji bi da uništavaju. Uništiće sami sebe – kaže Vranar, šarlatan koji izigrava čarobnjaka, obavija jeftine trikove velom metafizike.

Zatim sipa neki bućkuriš iz avana u staklenu bočicu u kojoj je nekada bilo dva decilitra araka. Izgleda kao kola kenda, lekovita zelena kaša konzistencije povraćke, koju ti je majka sedam godina davala svakog jutra.

– Utrljajte tu mast tamo gde spava vaš sin. A ovo mu dajte da pije svake večeri.

Vranar pogleda ka tebi i odmahne glavom.

– Osećate li to prisustvo ovde?

– Čini mi se da ga osećam – kaže Stenli dok zamotava bočicu u novinski papir i spušta je u džep, pored zmijske masti.

Vranar stavlja tvoju ružičastu poruku i kapsule cijanida u mesinganu lampu. Pali kuglicu kamfora i ubacuje je unutra. Pevuši jednoličnim glasom, što te podseća na gotske bendove koje je Džeki slušala u svojoj sumornoj sobi. Iz plamena kulja dim koji te tera na kašalj iako nemaš pluća.

Vranar poziva Dživdžana, koji je potpuno zaokupljen pisanjem za svojim stočićem. Pokazuje ka štapu na čijem je vrhu zakačen fenjer. Dečak ga uzima i počinje da kadi sobu otrovnim dimom. Vidiš da Stenli stavlja još hiljadarki na list betela, svetlozeleno na tamnozelenom. A onda te vreća puna dima odalami u stomak i izbaci te iz pećine.

Ležiš u slivniku, kašlješ i pljuješ, prisećaš se Kilinočija, granatiranja i tri leša s cijanidom na jeziku. Spuštaš pogled na đinđuve oko vrata. Ank s Di-Dijevom krvlju, zlatni pančajuda i neispravni *nikon*. Ne možeš da nađeš kapsule cijanida.

– Džeki je u Palati! Pomozi joj! – dovikuješ još jednom Bilo Kome i Nikome, dernjaš se kao novorođenče u krevecu. Stenli izlazi iz prolaza u glib Kotahene i žurno prolazi pored oltara pred kojim stotine kleče svakog meseca. Ne primećuje crvenu maramu vezanu oko natrulog ananasa među uvenulim cvećem i hrpama gnjilog voća.

Na vrhu oltara, iznad sveća i svetiljki, stoji slika, nevešt crtež na jeftinom papiru, plastificirana i uramljena, po obodu ukrašena znacima iz palija, sanskrita i tamilskog, ispisanim poznatim rukopisom. Na slici je zver sačinjena od senke. S glavom medveda i telom krupne žene. Kosa joj je od zmija, a oči crne od kraja do kraja. Kezi zube i podriguje izmaglicu. Osećaš šupljinu u utrobi.

Stvorenje ima ogrlicu od lobanja i kaiš od osečenih prstiju. Stomak joj je ćosav, visi preko mesnatog pojasa. Na koži se vide obrisi lica ljudi čije su duše zatočene unutra.

Ponovo ti se dešava da odjednom shvatiš da si pao na kolena, iako pojma nemaš kako se to desilo.

TRI ŠAPATA

– Ako hoćeš da šapućeš, treba samo da pitaš.

Glas dopire sa oltara, ali to nije jedan glas, nego kolonija mrava koji uglas falširaju. Zver se uspinje s nevoštog crteža, ogrlica od lobanja polazi za kosom zmija. Seda na zadnje noge, natkriljuje te, preplavljuje te senkom. Telo joj je prekriveno istetoviranim slovima iz poznatih pisama koja ne umeš da čitaš.

Slova se pretvaraju u lica, koja ti se uglas obraćaju.

– Ako hoćeš da šapućeš, pokloni se pred ovim oltarom. A posle sedmog meseca sve što si ti biće moje. Brzo odluči. Nemaš vremena.

Posmatraš lica na koži. Teško je razaznati koja su ljudska a koja životinjska, a prepoznaješ samo dva. Balal i Kotu zure u tebe ribljim očima, obojica utisnuti u Mahakalinu mesnatu butinu.

– Daću ti tri šapata. Iskoristi ih kako god hoćeš. A ti ćeš se pridružiti današnjoj misiji. I nećeš pokušati da pobegneš.

Sve glave govore glasom koji podseća na Džekin. Znaš da meseci izlaze i da satovi otkucavaju. I da će ti Svetlost samo doneti nova pitanja bez odgovora. I da su neki životi vredniji od drugih, da je svaki žeton za poker druge boje. Tvoj je plastični žeton od deset rupija iz *Pegaza*, dok je Džekin pozlaćena pločica iz Vegasa.

Povijaš glavu i udišeš senku.

– Uradi to sada.

– Da li se dobrovoljno odričeš svih svojih meseca, gospodine fotografe?

– Uzmi ih. Brzo.

– Da li dobrovoljno odustaješ od Svetlosti?

– Odustajem od čega god hoćeš. Daj, jebote. Uradi to već jednom.

Osećaš lance tamo gde su ti nekad bile kosti, izukrštane okove duž cele kičme. Osećaj ti polako gamiže uz vrat, a onda nestaje.

– To je to – kažu glasovi.

Mladi autor nevoštog crteža na oltaru izlazi iz tunela u trenutku kad Stenli seda u svoj BMW koji mu je obezbedila država. Za volanom je Di-Di, koji izgleda nedodirljivo kao onda kad ti je prvi put skuvao kafu i pričao ti o prašumama.

Stenli spušta sebi u krilo bočicu zelenog bućkuriša, teglicu masti i teglu pepela. Gledaš ga kako utrljava malo pepela sinu u slepoočnice.

Gledaš ga kako stavlja nešto Di-Diju oko vrata i vezuje čvor. Kaže Di-Diju da krene.

BMW polazi, a onda se naglo zaustavlja uz škripu kočnica. Put im je prepřečio Dživdžan, koji je izašao ispred njih i naslonio se na haubu. Prodorno ih gleda, a zatim im pokazuje nekakav papirić. – Da vidimo šta hoće – kaže Di-Di i spušta prozor. Dečak žurno prilazi, naginje se preko njega i maše onim papirićem Stenliju ispred nosa.

Stenli ga uzima i razmotava. Slova su engleska sa sanskritskim kukicama. Šest reči koje je dečak čuo kao šapat pre nego što ih je zapisao perom.

Džeki je u Palati. Spasi je.

On pogleda dečaka, koji mu nemo izgovori reč „prijatelj".

– Šta je Palata? – pita Di-Di nezainteresovanim glasom kad je pročitao poruku preko očevog ramena. – Neki klub?

Stenlijeve oči plamte, a tamnosmeđa koža poprima grimiznu boju.

– Ma kakav prokleti klub. Vozi. Timbirigasjaja roud.

– Sve ulice su zatvorene. Treba da stignemo kući pre policijskog časa.

– Gde je Džeki?

– Sinoć je bila u provodu. Sigurno spava.

– Jesi. Li je. Video?

– Nisam.

– Vozi.

Gledaš kako automobil odlazi ka saobraćajnom krkljancu u zatvorenim ulicama. Imaš par petica, a na stolu su crni kraljevi. Pitaš se hoće li sav Stenlijev uticaj biti dovoljan da prođu kroz kapiju Palate. I hoće li biti dovoljan da stignu do Džekine ćelije i obiju bravu?

Uložio si sve na mogućnost da spaseš prijateljicu koju si najviše izneverio. Uživaš u poslednjem trenutku slobode, a onda se okrećeš da se suočiš s Mahakali.

Ne boj se demona, živih se treba plašiti. Ljudski užasi nadmašuju sve što Holivud ili zagrobni život mogu da izmisle. Uvek se seti toga kad naletiš na divlju životinju ili zalutalog duha. Ti si opasniji od njih.

Duhovi se plaše drugih duhova. I tebe. I beskrajnog ništavila. Zbog toga umeju da budu nepromišljeni. Ali nije to jedini razlog.

Prave gluposti jer ne mogu više da okuse, da govore ili da se tucaju. Kivni su na one koji su im ukrali život, na one koji su ih zamenili i one koji više ne izgovaraju njihovo ime. Jer znaju ono što sad i ti znaš i što sve-što-nisi-ti zna. Na kraju neće ostati niko da priča tvoju priču. Niko da odgovori na tvoja pitanja. Niko da čuje tvoje molitve.

Tamo negde profesorka Rani odmahuje glavom i cepa tvoj dosije. Tamo negde ljudi u kancelarijama izdaju naređenja za vazdušne napade na decu u kolibama. Jašeš na Mahakalinim leđima dok nadire ka Palati skačući s krova na krov. Koža joj je prekrivena krljuštima, a zmije u njenoj kosi sikću na vetru. Sunce ulazi u zlatni sat[70] i čak i zaglavljeni saobraćaj dole izgleda prelepo. Vidiš kako se BMW koji je Stenliju obezbedila država provlači između autobusa i kamiona i vičeš mu da požuri. Kakve ćeš karte imati na kraju sad kad su ti svi žetoni na sredini stola?

Na Mahakalinim leđima vide se istetovirana slova i lica. Dok se približavate Palati, lica počinju da ti se obraćaju. Sva uglas, ali ovoga puta ne složno, nego svako za sebe. Te duše su uglavnom prestravljene i više i ne znaju koliko su dugo tu zatočene. I nisu sve ljudske.

U početku žamor zvuči kao da mravi s minijaturnim mikrofonima gamižu preko strvine, pa kao da nesnosna deca tandrču plastičnim kutijama punim šljunka. A onda kao da se portugalski, holandski i tamilski govore u isto vreme, i ubrzo se razaznaju reči izgovorene različitom brzinom, jezici se prepliću, uzdasi maskiraju vriske, pristanci se pretvaraju u psovke.

... ako zaštitiš moju unuku, daću ti svoju dušu.
... samo bogati imaju ključeve ovog grada. A ne šljam kao što sam ja.
... mnogo života sam lutao i uzalud tražio graditelja ove kuće.

Svaki glas sikće u etar, viče na nebesa, urlanjem se meša u zauzete frekvencije. Radio-talasi su zakrčeni duhovima koji psuju i preklinju. Zbunjeni, ljubomorni, ljutiti i uplašeni, neki izvode ludorije, neki traže milost.

... hajdemo zajedno, rekao je, a onda me je pustio da skočim.
... ne vredi. Već smo mrtvi.
... rekli su da plakanje tera mrtve od živih. Zato nisam pustila ni suzu.

---

[70] Vreme neposredno posle svitanja ili pre zalaska, kada je sunčeva svetlost prožeta crvenim i zlatnim tonovima. (Prim. prev.)

Mahakali ulazi u vijugavu aleju skrivenu u otmenom delu Kolomba, punom bogatog zelenila i neočekivanih slepih uličica. Stvorenje usporava kako bi se snašlo u tom urbanom lavirintu. Vrtovi ispod tebe postaju sve veći, zidovi sve viši, dok uličice ostaju potpuno puste.

Vidiš ministrov *benc* parkiran ispred četvorospratne zgrade koja izgleda kao da je nekada mogla biti sedište guvernera iz imperije koja više ne postoji. Tvoja nova vlasnica preleće parking i produžava dve ulice dalje, do poznate kuće sa stražarima na kapiji. Skače na krov Palate, a lica na koži vrište i krive se od straha. Zver se osvrne ka tebi i nasmeši se. Izgleda kao prelepa žena, lepa da umreš.

– Sad iskoristi svoje šapate. Onda idi na onaj parking tamo. Trebaćeš nam kasnije. Molim te, ne pokušavaj da pobegneš. Begunci nikad ne odmaknu daleko.

Kasim klonulo sedi za svojim stolom, lica zarivenog u šake, a otkucani izveštaj stoji presamićen preko pisaće mašine. Po jaucima koji se probijaju odozdo kroz zvučno izolovane prozore reklo bi se da su se nastavile uobičajene aktivnosti u Palati.

Na stolu je Džekina kestenjasta torba, otvorena i neuredna kao uvek, tako da je nemoguće odrediti da li ju je neko pretražio. Ali podrazumeva se da jeste.

Odlebdiš do Kasimovog ramena i čitaš izveštaj. Piše da je Žaklina Vairavanatan, stara dvadeset pet godina, s prebivalištem u Gol Fejs kortu, Kolombo 3, odala poverljive državne informacije putem nacionalnog radija, blisko sarađivala s Malindom Almeidom, osumnjičenim za pripadnost NOF-u i terorističke aktivnosti, i da su kod nje pronađeni narkotici.

Gledaš bočicu na stolu s preostale dve vesele bombone i Džekinu žutu plastificiranu ličnu kartu naslonjenu na nju. Kasim grize usnu i zuri u prazno. Privijaš se uz njega i počinješ da mu pljuješ reči u uvo.

– Ubiće je i za to će okriviti onoga ko je otkucao izveštaj. Ubiće je i ostaviće te s kofom govana. Odmah je izvedi odavde.

On naglo ustaje i osvrće se oko sebe. Proverava da li je radio upaljen, a zatim pomno osluškuje tišinu. Ali ti ne zastaješ ni na trenutak, iz straha da ti ne propadne šapat.

– Kazaće da si primao mito. Da si radio na svoju ruku. Ali ti si bolji od svega ovog. Stenli je na putu ovamo. Nagradiće te ako je spaseš. Napokon ćeš dobiti onaj premeštaj. Zato što ne odobravaš odrede smrti. Nikada to nisi odobravao.

Kasim ustaje i ushoda se po sobi. Ne znaš o čemu razmišlja. Ko zna šta moraš prodati Mahakali da bi dobio pristup tuđim mislima. U uglu je ruksak, a u njemu boca bistre tečnosti i zavoji. Ispod su kutija hirurških maski, kačket, bela košulja i crne pantalone. Standardna oprema onih koji nisu ni vojska ni policija.

Inspektor Kasim presavija zavoj i natapa ga tečnošću. Oseća se miris laka za nokte i melase dok ga stavlja u džep. A onda se predomisli. Baca zavoj natrag u ruksak i odlazi u Džekinu ćeliju.

Stiže tamo i preseče se. Džeki se probudila i pokušava da skine džak s glave, što je teško kad su ti ruke vezane na leđima. Bacaka se, valja se po podu i stenje. Kasim otključava vrata i tiho ulazi u prostoriju. Džeki ga čuje i šćućuri se uza zid.

– Ko je to? Gde sam?

– Molim te, nemoj da skidaš masku. Ako nas vidiš, oni te neće pustiti da odeš.

– Ko su oni?

– Imaš li negative?

– Šta?

– Negative Malija Almeide. Ono što je bilo u onoj kutiji zbog koje je i počeo čitav ovaj alamprc.

– Nemam ih – kaže Džeki, i počinje da blefira. – Veruj mi da ih nemam. Prodala sam ih Elsi Matangi. Sigurno su kod nje. Mogu li da pozovem svog ujaka?

– Ne skidaj povez.

– Ja sam sestričina Stenlija Dar...

– Znam ko si.

– Mogu li da dobijem malo vode?

Kasim izlazi i zatvara vrata, a ti odlebdiš do Džeki, zagrliš je i saopštiš joj sve što možeš putem mahnitog šaputanja i dahtanja.

– Uhapsili su te, Džeki. Ostani smirena, budi hrabra i sve će biti u redu. Ujka Stenli dolazi po tebe. Evo šta ćeš reći inspektoru Kasimu...

Inspektor se vraća sa šoljom i plastičnom bocom vode. Upozorava je pre nego što će joj skinuti vreću.

– Popij vodu. Ne gledaj me u lice. Hoću da ti pomognem. Ali ti ne verujem.

Ona gleda dole poluzatvorenih očiju dok joj skida vreću s glave i razvezuje ruke. Ne viri i ne pokušava da osmotri okolinu ili da očeše pogledom svog tamničara. Drži šolju utrnulim prstima i trudi se da je ne prolije.

On je gleda kako pije.

– Ako mi daš negative, odmah ću te pustiti.

Džeki dovršava pijuckanje i gleda u pod. Ošamućena je i pometena, pa od onog što si joj šaputao misli da su njene misli. Kasnije se neće sećati ni šta je rekla, ni kome.

– Znam da si jedan od onih koji su nam pretražili stan. Znam da ti nisi kriv za ovo.

Ti šapućeš, ona govori. Tvoje reči se prenose od njenih ušiju do usta. Ona uopšte ne razmišlja o onome što izgovara.

Kasim ćuti.

– Ujka Stenli će te nagraditi. Ujka Stenli će ti još noćas srediti premeštaj. Oslobodi me i bićeš oslobođen. Obećavam ti.

Kasim se naslanja na zid i prekršta ruke. – Otkud ti znaš za moj premeštaj?

– Znam da si dobar policajac. Znam da zaslužuješ više od ovoga. A znam i da ćeš postupiti ispravno. – Ostaješ bez daha, iako ga uopšte nemaš. Osećaš se kao da si sprintovao do osmog sprata i skočio s krova.

– Ministar Darmendran može to da mi završi?

– Može i hoće. Molim te, inspektore. Ako ostanemo, oboje smo gotovi. Oboje. Pomozi mi. A mi ćemo pomoći tebi.

Iznuren i onemoćao, povlačiš se u ugao i gledaš. Ako su ovo bila tvoja dva šapata, šta ćeš učiniti s trećim?

Kasim je pušta da popije još dve šolje vode, a zatim je podiže s poda. Kolena joj klecaju i mora da se osloni na njega dok je vuče niz hodnik. Spušta je na kauč u kancelariji i izvlači izveštaj iz pisaće mašine. Onda ga zgužva i gurne u džep, a u mašinu stavi novi list papira. Počinje besomučno da kuca.

Inspektor Kasim izvlači papir i potpisuje ga hemijskom olovkom. Zatim ustaje, pruža joj kutiju hirurških maski i uniformu.

– Stavi masku, navuci kačket i ovu uniformu. Overiću ti rešenje o otpustu. Pazi da ti stražari ne vide lice. Požuri!

On odlazi u kancelariju, pečatira pismo i stavlja ga u koverat. Kad se vrati, Džeki je obučena i spremna, svoju odeću je nagurala u torbu. Crne pantalone joj dobro stoje, mada joj bela košulja vrećasto visi sa opuštenih ramena.

Kad su stigli do stražara, ona već može uspravno da stoji. Stražar podozrivo gleda Kasimovo falsifikovano pismo od ministra.

– Brže, čoveče. Imamo zakazano. Ministar Siril je potpisao ovo. Hoćeš li s njim da proveriš?

Stražar odmahuje glavom, presavija papir i skreće pogled, a Kasim izvodi Džeki iz Palate.

BMW juri pustom ulicom i naglo ukoči. Stenli istrčava u oblak prašine tačno na vreme da uhvati Džeki kad sklizne s Kasimovog ramena. Besno gleda policajca dok daje ključeve Di-Diju.

– Da li je povređena?

– Nije, gospodine.

– Koliko dugo je bila ovde?

– Nekoliko sati, gospodine.

– Da li se njeno ime pojavljuje na nekom spisku?

– Ne, gospodine.

– Sigurno?

– Da, gospodine.

– Dilane! Vozi je kod nas kući. Nikome ne otvaraj. – Zatim pogleda Kasima. – Idi s njima. Ostani tamo dok se ne vratim.

Di-Di je zbunjen, ali mu pomaže da smesti Džeki na zadnje sedište. Ona se samo sruči i zajeca. Dugi jecaji razdvojeni dugim pauzama.

– Odmah je vodi odavde.

– A šta ćeš ti?

Stenli tiho pita inspektora: – Ko je u kancelariji?

– Gospodine, ministar i major imaju sastanak.

– U drugoj zgradi, na poslednjem spratu, je li tako?

– Valjda.

– Idi s njima dvoma – kaže Stenli. – Postaraj se da bezbedno stignu kući. I nikom ne pričaj. O ovome. Imam li tvoju reč?

– Da, gospodine.

Stenli mu gura u ruku sve novčanice koje su mu ostale posle posete Vranaru.

– Budeš li pisnuo. Ostaćeš bez posla.

– Ne, ne, gospodine. Neću novac. Molim vas, gospodine.

– Uzmi ovo i idi – prasne Stenli.

– Gospodine, što se tiče premeštaja...

– Šta?

– Gospođica je rekla... Nije važno. To može da sačeka.

– Šta?

– Ništa, gospodine.

Stenli odlazi ka četvorospratnoj zgradi dve ulice niže, na čijem parkingu plaćenom iz državnog budžeta stoji *benc* plaćen iz državnog budžeta.

* * *

Na Di-Dijev užas, inspektor Kasim seda na suvozačko sedište.

– Šta ovo treba da znači? Kud ode tata?

Džeki briše oči rukavom i trese glavom.

– Sanjala sam jeziv san. A onda sam se probudila s džakom na glavi. Je li izložba otvorena?

– Briga me – kaže Di-Di.

– On ima sastanak – kaže mu Kasim. – A sad vozi. Zaboravi da si ikada video ovo mesto. I mene.

Di-Di okreće auto na kraju slepe ulice i polazi natrag ka ulicama koje imaju semafore i gde se vrisci malo teže mogu prikriti. Odvodi Džeki i policajca u očevu kuću, daleko od stana u Gol Fejs kortu u kom ste delili snove, strahove i šortseve, daleko od one tamnice skrivene u ćorsokaku. BMW skreće i nestaje niz ulicu, a ti želiš Di-Diju, Džeki i Kasimu kečeve, herčeve i šestice.

– Idite s mirom, dragi moji – šapućeš. – Neka svaki rulet bude blag prema vama.

A onda se drveće zamrzne a vetar prestane. Između tvojih ušiju dogmiže glas, a smrad gnjilih duša zapuši ti nos. Svemir diše kroz tebe, s tim što bi se reklo da je zaboravio da opere zube.

– Jesi li završio, gospodine Fotografe?

Osvrćeš se ka Mahakali, a lica joj bubre kroz kožu kao zaražene vene. Pokazuje ti da joj se popneš na leđa. Svestan si da neposlušnost, građanska ili bilo koja druga, više ne dolazi u obzir. Klimaš glavom. – Mislim da jesam.

– Onda tvoje služenje počinje. Dođi. Služi.

Penješ se zveri na kičmu i gledaš kako Stenli odmiče ulicom kao maratonac koji je zaboravio da čuva snagu.

S neba gledaš kako Stenli prolazi krivinu i napreduje ka poslovnoj zgradi iza visokih zidova.

Ima četiri sprata i beznačajna je što se tiče arhitekture. Betonske kutije obojene sivo i naslagane jedna na drugu. Prozori koji nisu zatamnjeni prekriveni su venecijanskim roletnama.

Mahakali se zaustavlja, a ti skačeš s njenih leđa i gledaš kako se stapa sa senkama te ružne građevine.

Na krstima joj vidiš lice mačke ribarice. Upućuje ti isti zgađeni pogled kao i ostale mrtve životinje. – Šta bleneš, rugobo?

– Jasno mi je. Životinje imaju dušu. Sanjate, radite ono što vam pričinjava zadovoljstvo, osećate sreću i tugu. Razumete bol i patnju, ljubav, porodicu i prijateljstvo. Ljudska bića to ne priznaju, zato što je tako lakše klati one koji su nam ukusni. Ti ne spadaš u takve, ali to sad nije bitno. Najiskrenije se izvinjavam.

Mačka izgleda iznenađeno, ili gladno, ili iznervirano, ili otkud znaš, ipak je to ribarica.

– Jebeš takvo izvinjenje – kaže ti pre nego što nestane u Mahakalinom mesu.

Postoje dobri razlozi zašto ljudi ne mogu da razgovaraju sa životinjama pre smrti. Zato što životinje ne bi prestajale da se žale. A onda bi ih bilo teško zaklati. Isto bi se moglo reći i za disidente, pobunjenike, separatiste i ratne fotografe. Što se manje čuju, lakše se zaborave.

Sunce zalazi nad Kolombom, a nigde na vidiku nema ni oblačka.

Uskoro će se na nebu pojaviti tvoj poslednji mesec.

Balal i Kotu te gledaju s Mahakaline noge.

– Izvini zbog onog što smo uradili – kaže Kotu.

– Šta ste uradili?

– Strašne stvari – kaže Kotu.

– Ali samo zato što smo morali – dodaje Balal.

– Izem ti izvinjenje – kažeš dok Mahakali silazi s vetra i sleće na kišno drvo.

– Mi smo đubretari – kaže Balal. – Mi ne pravimo đubre. Samo ga počistimo.

– Kako vam je tu? – pitaš ih.

– Gde? – pita Kotu.

– Uskoro ćeš saznati – kaže Balal.

– Hoćeš li da ti vratimo novac? – pita Kotu.

– Koji novac? – pitaš ti.

Obezbeđenje nije tako jako kao u Palati iza ugla, a na stranu to što stražari ne vide Mahakali i duše koje nosi dok uskače kroz vrata i polazi uza stepenice. Nosi i tebe, bespomoćnog kao što većina ljudskih bića bude pre katastrofe. Nema nikoga ko bi zaustavio Mahakali dok klizi tim hodnicima moći pravo ka bombi.

Misija Kuveni

Izgleda da se zver dobro snalazi u toj zgradi. Penje se na prvi sprat, zatim izađe kroz prozor i popne se fasadom do trećeg, a onda stepenicama na četvrti, gde sekretarica sedi ispred velike prostorije. To je drusna gospođa, koja na stolu drži fotografije triju drusnih tinejdžerki, svojih slika i prilika.

Na tabli na ulazu piše *Administrativni odsek Ministarstva pravde*. Na prvom spratu su žene u sarijima koje, odeljene paravanima, kucaju na pisaćim mašinama, dok su na četvrtom muškarci s kravatama koji nose fascikle. Na planu pored lifta piše da važi sledeći raspored po spratovima: Računovodstvo, Finansijska služba, Arhiva i Kadrovska služba.

Sličnih zgrada ima po celom ostrvu, mada ih je najviše oko prestonice. Te zgrade prave gubitke a prijavljuju prihode. Sigurno se preko njih preusmeravaju sredstva za mučitelje, obezbeđuju penzijski fondovi za otmičare i odobravaju stambeni krediti atentatorima. Sećaš se jedine stvari koju je tvoj otac rekao a da u tebi nije pobudila prezir, mada je ostalo nejasno zašto je to podelio s jednim desetogodišnjakom.

– Znaš li ti, Maline, zašto je borba između dobra i zla toliko jednostrana? Zato što je zlo organizovanije, opremljenije i plaćenije. Ne treba da se plašimo ni čudovišta, ni jaka, ni demona. Nego organizovanih kolektiva zlotvora koji misle da obavljaju pravednički posao. Od njih treba da nas podilazi jeza.

U čekaonici stoji Šoferče, nasađen na svoju protezu i naslonjen na stub. Znoji se i isprekidano diše. Razmišljaš o službenicima na donjim spratovima, o Stenliju koji pokušava da se probije pored obezbeđenja na ulazu, i pitaš se hoće li jednog dana neko izmisliti bombu koja zna koga da poštedi. Jedino pozitivno što možeš reći o bombi jeste to što ona nije ni rasista, ni seksista, a ni opterećena staleškom pripadnošću.

Lebdiš za Šoferčetom niz hodnik s vratima od peskiranog stakla, u veliku prostoriju sa ogromnim prozorima. Ono što tu vidiš istovremeno je impresivno i zastrašujuće.

Događaji koji su doveli do gubitka dvadeset tri života na četvrtom i petom spratu Administrativnog odseka Ministarstva pravde kasnije su pripisani lošoj sreći i urocima, za koje je Vranar tvrdio da je delimično odgovoran. To je zapravo bilo delo Seninog odreda mrtvih, koji su se igrali vetrovima i menjali sudbine. Doduše, ti se možeš pohvaliti da si imao udela u spasavanju bar jednog života ovog, tvog poslednjeg meseca.

Ljudi veruju da razmišljaju svojom glavom i da imaju slobodu volje. To je samo još jedan placebo koji progutamo na rođenju. Misli su šapati koji dolaze i spolja i iznutra. I ne možemo ih kontrolisati, isto kao što ne možemo ni vetar. Šapati ti duvaju kroz um u svako doba, i podložan si im više nego što misliš.

Duhovi su nevidljivi za one što dišu, nevidljivi su kao krivica, gravitacija, elektricitet ili misli. Hiljade nevidljivih ruku oblikuje tok svakodnevice. A oni kojima one upravljaju zovu to Bogom, karmom, čistom srećom i ostalim potpuno neodgovarajućim imenima.

Sena je rasporedio svoju vojsku po velikoj odaji na petom spratu s takvom preciznošću kakvom naša vojska nikad nije mogla da se podići. Mahakali seda na prozor u uglu, kao producent i režiser ovog filma.

Žena Unakažena Kiselinom šapuće Rančagodi na uvo, brka mu misli i vodi računa da on zaboravi da pretrese Šoferče pre nego što uđe u prostoriju.

Žrtva Bombe proverava žice u jakni kako bi se osiguralo da struja stigne gde treba. Silovana Misica stiže prva i zamajava Mrtvog Telohranitelja, ministrovog ličnog demona, plesom koji je vežbala za izbor pre nego što je tragično nastradala.

Mrtva Majka je zadužena da natera Šoferče da detonira bombu u pravom trenutku. Sena ima tako brižljivo smišljen i organizovan sistem kakav se u Šri Lanki nigde ne može videti. Ništa nije prepušteno verovatnoći. Danas će njegov vod sastavljen od Mrtvih Anarhista, Mrtvih Separatista, Mrtvih Nedužnih i Mrtvih Ne-Sećaju-Se-Šta-Su-Bili jednim glatkim potezom zbrisati vod smrti. A ti ćeš sve to gledati s Mahakalinog ramena.

– Nisam znao da se odavde vidi jezero Beira – kaže ministar dok kroz prozor posmatra hram koji kao da pluta na zelenoj vodi. – Izgleda kao san.

– Pod uslovom da mu ne osetite miris – primećuje major. Pored njega na ministrovom kauču sedi proćelavi muškarac koji se smeteno smeška i drži prekrštene ruke. Predstavili su ga kao najboljeg islednika Specijalnih jedinica, a ti ga prepoznaješ i bez njegove uobičajene maske.

Ministrov demon leži zavaljen na polici punoj neotvorenih pravnih knjiga i gleda kako Silovana Misica izvodi plesne pokrete koji su mešavina kotskog razdoblja[71] i disko ere. Gleda ga pravo u oči i izvija leđa. Uvija ramenima i uvrće šake, dok joj se grudi trće a bokovi ispisuju lukove. Očigledno joj je njen oltar kod Vranara doneo bogatstvo, koje je investirala u oči i koreografiju. Usnama šalje poljupce dok joj telo trepće kapcima.

– Hoću da prisustvujete današnjim sastancima, majore.

– Da, svakako, gospodine.

– Čudna su ovo vremena, majore. Pozivamo Indijce da nas napadnu. Pravimo nagodbe s tamilskim teroristima. Ubijamo svoje, Sinhaleze. Nikad nije bilo ovako loše.

– Biće još gore, gospodine.

– I ti uzimaš amajlije od Vranara?

Major pocrveni i izvuče narandžastu narukvicu skrivenu ispod rukava. Cimne je još jednom i prekine je.

– Poklon od moje žene. Ja ne verujem u te gluposti. – Baca je u pepeljaru.

Ministar zadiže rukav da pokaže sličnu narukvicu. Major uzima svoju iz pepeljare i stavlja je u džep.

– Ne budite toliko drčni. Ljudima koji se bave ovim našim poslom potrebna je zaštita sa svih strana. Ama gde su ti stražari?

On ne zna da su se oba današnja stražara otrovala hranom i da su sada potocima proliva vezana za klozetsku šolju. Sekretarica žurno ulazi. Tek što je tu prebačena iz Ministarstva za morska dobra i, sudeći po ljubaznosti ministra Sirila, reklo bi se da još nije počeo da je prepipava.

Otvara vrata i objavljuje: – Gospodine, tu su.

Ulazi Šoferče, visok i tamnoput, a rame uz rame s njim pomoćnik načelnika Rančagoda. Obojica su dovoljno razboriti da se drže dostojanstveno i nikoga ne gledaju u oči.

– Inspektore, ostani napolju dok se oni prokleti stražari ne pojave. Šoferče, stani tamo, molim te.

Policajac izlazi, a Šoferče staje uspravno, u uglancanim čizmama i maskirnoj uniformi koja visi s njegovog izmršavelog tela.

Mrtva Majka došunja se iza njega i stopi se sa zavesom. Ministrov demon samo odmeri vozača i ponovo se okrene ka plesačici. Mnogo puta je gledao kako njegov gazda grdi vojnike, tako da ga više zanima fuzija katakalija[72] i električnog bugija u izvođenju pokojne mis Kataragame 1970.

---

[71] XV–XVI vek. (Prim. prev.)
[72] Tradicionalni plesni igrokaz. (Prim. prev.)

Ministar i major se okreću ka trećem čoveku u prostoriji, čoveku koji nema ni kosu ni masku. Čekaju da uradi ono zbog čega je tu. Islednik prilazi Šoferčetovom uvetu i prosikće: – Zašto si napustio bolnicu?

– Bilo mi je bolje, gospodine.

– Ne izgledaš bolje – kaže ćelavi dok posmatra mladićevo oprljeno teme i ožiljke na obrazima.

– Kako si uspeo da se spaseš iz požara kad su ostala dvojica stradala?

Ministar pogleda majora, koji samo slegne ramenima. Islednik povlači meso iza Šoferčetovog uveta. Iako ga je samo uštinuo, poteče mu krv.

– Ne sećam se, gospodine – kaže Šoferče. – Molim vas, to boli.

– Ugojio si se, zar ne? – Islednik zamahne rukom, na šta se svi duhovi u sobi pripreme za udarac u stomak koji se ne desi, izuzev ako nisi Šoferče. – Kako to?

Islednik se saginje da se počeše po kolenu i primećuje povorku mrava kako mu mili uz nogu. Počinje da psuje i pljuska se po cevanici. Ne vidi Mrtvog NOF-ovca koga je jednom mučio kako navodi insekte do njega.

Ministar nastavlja ispitivanje. – Kako si zabio onaj kombi u transformator?

– Ne sećam se, gospodine.

– Jesi li pio?

– Ne pijem, gospodine. Samo kokosovu vodu.

– Sad! – sikće Sena.

– Sad! – šapuće Mrtva Majka Šoferčetu na uvo.

Prekidač se nalazi u njegovom džepu, i on stavlja ruku na njega ali ga ne pritiska. Znoji se, iako u sobi rade tri ventilatora.

– Nešto nije u redu, sinko? – Ministar ustaje i prilazi mu.

– Sad! – sikće Unakažena Žena koja sedi na kauču. Islednik, koji je upravo uklonio i poslednjeg mrava, oseća udar ledenog povetarca na srcu. Namršteno pogleda ventilator.

– Sad! – kaže Mrtva Majka Šoferčetu na uvo. Njemu usne podrhtavaju kao da će briznuti u plač. Ali i dalje ne pomera ruku.

Na drugom kraju prostorije vidiš ministrovog demona kako hrče na polici za knjige dok mu Silovana Misica gladi krzno između šiljatih ušiju. Ministar, major, islednik i vozač našli su se zajedno na istom mestu. Pitaš se jesu li sve slučajnosti tako brižljivo izrežirane kao ova. Setiš se profesorke Rani, njene teorije o šrilančanskim odredima smrti i fotografija koje je iskoristila bez pitanja. Tvrdila je da je Šri Lanka prva demokratska država koja je napravila odrede smrti po uzoru na model koji su razvili latinoamerički diktatori. Bila je to samo jedna od mnogih neproverenih tvrdnji u njenoj knjizi, skrivena među rečenicama kojima je nesvesno opravdavala ono što osuđuje: *Stvaranje organizovane hijerarhije za upravljanje masprodukcijom nasilja možda nije čin divljaštva, nego reakcija racionalnog ljudskog bića suočenog s varvarizmom.*

– Hajde! – šapuće Mahakali, na šta svaka duša u njenom trbuhu i svaki duh u prostoriji utihnu.

– Gospodine, ja čujem glasove – priznaje Šoferče.

– Hajde! – sikću Sena, Unakažena Šena i Silovana Misica. Mrtvi NOF-ovci ubrizgavaju svrab po celom isledniku.

Osećanje koje je ključalo u tebi od trenutka kad si ušao u tu ružnu zgradu sada ti se zgušnjava u korenu slomljenog vrata i preplavljuje ti čula. Tvoj poslednji mesec je video izneverenog ljubavnika i najbolju prijateljicu kako visi nad bezdanom, a sad će se završiti praskom koji će pokositi zlikovce. Zašto te onda oči peku i otkud taj šum u ušima?

Uzimaš foto-aparat i gledaš unaokolo, gledaš lica živih. Policajac, krvnik, vojnik, političar. Gledaš duhove spremne da svakog trenutka pretvore sobu u zgarište. Vidiš Mahakali kako stoji na prozoru i sve to zlurado posmatra.

– Prestanite! – vičeš. – Odmah da ste prestali!

– Šta to radiš, gospodine Mali? – Sena izlazi iza zavese. Osvrne se ka ministrovom demonu, koji hrče u ritmu misičine pesme.

– Dole su ljudi. Službenici. Puna tri sprata. Tu je sekretarica, koja na stolu drži slike troje dece. Dole je otac mog prijatelja. On jeste nadobudni idiot, ali nema veze sa ovim. A tu je i ova izbezumljena budala – kažeš i pokažeš ka Šoferčetu. – Koliko ljudi će danas umreti? Jesi li izbrojao?

Sena se baci na tebe i pribije te uza zid. – Mi se spremamo da okončamo ovaj rat, a ti brineš za obične službenike? Oni udaraju pečat na dokument koji ovim čudovištima daje moć. Ko. Ih. Jebe.

– Rekao si da nedužni neće stradati.

– Niko u ovoj zgradi nije nedužan. Čak ni tatica tvog dečka. Ako rade za sistem, zaslužili su ono što ih čeka.

– Gospodine, ja čujem glasove – priznaje Šoferče, mada ga niko ne čuje.

Sve vladine ustanove se prazne u pet posle podne, što je deo dnevnog rasporeda kako bi se izbegla gužva u saobraćaju bez obzira na to šta je kome ostalo na stolu i šta treba završiti. Čak i one bez bombaša samoubica na poslednjem spratu zatvaraju se tačno u pet.

Što duže odugovlačiš, manje će biti žrtava. Ponekad nije stvar u tome na šta se kladiš, nego u vremenu koje ti je potrebno da se opkladiš.

Ti i Sena se svađate dok Šoferče mrmlja sebi u bradu nešto što ne možeš da rastumačiš.

Osećaš pesnicu na kičmi i nož pod grlom.

– Dosta pipirevke, gospodine Mali. Mahakali kaže da ti je ostao još jedan šapat. Bolje bi ti bilo da ga iskoristiš. Odmah.

– Već sam iskoristio sva tri.

– Mahakali kaže da su se čula samo dva. Iskoristi svoj šapat. Odmah.

– Šta je sa svim onim sekretarcima i računovođama dole? Po čemu se ovo razlikuje od OTTE-ovog granatiranja civila? Ili od vladinog pokolja NOF-a? Šta će se postići ovom glupošću?

Sena te baca pred Šoferčetove noge, a duhovi u sobi skandiraju: – Sad!

Gledaš ožiljke na Šoferčetovom licu. Hoće li to biti poslednje što ćeš uraditi pre nego što Mahakali proguta sve što je ostalo od tebe? Razmišljaš o fotografiji i žurnalizmu i celom tom prokletom zamešateljstvu. Kad se sve sabere i oduzme, da li je išta od toga bilo vredno truda?

Odgovor bi verovatno glasio ne, ali ti u jedanaestom satu svog sedmog meseca odlučuješ da iskoristiš ono malo glasa što ti je preostalo.

– Šoferče. Putovao sam s tobom i video kakav si čovek. Bio sam gde i ti. Poznaješ me.

Šoferče na trenutak pogleda uvis, a zatim u pod.

– Ne vidiš me, ali znam da me čuješ. Ovi ljudu zaslužuju da umru. Ali da li to zaslužuje ona žena ispred, koja ti je malopre skuvala čaj? A svi oni ljudi dole? A ti?

– Šta to radiš? – užasnuto pita Sena. – Nekoliko njegovih sledbenika pokušava da te ubode kopljem. U uglu iza demona koji spokojno hrče, Mahakali diše u senci. Lica na njenoj koži preobrazila su se u krstove i vrhove strela.

Šoferče se znoji i trese se. Trudi se da se ne obazire na duhove što se roje oko njega i nekoliko kilograma tereta vezanog žicom za zdravu nogu. Ponavlja reči koje mu je govorio I. E. Kugaradža, koje je ponavljao dok je hranio svoje veverice.

– Svi neprijateljski vojnici su saučesnici. Svi zaslužuju da umru.

– Ovo nisu vojnici, mali. Momci poput tebe razneli su se bombama. I šta se promenilo? Da li je tvoj život vredan žrtvovanja, pa čak i zbog ovog šljama ovde? A njen život? A njihovi životi?

Sena ti pljuje otrov u lice. Hvata te za vrat i odvlači te ka Mahakali.

– Ovo ti je bila poslednja prilika, gospodine Mali. Sad si Mahakalin hiljadu meseca.

Ali njegove psovke zaglušuje komešanje na vratima.

Svi duhovi u sobi poskoče kad se jeftina iverica naglo okrene na šarkama.

– Šantal! – podvikne ministar. – Umeš li ti da kucaš?

Ali to nije sekretarica Sirila Vidžeratnea. To je Stenli Darmendran. Popodnevno sunce ocrtava njegov obris na pragu. Mišićava ramena i odmeren hod podsećaju te na njegovog sina. Sve dok ne progovori.

– Ministre. Hoću da razgovaramo. Odmah.

– Zauzeti smo, Darmendrane...

– Moja sestričina. Je odvedena u Palatu. Zahtevam objašnjenje.

Ministar i Major se preneraze, a zatim ljutito pogledaju Masku. Maska odmahne glavom i pogleda pomoćnika načelnika Rančagodu, koji stoji u hodniku.

Ni zlikovci ni duhovi više ne obraćaju pažnju na momka s bombom, koji nastavlja da drhturi i preznojava se.

– Svakoga moramo da ispitamo, Darmendrane – kaže Ministar. – Ne možemo izuzeti one koji imaju političke veze.

– I zato ste je. Odveli. U Palatu?

– Izvini, Darmendrane, ali stvarno nije trenutak...

Sena pojačava stisak. Odgurneš ga i ugriześ ga za doručje. Nož pada na pod. Zamahneš bosom nogom i šutneš ga onako kako si šutirao dok si pet minuta trenirao ragbi. S tom razlikom što ovoga puta potrefiš cilj. Nož odleće i pogađa tupom drškom ministrovog demona u stomak. On zastenje i ljutito se probudi.

Duhovi su zabezeknuti, Sena viče nešto, a Mahakali lebdi pored prozora, oči joj plamte, sva lica razrogačenih očiju. Šoferče govori nešto svima prisutnima. – Odgovor na vaše pitanje je... Ne znam. Mnogo sam razmišljao i nema odgovora. Postoji samo ovo. I ovaj trenutak.

Svi u sobi zadržavaju dah. Ministrov demon se baca u usporenom snimku na svog gazdu. Šoferče ponavlja svoje reči i dovršava misao.

– Svi neprijateljski vojnici su saučesnici. Svi zaslužuju da umru. Možda će moj bezvredni život napokon dobiti nekakav značaj. Jer ako neće, zašto sam uopšte živeo?

Izgovorivši to, nabija obe ruke u džepove.

HILJADU MESECA

Najmoćnije sile su po pravilu nevidljive. Ljubav, elektricitet, vetar. I talasi posle eksplozije bombe. Prvi je primarni udarni talas, pri kojem se vazduh sabija do ivice pucanja a mlazovi vetra se šire na sve strane, putujući brže od zvuka i rušeći sve pred sobom. Taj talas kida majora na tri dela, a islednika baca o zid i time im obojici obezbeđuje trenutnu smrt, koju su oni uskratili svojim mnogobrojnim žrtvama.

Zatim slede sekundarni udarni talasi. Brži su od zvuka, a nose više energije nego sâm prasak, koji tek treba da pristigne. Oni odbacuju Rančagodu i nabijaju ga na vrata.

Zgrada oseća kako joj se tlo izmiče, a zidovi pucaju. Stepenište je puno civilnih službenika koji guraju jedni druge ka izlazu. Vozači i stražari na parkingu čuju eksploziju i vide kako dim počinje da kulja kroz prozor na petom spratu.

Talasi pretvaraju nameštaj u leteće batine i bodeže, koji rešetaju Stenlijevo zgrčeno telo. Šoferčetova lobanja završava na podu kupatila, a ostatak tela je isprskan po zidovima. A onda sve počinje da gori i vreli vetrovi udaraju o prozore, čupaju ventilatore s tavanice i beton iz zidova.

Na spratu ispod njih, pritiskivači za papir i stalci za dokumenta pretvaraju se u bombe i granate, odozdo se čuje tutnjava temelja, a vazduh se puni dimom i prestravljenim urlicima. Gledaš kako se izbezumljeni ljudi okupljaju na parkingu. Prvi koji su izašli plaču i grčevito drže torbe i tašne, drugi su prekriveni prašinom i krvlju, a treće mora neko da nosi.

Udar vetra izbacuje duhove u hodnik. Tamo otresaju prašinu sa sebe, veselo kliču i igraju u vatri. Mrtvi Tigrovi se rukuju s Nastradalim NOF-ovcima. Čuče pored lifta, gledaju kako dim kulja iz kancelarije i čekaju.

Unutra vatra mili ka prozorima ostavljajući kuhinju i kupatilo netaknute. Ministar Siril Vidžeratne kašlje u kadi. Lakat mu je slomljen. Jedino se seća da se bacio u kupatilo kad je vozač počeo da govori. Ubeđuje sebe da je spazio nešto u Šoferčetovim očima, ali negde duboko, na mestu koje ga tišti, zna da ga je u kupatilo gurnula neka neljudska sila.

Ministrov demon seda na ivicu kade i šamara svog gazdu kako bi došao k sebi. Onda te pogleda i osmehne ti se baš kad Sena izroni iz dima.

– Probudio si tog gada, Mali. – Sena te hvata za kosu i odvlači te iz kupatila.

Ministar ispuzava u kancelariju.

– Ti si kriv što ovaj ološ još diše.

Duhovi klicanjem dočekuju Senu. On podiže pesnicu i klima glavom. – Sredili smo trojicu, izgubili jednog – objavljuje sa osmehom i jače te cimne za kosu.

Primećuješ nogu u cipeli s visokom potpeticom kako viri ispod gomile krša koji je nekad bio zid. Vidiš kravatu vezanu za Stenlijevo razmrskano telo.

– Sredili ste ih mnogo više od njih trojice, kretenčino – besno mu odvraćaš.

– Gospodin Fotograf je moj – kaže glas iz dima. Mahakali se pojavljuje poput bika na zadnjim nogama. Pokazuje prstom na tebe. – Bolje bi ti bilo da ne bežiš. Begunci nikad ne stignu daleko.

Sena te i dalje drži za kosu dok te vodi ka zveri. Pokušavaš da se otrgneš, ali si slab kao što si bio i dok si disao. Ti si ljubavnik, a ne mangaš.

– Izvini, Mali – kaže Sena. – Možda ćemo se videti za hiljadu meseca. Možda nikad. Šta god bude duže trajalo.

Mahakali te grabi kandžama i vuče te ka licima na svojoj koži. Dernjaš se, ali se tvoji krici ne čuju od zapomaganja.

Oni izlaze iz vatre i ispuzavaju iz dima. Major Radža Udugampola, Maska, pomoćnik načelnika i Stenli Darmendran. Tela su im krvava i izranavljena, a stopalima ne dotiču pod.

Duhovi se obrušavaju na njih i nastaje metež, a onda se ministrov demon probija iz gomile i baca se na Mahakali, koja te pušta iz stiska. Ministrov demon te poljubi i kaže ti: – Bio sam tvoj dužnik. Sad više nisam.

Pribija Mahakalinu glavu sa zmijama uza zid. – Hvala ti što si štitio mog klijenta. Sad smo kvit. Beži, budalo!

Mahakali hvata ministrovog demona za grlo. Mrtvi Telohranitelj zariva pesnicu u trbuh zveri. Lica vrište u različitim tonalitetima.

– Ti uopšte nisi Mahakali. Misliš da te nisam prepoznao bez monaške odore? Ti si Talduve Somarama![73] Jednom si mi promakao. Nećeš više! – A onda se demonova pesnica zabija u Mahakalino lice.

Uto uleće vetar sa stepeništa za slučaj nužde, koji potom izlazi kroz prozore na trećem spratu. Skačeš na njega i prolaziš pored ministra opruženog na stepeništu. Vidiš nepokretna tela na trećem i četvrtom spratu. Nema ih mnogo, ali i to je dovoljno.

Dok te vetar nosi ulicama, primećuješ duhove od kojih si s nekima razgovarao, a neke izbegavao.

Lebdiš iznad sve bleđih krovova i vidiš svoj sedmi mesec kako se krije iza oblaka i čeka da sunce nestane. Prolećeš kroz splet strujnih kablova što se prostire iznad starih crkava, zapuštenih balkona, šaputavog drveća i nedovršenih nebodera. Iza leđa čuješ prodorno kreštanje Mahakali, koja skače s krova na ulicu.

Sena leti na bržem vetru i zasipa ti leđa psovkama. Nastavljaš da trčiš, sudaraš se s duhovima koji neprestano iskrsavaju ispred tebe.

Dok se približavaš kanalima, vidiš Mrtvog Ateistu kako ti salutira i Ženu Zmiju kako se smeje sa svojom ruljom. Vidiš Mrtve Pse kako zavijaju na onoj autobuskoj stanici, Mrtve Samoubice kako skaču s krovova i transvestita koji ti maše dok leti u ponor. Stižeš do blatnjave vode i čekaš najslabiji vetar.

Nadaš se da te Mahakali nije pratila dotle, ali osećaš šapate i samo čekaš da se stvori iza svakog drveta kraj kojeg prođeš. Skačeš na najslabiji vetar i puštaš ga da te blago nosi duž kanala, dok ti pomno posmatraš okolne krošnje ne bi li opazio koplja ili kandže.

Nebo se raščišćava i sunce zasija poput narandžaste akne. Drago ti je što još nije zašlo. Tvoj sedmi mesec izviruje iza oblaka, sprema se da promoli glavu. A tamo dole, na obali, vidiš drvo arjune i profesorku Rani, Hi-mena i Mojsija, sve troje u svešteničkim odorama, kako ti mašu. Pokazuju ti ka drugoj arjuni, i trećoj malo dalje niz potok.

U pozadini se pojavljuje Mahakali. Oči joj plamte, a iz prstiju joj kulja dim. Reklo bi se da je proždrala eksploziju i njene žrtve, i da je sad spremna za desert.

– Skoči u vodu! – dovikuje ti Hi-men svojim steroidnim piskutavim glasom. – Tamo ne može da te prati.

---

[73] Budistički sveštenik koji je 1959. izvršio atentat na S. V. R. D. Bandaranaikea. (Prim. prev.)

Mahakali skače s drveta, a ti se bacaš u vir, i poslednje što osećaš je kandža koja ti prelazi preko kičme.

Dok se strmoglavljuješ ka vodi, vidiš mnoge oči koje te gledaju, oči koje su nekad bile tvoje i koje su, bar zasad, sve potpuno bele. Voda se beli od ledenih kuglica. U trenutku kad udariš o površinu čuješ lomljavu stakla. Nije te više briga hoće li iko videti tvoje fotografije ili ne. Zato što Džeki i Di-Di još dišu, i mada to nije opravdanje za čitav ovaj rusvaj, ipak je nešto. A to je bez sumnje nešto najlepše što možeš reći o životu. To ipak nešto znači.

REKA ROĐENJA

Reka je široka kao bazen u *Vidri*, s tom što nema skakaonica na kraju. Proteže se u beskraj, kao drumovi kroz australijske pustinje ili američka kukuruzna polja koja si video u *Nacionalnoj geografiji* ali nikada nisi stigao da posetiš. Gledaš reku koja prolazi između kokosovih šumaraka i pirinčanih polja i nestaje iza brda u daljini. Razmišljaš o ostalim stvarima koje nikada nećeš uraditi.

Kao što ti je profesorka Rani i rekla, najslabiji vetar s Beire doneo te je tu, i na vidiku više nema nijednog demona. Reka nije duboka, možeš nožnim prstima da dotakneš dno. Spora je i puna stenja. Sunce je u međuvremenu zašlo, mesec je na nebu. Voda je topla a vazduh prohladan. Nisi sâm u reci. Svuda oko tebe su kupači koji odolevaju struji i grčevito se drže za obale.

Promičeš pored njih, primećuješ njihove oči i čavrljanje, kako svi govore uglas, neki s drugima, neki sami sa sobom, i najednom shvatiš da mrmljaš na jezicima za koje nisi ni znao da ih znaš. – Ti nisi ono što misliš da si. Ti si sve ono što si ikada pomislio, uradio, bio i video.

Ostali kupači gledaju tebe i kroz tebe, jedni druge i jedni kroz druge. Imaju tvoje lice, mada su neki raščupaniji, neki žene, a neki bespolni.

Plivaš ka horizontu, prolaziš pored tamilskog nadničara koji se raspravlja s kandijskim plemićem, pored holandskog učitelja koji ćaska sa arapskim mornarom. Svi imaju slična lica i istovetne uši.

I to je to? To je Svetlost? Mesto gde demoni ne mogu da te prate? Puštaš da te voda zapljusne i zaranjaš. Ne moraš da zadržavaš dah i nemaš dah koji bi te zadržavao na površini.

Toneš na dno i najednom vidiš. Ono što ti je izmicalo svih ovih meseca. Poslednje što si učinio, poslednje što je neko učinio tebi, ono čega si zaboravio da se setiš. Istina koju si izbegavao da vidiš, odgovor kojeg si se najviše plašio.

Udišeš čistu vodu, otireš blato sa objektiva i najednom se sećaš poslednjeg daha koji si udahnuo kao Malinda Almeida Kabalana.

TVOJA CENA

Kad je ona prilika izronila iz mraka na krovu shvatio si koliko Di-Di liči na svog oca. Blago pogrbljeno držanje, simetrična lobanja, tamna koža, beli zubi, poskakivanje u hodu, obrtanje kukova. Dobacio je nešto kratko i oštro šankeru, momku volovskog izgleda s kojim si se upravo pipkao. A onda se okrenuo ka tebi.

Dva muškarca iznela su iz mraka plastični sto i dve stolice. Prepoznao si ih. Nisu to bili ni konobari ni osoblje bara; kockarnice su ih unajmljivale da pretuku one koji potuku kuću i naplate dugovanja od onih koje je kuća potukla.

Stenli ti je pokazao rukom da sedneš i mogao si da biraš hoćeš li gledati Kolombo ili stepenice i batinaše u senci. Odabrao si da se suočiš s pretnjom i seo leđima okrenut panorami. Stenli se zavalio, i onda si u njegovoj ruci video ružičasti papirić na kome je tvojim rukopisom pisalo:

Dođi večeras u 11 u Bar Leo.
Imaću neke novosti.
Ljubim te. Mal.

Ostavio si tu poruku na Di-Dijevom reketu za badminton, i mada je bilo moguće da ju je on pročitao i pokazao ocu, verovatnoća je šest prema sedam da ju je otac pronašao prvi.

– Hoćeš li da popiješ nešto, Malinda?

– Treba da se nađem s Di-Dijem u jedanaest.

– Spavao je kad sam izašao. Ne verujem da će doći.

– Nije našao moju poruku?

– Ostavio si je na pogrešnom reketu.

– Ali razgovarao sam s njim.

– Stvarno? Pobogu, Mali. Nedeljama nismo razgovarali. A sad hoćeš u provod. – Stenli je otezao samoglasnike kako bi u govoru dobio otmeni prizvuk britanskih državnih škola, koji je Di-Di pokušavao da oponaša u javnosti. Otac i sin su isto hodali, imali istu kožu i isti snobovski glas.

– Pa, šta si to hteo da kažeš mom sinu?

– To se vas ne tiče, čika Stenli.

– I to što kažeš. Neću te dugo zadržavati – rekao je Stenli. – Došao sam samo da te nešto pitam.

Primetio si da je bar ispod vas utihnuo i da se verovatno niko neće iskrasti na tu terasu, osim ako ne traži malo zabranjenog zadovoljstva.

– Pretvorio sam se u uvo, čika Stenli.

– U poruci piše da ćeš imati neke novosti. Ne zanimaju me tvoje novosti. Samo jedno me zanima. Koja je tvoja cena?

– Cena?

– Koliko bi koštalo da nestaneš iz Dilanovog života?

– Možda milion dolara – kažeš šeretski. – Ili onoliko koliko ste platili da uđete u kabinet. Šta god da je veće.

Stenli ničim ne pokazuje da ga to pogađa.

– Mora postojati neka prebrojiva svota.

– Ako Di-Di hoće da me šutne iz svog života, neka mi sâm to kaže. Ionako nikad nisam tu.

– Gde si bio?

– Na severu, izveštavao sam o IMS.

– Za koga?

– To se vas ne tiče, čika Stenli.

– Dilan misli da radiš za vojsku, ali navodno već tri godine nemaš ništa s njima.

– Zvali su me da slikam Vidževirino hapšenje.

– Kažu da su te otpustili jer si HIV pozitivan.

– To nije istina.

– Jesi li proverio?

– Pozitivan sam. Od sreće što nemam sidu.

Stari štos, izgovoren u Stenlijevom stilu.

– Dilan je dobar momak. Briljantan. Ali je rasejan. Mislim da je za njega najbolje da se usredsredi na nešto. Zar se ne slažeš?

– I zato treba da pređe u vašu firmu i krije novac za bogate lopove?

Čika Stenli pali cigaretu i pruža ti paklicu. Naravno da puši *benson end hedžiz*, marku koja ima ukus imperijalizma iako se te cigarete prave u istoj fabrici kao i *gold lif* i *bristol*. Uzimaš jednu, pališ je i gledaš kako se vrh zažari kao usijano vlakno, a zatim zgasne i postane čađ. On posmatra kako se mučiš sa šibicama ali ti ne nudi upaljač. Di-Di se hvalio kako je njegov otac pušio dve paklice dnevno i ostavio duvan kad je njegova majka počela da krklja, i kako bi i ti mogao isto kad bi ga slušao.

– Mislio sam da ste ostavili pušenje.

– Dilan nije pušio u vreme kad te je upoznao. Mene je krivio za to što mu je majka umrla od raka. Bili smo u zategnutim odnosima, ali sad je sve u redu. On mi je sve. Moraš to da razumeš.

Pućkao si i razmišljao kako da se izvučeš odatle. Možda ako odeš na piš-pauzu.

– Imao si protivprirodni odnos sa onim konobarom, zar ne? Jesi li pokušao to s mojim sinom?

Stenli se naginje napred dok puši *benson* iz polustisnute šake.

– Zašto je to protivprirodno?

– Svinjo, to je moj sin. Nisam ga poslao u Kembridž da ga po povratku kući zarazi neki sidaš.

Telohranitelji u uglu takođe puše. Zakorače napred kad Stenli podigne glas, pa se vrate nazad kad ih zaustavi rukom.

– Podigli ste razmaženu budalu koja ne zna ništa o ovoj zemlji i njenom narodu. Ja sam mu otvorio oči.

– Lako je tebi da pametuješ, Malinda Kabalana. Mešaš mladog tamilskog momka u svoju politiku, iako dobro znaš šta se dešava.

– Nikada ne bih Di-Dija doveo u opasnost.

– I zato si ga pozvao da pođe s tobom u Džafnu?

– Vodio bih računa o njemu – kažeš.

– U poruci si napisao „ljubim te". To nije prirodno.

– Brak nije prirodan. Kao ni pribor za jelo. A ni religija. Sve su to sranja koja je čovek izmislio.

– A šta ti znaš o ljubavi?

– Stalo mi je do njega više nego vama.

– Onda ćeš. Uzeti ovaj novac. I otići.

Pogledao si vrećicu na stolu i novčanice na njoj.

– Uhvatili ste me kad sam dobro raspoložen. Večeras sam isplatio sve dugove. Dao sam otkaz svim klijentima. I spreman sam da pođem kud god Di-Di poželi. San Francisko, Tokio, Timbuktu. Završio sam sa ovom septičkom jamom. A i on će biti bezbedniji u inostranstvu.

Stenli je ćutke pušio i posmatrao te. Zamišljaš šahovsku tablu između vas dvojice, njegovog lovca protiv tvog skakača, dok obojica kujete planove kako da pretvorite piona u damu. Ali na stolu je samo gotovo prazna paklica *bensona* i svežanj novčanica koji košta previše.

– Hoćeš li ga pustiti na doktorske studije?

– Sve što poželi.

– A šta ćeš ti?

– Slikaću venčanja i bar micve. A mogu i da se vratim osiguranju. Bilo šta.

– A kockarske navike?

– Raskrstio sam s tim.

Ovoga puta se nisi osećao kao lažov dok si to izgovarao.

– Hoćeš li i dalje stupati u protivprirodne odnose sa šankerima?

Zastao si da razmisliš, pa duboko udahnuo.

– Neću, gospodine. Biću veran Di-Diju. I nikom drugom.

Stenli je ugasio poslednju cigaretu i nasmešio se. – To sam želeo da čujem, sinko. – Ponovo diže ruku i one dve prilike izlaze iz mraka.

Znaš ko su, mnogo puta si ih viđao u kockarnicama. Balal Adžit je posle 1983. obrijao bradu, a Kotu Nihal je pustio stomak, pa ih zato ne prepoznaješ s fotografija koje si uveličao za Tamnu Damu i Zgodnog Žandara. Zver sa satarom i čovek koji pali vatru.

Kako je čudno što jedini ministar tamilskog porekla u kabinetu sarađuje s dvojicom batinaša iz '83, pomislio si kad su te zgrabili i prikovali za sto. Iz farmerki ti je ispao svežanj novčanica i Kotu ga je strpao u džep, dok je Balal vukao nakit koji si imao oko vrata. Osećao si kako ti se usecaju u potiljak i tačno si znao šta je šta. Crna pertla s pančajudom bila je hrapava, srebrni lančić sa ankom hladan, a od dvostrukog s kapsulama cijanida potekla ti je krv. Dok si osećao kako te garotiraju, pomislio si da bi, ako hoće da te zadave, trebalo da vuku s druge strane.

– Odneo sam sve tvoje đinđuve vraču da na njih baci kletvu. Tada sam video ove kapsule. Zašto ih nosiš oko vrata ako nisi terorista? Zašto se kitiš otrovom osim ako nisi spreman da umreš?

Mogao si da objasniš Stenliju da je to samo za slučaj da te zarobe, ili za slučaj da zatrebaju nekom drugom, da si ih nosio kao podsetnik na činjenicu da nas sve samo jedan telefonski poziv deli od odlaska u ništavilo. Ali on te je ošamario, i udario te pesnicom u nos, i istisnuo ti tečnost u usta. Pokušao si da je ispljuneš, ali ti je šapama držao vilice. Vrisnuo je kad si ga ugrizao za prst, a onda je dograbio *nikon 3ST* koji ti je visio oko vrata i udario te njim u lice. Oko ti se raspuklo a glava poletela unazad, tako da si na trenutak ugledao Kotua i Balala. Bili su zaprepašćeni koliko i ti.

Foto-aparat ti se još dva puta zario u lice. A onda si dobio šut u stomak od koga si se zagrcnuo, i duboko udahnuo, i progutao knedlu.

– Dilan mi je sve na svetu. Sve ostalo može da ide dođavola. Da li me razumeš?

Nisi mogao da dišeš, a morao si da udahneš kako bi mogao da povratiš, i onda si osetio dleto u glavi, čekić u grudima i igle u utrobi. I nisi se više pitao ko si „ti“, a ko je „ti“ o kome priča taj čovek. Zato što si bio obojica, i nisi bio nijedan.

– Možete li da počistite? – pitao je Stenli dok je brisao ruke papirnatim salvetama.

– Svakako, gospodine – rekao je Balal.

– Molim vas da ništa ne pominjete majoru.

– Gospodine, nismo ovo očekivali – rekao je Kotu. – Došli smo samo da otmemo. Kako da ga ovakvog snesemo dole?

– Ni ja nisam ovo očekivao – rekao je Stenli. – Nije mi ostavio izbora.

Balal klima a Kotu odmahuje glavom.

– Gospodine, koštaće više ako moramo da iznesemo ovo đubre.

– Uzmite taj novac na stolu.

– Badava, gospodine. Da ste nam rekli, odveli bismo ga na neko bolje mesto.

– Laku noć.

Čuo si kako mu uglancane cipele lupkaju po prašnjavoj terasi, kako vuče noge kao njegov prelepi sin. Bio si slep i drhtao si. Čekao si da ti život proleti pred očima, ali si video samo tminu i maglu. Čuo si jedino glas svog oca kako ti govori da daš sve od sebe i majku kako ti kaže da prestaneš da se duriš i budalastog momka koji te moli da razgovaraš s njegovim ocem i tužnu devojku koja kaže dobro. Kad si otvorio oči lebdeo si iznad terase i mogao da vidiš kroz svaku tavanicu.

Tvoj pogled je rendgenski prolazio kroz zidove hotela *Leo*, kao da te je smrt pretvorila u Supermena. Video si kockare na petom spratu, svodnike na četvrtom i kurve kako piju čaj u tržnom centru, i Elsu i Kugu kako se svađaju kao brat i sestra od tetke u stanu na sedmom. A onda si primetio kako na šestom dva batinaša podižu automobilsku gumu i bacaju je preko ivice. Poput onih guma na kojima su spaljivali ljude, s tim što se ova razmotala i ispostavilo se da je to telo. Leteo si naniže s njim i smišljao izgovore i opravdanja za ljude koji ih nikada neće čuti.

Telo je u padu udaralo o fasadu i ostavljalo mrlje boje grimiza i opsidijana, skerleta i abonosa, a ti si osećao hiljade vrisaka kako proleću oko tebe. I nešto što nije bilo baš utešno, ali ni naročito neprijatno. Nešto nevidljivo i istinito, nešto nalik mikroskopskoj čestici svrhe u svom neopisivo jalovom postojanju.

Video si Di-Dijevo lice i shvatio koliko je drugačije od lica njego-vog oca, video si ga u avionu koji sleće negde gde je sunčano i zamislio ga kako pročišćava zatrovane bunare i kako se osmehuje. Zamislio si ga kako posvećuje život nekom beznadežnom cilju isto kao ti i bio si srećan. Svi mi moramo naći neki beznadežan cilj za koji ćemo živeti, jer u suprotnom ne bismo imali razloga da živimo.

Jer kad se sve sabere i oduzme, kad si jednom video sopstveno lice i prihvatio boju svojih očiju, kad si okusio vazduh i omirisao tlo, pio iz najčistijih izvora i najprljavijih bunara, to je nešto najlepše što možeš reći o životu. A to nije malo.

Nije se čuo nikakav zvuk kad ti je telo udarilo o asfalt, ili bar ne neki koji se mogao čuti kroz gradsku vrevu i brujanje na kraju sveta. Osetio si kako se cepaš nadvoje, na sebe i Ja, a zatim na mnoge sebe i beskonačno mnogo Ja koja si ranije bio i koja ćeš ponovo biti. Probu-dio si se u beskrajnoj čekaonici. Osvrnuo si se unaokolo i shvatio da je to san, ali si za promenu toga bio svestan i mogao mirno da sačekaš da se završi. Sve prođe, a naročito snovi.

Probudio si se sa odgovorom na pitanja koje svi postavljaju. Odgo-vor je: Da, i odgovor je: Isto kao tamo ali još gore. To je bilo jedino što si saznao, i zato si odlučio da nastaviš da spavaš.

SVETLOST

„Pčele su prve znale.
Pa led. Pa drveće.
Pa sve majke na svetu.“

Tes Kler na Tviteru

PET PIĆA

Voda ti ne vređa oči. Naprotiv, umiruje ih kao topli peškir umočen u limun travu i cimet kakav dobiješ u onim hotelima na jugu u koje si često odlazio s bogatim muškarcima. Voda nije ni plave, ni zelene, ni plavozelene, nego bele boje. One bele boje koja se, kako si jednom pročitao u slikovnici, dobija od svih boja u spektru. Doduše, kad si na času likovnog pomešao sve boje koje si mogao da nađeš, dobio si samo crnu.

Voda se kovitla i virovi te odvlače u dubinu, pored raštrkanih jata jegulja i zbijenih jata riba, i stena prekrivenih algama. Kamenje stvara zanimljive oblike pod vodom, ukazuju se šupljine u kojima se kriju izvori svetlosti. Kapi kiše rešetaju površinu iznad tebe i odašilju mehuriće koji tonu na dno. Zaranjaš dublje i stižeš do pećine koju štite uskovitlana voda i nazubljeno stenje.

Zidovi, svodovi i podovi su žuti kao kajgana, a svetlost ti otvara oči. Polaziš napred jer samo to možeš. Levo i desno su zidovi, pod nogama ti žubori potok, a ispred je svetlost. Sve površine se pretvaraju u ogledala, svaka krivina odbija svetlost ka narednoj. Ako hodaš dovoljno sporo i saviješ glavu pod odgovarajućim uglom, možeš da uhvatiš sopstveni odraz. Oči ti menjaju boju iz zelene u plavu i smeđu. Ali ti uši ostaju iste.

– Uspeo si da stigneš na vreme, Mal – kaže profesorka Rani. – Kod tebe sve mora da bude u zadnji čas, je li? – Sedi za tankim stočićem prekrivenim raznim posudama, kao da je na gozbi za jednu osobu.

– Svetlost se svodi na ogledala? To nije ni raj, ni Bog, ni majčin porođajni kanal?

– Nisam mislila da ćeš uspeti, sinko – kaže ona. – Dobro je što si tu.

– I šta sad?

– Sad moraš da piješ.

– Nisam žedan.

– Sedi.

Sedaš za sto. Na njemu su samo pića, sve je različitih boja i veličina. Ima ih pet. Šoljica sa zlatnožutom tečnošću, šolja s ljubičastom tečnošću, rakijska čašica s pićem boje ćilibara, kokosov orah sa slamkom i činija kaše kola kenda, univerzalnog leka za prehladu, kašalj, uboje i ujede insekata, kojim mnoge šrilančanske majke muče svoju bespomoćnu nejač.

Ona ti se smeši i za promenu ne uzima podlošku za pisanje, niti izvija obrvu. – Čaj je ako hoćeš sve da zaboraviš. *Portelo*[74] ako želiš da pamtiš. Arak ako želiš da oprostiš svetu. To ti preporučujem. Kokosova voda je ako želiš da tebi bude oprošteno. Kola kenda ako hoćeš da odeš tamo gde ti je mesto.

– Pretpostavljam da nije dozvoljeno da srknem pomalo od svega.

– Ispravno pretpostavljaš.

– I to je to? A šta ako sam kafopija?

– Nisi.

– A šta ako mi se pije *portelo* a želim da mi bude oprošteno?

– Ako si hteo da vagaš za ili protiv, nije trebalo da čekaš do sedmog meseca.

– Ja sam bio za. Moj život je bio protiv.

– Nije trenutak za glupe šale.

– Pa kako da izaberem?

– Mislim da znaš.

Gledaš oko sebe, u ogledala, u ženu u beloj odori. Prilaziš joj i zagrliš je kako nikada nisi zagrlio majku.

– Nadam se da će ti deca biti dugovečna. I da ste ti i tvoj muž sudbinski povezani. – Ne znaš zašto to govoriš, samo da stvarno tako misliš.

– To je veoma lepo od tebe, Mal. A sad pij.

Izuvaš papuču i spuštaš je na pod. Skidaš ank, pančajudu i zdrobljene kapsule i spuštaš ih na sto. Brišeš foto-aparat maramom, koju stavljaš pored nakita. Na kraju spuštaš i foto-aparat.

Nema potrebe da se predomišljaš. Nemaš više vremena za pijanstvo, ni preostale žeđi koju bi utolio ili želje za slatkim koju bi zadovoljio. Sveža kola kenda ima isti ukus kao pokvarena. Stara šala. Uzimaš sluzavu zelenu kašu i sasipaš je u jednjak. Zatvaraš nos, zadržavaš dah i čekaš da te ona odnese tamo gde ti je mesto.

PITANJA

Budiš se pred jedinim pravim bogom. Prepoznaješ je, iako si zaboravio kako se zove.

---

[74] Gazirani sok sa ukusom grožđa ili bobičastog voća. (Prim. prev.)

Ne budiš se i nisi svestan da se ne budiš. Kod ništavila je najbolje to što ništa ne osećaš.

Budiš se u majčinom porođajnom kanalu i plivaš prema svetlu, a kad stigneš do njega zavrištiš od razočaranja.

Budiš se go pored Di-Dija i ne možeš da se setiš koji je dan.

Ništa od navedenog.

Stojiš za belim pultom, s tim što stopala ne osećaju težinu tvog tela, a ni duše. Na pultu su telefon s kružnim brojčanikom i delovodnik. Odeven si u belu odoru i imaš om oko vrata. Ispred tebe je red ljudi koji viču uglas, ali ih ti ne čuješ.

Pokriješ uši i trepneš, na šta te zvuk zapahne poput neočekivanog vetra. Svi te bombarduju pitanjima, i to onima na koja ne znaš odgovor.

– Nije mi mesto ovde. Kako da odem?

– Moram da vidim svoje lučiće. Gde su?

– Ne kažem da ste vi krivi, ali greške se dešavaju, zar ne? Možete li da me pošaljete nazad?

Ponovo trepneš i zvuk se ugasi. Gledaš oko sebe i prepoznaješ to mesto. Proteže se u beskraj i puno je vrištećih duša i budala u belom koje ne mogu da im pomognu. Izgleda da si jedna od tih budala sad i ti.

Telefon zvoni. Glas ti je poznat, mada ne možeš da se setiš čiji je. – Otvori knjigu. Ako ti trebaju odgovori, otvori knjigu. – Klik.

Pred tobom je delovodna knjiga s listom svete smokve na koricama. Otvaraš je. U njoj su samo tri jednostavne reči ispisane na papiru u linijama rukopisom koji prepoznaješ kao svoj. Te reči sažimaju vekovnu mudrost, spoznaju iz vremena kad je svemir prvi put bio na reviziji.

One glase: Jedan po jedan.

Gledaš ljude u gomili, starce i tinejdžere, u sarijima i bolničkim haljecima, s kolobarima oko očiju i velovima preko usta. A onda nailaziš na poznato lice. Trepneš ka njemu i čuješ samo njegov glas, dok ostali nastavljaju da se dernjaju bez tona.

– Dolazim ovamo svake Poje – kaže Mrtvi Ateista. – Samo da vidim imate li nešto novo u ponudi.

– Ime?

On spušta odsečenu glavu na pult i naginje je naviše, tako da te fiksira mermernim očima i prezrivo šmrče kukastim nosem.

– Poštedi me formalnosti.

– Kako mogu da vam pomognem?

– Moja deca su sad tinejdžeri. I to nesnosni. Ne mogu više da ih gledam.

– Dakle, hoćete da uđete u Svetlost?

– Šta je s druge strane? Pitam to svake Poje, a nijedan od vas drkadžija ne ume da mi odgovori.

On je bio prvi duh s kojim si razgovarao pre sedam meseca. Reklo bi se da meseci nisu bili blagi.

– Kažu da je za svakog drugačije.

– To sam već čuo.

– Ali u suštini je kockarnica – kažeš. – Izaberete piće, ili kartu, ili...

– Ili devicu? Jesam li ti rekao svoju teoriju o devicama?

– Svodi se na to da sami birate sledeće odredište.

– A ti si izabrao ovo?

– Ovo je izabralo mene.

– Meni to smrdi na prevaru.

– Žao mi je što tako mislite.

– Da li u toj knjizi piše da to kažeš?

– Da.

– A da li dobijam odštetu jer su me ubili NOF-ovci?

Pogledaš njega, pa delovodnik, i odlučuješ da ne okreneš novi list.

– Moći ćete da zavrtite točak. Jer je to takva igra. Šrilančanski rulet. Pripadnici NOF-a koji su vas ubili takođe su mrtvi. Možete da ih psujete narednih hiljadu meseca. Ili da zavrtite točak. Šta ste odabrali?

On se mršti i češe glavu, kao skeptik koji pokušava da objasni čudo. – More jebi se – kaže ti i ode.

Tokom tog prvog meseca, posle nesigurnog početka šalješ osam duša u Svetlost a trinaest na pregled ušiju. Mojsije i Hi-men, kao tvoji prvi pretpostavljeni, složno klimaju glavom, mada ti ne nude mnogo što se tiče pomoći ili pohvala. Svi koji ti dolaze su mrtvi i oštećeni i podsećaju te na žene i decu iz pograničnih sela, koji su čučali i vrištali dok su im domovi goreli. Uglavnom se pridržavaš delovodnika, mada povremeno odstupiš od uputstava.

Kao onda kad te je žena s građevinskim šlemom pitala zašto je morala da umre u eksploziji OTTE-ove bombe kad je '83. spasla stotine tamilskih radnika od pogroma. I zašto je, iako je celog života nosila građevinski šlem, na kraju morala da umre od povrede glave. Otvorio si knjigu, i u njoj je pisalo:

Karma sve uravnoteži tokom životâ. Ako neko ko je oštećen dosegne Svetlost, biće poslat na neko bolje mesto.

Neko bolje mesto je eufemizam koji knjiga vrlo često ispaljuje. Mojsije ti je rekao da izbegavaš teološke rasprave s verski nastrojenim strankama, kojih je posle smrti začuđujuće malo. Inženjerki i njenoj kacigi odgovorio si da, ako želi, može da podnese žalbu ili da ode u Svetlost. Ali da će konačni ishod ostati isti. – To je tako. Dobiješ neopevano bogatstvo dugo nakon što si zaboravio svoju tragediju. I obrnuto. Ali moraš biti strpljiv.

Ona se rukuje s tobom i smeši se. – Mogu li da zadržim šlem?

– Ja sam sedam meseca nosio foto-aparat oko vrata. Samo me je žuljao.

– A šta ako mi nešto padne na glavu? – pita ona.

– Uvek vam nešto padne na glavu – kažeš.

– Ništa mi ne pričajte, radila sam na gradilištima u Kandiju.

– A jeste li krivili gravitaciju ili brda kad se to desi?

– Ako nemate ništa protiv – kaže ona – ipak bih zadržala šlem.

Profesorka Rani ti čestita na učinku. Pozvala je Hi-Mena i Mojsija da zajedno proslavite na ivici parka Gol Fejs, tačno prekoputa zgrade u kojoj si živeo. Zora je, duva svež povetarac. Ovde Gore je isto kao Tamo Dole. A ti na pohvale samo skrom-no sležeš ramenima.

– Bila je to čista sreća. Nikoga ne vrbujem. Nisam pio kola kendu.

– Nije istina – kaže vrla profesorka.

– Da li je nekakva šala to što sam završio ovde?

– Da li je nekakva šala to što si završio bilo gde? – kaže Mojsije.

– I niko nigde ne završava – kaže Hi-men. – Ti si sada. A uskoro nećeš biti.

– Mislio sam da nismo na dužnosti – kažeš. – Dosta mudrovanja.

– Zadovoljni smo tvojim napretkom – kaže profesorka Rani.

– Mogu li da se vratim i izaberem neko drugo piće? – pitaš.

– Ako želiš – kaže profesorka. – To ti je kao da odeš u kockarnicu i zatražiš da ti podele iste karte.

Šoferče dolazi do tvog pulta. Izgleda kao protetički čovek. Glava mu je otkačena od tela, a udovi od trupa. Ne zna ko si ti. A zašto bi i znao? Podnosi svoj ola list, šalješ ga na četrdeset drugi sprat. Vraća se istraumiraniji nego što je otišao, a ti ga, kao što ti nalaže delovodnik, upućuješ ka žutim vratima.

On odmahuje glavom i odlazi ka ivici hodnika, gde poznata prilika u crnoj kesi za đubre klima glavom i ceri se. Sena stoji između utvara s plaštovima, i kad Šoferče stigne do njih, dočekuju ga kao izgubljenog brata, što on bez sumnje jeste. Pozivaš obezbeđenje, ali Hi-men ne stiže na vreme – Sena i utvare su već otišli i odveli Šoferče kao svog najnovijeg regruta. Ako od toga napraviš problem, to bi mogao postati tvoj problem. I zato ništa ne preduzimaš.

Mrtvi Ljubavnici iz Gol Fejs korta dolaze držeći se za ruke i nasmeše se kad te vide. Momak te prepoznaje.

– Ti si živeo u našem stanu, zar ne?

– Nekada davno.

Okrene se ka njoj i pokaže glavom ka tebi. – Sećaš li se, Doli? To je onaj što je karao onog tamnoputog momka.

Ona je danas u ružičastom šifonu i izgleda kao da je plakala.

– Strašno smo se posvađali – kaže. – Mislimo da je vreme da se raziđemo. Pretpostavljam da je, posle pedeset godina, medeni mesec završen.

– To je tužno – kažeš.

– Umorni smo od gledanja homoseksualnih parova. Ne rade ništa drugo osim što lažu jedni druge dok se vataju – kaže ona.

– A hoćemo li biti kažnjeni zato što smo samoubice? – pita on.

Otvaraš delovodnik i čitaš:

Svemiru je svejedno šta radite sa svojim mesnatim odelima.

Ponoviš im to.

– Stvarno?

– Nema nestašice mesa – kažeš.

– Dakle, čak i mi možemo u Svetlost? – pitaju.

– Ako je to vaš izbor.

– Ali zar ima išta bolje od zalaska sunca u Gol Fejsu kad se gleda s najvišeg sprata? – pita on.

Pomisliš na Nijagarine vodopade, Pariz, Tokio, San Francisko i sva ostala mesta na koja nikada nisi odveo Di-Dija. Ne znaš odgovor na njegovo pitanje, ali se pretvaraš da znaš. Odmahuješ glavom i gledaš ih kako se smeše.

Di-Di se posle očeve smrti pakuje za Hongkong. Na sahranu dolazi s mladim belcem s naočarima, a ti razmišljaš o stvarima koje nisu vredne

316

razmišljanja. Ali, začudo, osećaš nešto što veoma liči na ponos. Ako si poslat na ovaj svet da pomogneš tom prelepom momku da sebi i drugima prizna da je homoseksualac, onda sigurno nije sve bilo uzalud.

Laki Almeida se učlanila u Majčinski front i pomaže majkama čija su deca nestala. Posetio si je u snu i rekao joj da je sve u redu, da je ni za šta ne kriviš i da ti je žao zbog svega.

Džeki je počela da živi sa spikerkom Radikom Fernando, ima neverovatan seks i nijednom nije izgovorila tvoje ime.

Šri Lanka se raspada. Rat se nastavlja, a svi se teše kako sadašnja banda nije tako loša kao prethodna, iako je u mnogo čemu daleko gora.

Vlada poriče da je u izvesnoj ustanovi došlo do eksplozije u kojoj je nastradalo dvadeset troje ljudi. Ministar, koji je preživeo uprkos povredama, kaže da je zgrada pripadala kompaniji *Azijska morska dobra*, i da je otišao tamo na razgovor o izvozu ribe i plodova mora. I da zahvaljuje svom lekaru, svima koji ga podržavaju i svom astrologu.

Komandant je otkrio Mahatijinu frakciju i njegov gnev je surov. Dva odreda izdajnika bila su vezana u pećinama nadomak Vakaraja, gde su ih mlatili sve dok plima nije došla da ih podavi. OTTE je u poteri za svim saradnicima pukovnika Gopalasvarmija, među kojima je i izvesna organizacija sa sedištem u Kolombu, poznata kao Centar, čije su prostorije u hotelu *Leo* raznesene bombom iako u njima tada nije bilo nikoga.

Saopštavaš profesorki Rani da bi voleo da se ponovo rodiš, ali još ne. Uživaš u malom predahu između onoga što je bilo i onoga što će biti. Iako nemaš groba, počivaš u miru. Kažeš da ćeš ostati dok ti majka ne premine, a ona smatra da je to dobra ideja.

Upao si u rutinu u kojoj uživaš, čak joj se i raduješ. I kad naiđu tužni dani, kad treba da zavedeš malu decu ili one koji su za sobom ostavili ljubavnike, svestan si da je svaka smrt značajna, iako se to ne bi moglo reći za svaki život.

Prestao si da dozivaš oca, jer znaš da nije u blizini i da nikada neće biti. A čak i kad bi te čuo, čak i kad bi došao, ne bi te prepoznao jer nisi igrao čak ni sporednu ulogu u njegovom životu, nego si bio samo statista. *Vidimo se kasnije, tata.* Nismo se čak ni javili jedan drugom.

A kad se on napokon pojavi, neuredan je i pogubljen. Ali ne osećaš bes prema njemu, samo tugu. Hteo je da zaštiti dete koje nikada nije poznavao. Borio se za zemlju koja ne postoji.

Obučen je u odelo u kome je sahranjen, oči su mu zelenkastožute, a lice prašnjavo i tužno. Stenli Darmendran je zatečen što te vidi. A onda te pogleda pravo u oči i pogne glavu. – Zaista mi je žao – kaže. – Učinio sam to jer...

– Nije važno – kažeš.

– Hvala bogu što je Dilan dobro.

– Tako je. Hvala Bilo Kome.

– Mogu li da razgovaram s njim?

– Za to su potrebne nagodbe s vašim starim prijateljem Vranarom. A to vam ne bih savetovao. Mogu da vas prijavim na kurs hodanja po snovima na trideset šestom spratu. Mada su rezultati šareni.

– On ima novog prijatelja, stranca. Upražnjavaju seksualne odnose.

– Hvala na obaveštenju.

– A šta ako odu u San Francisko? Tamo ima mnogo side.

– Čika Stenli, ne možete nikako uticati na ono što se dešava Tamo Dole. Što pre to prihvatite, bolje za vas.

– I onda?

– Što će reći?

– Šta sad?

– Sad je trenutak kad vam ja oprostim.

– Ali ja ne znam gde se nalazim.

– Onda ste. Čika Stenli. – Praviš prepoznatljivu pauzu. – Došli. Na pravo mesto.

KUD ODE LAJONEL?[75]

A šta je bilo s tvojim fotografijama? Jesu li uzdrmale svet? Jesu li dovele do pucanja kolompskog mehura?

Ostaju na zidovima nedeljama posle bombe, ali ti nikako da se nateraš da odeš do *Lajonela Venta*. Držiš se podalje od mesta gde ćeš verovatno naleteti na Senu ili Kali. Profesorka Rani te uverava da nijedan demon ne može ni da te takne sad kad si u beloj odori, ali ti ipak nisi uveren u to.

Kad si se konačno odvažio da sâm odeš tamo, nisi iznenađen što zatičeš praznu galeriju. Tvoje fotografije su privukle dosta duhova, ali vrlo malo ljudi. Možda zato što je sezona monsuna pa je vlaga nepodnošljiva, ili zato što ljudi imaju pametnija posla nego da gledaju

---

[75] Aluzija na šrilančanski vic u kome neko pita policajca kako da stigne do *Lajonela Venta*, a ovaj se okrene ka kolegi i pita ga: „Kud ode Lajonel?" (Prim. prev.)

crno-bele fotografije mrtvih tela. Utvare, prete i kućne aveti prilaze ti da porazgovaraju, ali tebi više nije do priče o tim slikama.

Šestog dana dolazi Kugaradža i skida fotografije iz 1983, zločine IMS-a i deset fotografija mrtvih žitelja tamilskog sela, na zgražavanje Mrtvih Turista koji su potpuno opčinjeni onim ljuskavcem slikanim u suton.

– Drugar! Ovaj ovde krade! – dovikuje Britanac starom čuvaru u smeđoj uniformi. Ovaj bez žurbe kreće ka Kugaradži, koji već odmiče ka vratima najbližim natpisu *Zakon džungle. Autor: M. A.*

– Ja sam vlasnik ovih fotorafija – kaže Kugaradža dok prolazi pored njega. Starac u uniformi na to samo slegne ramenima i vrati se zevajući na svoju stolicu.

Pribojavaš se da će te mrtvi s fotografija naći i negodovati što si ih prikazao na nimalo laskav način. Ali većina tela s tih slika nastradala je daleko od galerije. Da si na njihovom mestu, pustio bi svemir da te proždere, pa da se napokon napiješ blagoslovenog zaborava i završiš već jednom sa ovom lutrijom.

Nekoliko dana kasnije stižu Radika i Džeki, a Di-Di ostaje u autu sa svojim dečkom s naočarima. Kaže im da neće da ima ništa ni s tvojim fotografijama ni s tvojom smrću, a Radika glumi zabrinutost.

– Što ne uzmeš odmor? Da vidiš želiš li da ostaneš u Šri Lanki ili ne. Ako hoćeš da razgovaraš s nekim...

– Drži se ti čitanja vesti – kaže joj Di-Di i odlazi.

Pokušavaš da pođeš za njim, ali te odbijaju Vranarove vradžbine. Vazduh te odguruje, a vetar odbija da te ponese.

Radika razgleda izložbu s Džeki, odmahuje glavom dok posmatra uramljene grozote. – Budala jedna, gde mu je bila pamet?

– Mislio je da su fotografije najbolji način da se okonča rat.

– Hoćeš li prijaviti da si bila oteta?

– Kome?

– Prijavićemo one policajce.

– Ne sećam se nikakvih policajaca. Osim onoga koji mi je pomogao da pobegnem.

– Hajde da odemo negde preko vikenda. Mislim da dolazak ovamo nije bio dobra zamisao.

– Mali je želeo da kolompski mehur vidi pravu Šri Lanku.

Radika se osvrne po praznoj galeriji. Ne vidi mnogobrojne duhove, samo prostor između njih.

– Izgleda da Kolombo za to ne daje ni pišljiva boba.

Džeki sedne u fotelju kraj vrata i zamoli Radiku da je ostavi. Tog popodneva nema mnogo posetilaca. Parada studenata, kolektiv umetnika, zbornica profesora i kombi novinara. Mnogi su preneraženi ili zadivljeni, a ti osećaš mešavinu ponosa i uvređenosti dok neki fotografišu tvoje fotografije. Do večeri se raščulo i dolazi reka posetilaca. Prepoznaješ neke iz sveta pozorišta, neke iz sveta muzike i neke iz sveta telenovela. Neki su poznatiji od drugih. Neki nisu naročito zadivljeni.

Džoni Gilhuli dolazi s Bobom Sadvortom. Odmahuju glavom i vrlo malo govore. Džoni skida dve fotografije na kojima se vidi sastanak majora, pukovnika i Sadvorta. A uzima i nekoliko aktova koje je Klaranta, protivno tvojim uputstvima, okačio posle Di-Dijevog odlaska. Bajron, Hadson i Boj Džordž. Još jedna krađa koja ne remeti čuvarevu dremku.

Tvoji poznanici iz medija dolaze i počinju da razmenjuju anegdote. Džejaradž iz *Obzervera* kaže da si bio budala, dok Atas iz *Tajmsa* tvrdi da si bio genije. To je nešto najbliže posmrtnom govoru što ćeš ikada dobiti.

Džoni prilazi Džeki i počinje nešto da joj šapuće. Dolebdiš dovoljno blizu da možeš da prisluškuješ. – Srce, odmah beži odavde. Ovu galeriju će spaliti do temelja.

– Dobro – odgovara Džeki ali se ne pomera. Možda se malo osilila jer je u vezi s bivšom devojkom ministrovog bratanca. Najverovatnije nije izračunala verovatnoće mogućih ishoda, pa ju je baš briga. Sedi tamo cele večeri, dok se galerija polako puni i svi pitaju jedni druge ko je taj M. A. A onda piskutav glas zapara vazduh kao sirena za maglu, iako ministar Siril Vidžeratne ne koristi takva pomagala.

Ministru je jedna noga u zavojima, a ruka u gipsu. Sedi u invalidskim kolicima koja gura inspektor Kasim. Inspektor izgleda kao da radi prekovremeno još od eksplozije. Vidi Džeki kako sedi u uglu i uhvati njen pogled. Ona ga netremice gleda kao da hoće da kaže „Izvini, ali zaboravila sam šta sam ti obećala, a Stenli je mrtav". Ono što bi stvarno volela da mu kaže glasi: „Hvala ti što si me spasao", ali nije sigurna kako to da saopšti pokretom, a onda Kasim skrene pogled i odgura ministra dalje.

Ministar gunđa, slabašno telo mu se trese. – Dame i gospodo, zbog zabrinjavajućih informacija koje smo dobili od obaveštajne službe uvodi se policijski čas koji će početi večeras u devet. Savetujem vam da se što pre vratite svojim kućama.

Prvo se čuje žamor, pa povici, a onda zavlada panika kad svi nagrnu na vrata i mehur Kolomba 7 kreće da puca, počinje laktanje kao na nekoj pijaci u Kolombu 10. Ne vide ministrovog demona koji hoda pored invalidskih kolica. U prolazu ti namigne i klimne glavom.

Muškarci koji nisu ni vojska ni policija zauzimaju položaje na svim izlazima, a ministar daje Kasimu znak da ga provoza kroz izložbu. Zastane kraj poneke fotografije i pokaže je rukom, a Kasim je poslušno skine. Nemo gledaš kako se slike mrtvih novinara, otetih aktivista i pretučenih sveštenika brišu s tvojih zidova zajedno sa ostacima aviona, mrtvim seljanima i pomahnitalom ruljom.

Nakon što je ministar otišao s punim krilom ramova, isto čine i duhovi. Ne znaš da li to rade iz poštovanja prema tebi ili pak zato što im je dosadno. Na kraju ostaješ sâm među zidovima ispunjenim prazninama. Čuješ kako Mrtvi Turisti drndaju džuboks u Umetničkom centru na spratu, i ubrzo se začuje pesma koju je tvoj otac voleo, a ti si je se gnušao. „The Gambler"[76] velikog filozofa Keneta Reja Rodžersa.

Sve preostale fotografije potiču iz samo jednog od onih pet koverata. Na njima su izlasci i zalasci sunca, padine pod čajem i kristalne plaže, ljuskavci i paunovi, slonovi s mladuncima i lepi momak i divna devojka koji trče kroz jagodnjak. Posredi je koverat sa oznakom *Čista desetka*, i ispunjava te zadovoljstvo kakvo retko osećaš kad su tvoji radovi u pitanju.

Iako su slike crno-bele, sjaje se u svim bojama rojal fleša. Iako je naseljeno budalama i divljacima, ovo ostrvo je prelepo mesto. I ako te tvoje fotografije budu jedine koje će te nadživeti, možda je to kec kojeg možeš da sačuvaš.

ĆASKANJE S MRTVIM LEOPARDOM

– Jedini bog vredan pomena jeste elektricitet – kaže Mrtvi Leopard dok stoji propet ispred pulta, sa šapama na tvom delovodniku. – To je jedino čarobnjaštvo koje zaslužuje da pred njime klekneš.

– Šta ti znaš o elektricitetu? – pitaš ga i gledaš kako se oni iza njega u redu izvijaju unazad kao da je vazduh zatrovan prdežom. – I kako pričaš a da ne pomeraš... te... jesu li to usne?

Imao si mnogo stranaka otkad radiš za tim pultom, ali nijednog pripadnika životinjskog carstva. Pokazuješ na delovodnik, a životinja se pomeri ulevo i skloni šape. Uzimaš knjigu, otvaraš je i čitaš sledećih osam reči:

---

[76] Engl.: Kockar. (Prim. prev.)

Životinje imaju dušu.
Kao i svako živo biće.

Leopard te proučava, a ti se zbuniš kad mu ugledaš oči. Nisu zelene ili žute, kao na većini mrtvih životinja koje si video. Nisu ni smeđe ili plave, kao u *sapiensa*. Bele su. – Kad su bungalovi u trećem bloku u Jali[77] dobili struju, bio sam zadivljen. Dolazio sam tamo iz noći u noć da se iz potaje divim neonskim svetiljkama. Ako neotesani majmuni mogu da stvore tako nešto, zamisli šta bih ja mogao da uradim.

– Kako mogu da ti pomognem?

– Hoću da se ponovo rodim kao *Homo sapiens*. A ti ćeš mi pomoći.

– To nije moj posao.

– Potrebne su mi alatke da bih stvarao. A ljudsko mesnato odelo dolazi dobro opremljeno.

– Nisam siguran da ti mogu pomoći.

– Onda me pusti da vidim Tvorca. Sâm ću mu izneti svoj slučaj.

– Ja ne verujem u tvorce.

– Ne budi smešan. Čak i svinje u klanici veruju u Tvorca.

– Ne verujem da bilo ko nadgleda bilo šta.

Leopard prezrivo šmrkne i počne da liže šapu.

– Zašto bi te neki tamo tvorac nadgledao? Zar nije dovoljno što te je stvorio?

Ne dešava se često da te zbuni neki pripadnik mačjeg roda. Reklo bi se da to šumsko zvere ima veću dušu od većine bivših *Homo sapiensa* koji su ti mračili pult.

– Pretpostavljam da svaki stvor misli za sebe da je centar univerzuma.

– Ja ne. Zato što mi to nismo. Mi smo mikrokosmosi – kaže leopard. – Svaka mravlja kolonija sadrži čitav univerzum. Iako nije njegov centar.

– Velike reči da se opiše nešto toliko malo – kažeš, na šta životinja pocrveni kao mače.

– Mnogo vremena sam provodio posmatrajući insekte.

– Kažu da insekti kotrolišu ovu planetu u većoj meri nego ljudi.

Okrećeš stranicu delovodnika i zuriš u reči:

Ne dozvoli da te uvuku u razgovore u kojima ne želiš da učestvuješ.

---

[77] Nacionalni park u Šri Lanki. (Prim. prev.)

– Insekti su genijalni. U to nema sumnje. Na kopnu i u vodi postoje hiljade vrsta koje su daleko inteligentnije od čoveka.

– Vidi, imam mnogo stranaka.

– Ali nijedna nije izumela sijalice.

Leopard je očigledno tvrd orah. Prelistavaš delovodnik, ali ne nalaziš ništa korisno.

– Ti bi da izmisliš sijalicu?

– Motrio sam vaše gradove i pratio kako živite. To je odvratno i zadivljujuće u isto vreme.

– A šta fali tome što si leopard? Ovde si kralj džungle.

– Nisi ako iskrče džunglu.

– Zvučiš kao jedan momak kog sam poznavao.

– Pokušao sam da preživim bez ubijanja. Izdržao sam mesec dana. Šta da radim? Ja sam divlja zver. Samo ljudi umeju da iskazuju saosećajnost kako treba. Samo ljudi mogu da žive a da ne budu okrutni.

– Zar biljojedi nisu uglavnom blage naravi?

– Zečevi nemaju izbora. Ljudi imaju. Hoću to da okusim.

– I nije neki ukus.

– Svi se samo trude da ne budu pojedeni. Treba mi odmor od lanca ishrane.

– Jesi li išao... da ti pregledaju uši?

– Naravno.

– Nema veće zveri nego što je čovek.

– U to uopšte ne sumnjam. Ali većina zla se može očistiti iznutra.

– Kad budeš čovek nećeš se sećati da si bio leopard.

– Kako si dobio taj posao ako nemaš ni najblažu predstavu kako stvari funkcionišu? Ništa se ne zaboravlja. Samo se ne sećamo gde smo šta stavili.

– Možda bi trebalo da zamenimo mesta – kažeš.

– Upravo to sam i hteo da ti predložim.

– Većina *sapijensa* je razočarana u sebe. Vodi računa šta...

– Da, da. Znam to. Ali vi možete da od malo žice i prekidača napravite svetlost. Spreman sam da oprobam sreću.

– Nisam siguran da ćeš imati izbora.

– O, to je jedino u šta sam siguran. Svi mi imamo izbora. Ako ne možeš da me vratiš kao ljudsko biće, vrati me kao leoparda s pameću pčele matice, dušom plavog kita i odvojenim palčevima majmuna iz džungle, jer su ti odvojeni palčevi ključni za zavrtanje sijalica.

Zbunjeno otvaraš delovodnik i čitaš uputstvo.

* * *

Meseci prolaze, a ti i ne pomišljaš na Di-Dija i momke s kojima si se mazio. Izgubio si pojam o ratovima u zemlji, svi su se stopili u sukobe neodvojive od svojih uzroka. Čuo si da se Šoferče pridružio Seni, koji je odveo svoju vojsku na sever, a poslednji put je viđen kad je pokušao da izvrši atentat na indijskog premijera. A onda, dok ležiš izvaljen na svom omiljenom kišnom drvetu na svom omiljenom groblju, čuješ kako tvoje ime doleće na povetarcu poput sasušenog lista.

– Malinda Almeida. Bio mi je najbolji prijatelj.

Hvataš povetarac i puštaš ga da te zavitla kroz vazduh. Nisi iznenađen što si se obreo na legendarnoj terasi u Gol Fejs kortu.

Džeki je u šortsu, kratko ošišana, razgovara telefonom koji nema gajtan. – Jesi li ga ikada upoznala?

Glas s druge strane zvuči američki i zbunjeno. – Izvinite. Šta vi tačno hoćete?

– Jesi li ti Trejsi Kabalana?

– Odakle vam moj broj?

– Jesi li prošle godine dobila paket fotografija iz Šri Lanke?

– Moj otac je bio Šrilančanin. Odavno je umro. Nikada nisam upoznala svog polubrata. Mama nikad nije izgovorila njegovo ime. Nisam ni otvorila taj paket.

– Rado bih otkupila te fotografije od tebe. Sve.

– Ne znam gde je. Možda je bačen.

– Govorio je s ljubavlju o tebi, Trejsi. – Džeki laže kao pravi pokeraš, što ne znači da to što je rekla nije istina.

– Izvinite, gospođo. Nemam sad vremena za ovo. Moram da idem. Klik.

Džeki opsuje i zavali se u lenjivcu. Radika Fernando provlači prste kroz njenu kratku kosu i odmahuje glavom.

– Jesu li kod nje?

– Tek joj je petnaest godina. Gde je Maliju bila pamet?

– Jednom mi je rekao da si bila do ušiju zaljubljena u njega – kaže Radika. Njenog spikerskog glasa nema nigde na vidiku.

– Kada?

– One noći u vašem stanu. Kad smo se prvi put poljubile. Rekao mi je da ti namestim nekog dobrog tamilskog momka.

– A ti si uradila suprotno – kaže Džeki dok mazi njenu šaku na svom temenu.

Radika uzima dve uramljene fotografije i spušta joj ih u krilo.
– Jesmo li spremne da ih spakujemo?
– Zašto?
– Koliko puta treba da ti kažem, Džeki? Hoćeš li ti da se uselim ili ne?
– Mogu li da ostavim jednu?
– Ne.
– Zašto?
– Zato što hoću da vidiš mene, a ne njega.

Obe fotografije su ukradene sa izložbe u Galeriji *Lajonel Vent*. Na jednoj ste ti i Džeki kako s kućice na drvetu gledate ka velikoj steni nadomak Kurunegale, s koje se kraljica Kuveni bacila ostavljajući za sobom samo svoju kletvu. Na drugoj su četiri tela slikana s najvišeg sprata neke razrušene zgrade. Žena s bebom, starac s naočarima i pas lutalica. Svi su okruženi šrapnelima, mada nije to ono što ih je ubilo.

Džeki klima glavom i pušta Radiku da stavi obe fotografije u kutiju, koju zatim odnese. Džeki uzdahne, sklopi oči i ne čuje kad joj šapneš zbogom.

Dovodiš leoparda na Reku rođenja. Profesorka Rani nije tamo. Ukrcavate se na najslabiji vetar, ali ne možeš da nađeš tri drveta arjune. Reka je prazna i nepokretna, nema nikoga na površini.

Leopard reži i grebe neko drvo na obali. – Viđao sam medvede usnaše pametnije od tebe.
– Pomažem ti. Zato bi mogao malo da smanjiš doživljaj što se tiče vređanja.
– Pre bih rekao da ja pomažem tebi.
– Kako god ti kažeš.
– U Udavalaveu sam upoznao slona koji je predvideo dolazak sledećeg Bude.
– I kad će to biti?
– Neće bar još dvesta hiljada meseca.
– Sjajno predviđanje.
– Upoznao sam senovita bića koja žive u ogledalima i gledaju te dok se ogledaš.
– Zvuči zabavno.
– Upoznao sam ženku orla koja zbog pacifističkih ubeđenja nije htela da lovi miševe i pustila je da joj pilići uginu od gladi.
– Većina hladnokrvnih ubica koje sam upoznao tvrdila je da mrzi ubijanje. Što je obično samo još jedna porcija laži.

– Posmatrao sam tvoju vrstu. I kao životinja i kao duh. Ne shvatam zašto ljudi uništavaju kad mogu da stvaraju. Kakva šteta.

– Eno ih. Jedna, dve... tri ajrune. Ako skočiš ispred treće, reka će te odneti tamo.

– Gde?

– Tamo gde hoćeš da odeš.

– Hoću da budem čovek.

– Pij iz prave posude i možda ćeš biti.

Leopard oprezno prilazi obali i umače šapu u vodu.

– Što je hladno. A da ipak skočiš sa mnom?

– Ne želim da se ponovo rodim.

– Zašto?

– Mogao bih da se vratim kao leopard.

– U redu je. Stvarno hoćeš da provedeš večnost za pultom?

– Nije to loše. Upoznaš raznorazne likove.

– Skoči sa mnom.

– Jesi li ti maskirana profesorka Rani?

– Ko?

I onda mu ispričaš sve o Rani, Seni, Stenliju, Di-Diju i kutijama pod krevetima. Leopard sedi na grani i sluša te sve dok se mesec ne popne visoko.

Zatim proteže udove i upravo tako bi ga slikao kad bi još imao slomljeni *nikon* oko slomljenog vrata. Ali nemaš, i zato trepneš zamišljajući kako to radiš.

Leopard ti klimne glavom, otrese rep i skoči u vodu. A i baš tad, dok je mesec visoko na nebu, ti shvataš da nije ostalo više ništa što bi imao da ispričaš i da nema više nikoga kome bi to ispričao. Prihvataš to kao prostu činjenicu, nije ti ni krivo ni drago.

I zato skočiš.

I u tom trenutku znaš tri stvari.

Da će te blesak Svetlosti naterati da širom otvoriš oči. Da ćeš izabrati isto piće i da će te ono odvesti na neko novo mesto. I da ćeš kad stigneš tamo zaboraviti sve napred navedeno.

Beleška o autoru

Šehan Karunatilaka rođen je 1975. u Golu, u Šri Lanki. Uprkos želji roditelja da studira poslovnu administraciju, završio je studije engleske književnosti na Novom Zelandu. Živeo je i radio u Londonu, Amsterdamu i Singapuru, a pre nego što je počeo da piše bavio se marketingom, novinarstvom i svirao je bas-gitaru. Za svoj prvi roman – *Kinez: legenda o Pradipu Metjuu* – dobio je izuzetne kritike i brojne književne nagrade. Roman *Sedam meseca Malija Almeide* isprva je trebalo da se zove *Đavolji ples*, i rukopis je pod tim nazivom 2015. godine ušao u najuži izbor za prestižnu književnu nagradu *Grejšan*, ali je objavljen tek 2020, kao *Razgovori s mrtvima*. Pošto se pokazalo da šrilančanska mitologija i političke prilike predstavljaju preveliku nepoznanicu za zapadno tržište, knjiga je zatim u izvesnoj meri prerađena i objavljena 2022. pod sadašnjim naslovom. Za tu, treću verziju romana Karunatilaka je dobio nagradu *Buker* 2022. godine.

www.ingramcontent.com/pod-product-compliance
Lightning Source LLC
Chambersburg PA
CBHW060531030726
47498CB00004B/1147